AF190396

Jagd auf die Tochter eines Schwarzkünstlers

Ein erotischer, historischer Roman

1. Auflage
12 / 2018

Michael Häusler

Herstellung und Verlag:
Books on Demand GmbH
Norderstedt
ISBN 9-783748-112006

FSC
www.fsc.org

MIX

Papier aus ver-
antwortungsvollen
Quellen
Paper from
responsible sources

FSC® C105338

MIRELLA di CAGLIOSTRO: oder: Das geheime Leben der Mirella Isabella di Cagliostro, angebliche Tochter des bekannten, verstorbenen Magiers, könnte das Buch heißen, das auf diesen Aufzeichnungen beruht.
Oder:
„Die schlüpfrige Existenz der Mirella di Cagliostro". Aber vielleicht ist es angemessener, den neutraleren Titel zu wählen: **„Jagd auf die Tochter eines Schwarzkünstlers"**; denn dieser wird mehr der Opferrolle gerecht, welche die arme Verfolgte ja immerhin auch einnimmt, denn Mirella ist durchaus auch das Opfer der vielfältigen Betrügereien ihres umstrittenen Vaters, den sie beerben will, und dessen Abenteurerkarriere sie unbedingt fortsetzen will. Denn das wilde unstete Leben voller Luxus in Saus und Braus, ohne dafür arbeiten zu müssen, liegt auch der Tochter im Blut. Sie kann gar nicht anders, als in die Fußstapfen ihres Vaters zu treten, des gejagten Betrügers, dreisten Diebes und Gauklers. Denn beide sind vom gleichen Schlag, und der Preis für Mirella Isabella dafür ist, ebenso wie ihr Vater ein Leben lang von der Justiz verfolgt zu werden. Sie lebt jetzt schon das gehetzte Leben ihres Vaters ohne Garantien, von heute auf morgen, ohne eine sichere Zukunft oder gesicherte Existenz. Sie, die Ausgestoßene aus allen Gesellschaften, schlägt sich in einer rauen Männerwelt durch wie eine gemeine Verbrecherin. Noch lebt Mirella aber äußerst angenehm und lebensfroh zur Zeit der Ersten Republik in Frankreich, im Directoire, und befriedigt ihre Luxus- und Vergnügungssucht in den Salons der Pariser Gesellschaft des Jahres 1796. Sie ist äußerst apart und hübsch, spricht ein exzellentes und gepflegtes Französisch und Italienisch. Außerdem ist sie mit ihren 22 Jahren bereits eine kunstvolle und gefürchtete Degenfechterin.
Dennoch sollte die junge Dame sich vorsehen: Die größten Schrecken der Französischen Revolution sind zwar vorbei, aber Robespierre ist noch nicht lange tot, vor allem sein zerstörerischer (Un)Geist nicht - und das Schafott ist auch noch nicht abgeschafft ... Die Guillotine glänzt noch feucht vom Blut der vielen Revolutionsopfer und könnte am Ende auch vor Mirellas hübschem Kopf nicht haltmachen, wenn sie

nicht gewaltig auf der Hut ist, und ihre wildesten Triebe nicht endlich zu zügeln lernt.

Doch wie kam es überhaupt zur Existenz der angeblichen Tochter von Alessandro di Cagliostro? Auch Giuseppe Balsamo genannt, Acharat, Graf Phoenix - Hexenmeister; er hatte viele Namen und viele Gesichter.
Um das zu klären, müssen wir einige Seiten im Geschichtsbuch zurückblättern.

Cagliostro, Erzzauberer, Hochstapler, Magier, Heilkünstler, Prophet, Goldmacher, Wunderheiler, Scharlatan, Spiritist, Schwarzkünstler, Mysterienschwindler? Oder einfacher, schlichter Betrüger, Wahrsager?
All dies waren die Berufsbezeichnungen eines außergewöhnlichen Mannes, von dem ich vorab berichten möchte, ehe ich mich auf das Wagnis einlasse, das Leben seiner angeblichen, unehelichen Tochter zu durchleuchten. Ständig waren wir beide auf der Flucht. Ich notgedrungen immer mit ihm zusammen, denn beide standen wir in einem totalen Abhängigkeitsverhältnis zueinander, einer konnte nicht ohne den anderen sein.
Mein Herr wurde in seiner Zeit, in unserer Zeit, dem 18. Jahrhundert, dringend gebraucht, denn die Menschen aller Gesellschaftsschichten waren wundergläubig und wollten betrogen werden. Allerdings nur bis zu einem gewissen Grad, bis es an ihren Geldbeutel ging.

„Lorenza, mein Täubchen, pack schnell das Nötigste zusammen, wir müssen ganz rasch fort von hier!".
Endlich war es mal wieder soweit! Ich seufzte.
„Denn Paris ist zur Zeit voller Intriganten, Meuchelmörder und Spione."
„Da haben Sie leider nur zu recht, verehrter Maestro", sagte ich bestätigend.
Lorenza schrak hoch: Lorenza Feliciani, des Magiers Ehefrau, deren schöner, geschmeidiger Körper nicht selten als Lockspeise für seine Schurkereien diente, für seine

ausgekochten Betrügereien herhalten musste. Fasziniert betrachtete ich die herumhetzende Amazone, welche die vollendete Schönheit einer patrizischen Römerin besaß, und die das gelegentliche Medium von meinem Herren war.
Wie oft in seinem Leben hatte der unwürdige Graf nicht schon seine Frau ohne Skrupel verkuppelt, um anschließend Geld von seinen vielfältigen Opfern zu erpressen?
Aber zu mir war er gut bis gütigst, in dieser Hinsicht konnte ich mich wirklich nicht beklagen.

Klein von Statur war er, fett, schielend, ohne wirkliche Eleganz; er hatte aber auch so gar nichts von einem gebildeten Edelmann an sich. Dafür trug er das Kainsmal des internationalen Vagantentums, das sich unter anderem in seinem gehetzten Leben kundtat; es bedeutete, dass wieder einmal die Aufdeckung seiner Betrügereien kurz bevorstand.
Dem falschen Grafen war daher oft der Boden unter den Füßen zu heiß geworden!
Immer, wenn solch ein prekärer Zustand in seinem Leben eintritt, strebt der falsche Graf schleunigst einen Ortswechsel an, der dreiste Glücksritter, um seine Opfer anderweitig zu suchen, der Taschenspieler, Quacksalber und Kuppler, der Spekulant, Lebemann und Lebenskünstler.

Ich, Michel Bertrand, sein viel zu treuer Domestik, hatte diesen Tag schon lange kommen sehen und mich entsprechend vorbereitet.
So hatte ich unter Anderem die Flucht-Kutsche für meine eitle Herrschaft schon tagelang unten im Hof reisefertig bereit gehalten. Jederzeit abfahrbereit. Ich lachte still in mich hinein.
Ohne jegliche Eleganz war mein Arbeitgeber, welche in der galanten Scheinwelt gemein ist. Er war ohne eigentliche Kenntnis der Wissenschaften, verkaufte nur gefärbte Wässerchen als Wundertinkturen an Leichtgläubige und pries sie als Wundermedizin an. In der Tat war Cagliostro wirklich aller Vorzüge beraubt, welche es vermocht hätten, Liebe gegenüber seiner Person zu erwecken.

Wie hat nun ein solcher Mann, wird sich hier an dieser Stelle der konsternierte Leser fragen, sich bei dem weiblichen Geschlecht derart in Gunst setzen können, und zwar noch auf eine solche Weise, dass er von ihnen noch, nachdem er die Frauen vom Pfade der Tugend abgeführt hatte, reichliche Geschenke und Belohnungen erhielt? Seltsam – ein Mysterium der besonderen Art, auch für meine Person, wie ich gestehen muss.

Zwar war mein Herr durchaus auch ein geistreicher Hochstapler, neben Casanova vermutlich der geschickteste im achtzehnten Jahrhundert, der seine Bedeutung neben zweifellos vorhandenen, okkulten Fähigkeiten der Leichtgläubigkeit und dem mystischen Bedürfnis des Adels seiner Zeit verdankt. Denn den müßigen, gelangweilten Adeligen gedürstete es beständig nach „Wundertaten". In diese Bresche sprang Cagliostro nur zu bereitwillig.

(Und später auch seine Tochter Mirella Isabella).

Cagliostro galt daher als Gegenpol zu der Sachlichkeit der „Aufklärung", als „Schwarzkünstler"; und er hatte angeblich eine schöne und kluge Tochter: Mirella di Cagliostro.

Wenn sie wirklich seine Tochter war …

Fest steht, dass wir 1774 überstürzt aufbrachen und mit den Koffern hastig in die wartende Kutsche stiegen. Die 20jährige Lorenza schnappte sich ihr wenige Wochen altes Kind, das Mädchen Mirella Isabella im Körbchen, und los fuhren wir. Dieses Baby also hatte angeblich meinen Herren Cagliostro als Vater, doch ich meinte eher, es handele sich um ein uneheliches Kind aus einem von Lorenzas Seitensprüngen. Auch die Kinderschwester fuhr in der Kutsche mit, mein Herr, Lorenza di Feliciani und ich. Das Baby weinte und es ging holprig über klapperndes Kopfsteinpflaster. Wir schlängelten uns durch enge Gassen des Pariser Untergrundes. Angeblich waren diesmal die Freimauer hinter meinem Herren her. Und tatsächlich nahm sogleich hinter uns eine andere Kutsche rasant an Fahrt auf und folgte unserem Fluchtweg.

Cagliostro trieb den Kutscher an, schneller zu fahren.

Unser Ziel war das Versteck des Grafen in den Katakomben von Paris, denn Alessandro di Cagliostro hatte überall Notunterkünfte, für alle Fälle. Denn er war öfter auf der Flucht als andere Menschen nur eben mal in den Nachbarort fuhren. Von der anderen Kutsche heraus wurde tatsächlich von jemandem auf uns geschossen, doch unser Kutscher war sehr geschickt, lenkte so, dass wir den Musketen-Schüssen geschickt auswichen, und auch dieses Mal hatten wir die Gegner bald abgehängt und landeten sicher in unserem Geheimversteck.

Denn wir kannten jede Fluchtroute, jeden noch so fadenscheinigen Schlupfwinkel in dem verwinkelten Paris. Damals, nach dieser letzten Eskapade Cagliostros, fragte seine zarte, gebeutelte Lorenza, als wir irgendwo in den Katakomben von Paris in momentaner Sicherheit waren: „Und in dieser Kutsche, die uns so unnachgiebig und akribisch verfolgte, saßen wirklich Freimaurer?" Cagliostro seufzte tief. „Wer denn sonst, mein Täubchen? Von Anbeginn meiner Beschwörungsseancen habe ich immer nur die meisten Scherereien mit diesem verdammten, verschworenen Verein gehabt!", giftete der Graf schlechtgelaunt.
„Ja, aber nur, weil Ihr die Freimaurer nach Strich und Faden betrogen und ausgenommen habt, Herr!", stichelte ich lächelnd.
„Nun, das stelle ich durchaus nicht in Abrede, mein werter Michel; aber das beruht auch auf Gegenseitigkeit", sagte der Magier mit einem gleichmütigen Lächeln zu mir hin, während er sich an der hastig improvisierten Abendtafel an Wein und gespicktem Rehrücken gütlich tat. „Diese Heuchler von Weltverbesserern haben doch auch reichlich von meinem spiritistischen Genius profitiert", behauptete der Graf ordinär schmatzend. „Meiner Kunst, hohe Geistliche, Kaiser und Könige und Minister mit Taschenspielereien in den Bann zu ziehen, haben die Freimauer es doch zu einem großen Teil zu verdanken, dass ich sie aus ihrem elenden, erbärmlichen und geächteten Nischendasein ins Licht der Öffentlichkeit gezerrt

habe", behauptete er doch tatsächlich keck und rülpste laut.
Privat konnte er sehr ordinär sein und er genoss das auch.
„Na, na!", wagte ich da einen zaghaften, humorvollen Protest
und lachte leise.
Da drehte er sich empört nach mir um, und säuselte beleidigt
steifzüngig daher: „Was heißt hier „Na, na?" – „Nana", das ist
höchstens der Name einer billigen Kurtisane, in die ich gestern
oder vorgestern meinen Zauberstab eingeführt habe", lästerte
er gelassen und leutselig. Lorenza lachte herzhaft.
„Aber eins ist doch wahr: Ich allein habe diesen trüben
Hinterstubenverein von Freimaurern erst salonfähig gemacht
in Paris! Allein mit meinen gelungenen und
aufsehenerregenden Zukunftsprognosen,
Geisterbeschwörungen und Goldmachereien", wetterte der
Graf unbeherrscht und haute ungeschlacht auf den Tisch.
„Ja, das ist allerdings wahr: Die Goldbarren der Barone und
Grafen habt Ihr euch gegriffen, jeweils am Ende der Seancen,
und den illustren Herrschaften die Eisenbarren dagelassen,
worauf Ihr Euch empfohlen habt", lästerte Lorenza.
Wir alle lachten.

„Was tun eigentlich diese Freimaurer den ganzen lieben,
langen Tag, mein guter Gemahl?", fragte Lorenza amüsiert.
„Oh, vorgeblich haben sie eine altruistische, humane
Mission", ließ sich mein Herr herab, zu dozieren. Er zog eine
Art Broschüre hervor und begann zu lesen: „Also hört mir mal
kurz gut zu, was sie sich mit so stolzgeschwellter Brust zugute
halten":

„Die Freimaurerei ist eine weltbürgerliche Bewegung mit dem
humanitären Ideal des nach Vervollkommnung strebenden
Menschen. Jeder Freimaurer ist verpflichtet, nach Wahrheit,
Menschenliebe, Selbstkritik und Duldsamkeit zu streben. Die
Freimaurer verehren Gott im Symbol des Allmächtigen
Baumeisters aller Welten. Sie setzen sich für eine allgemeine
humanitäre Ethik ein, bekämpfen Totalitarismus,
Chauvinismus, Fanatismus, Aberglaube, Kastengeist und

treten für ein friedliches, sozial gerechtes Zusammenleben ein", beendete er befriedigt seinen kurzen Diskurs.

„Oh, weiter wollen sie nichts?", fragte Lorenza vorwitzig und lächelte. Wir alle lachten.
„Nein, höchstens noch die Weltherrschaft!", witzelte dann der falsche Graf Cagliostro.
Wieder wurde gelacht.
So oder so ähnlich liefen die unterhaltsamen Gespräche im Hause Cagliostros ab, sei es im Königsschloss, oder in einer bescheidenen Bauernhütte, wo wir oft genug gerade noch glücklich unterkommen konnten.
Das Baby Mirella Isabella schlief zu solch heiteren Anlässen mit ernstem Hintergrund derweil stets unschuldig und noch unwissend im Hinterzimmer. Doch bald reifte es selbst zu einer ausgekochten Betrügerin heran, wie wir bald sehen werden …

Das war damals, 1774, diese kuriose Szene. Doch was bleibt nun heute, 1796, von dem einst so unschuldigen Charme des Kleinkindes, der Mirella Isabella di Cagliostro?
Wie passt die Schöne in dieses schräge Bild?
Ganz einfach: Sie ist hinter der Beute ihres toten Vaters her!
Denn Cagliostro hat sich tatsächlich auch bei den Freimaurern rücksichtslos bereichert, deren Logenwesen er nur beigetreten ist, um Vermögen zu veruntreuen, und deren humanitäre Ideale er schnöde verraten hat.
Denn eines müssen wir uns unbedingt immer vor Augen halten: Bei Cagliostro hat jede Handlung nur einen Selbstzweck!
Dasselbe gilt auch für die Tochter.
Der Verbleib der vielen von Cagliostro zusammengerafften Vermögen ist allerdings unsicher, wenn nicht unbekannt.
Mirella di Cagliostro (M.d.C.) ist ebenso hinter dem Diebesgut her, wie auch die betrogenen Freimaurer, und ebenso die Geheimpolizei (Sûreté). So auch Staatsspitzel, Königstreue (Royalisten), und die Revolutionäre um Robespierre. Und auch noch einige zwielichtige Abenteurer wie Fouché und

Vidocq suchen fieberhaft nach dem geheimnisvollen Schatz des Cagliostro.

Sie alle arbeiten teils zusammen, verbünden sich miteinander, wechseln bei ausbleibendem Erfolg dann die Seiten, und konspirieren teils gegeneinander, dann wieder miteinander, doch alle verfeindeten Gruppen haben zeitweilig noch ein anderes, gemeinsames Ziel: **Die gnadenlose Jagd auf die Tochter des Schwarzkünstlers Cagliostro!**
Denn jeder Verschwörer ist auf Anhieb bereit zu glauben, dass nur Mirella über den Verbleib des Schatzes Bescheid wissen kann! Wenn nicht sie, wer sonst?

Auch die skrupellose, junge M.d.C. mit ihrem schlüpfrigen Lebensstil findet heute nichts dabei, sich mal mit der einen, mal mit der anderen Clique zu verbünden, um ihre egoistischen Ziele durchzusetzen: Die Beute ihres Vaters und die dadurch erträumte materielle Unabhängigkeit locken die junge Frau gar zu sehr. Dafür ist sie bereit, jede Gefahr auf sich zu nehmen, kein Komplott ist ihr zu niederträchtig, keine Schandtat zu schade, um an das Vermögen zu kommen.
So verbündet sie sich mal mit der einen Partei, zum Beispiel den Freimaurern, dann geht sie wechselnde Koalitionen ein: Nacheinander mit den Revolutionären um Joseph Fouché, dem Führer der Schreckensherrschaft von 1793/1794, dann verbündet sie sich auch gerne mal mit den Royalisten, wenn es angebracht scheint, oder auch mit Vidocq, dem Gründer der Pariser Sûreté; der Geheimpolizei, oder auch streunenden Räuberbanden. Nur, um bei der erstbesten Gelegenheit alle Gruppierungen wieder gegeneinander auszuspielen.
Auch mit diversen Sekten oder religiösen Splittergruppen verschwörerisch zu paktieren, ist sich Mirella keinesfalls zu schade.
Die okkulte Vereinigung der Rosenkreuzer unterstützt M.d.C. ebenso eifrig, wie sie von der umtriebigen Degenfechterin wieder verleugnet und verraten wird, wenn Mirella wieder einmal in die Fänge einer anderen Gruppierung gerät.

Auch den im Jahre 1776 von Adam Weishaupt gegründeten Geheimbund der Illuminaten benutzt MdC für ihre schmutzigen Zwecke.

Vor allem geht es M.d.C. aber darum, das Vermögen der vielen Freimaurerlogen aufzuspüren, die ihr verstorbener Vater einst mitgegründet und betrogen und ausgenommen hat. Doch wo hat der falsche Graf „Alessandro di Cagliostro" das Diebesgut versteckt?
Wo sind die vielen Goldmünzen geblieben, das Geld, die Diamanten, die Colliers der bestohlenen Gräfinnen, die silbernen Kerzenleuchter?
„Vermutlich irgendwo im europäischen Ausland!".

Diese Vermutung wurde soeben von Joseph Fouché mit Kennerblick geäußert, welcher mit der konspirierenden Mirella gerade verschwörerisch in seinem Versteck im Jahre 1796 zusammen saß: Irgendwo in den Katakomben von Paris, während des Ersten Koalitionskrieges, und im zweiten Jahr der Herrschaft des sogenannten „Direktoriums". Mit den beiden zusammen fachsimpelte kein Geringerer als der junge Napoleon Bonaparte aus Korsika, der sich auch einen Beuteanteil aus dem Schatz des Cagliostro erhoffte, um damit seine weiteren Feldzüge zu finanzieren. Denn der noch kleine Korse ist nahezu pleite.
Zu diesem Zweck wurde er von Mirella und Fouché in diesen verwegenen Plan eingespannt. Mit seinem Anteil des Schatzes wollte der erst 27-jährige, junge Revolutionsgeneral Napoleon Bonaparte seinen nächsten, geplanten Feldzug in Oberitalien finanzieren.
Die Schmugglerbanden um den jungen Abenteurer Francois Vidocq sollen Napoleon, Mirella di Cagliostro und Fouché helfen, das von Cagliostro geraubte Vermögen aufzuspüren, und dann sicher über die Grenzen außerhalb Frankreichs zu schleusen. Oder im Gegenteil aus dem Ausland heraus nach Frankreich, sollte sich der Schatz dort befinden.
Ein einflussreicher Logenmeister einer Freimaurergilde soll den Verschwörern dazu den Weg ebnen.

„Aber wo genau könnte sich dieser ganze, sagenhafte Schatz befinden?", fragte Mirella Isabella grübelnd in die verwegene Runde. „Ich verfüge lediglich über einen vagen, rätselhaften Plan meines Vaters, auf dem die angebliche Verteilung seiner Reichtümer verklausuliert notiert sein soll", sagte sie entmutigt.

„Auch im Kloster von Montmorency soll sich ein Teil des Schatzes befinden", memorierte die zu allem entschlossene Degenfechterin. „Das jedenfalls ist die einzige Angabe, die zu entschlüsseln ich bisher selber imstande war, jedenfalls wenn ich die ganze Sache richtig deute", sagte sie mit trüber Miene. Ein Raunen der Enttäuschung machte sich daraufhin in der Runde breit. Was Wunder!

„Bah, für mich, in meinen Augen, ist der gesamte, angebliche Lageplan des Schatzes ein einziger Humbug", schnaubte der junge, ungeduldige Revolutionsgeneral Bonaparte hitzig und brummig, „ich glaube, hier verschwende ich nur meine Zeit!". Und seine dünne, lange Haarmähne flatterte ondulierend, als er sich ungehalten von seinem Tischchen erhob, wobei sein zinnener Trinkbecher klirrend zu Boden fiel.

„Meiner Meinung nach existiert dieser Phantom-Schatz überhaupt nicht! Ich fange bereits an zu bedauern, mich mit euch einfältigen Schnattergänsen eingelassen zu haben!", schimpfte der Korse zornig.

Mirella glotzte ihm pikiert hinterher.

„Meiner Meinung nach existiert auch dieser Napoleon Bonaparte gar nicht, bei ihm handelt es sich wohl auch nur um eine lebensuntüchtige, großmäulige Fabelgestalt aus dem Märchenbuch!", rief sie dem jungen Hitzkopf hinterher. Alle lachten darüber und klatschten ihr gutmütig Beifall.

Aufbrausend drehte sich der junge Bonaparte daraufhin zu Mirella Isabella um, nahm sie zornig in Augenschein und blaffte verächtlich: „Weibervolk! Wenn man sich erstmal auf ihr Gewäsch einlässt…"

Babeuf, ein stiller Revolutionär, der bisher noch gar nichts gesagt hatte, lächelte erhaben und stichelte gegen die junge

Mirella: „Ja, das ist richtig, Herr General! Denn ein flinker Degen und eine flinke Zunge bringen uns noch lange keinen Geldsegen!"

Es gab wieder ein großes Gelächter. Denn auch die Frühkommunisten um Babeuf zeigten lebhaftes Interesse an dem angeblichen Schatz des Cagliostro. Nunmehr erhob sich ebenfalls der mit den Verschwörern tagende legendäre französische Revolutionär hitzig von seinem Tischchen, an dem er bisher lediglich passiv schweigend zugehört hatte: „Ja, auch ich tendiere zu der für Euren Vater wenig schmeichelhaften Ansicht, Mademoiselle di Cagliostro, dass dieser Schwarzkünstler und Lebemann von Eurem Vater zwar sehr wohl beträchtliche Reichtümer von den Freimaurern abgezweigt hat, aber zweifelsohne hat er sie durch seinen verschwenderischen Lebensstil längst alle wieder durchgebracht. Denn Cagliostro hat, wie allgemein bekannt ist, in Saus und Braus gelebt, alle Kurtisanen von Paris durchprobiert und diese und haufenweise falsche Freunde mit Geld und Schmuck überhäuft und ausgehalten, und sich verschwenderisch in Seide gekleidet", schimpfte der Volkstribun Babeuf, und schwenkte einen anklagenden Zeigefinger zu Mirella hin, die ruhig an ihrem Tisch saß und eine gleichgültige Miene aufsetzte.

„Bestimmt hat dieser selbstsüchtige Hexenmeister nicht in selbstloser Manier einen Spargroschen für sein uneheliches Töchterchen dort drüben gespart, wovon er angeblich mehrere in diversen Klöstern verwahrt haben soll – Spargroschen, nicht weitere uneheliche Töchter", sagte Babeuf verächtlich und ließ wieder seinen anklagenden Finger über Mirella kreisen, auf die er unablässig zuschritt und sich nervös wieder entfernte.

„Diese verwöhnte Luxusgöre behauptet doch schon seit Jahren so großspurig, ihr Vater wäre auch ein großer Verehrer der Wissenschaften gewesen und hätte deren Fakultäten stets großzügig mit Geld- und Goldspenden unterstützt. Mir ist aber niemals etwas davon bekannt geworden", redete der Revolutionär hitzig auf die Degenfechterin ein und blieb abrupt vor ihr stehen: „Sie ist genauso eine Aufschneiderin wie ihr Vater, ihr einziges hedonistisches Streben ist das nach Vergnügen und Luxus um jeden Preis in den Salons der Pariser Gesellschaft, wo sie sich von dekadenten Adeligen als Edelkokotte aushalten lässt, diese Luxushure!", versprühte er seinen giftigen Anti-Adel-Charme über die junge Frau. Gelächter am Tisch.

„Rokokokokotte!", schmetterte Babeuf abschließend verächtlich zur Cagliostro hin.

„Ja, aber auch eine ganz schön flotte!", feixte auch Napoleon Bonaparte leise reimend seinen Kameraden zu und haute auf den Tisch.

Da sah die düpierte Adelige den Revolutionsführer Babeuf pampig an und sprang vom Tisch auf und zog ihren Degen, machte ein paar Ausfallschritte und bohrte ihre Degenspitze leicht in das verwegene Kinn des Rüpels: „Wer hat Euch eigentlich erlaubt, solch ein ganz und gar nicht zutreffendes Charakterbild über meine unschuldige Person zu entwerfen, Marquis de Babeuf?", fragte sie spitz und ließ gutgelaunt und spitzbübisch ihre braunen Augen aufblitzen. Die Männer am Tisch erschraken tüchtig über die dramatische Wendung in ihrer heiteren Streit-Konversation und sprangen alle auf. „Ich, ein Marquis? Ihr wollt mich wohl mit Mutwillen beleidigen, unwürdige Mademoiselle Nichtstuerin aus der Gosse?", fragte Francois-Noel Babeuf mit Abscheu vor dieser Titulierung.

„Ich bin kein Marquis, werde es niemals sein, ich bin Kommunist aus tiefster Überzeugung. Genaugenommen kommunistischer Revolutionstheoretiker. Und als Revolutionär und Freund der Gleichheit aller Menschen habe ich ein Leben lang dafür gekämpft, solche müßigen Adelstitel abzuschaffen und zu ächten, und das wisst Ihr auch ganz genau, dass ich für die Abschaffung der ungerechten Privilegien des dekadenten Adels mein Leben aufs Spiel gesetzt habe! Ich fühle mich von Euch aufs Schärfste in meiner Ehre verletzt!", schwadronierte der Beleidigte und sah Mirella furchtlos ins Gesicht.

„Wenn dem so ist, warum fordert Ihr mich dann eigentlich nicht bei dieser passenden Gelegenheit jetzt sofort zum klärenden Duell, verehrter Chevalier Sire de Saint-Babeuf?", fragte Mirella Isabella mokant den Aufschneider, indem sie ihn lachend mit noch mehr provokanten Adelstiteln schmückte.

„Euren Degen habt Ihr ja dazu parat, wie ich sehe", erklärte Mirella di Cagliostro sachlich. „Wie praktisch, dass Ihr ihn noch nicht versetzt habt, um mit dem Geld Eure Revolutions-Freunde im Untergrund zu finanzieren, damit sie auch noch die letzten versprengten Adeligen aufspüren", scherzte sich Mirella durch die aufgewühlte Gesellschaft. „Denn ich weiß durch meine Informanten, dass Ihr im März dieses Jahres heimlich eine kommunistische Untergrundfraktion gegründet habt, die „Conspiration des Egaux", die „Verschwörung der Gleichen", auch genannt „Club der Gleichen", der jetzt die republikanischen Tyrannen verjagen soll", dozierte Mirella.

„In dieser Hinsicht seid Ihr offenbar besser informiert als ich!", sagte der streitbare Revolutionstheoretiker spitz und zog seinen Degen, kreuzte die Klingen mit Mirella. „Denn mir ist nichts bekannt von solch einer angeblichen, abstrusen Verschwörung, die ihr soeben erfunden habt, dieses lächerliche Lügengebäude, das keinerlei Fundament in der realen Welt hat, sondern nur in der Fantasie eines koketten, vergnügungssüchtigen Weibes Gestalt angenommen hat!", giftete Babeuf und begann, mit Mirella zu fechten.

Napoleon Bonaparte schaute indigniert und amüsiert drein.

Der ehemalige Anhänger der Schreckensherrschaft von Robespierre, Fouché, schaltete sich in das Duell ein.

„Mein lieber Babeuf – lassen Sie sich bitte nicht dazu verleiten, die junge Demoiselle di Cagliostro mit Ihren Degenhieben am Ende noch in mehrere Teile zu zerspalten! Wir brauchen sie nämlich noch für die Aufspürung des Schatzes", sagte er vorwitzig und jeder lachte wieder.

„Nur für den Fall, dass Ihr das vergessen haben solltet!", schob Fouché süffisant nach.

Der geheimnisvolle Logenmeister, der bisher ebenfalls schweigend und teilnahmslos in seiner Ecke gesessen hatte, raunte Mirella spontan und abgeklärt folgende Bitte zu, so beiläufig, als bestünde überhaupt kein Aufruhr der Meinungsverschiedenheiten: „Wenn ich Euch nochmals um dieses geheimnisvolle Dokument bitten dürfte, mein liebes Kind ... Mademoiselle? Natürlich nur, wenn Sie beide mit Ihrer Zirkusnummer fertig sind?", fragte er hämisch und lächelte. Und schon streckte er sanft die lange, dürre, knochige Hand danach aus.

Der Alte besaß solch eine selbstverständliche, starke, gebieterische Autorität, dass die Cagliostro und Babeuf verschämt sofort ihre Degenprobe einstellten. Sie verbeugten sich voreinander und nahmen dann wieder Platz am langen Verhandlungstisch. Mirella nahm das Dokument wieder aus ihrem Mieder hervor, und zögerte argwöhnisch. Jetzt presste sie das geheimnisvolle Papier an ihre Brust.

„Soll es dort für ewig bleiben, holde Jungfrau?", fragte der bärtige Logenmeister lässig lächelnd.

„Jungfrau?", kiekste Mirella im schrillen Diskant. „Mir deucht, Ihr hegt da wohl einen maßlos übertriebenen Wunschtraum aus Euren ungestillten, unausgelebten und geheimen Liebessehnsüchten, ehrwürdiger alter Herr?", erwiderte M.d.C. mit hysterischem Gelächter.

Napoleon Bonaparte schaute finster zu M.d.C. hin. Der alte Logenmeister überhörte die Schmähung geflissentlich. Schließlich übergab ihm Mirella doch das Dokument mit den geheimnisvollen Zeichen.

„Nun, was meint Ihr dazu, ehrwürdiger Meister?", fragte Fouché erwartungsvoll den Logenmeister.

Dieser war dermaßen in die Prüfung der Scharade des Rätselpapiers vertieft, dass er lange keine Antwort geben konnte. Mirella wandte sich nun zum mürrischen Bonaparte, dem es in dieser Gesellschaft gar nicht geheuer war: „Ich versichere Euch, mein kleiner Revolutionsgeneral – das Dokument ist echt. Nur sind die Hinweise auf die Aufenthaltsorte der verschiedenen Preziosen und Schätze leider gut verschlüsselt. Wenn Ihr nun mit Eurem militärischen Genie rasch die Eroberung der Lombardei bewerkstelligen könntet, dann können wir zusammen die Schätze heben, die mein Vater dort versteckt hat", erläuterte Mirella mit großem Eifer. Napoleon aber schnaubte nur verächtlich.

„Das könnte Euch so passen, mein kleines, naives Kindfräulein", tadelte der stolze Korse hämisch. „Außerdem ist Eure Argumentation reichlich schief; gerade andersherum wird erst ein Schuh draus: Denn zuerst benötige ich die angeblichen Schätze Eures Vaters, das Silber und das Gold, und erst wenn ich einen Teil davon in meinem Besitz habe, dann kann ich dafür neue Waffen für meine erschöpfte Armee kaufen, und erst danach kann ich vielleicht die Lombardei im Handstreich erobern".

„Also beschafft mir erst einige Preziosen Eures Vaters, Mademoiselle, meinetwegen auch Diamanten und Kerzenleuchter, oder Perlenketten, dann sehen wir weiter!".

„Wie soll ich das machen, wenn ich nicht mal genau weiß, wo der Mammon versteckt ist?", fragte Mirella patzig.

„Ah, ich sehe: Ihr wollt, dass Euch alles wie von allein in den Schoß fällt, durch mich!", polterte der Korse los. „Seid gewiss, dass auch ich bestens über Euren liederlichen, verlotterten Lebensstil unterrichtet bin."

„Während Ihr und Euresgleichen Eure Luxus- und Vergnügungssucht in der mondänen und dekadenten Pariser Gesellschaft ungehemmt in den Salons auslebt, wo ihr ach so feinen Damen den klassizistischen Modestil des Directoire entwickelt habt, da muss ich mich als gefeierter und verdienter Revolutionsgeneral mit dem schwachen Direktorium herumschlagen! Einer Übergangsregierung, die gefährlich zwischen Nach-Revolution und beginnender Stabilität pendelt", schimpfte Napoleon laut.

„Die blutige Schreckensherrschaft von Robespierre und Konsorten ist zwar vorbei, die brutale erste Diktatur Frankreichs beseitigt, die vielen willkürlichen, täglichen Hinrichtungen gehören der Vergangenheit an, doch viele unentdeckte Revolutionäre und intrigante Royalisten rumoren immer noch im Untergrund, und das bedeutet: Ich sitze mitsamt meinen politischen Mitstreitern noch nicht fest im Sattel meiner neuen Regierung", stöhnte Napoleon.

„Unsere Herrschaft ist alles andere als gesichert: Überall grassieren Anarchisten und Meuchelmörder, und zwar auf allen politischen Etagen!", klagte Napoleon.

„Während Sie also nur an Ihr Vergnügen denken, Mademoiselle di Cagliostro, schöne Kleidung, und eitles Geschwätz im Munde führen über Mode und Politik mit Ihren gelackten Affen in der Pariser Hautevolee, wovon Sie ja doch nichts verstehen, derweil machen sich verantwortungsbewusste Zeitgenossen wie Marschall Fouché und verdiente Generäle wie hier unser Babeuf ernsthafte Sorgen um unser Vaterland. Denn unsere geliebte Grande Nation Frankreich wird immer noch von Unruhen von rechts, nämlich den Royalisten, bedroht, ebenso von links, von den Frühkommunisten, die sich im „Club der Gleichen" organisiert haben, und deren Führer wir auch noch nicht aufgespürt und enttarnt haben", wetterte Napoleon indigniert. Ebenso indigniert zuckte da Francois Noel Babeuf zusammen. „Jetzt fangt also Ihr auch noch an mit dieser abstrusen Verschwörungstheorie von diesem angeblichen „Club der Gleichen", der im kommunistischen Untergrund wühlen soll", tadelte Babeuf aufgebracht Napoleon Bonaparte. „Ich sage Euch, das alles sind törichte Gerüchte von Salon-Revolutionären! Es gibt keinen solchen Club! Wir Kommunisten kämpfen ehrlich mit offenem Visier!" Napoleon beschwichtigte den aufbrausenden Revolutionär mit beschwörenden Handbewegungen. „Ruhig, ruhig, mein guter Babeuf. Wer sagt Euch eigentlich, dass ich gegen solch einen „Club der Gleichen" wäre? Auch ich bin schließlich Revolutionär und als solcher positiv gegenüber diesen neuartigen Bestrebungen eingestellt. Auch meine Heere kämpfen in ganz Europa für eine gerechtere Welt, in der jeder gleiche Rechte und Pflichten erhalten soll. Genau wie ihr Kommunisten kämpfe auch ich für die Abschaffung der ungerechten Privilegien des Adels und der Geistlichkeit. Das

Feudalsystem muss endgültig weg! Jeder Bürger soll die gleichen Chancen im Leben erhalten, egal, wie niedrig oder erhaben seine Herkunft ist. Rang ist fürderhin ohne Bedeutung.

Sozialer Aufstieg wird demnächst nur noch nach Leistung, Begabung und Können gefördert, jedenfalls in meinem Direktorium", versprach der Korse feierlich. „Und einen neuen König an der Spitze des Staates wird es in Frankreich nie wieder geben, darauf gebe ich Euch allen mein Wort!", bekräftigte Napoleon Bonaparte feierlich.

„Non tutti i francesi sono bugiardi, ma buona parte", erschallte es schnippisch von Mirella di Cagliostros Seite: „Nicht alle Franzosen sind Lügner, aber ein guter Teil!", rief die kühne Degenfechterin dem Korsen zu, diesen doppelzüngigen, giftigen Satz, denn „buona parte" kann ebenso unterschwellig auf „Bonaparte" hindeuten und soll es auch.

Die hohen Männer am Tisch lachten. **„NICHT ALLE FRANZOSEN SIND LÜGNER, ABER BONAPARTE"**, nicht schlecht, wiederholte der alte Logenmeister auf Französisch und grinste.

Da nahm sich der verhohnepipelte Bonaparte die schöne Schein-Adelige vor: „Und woher wollt Ihr vorlautes, freches kleines Persönchen übrigens eigentlich so genau wissen, dass ich angeblich beabsichtige, die Lombardei zu besetzen?", lenkte Napoleon hochnäsig ab und fügte indigniert hinzu: „Und Ihr sollt weiterhin wissen, Ihr unwissendes Luxusweib: Ich schätze es mitnichten, von Euresgleichen als „Mein kleiner Revolutionsgeneral" betitelt zu werden!"

„Keiner verlangt von Euch, das zu schätzen!", parierte Mirella den Hieb, nahm Anlauf und sprang auf den Tisch. Dann fauchte sie degenschwingend und aufbrausend über Napoleon hinweg wie ein plötzlicher Sturmwind: „Aber die Hilfe eines nichtswürdigen Verschwörers vom Typus neben Euch, eines finsteren Revoluzzers, der Anhänger der blutrüstigen jakobinischen Schreckensherrschaft Robespierres war, mit solcherlei zweifelhaftem Umgang verbündet sich der „Kleine Korporal" dann doch ganz gerne und ungeniert, wie mir scheint?", tobte M.d.C. ungebärdig los. „Denn aus zuverlässiger Quelle weiß ich, dass Euer sauberer Verbündeter, Herr Babeuf insgeheim einen Aufstand gegen das Direktorium vorbereitet, dasselbe Gremium, dem auch Ihr untersteht, in dessen Auftrag Ihr erst im letzten Jahr den Royalisten-Aufstand der Pariser Sektionen vom 13. Vendémiaire niederschlagen ließet!", tönte die Cagliostro und zeigte mit dem Degen auf den Missetäter, danach stieg sie vom Tisch herunter und nahm wieder in der Runde Platz. Ein aufgeregtes Gemurmel erhob sich, das gar nicht mehr verstummen wollte.

„Der gute Babeuf hier gehört also zu Euren erklärten Feinden, ebenso wie er ein Feind des Direktoriums ist, das er unter allen Umständen vernichten will!", beschleunigte die muntere Degenfechterin M.d.C. ihren anklagenden Redefluss.

„Was für eine ungeheuerliche, und unverschämte Verleumdung, die Euer loser Weibermund da vom Stapel zu lassen sich erdreistet!", tobte der vielgeschmähte Babeuf da endlich los, stand auf und machte seinerseits ungestüm einen geschickten Satz auf den Tisch, mit dem er seinen schweren Körper nach oben wuchtete, um sich besser Gehör zu verschaffen. Mirella tat es ihm nach; wenige Sekunden nach Babeuf befand die junge Lebedame sich auch schon wieder auf der Tischplatte, um mit ihrem Gegner auf Augenhöhe zu sein. Noch hatte keiner der beiden Kontrahenten seinen Degen gezückt. Mirella lächelte ihren Widersacher aufmunternd und spöttisch an. Babeuf sprang zu MdC hin, die er brutal an ihrer Chemisette zerrte.

Napoleon Bonaparte gab sich einem heiteren Lachanfall hin, als er die grobschlächtige Tirade der Demoiselle fröhlich in sich aufsog, doch jetzt steuerte er beschwichtigend dagegen: „Aber, aber, mein gute kleine, furiose Mademoiselle: Lasst ihn nur munter gewähren, meinen lieben, blutigen Revolutionär Babeuf. Ich wäre im Gegenteil heilfroh, würde er mir nur die undankbare Bürde von den Schultern nehmen, diesen

unfähigen, wirren, politischen Haufen, der sich „Direktorium"
schimpft, aus Frankreich hinauszujagen!"

Mirella Isabella zog einen Flunsch und richtete sich auf der
Tischfläche abrupt zu ihrer vollen Höhe auf.
„Aha, damit Ihr selber bald die absolute Macht im Staate
übernehmen könnt – das also ist Euer verwegener Plan, Ihr
angeblicher Friedensstifter! Nun habt Ihr Euch verraten, in der
Hitze Eurer Argumentation, mein kleiner Korporal! Ich sagte
es ja immer schon: Lügen haben halt doch kurze Beine! Gebt
es doch endlich offen zu: Statt Frieden zu stiften, wollt Ihr
eine neue Revolution anfachen, oder schlimmer noch: Eine
neue, absolute Ein-Mann-Diktatur wie einst Robespierre wollt
Ihr in Frankreich errichten! Anstelle von Robespierre heißt der
neue Diktator von Frankreich dann halt bald NAPOLEON
BONAPARTE, oder irre ich mich da?", fragte MdC kichernd.
„Unfug! Wir werden gemeinsam regieren, Babeuf und ich –
und Fouché! Sobald die letzten Royalisten vernichtet worden
sind!", polterte Napoleon Bonaparte los.
„Denn Ihr solltet nicht vergessen, dass wir drei, Babeuf,
Fouché und ich allesamt ehemalige Jakobiner sind, Anhänger
einer neuen, sinnvollen Ordnung, nur sind wir drei nicht so
radikal und so mörderisch, so sinnlos grausam wie
Robespierre es war!", behauptete der kühne Napoleon frech.
„Wir werden andere Köpfe rollen lassen als Maximilien
Robespierre, doch eine verschwenderische Monarchie wie
unter Marie Antoinette wird es in Frankreich künftig nicht
mehr geben", brüstete sich Napoleon erneut. „Wir streben
einen Staat der völligen Gleichheit aller Menschen
untereinander an, ohne Unterdrückung der Volksmassen, wo
jeder einzelne zu den höchsten Ämtern aufsteigen kann, ohne
Ansehen der Person oder des Standes … Befördert wird
fürderhin also nur noch nach Leistung und Verdienst, und
nicht mehr nach den Privilegien des Adels, wie im Ancien
régime; die Privilegien des Adels werden wir ganz
abschaffen", versprach Napoleon vollmundig.

„Wie wahr, gut gesprochen – richtig!", stimmte Fouché begeistert ein. „Jawohl, so sei es, meine Freunde!", gelobte auch Babeuf. „Und General Fouché wird mein Polizeiminister", erklärte Bonaparte ekstatisch. „Sehr gerne, mein guter Bonaparte!", lobte Fouché und bekräftigte noch einmal: „Unter Napoleon Bonaparte wird künftig befördert nach Tapferkeit und Leistung, nicht mehr nach dem adligen Geburtsstand eines Offiziers!", tönte er und trank, schon schwer beschickert, seinen nächsten Zinnbecher Wein aus. Mirella und Babeuf auf ihrer erhöhten Aussichtsplattform auf der Tischplatte beruhigten sich, steckten ihre Degen weg, die sie in der Zwischenzeit wieder einmal gegeneinander gezückt hatten und verließen die Tischplattform, setzten sich missmutig wieder in die unruhige Runde.

Babeuf stimmte begeistert und angeheitert ein, doch Mirella ahnte Ungutes in großer Zahl: „So weit, so gut, meine Herren", sagte sie neckisch, während der alte Logenmeister der Freimaurer immer noch still in seiner Ecke saß und Mirellas seltsames Dokument begutachtete. Dabei blieb der alte Mann völlig unberührt von all den hitzigen Diskussionen der politischen Feuerköpfe.
Mirella Isabella blickte die Diskutierenden scharfsichtig und prüfend an. Mit viel Skepsis sagte sie, sobald es ihr gelungen war, wieder das Wort zu ergreifen: „Sollte es Euch also tatsächlich gelingen, eine neue Ordnung in Frankreich und vielleicht sogar in Italien zu etablieren, und falls Ihr danach sogar an die Vermögenswerte meines Vaters gelangen solltet: Wer garantiert mir eigentlich in diesem Falle, dass nicht alles Gold und Silber von Euch drei Herrschaften konfisziert wird, und für mich bleibt dann als Belohnung am Ende nur die Guillotine?", wandte sich MdC wehmütig lächelnd vor allem an Napoleon Bonaparte.

„Aber Madame!", sagte dieser entrüstet und erschrocken, und fuchtelte wild mit seiner dürren Spinnenhand in der Luft herum. „Die Guillotine ist ein unwürdiges, terroristisches Machtinstrument aus der Gott sei Dank untergegangenen

Epoche der jakobinischen Diktatur Robespierres, ein
Überbleibsel seiner Schreckensherrschaft! Die habt Ihr bei mir
nicht zu befürchten. Ich gebe Euch mein Ehrenwort: Unter
meiner Herrschaft werdet Ihr höchstens standrechtlich
erschossen – mit allen militärischen Ehren, mit Ehreneskorte
und an einem Tag Eurer Wahl, chère Madame!", deklamierte
Napoleon elegant mit zynischem Witz. „Großes Ehrenwort
von Napoleon Bonaparte, liebe Mirella!", fügte er noch hinzu.
„Und ich verspreche Euch überdies, dass Ihr nur bei schönem
Wetter hingerichtet werdet, bei strahlendem Sonnenschein".
Babeuf und Fouché lachten heiter, dann brachen sie plötzlich
ab.
„Für diese hohe Ehre werde ich mir jedoch das Privileg
vorbehalten, das gesamte Vermögen von Mademoiselle
Mirella di Cagliostro zu einem guten Zweck einzuziehen",
sagte der Korse genüsslich mit eiskaltem Lächeln.
Mirella lachte wie befreit auf, doch den anderen Herren der
Tischgesellschaft blieb das Lachen immer mehr im Halse
stecken.
„Sehr gut gesprochen, Herr General!", lobte Mirella ironisch.
„Ich erkenne mit Freuden, Ihr habt Witz und Verstand, und
eine gehörige Prise schwarzen Humors", sagte sie lächelnd.
„Das will ich meinen, Mademoiselle, den habe ich von
meinem Großvater geerbt, der war nämlich Neger", bemerkte
Napoleon trocken.
Jetzt lachten Babeuf und Fouché schon wieder etwas befreiter.
Auch Mirella grinste. „Ferner verfügt Ihr über Klasse und
Selbstbewusstsein von einem beneidenswerten Rang", fuhr die
Degenfechterin vergnügt fort. „All diese Vorzüge heben Euch
wohltuend ab von diesen übrigen, lächerlichen Figuren hier
am Tisch, die sich großmäulig Revolutionäre nennen und
dennoch in ihrer kleinmütigen Kleingeistigkeit feststecken!",
tadelte sie eifrig und unwirsch.
„Aber Madame ... Wie können Sie nur so ...", wagte Babeuf,
der Frühkommunist vom „Club der Gleichen", einen
zaghaften Einwand zu erheben.
„Er möge schweigen!", herrschte MdC ihn an.

Widerwillig zuckend fügte sich Babeuf augenblicklich in seine Schweigerolle.

„Verwöhnte Salonhure!", zischte ihr Marschall Fouché leise zu. Mirella achtete gar nicht erst darauf.

„Meine werten Herren Pseudo-Revolutionäre, lassen Sie mich Ihnen mitteilen, in aller Deutlichkeit: Dass ich es bei weitem vorziehe, einem größenwahnsinnigen, ehrlichen Betrüger und Usurpatoren wie Napoleon Bonaparte zuzuarbeiten, als zwei Schleimscheißer und Speichellecker wie Babeuf und Fouché in meinem Club zu dulden", erklärte Mirella genüsslich und sah absichtlich schwärmerisch zu Napoleon auf. Die beiden Gescholtenen protestierten wieder heftig.

„Vielen Dank für so viele freundliche Worte, Mademoiselle!", deklamierte Bonaparte sarkastisch.

„Keine Ursache", gab Mirella kühl zurück.

„Auch wenn der kleine Möchtegern-Welteroberer doch reichlich kurze Beinchen hat", stichelte sie trotzdem weiter geringschätzig, dass Bonaparte rot wurde.

„Madame!", protestierte er schwach und erhob sich barsch zu seiner vollen Größe.

Als er jedoch gewahrte, dass selbst Mirella ihn fast um eine halbe Haupteslänge überragte, nahm er schnell wieder Platz.

„Wie aber wollen Herr General im Übrigen das Vermögen meines Vaters konfiszieren, das er in England gebunkert hat, falls es Euch doch gelingen sollte, mich vor die Flinten eines Exekutionskommandos zu bekommen?", fragte die Cagliostro listig. „Denn England werden Euer Majestät kaum zu besetzen und zu unterwerfen vermögen, die Insel ist uneinnehmbar. Auch für einen Bonaparte, für einen so genialen Feldherren wie Euch".

„Bah, wir werden auch England bezwingen. Und wenn wir vielleicht auch nicht die Insel selber erobern können, dann werden wir Großbritannien wenigstens indirekt im Mittelmeer vernichtend treffen: Indem wir Malta besetzen und in Alexandria landen, und wenn wir dann in Kürze final mit Karacho in Kairo einmarschieren, dann haben wir zumindest die englische Herrschaft über Ägypten zerschlagen", brüstete sich Napoleon. „Dann haben wir Franzosen auch die lebensnotwendige Verbindung zwischen England und Indien durchschnitten".

„Schön und gut. Damit habt Ihr aber immer noch nicht meine Frage beantwortet, wie Ihr an das Vermögen meines Vaters in London zu gelangen gedenkt", unterbrach Mirella Napoleons aufgeblasenen Redeschwall. „Pah, sollten tatsächlich noch irgendwelche Vermögensreste vom unseligen Cagliostro in London versteckt sein, wie Ihr so keck behauptet, dann werden meine Heere auch bald in der britischen Hauptstadt vorstellig werden! Denn unser Frankreich hat nach den glorreichen Siegen meiner Revolutionsheere bereits jetzt schon eine Vormachtsstellung in Europa gewonnen. Und sind erst Italien und Ägypten niedergeworfen, dann kann ich mir durchaus vorstellen, dass meine Revolutionäre auch ganz England besetzen".

„Ziemlich große Worte für so einen kleinen Mann!", äußerte Mirella provozierend.

„Denen auch bald die entscheidenden Taten folgen werden!", zischte Napoleon donnernd und schlug mit der flachen Hand auf den Tisch.

„Womit eigentlich verbürgt Ihr Euch so selbstsicher über die angebliche Existenz dieses Vermögens Eures Vaters in London?", fragte Bonaparte scharf.

„Ihr vergesst wohl, dass es Cagliostro bei seinem zweiten Aufenthalt in London geschafft hatte, Aufnahme in der dortigen ägyptischen Freimaurerloge „Espérance" zu finden, und dabei hat er sich einen großen Anhang geschaffen", erklärte Mirella gelassen. „Da legte er sich auch den Namen „Cagliostro" zu, wirkte als Goldmacher und Wunderdoktor, führte ein Leben in Saus und Braus, hielt sich Kuriere und Kammerdiener, und beschäftigte Domestiken in prächtigen Uniformen", dozierte die entfesselte Mirella munter drauflos, als sie von Napoleon barsch unterbrochen wurde: „Madame – Mademoiselle; all diese blumigen Schilderungen passen sehr wohl zu Cagliostros´ verschwenderischem Lebensstil, doch wage ich stark zu bezweifeln, dass der Graf dabei etwas gespart haben soll: Alles, was Cagliostro verdiente, oder sich an Geld ergaunerte, glitt ihm in der Laune des Augenblicks gewöhnlich schnell wieder durch die Finger, eben bei den erwähnten Dienern und Domestiken, und vor allem durch Lorenza Felicianis Prasssucht ... Wo also soll da noch Geld in London versteckt sein?", fragte Bonaparte abermals nach.

„Denn es ist nie die Kunde zu meinen Ohren gekommen, dass der Graf jemals was gespart hätte für Notzeiten..."

„Das ist ja eben die Crux!", sprudelte es aus Mirella begeistert heraus.

„Mein Vater musste ja Hals über Kopf aus London fliehen, weil er die Freimaurer in Großbritannien betrogen hat. Er hat nämlich ein beträchtliches Vermögen aus ebendieser ägyptischen Loge „Espérance" veruntreut und die Kassette mit den erwirtschafteten Profiten und gespendeten Mitgliedsbeiträgen mitgehen lassen. Doch bei seiner überstürzten Flucht konnte er sie nicht mehr aus London herausbugsieren", behauptete Mirella kühn.

„Bah, wer soll denn diesen Humbug glauben?", fragte Napoleon indigniert. „Das klingt mir zu fadenscheinig, das hört sich alles eher nach Seemannsgarn und Abenteuerromanen à la Robinson Crusoe an, und erinnert mich an in Höhlen verborgene Piratenschätze!"

„Ja, und wo soll sich dann diese ominöse Kassette Eurer Meinung nach jetzt im Augenblick befinden?", fragte auch Marschall Fouché Mirella mit beträchtlichen Zweifeln.

„Das hat mir mein Vater in verschlüsselten Mitteilungen in lateinischer Sprache in jenem Dokument mitgeteilt, das unser ehrwürdiger Logenbruder dort drüben gerade bestrebt ist, zu entschlüsseln", behauptete Mirella di Cagliostro nunmehr allen Ernstes.

Alle Köpfe drehten sich zu dem alten Logenmeister hin.

„Das Pergament enthält in der Tat einige typische Freimaurerzeichen und Symbole. Die verwendete Sprache ist allerdings nicht nur Latein", gab der alte Meister endlich mit brummender Stimme preis. „Eine Stelle hier ist sogar in sizilianischem Dialekt abgefasst, und diese scheint tatsächlich auf eine *Privatvilla in Mailand* hinzudeuten, wo besagte Geldkassette aus London verwahrt sein soll, wie ich gerade entziffern konnte", murmelte der Alte versonnen.

Erregtes Stimmengewirr in den Gewölben folgte dieser überraschenden Ankündigung.

„Was sagt Ihr da, Ehrwürdiger Meister?", fragte Napoleon elektrisiert. Auch Mirella sprang erregt in die Höhe.

„Sizilianischer Dialekt!!! Das war die Geheimsprache meines Vaters! Er hat es demnach also doch geschafft, diese Geldkassette der Freimaurer aus London herauszubringen und nach Mailand zu schaffen!", rief sie lebhaft aus.

„Und wo genau soll diese Privatvilla in Mailand liegen?", fragte Babeuf mit lebhaftem Interesse.

„Hm, das steht anscheinend … hier … in einer kodierten Zahlenfolge verschlüsselt", sagte der alte Logenmeister grübelnd, ohne den Blick von dem Dokument zu erheben.

„Könnten Euer Gnaden diesen Code eventuell für uns entschlüsseln?", fragte Mirella ungestüm.

„Bestimmt!", meinte der alte Herr kategorisch und lächelte geheimnisvoll.

„Ausgezeichnet – nun müsst Ihr aber wirklich die Lombardei für mich erobern, mein kleiner Korporal, damit ich sicher in diese Villa in Mailand gelangen kann, um die Geldkassette meines Vaters ausfindig zu machen!", schmeichelte Mirella dem jungen Revolutionsgeneral, lief zu ihm hin und schmiegte sich katzenhaft und ironisch an ihn. Er wich verlegen etwas zurück.

„Wenn ich solch einen Unsinn glauben würde, dann könnte ich das vielleicht tun", antwortete Napoleon grimmig.

Mirella ließ sich nicht beirren und stakste zielstrebig zum alten Logenmeister hinüber.

„Auch Euer Herrlichkeit wird eine fürstliche Belohnung für Eure Dechiffrierarbeit zuteil werden, solltet Ihr Erfolg haben und mir sagen können, wo genau sich diese Privatvilla in Mailand befindet", stellte sie ihm hochmütig in Aussicht. Da blickte der Logenbruder von seinem Tischchen geringschätzig zu Mirella hoch. „Mein liebes Fräulein!", begann der Alte mit kalt lächelnder Miene zu intrigieren, „im eigentlichen Sinne gehört besagte, veruntreute Geldkassette ja unteilbar den Freimaurern, also uns. Denn wir hätten als einzig berechtigte Partei einen Anspruch darauf", sagte der Alte nörgelig und seine Gesichtszüge nahmen einen moralisch überlegenen Ausdruck an.

„Jetzt übertreibt aber bitte nicht mit Eurem überzogenen Besitzanspruch, ehrwürdiger Meister", kanzelte Mirella ihn ab. „Ihr seid schließlich kein Logenbruder aus England, sondern Franzose", wetterte MdC.

„Sehr richtig!", pflichtete Napoleon eifrig bei.

„Die Freimaurer waren mir sowieso von jeher immer irgendwie suspekt; nicht zu Unrecht stehen sie ja auch schon lange in dem Ruch, die Weltherrschaft erstreben zu wollen … Sowohl politisch, wie auch in geistiger Hinsicht", bekräftigte der Anhänger vom „Club der Gleichen", Francois Noel Babeuf, der Frühkommunist. „Jawohl, das ist richtig, nieder mit der Gier der Freimaurer!", verstieg sich jetzt sogar der Marschall Fouché zu der unerwarteten Schmähung. Der alte Logenbruder verzog kraus die Stirn, gab aber keinen Kommentar von sich.

„Meine Dame, meine Herren Verschwörer!", beschwor Napoleon indigniert die Gemüter: „Mit solcherlei kleinlichen Sticheleien und Streitereien kommen wir nicht weiter. Ich schlage daher vor, die außer Rand und Band geratene Versammlung bis auf Weiteres zu vertagen, und erst wieder aufzunehmen, wenn wir uns alle beruhigt haben und bereit sind, vernünftig zu diskutieren", schlug der Korse barsch vor. „Ich für meinen Teil habe jedenfalls genug von diesem Humbug. Und ich habe ja sowieso nie an dieses Schwindel-Dokument geglaubt, und habe wirklich Wichtigeres zu tun: Der Italien-Feldzug erwartet mich, meine Lieben. Ob mit oder ohne Goldschatz! - Adieu, werte Mitstreiter!", sagte er und schon entschwand er erhobenen Hauptes.

Fouché und Babeuf schlossen sich der Meinung an, brachen murmelnd auf. Nur die unerschütterliche Mirella blieb mit dem alten Logenbruder zu einem ernsten, vertraulichen Gespräch zurück an dieser geheimnisvollen

Verschwörerstätte, in den Katakomben einer nicht näher
bezeichneten Kathedrale.

VIDOCQ TRITT AUF

Die nächste Versammlung der ehrgeizigen Schatzsucher
wurde wieder in den Katakomben derselben Kathedrale
abgehalten, aber erst gut einen Monat später, als alle endlich
wieder zum selben Zeitpunkt zusammenkommen konnten.
Eine Neuerung war, dass die heutige Versammlung um ein
zusätzliches Mitglied bereichert wurde: Ein junger,
gutaussehender, schwarz gelockter Jüngling war zu den
Verschwörern gestoßen, Francois Eugène Vidocq aus Arras,
21 Jahr alt. Ein einfacher Landstreicher, der sich als Dieb,
Schmuggler, und Mitglied von Räuberbanden durchs Leben
schlug. Daher wurde er auch in ganz Frankreich von der
Polizei gesucht und kreuz und quer durchs Land gejagt. Das
Geheimversteck in der Krypta der Kathedrale von Reims kam
dem rauen, aber herzlichen Gesellen daher auch
augenblicklich persönlich gut zupass, denn er war wieder
einmal auf der Flucht. Geld konnte er jederzeit gut
gebrauchen, und sollte er sich einen Anteil an dem Schatz des
Cagliostro sichern können, dann wäre Vidocq genau der
richtige Mann für Mirella und ihre Bande, um die ganze
Bagage auf Schleichwegen mitsamt dem Vermögen sicher aus
dem zurzeit noch sehr unruhigen Frankreich
herauszuschleusen.
Jetzt aber sah es erstmal so aus, dass der pfiffige
Lebenskünstler zunächst seine Lebenserfahrung und seine
umfangreichen Kenntnisse über alle Schmugglerpfade
einsetzen musste, um überhaupt eventuell auch nur an ein

kleines Stückchen des Vermögens von Cagliostro heranzukommen. Wenigstens an die angeblichen Schätze in Reichweite, in Frankreich selbst.

Als die Verschwörer durch einen Geheimgang in die Krypta eintraten, sahen sie MdC schon an dem runden Verhandlungstisch sitzen. Napoleon, Babeuf und Fouché machten den Neuling Vidocq, den sie mitbrachten, mit ihr bekannt. Der Schmugglerkönig machte große Augen und ergriff galant ihre Hand, indem er sich zu ihr hinunterbeugte, denn die junge Abenteurerin blieb reglos blasiert am Tisch sitzen.

„Das ist also die Überraschung, die unsere drei Herren Revolutionäre für mich hier vorbereitet haben, wie sie mir versicherten", sagte Vidocq fröhlich lächelnd.

„Freut mich, Euch endlich persönlich kennenzulernen, Mademoiselle, denn ich habe schon so viel von Euch gehört", sagte Vidocq, der sichtlich sehr angenehm überrascht war von der weiblichen Präsenz.

„Ich freue mich ebenso, so lange Zeit bisher nicht Eure Bekanntschaft gemacht zu haben müssen", erwiderte Mirella knapp und sah den Abenteurer argwöhnisch an.

Vidocq lachte amüsiert.

„Das fängt ja gut an. Wie es scheint, haben sich da zwei vom gleichen Schlag gefunden – zwei Abenteurer und Herumtreiber!", sagte Napoleon flüsternd zu seinen Kameraden.

„Ja, zwei Parasiten, Nutznießer genau von der Sorte Gesellschaft, die wir abschaffen wollen", brummte der 36jährige Revolutionär und Frühkommunist Babeuf angewidert.

„Ja, noch brauchen wir die beiden, aber bald vielleicht schon … Hähä, wer weiß?", sinnierte der forsche, 37jährige Militär Fouché und grinste vielsagend.

„Wie ich hörte, seid Ihr ein Meister aller Klingen, Säbel und Degen?", fragte Mirella den Tagedieb Vidocq, indem sie ihn einlud, sich neben sie an den Tisch zu setzen. Er nahm dankbar an und ließ sich auch sofort in ihrer unmittelbarsten Nähe nieder.

Mirella zog die Stirn kraus und erwiderte patzig: „Man kann es auch ein wenig übertreiben mit der ersten freundschaftlichen Nähe, Meister des stumpfen Schwertes!", sagte sie hochnäsig und rückte wieder etwas von Vidocq ab. „Aber wieso denn nur ein wenig?", fragte Vidocq arrogant und treuherzig zugleich und grinste Mirella anzüglich an. Babeuf rümpfte die Nase, doch Napoleon lachte diesmal ersatzweise für ihn. Vidocq nickte beifällig. „Es tut meiner bescheidenen Person übrigens jede Menge Ehre an, dass liebreizende Mademoiselle mich überhaupt zu kennen belieben", sagte Vidocq artig und galant.

„Oh, zu reden vermögt Ihr immerhin schon wie ein dekadenter Adeliger, lieber Vidocq, wie ich erfreut feststellen muss", erwiderte Mirella vergnügt. „Da übrigens auch ich in der Kunst des Degenfechtens leidlich bewandert bin, Sire, so lasst mich Euer Gnaden vorschlagen, dass wir bald mal einen Waffengang wagen und demnächst bei Gelegenheit die Klingen kreuzen, natürlich nur so zum Spaß", schlug MdC neckisch vor.

„Was halten Euer Merkwürden von meinem Vorschlag?"

„Oh, es wird mir ein Vergnügen sein, in den Genuss von Mademoiselles Fechtkünsten zu kommen", sagte der Schmeichler Vidocq erfreut.

„Schluss jetzt mit diesem Schmus! Wir haben weitaus ernsthaftere Dinge zu bereden", erhob der korsische Revolutionsgeneral die herrische Stimme. „Mein Direktorium ist fast bankrott und meine Revolutionsarmee ist in einem erbärmlichen Zustand", klagte Napoleon. „Das Heer ist schlecht ausgerüstet und disziplinlos. Um meine Soldaten aber weiterhin zu Zucht und Ordnung zu zwingen und begeistern zu können, reicht es nicht, mit ihnen wie bisher Not und Gefahr zu teilen. Auch der Sold der Soldaten will ab und an aufgebessert sein, und dazu benötige ich endlich einen Voraus-Anteil von Eurem angeblichen Schatz", bellte der Revolutionsgeneral.

„Dann lasst mich doch gleich mit Eurem Revolutionsheer nach Oberitalien mitziehen", forderte Mirella dreist erneut von Napoleon. „Sobald Ihr dann die Regierung in der Lombardei gestürzt haben werdet, und dort eine Republik errichtet, dann müssen die „befreiten" Italiener dafür einen Tribut entrichten an Euer klammes Direktorium. Dann haben wir ein probates Druckmittel gegen das italienische Volk zur Hand, damit uns seine Abgesandten – unter anderem - die Geldkassette der englischen Freimaurer aus der Mailänder Villa übergeben, die mein Vater dort deponiert hat", schlug Mirella lässig vor.

„Hah! Nicht schlecht ausgedacht für ein Weib!", lobte Napoleon Bonaparte sarkastisch.

„Aber Ihr wisst ja bis jetzt nicht einmal, wo genau in Mailand sich diese Villa befindet", tadelte der Korse das Mädchen.

„Doch, der Logenbruder hat es herausgefunden; er hat den geheimnisvollen Zahlencode aus dem alten Pergament meines Vaters entschlüsselt, ich weiß nun genau, wo die Villa steht", triumphierte Mirella frohlockend. „Und auch, wo der Schatz darin verborgen liegt", schob sie selbstsicher nach.

„Was denn, ehrlich?", fragte Babeuf zweifelnd und sah MdC scharf an.

„Ja, und wo bleibt überhaupt der alte, ehrwürdige Meister dieser Freimaurerloge solange?", fragte Marschall Fouché verwundert. „Er sollte doch eigentlich heute wieder zusammen mit uns allen hier anwesend sein bei unserer Versammlung!".

„Keine Bange, meine Herren; er ist schon längst hier", sagte Mirella selbstsicher und lächelte geheimnisvoll. „Er ... äh ... ruht sich nur ein bisschen aus", fügte sie glucksend hinzu.

„Ach? Wo denn?", fragte Napoleon pikiert.

„Kommen Sie, meine Herren, am besten, ich führe Sie jetzt gleich mal zu ihm hin", versprach die junge Abenteurerin lässig und erhob sich. Indem sie Napoleon couragiert bei der Hand nahm, und ihn durch einen Seitengang hinunter zu den Katakomben führte, erreichte Mirella ohne Mühe, dass ihnen die drei Herren Babeuf, Fouché und Vidocq neugierig nachfolgten.

„Aha, ich ahne es schon: Wahrscheinlich schlummert der alte Logenmeister in einem Geheimzimmer in seinem Himmelbett, bis wir kommen und ihn wecken", äußerte Napoleon die Vermutung. „Er ist ja schließlich auch schon ziemlich betagt. - Ach, ich bin wirklich begierig darauf, mit ihm zu sprechen", ergänzte er befriedigt.

Ganz so, wie von Napoleon vermutet, verhielt es sich dann doch nicht: Denn das Gewölbe, in welches Mirella die Männer führte, enthielt nur einen einzigen, steinernen Sarkophag, der bei geöffnetem Deckel eine lange, hagere Gestalt mit gefalteten Händen beherbergte. Und diese deutlich sichtbar für die Blicke der Betrachter preisgab. Bestürzt wich Marschall Fouché als erster zurück und erstarrte. „Das ist ja der olle Logenmeister – aber anscheinend mausetot!", rief der Revolutionär verständnislos mit fahrigen Augen in das dumpf grollende Gewölbe hinein.

„Sehr richtig bemerkt, meine Herren!", sagte Mirella selbstsicher frotzelnd.

In den gefalteten Händen hielt der Alte ein Stück Dokument. Mit einem treffsicheren Stich ihres Floretts, das sie geschickt durch die Luft schwirren ließ, entwand Mirella es ihm, indem sie es mit der Degenspitze aufspießte und Napoleon präsentierte. Dieser entfernte das Dokument erstaunt von der Degenspitze und begutachtete es.

„Das ist der entschlüsselte Text mit der genauen Beschreibung und Ortsangabe der Mailänder Villa, die unser verblichener Bruder hier für mich angefertigt hat", sagte Mirella freudig und schnalzte enthusiastisch mit der Zunge.

„Aber wieso ist der Alte tot? Die Aufregung war wohl zuviel für den ehrwürdigen Logenbruder?", fragte Babeuf mit ratloser Miene.

„Quatsch, was seid Ihr doch für ein Trottel! Wenn Ihr euch nur ausnahmsweise einmal die Mühe machtet, etwas genauer hinzusehen, dann würde Euch auffallen, dass der gute Mann ein Loch in der Stirn hat", schmetterte Napoleon ihn ab. Er zeigte auf die Wunde. „Aber warum? War das etwa Euer Werk, Mademoiselle?", fragte Napoleon streng.

Mirella bejahte lächelnd.

„Absolut zutreffend, mein kleiner General von der kurzen Beinigkeit. Unser ehrwürdiger Meister wurde leider etwas zu gierig – und dann vor allem zu mörderisch! Schließlich wollte er mich sogar umbringen, deshalb nimmt er jetzt auch den ursprünglich mir zugedachten Platz ein", bestätigte Mirella feierlich, zeigte mit dem Florett auf den Logenbruder und machte einen Knicks vor dem Toten.
Alle Männer stöhnten laut auf.

„Wie habt Ihr ihn ins Jenseits befördert? Etwa mit einer Kostprobe Eurer erdrückenden Liebe?", fragte Vidocq mit liebenswürdigem Zynismus.
Alle lachten.
„Aber nein!", wehrte MdC die Unterstellung ab und lachte kieksend auf.
„Also dann mit Eurem berühmten Degen!", wagte Napoleon Bonaparte die Vermutung.
„Auch nicht", säuselte die schöne Abenteurerin mit unschuldigem Gebaren. „Jetzt solltet Ihr Euch alle aber doch allmählich mal die Mühe machen, etwas genauer hinzuschauen, denn dann würdet Ihr erkennen, dass die tödliche Wunde nicht von einem Floretthieb herrührt, Herr Revolutionsgeneral", empfahl die schöne Degenfechterin dem grimmigen Napoleon.
Dieser räusperte sich unangenehm und verstimmt.

„Als er mir gestern hier am selbigen Ort die Entschlüsselung des kostbaren Dokumentes überreichte, da war unser nichtswürdiger Logenbruder doch glatt der Meinung, ich sei ein albernes, törichtes Mädchen, unreif, gierig und voller Flausen. Außerdem eine Gefahr für die Menschheit; vor allem eine Religionsfrevlerin, welche die ehrwürdigen Statuten der Freimaurer entweihen wolle, um mich unwürdig zu bereichern …"
Die Männer lauschten wie gebannt.
„Das alles stimmt ja auch!", flüsterte Babeuf frostig.
Allgemeines Gelächter erschallte.
„Und weiter, was geschah dann?", drängte Napoleon.

„Eine derart liederliche Person wie ich verdiene daher eher den Tod, als einen Schatzanteil, meinte unser orakelnder Logenbruder, und so zog er dementsprechend auch eine kunstvolle Duellpistole aus der Rocktasche seines Umhanges und richtete den Lauf mit feierlicher Zeremonie auf mich. Daraufhin riet er mir dringend, mein letztes Gebet zu sprechen, um mich hernach auf das Jenseits vorzubereiten", referierte Mirella in lebenslustiger Manier.

„Pfui! Weiß Gott eine Haltung, die sich nicht gerade mit dem weltbürgerlichen Ideal der Freimaurer nach Selbstkritik, Menschenliebe und Duldsamkeit verträgt", entgegnete Napoleon mit vergnügtem Grinsen.

„Nicht wahr?", fand auch die aufgekratzte Mirella, die weiter berichtete: „Ich sagte also so ruhig wie möglich zu unserem wenig ehrwürdigen Logenbruder: „Aha, ich verstehe, Ehrwürdiger Logenbruder; Ihr habt da eine schöne, antike Duellpistole in der Hand. Ihr wollt also ein Duell um den Besitz des Schatzes mit mir ausfechten; wie nobel – ich bin bereit, gab ich ihm begeistert meine Zustimmung."

„Daraufhin grinste mich der Logenmeister überlegen an und begann erst dann, seinen gesamten Charme zu entfalten."

„Bekomme auch ich so eine schöne alte Duell-Pistole?, fragte ich ihn gemütlich, obwohl ich innerlich mächtig zitterte, wie ich gestehen muss".

„Bedauerlicherweise nicht, denn Ihr müsst wissen, meine einfältige Tochter: Das hier ist eine besondere Art von Duell, nämlich ein ziemlich einseitiges; alle Handlungen dazu gehen allein von mir aus. Das heißt also im Klartext: Ich bin der einzige Schütze, und mir steht als Beleidigtem auch der erste Schuss zu, übrigens auch der zweite und der dritte, falls sich das als notwendig erweisen sollte – könnt Ihr mir folgen? Ihr versteht, was ich meine?", erläuterte mir gestern unser Logenbruder liebenswürdigerweise genauestens seine ureigensten Spielregeln", erklärte Mirella mit überschäumender Spielfreude ihrer illustren Zuhörerschaft.

„Faszinierend, einfach faszinierend, diese Art von Spielregeln!", bekannte Napoleon feinsinnig und zog einen Flunsch.

„Allerdings würde es mich nun noch wesentlich mehr faszinieren, zu erfahren, wie Ihr die eigennützigen Spielregeln unseres vorwitzigen Logenbruders überlebt habt, Demoiselle Mireille", fragte Napoleon wissensdurstig nach.

„Oh, das!!! - Das war mehr ein Zufall", bekannte Mirella schelmisch.

„Aha, ich verstehe, sagte ich zu dem Logenmeister, das ganze Duell soll also zu einer todsicheren Sache für Euer Exzellenz werden."

„Genau richtig erfasst, meine unwürdige Tochter, bestätigte mir unser Logenbruder", referierte Mirella lachend. - „Denn nach seinem Ausgang besteht Eure einzige Aufgabe darin, tot zu sein, schnarrte mir der Logenmeister süffisant und dünkelhaft entgegen". - „Ganz wie Ihr eben schon richtig bemerkt habt: Für Euch den Tod, schönes Kind, für mich die sichere Sache … Das zusammen ergibt doch erst eine todsichere Sache, nicht wahr, hähähä?", fragte mich der Freimaurer arrogant und schnöselig", erklärte Mirella.

„Eine gute Verteilung der Rollen, vor allem sehr praktisch für Euch, lobte ich ihn sarkastisch, und da befiel den guten Logenbruder auf einmal ein hässlicher Niesreiz, in diesem alten, staubigen Gewölbe hier. Ich nutzte meine Chance, zog meinen Degen und schlug ihm damit seine Pistole aus der Hand; er stand dafür günstig nahe bei mir, eine enge Mensur war mir somit möglich – das heißt also, es war mir möglich, meinen Gegner durch bloße Streckung des Arms zu treffen", erläuterte Mirella sachkundig.

„Seine Duellpistole fiel also zu Boden, doch leider löste sich beim Aufschlagen der Waffe auf den Steinboden ein Schuss, den der Logenbruder genau in die Stirn abbekam, als er sich hurtig bückte, um der entwundenen Waffe mit einem geschickten Sprung nachzusetzen, um sie wieder zu fassen zu bekommen", beendete Mirella schalkhaft ihre Schilderung.

„Und der Schuss war leider sofort tödlich!", behauptete sie, und wurde nun doch ganz blass.

Für einen Augenblick hatte sie der Ernst der Lage wieder. Doch Mirella fand sofort wieder zu ihrer unglaublichen Gewitztheit zurück: „Es blieb mir danach nur noch die traurige Aufgabe, den Logenmeister zur letzten Ruhe zu betten – er befand sich dafür ja gerade so schön passend im richtigen Raum", grunzte sie verlegen und lachte schräg.

„Eine reichlich abenteuerliche Schilderung ist dieses abstruse Erlebnis, fürwahr!", meinte Napoleon und grinste. „Ja, genau, ich hoffe nur, Ihr habt nicht auch demnächst vor, Euch auf ähnliche Weise Eurer übrigen Geschäftspartner zu entledigen?", fragte Babeuf mit ernstlicher Besorgnis.

Vidocq lachte. „Ja, wer von uns ist als Nächster dran?", war auch Marschall Fouché begierig, zu erfahren.

„Aber nicht doch, meine Herren", schaltete sich der junge Vidocq schmunzelnd ins Gespräch ein, „wenn unser fechtfreudiges Fräulein hier wirklich solch finstere Absichten hegen würde, hätte Mademoiselle Mirella uns doch wohl nicht freiwillig zum Grabmahl des unwürdigen Logenbruders geführt. Vielmehr hätte sie uns in diesem Fall seinen Tod verheimlicht", versuchte der junge Abenteurer die Besorgnis der drei Herren Bonaparte, Fouché und Babeuf zu zerstreuen.

„Ja, das leuchtet irgendwie ein", gab auch Napoleon zu, der die Aufmerksamkeit wieder auf das entschlüsselte Dokument lenkte, das er noch immer in den Händen hielt.

„Was soll mit dem Wisch hier nun geschehen?", fragte er gedehnt.

„Ich habe für jeden von uns eine Abschrift von dem Dokument meines Vaters in französischer Sprache anfertigen lassen", erklärte Mirella forsch und griff in eine Nische in der Krypta. „Hier!"

Und sie überreichte jedem der Männer eine Kopie. Auch Vidocq bekam eine davon.

„Ihr habt an alles gedacht, verwegene Demoiselle!", lobte der Schmugglerkönig Vidocq anerkennend.

„Außer an unsere tote Leiche hier", wandte Napoleon bärbeißig ein.

„Was sollen wir denn Eurer Meinung nach nun mit unserem mumifizierten Freund anfangen?", fragte er Mirella interessiert.

„Ich schlage vor, wir lassen ihn erst einmal hier, bis uns was Besseres einfällt", sagte Mirella nachdenklich. „Hier stört er doch niemanden, und die Freimaurer werden ihren Logenbruder bestimmt nicht vermissen: Die haben genug Sorgen damit, den Nachstellungen der Royalisten, sowie der Revolutionäre zu entgehen. Ganz zu schweigen von der Katholischen Kirche", meinte Mirella di Cagliostro augenzwinkernd.

Alle ihre Zuhörer ließen ein unbehagliches Murmeln erklingen.

Mirella jedoch lachte alle Unannehmlichkeiten kurzerhand einfach weg.

„Und sollte sich das mit dem Schatz meines Vaters am Ende unserer Suche doch als eine Täuschung oder als Humbug erweisen, dann können wir unseren unglücklichen Logenmeister immer noch als Mumie im Louvre ausstellen, und ihn vielleicht zu einer Attraktion für Reisende und Gelehrte machen", schlug Mirella lässig vor und lachte.

„Vielleicht wird er dann sogar zum Schauobjekt wie bei einer Jahrmarktsattraktion, und wir kommen auf diese Art ersatzweise doch noch zu unserem Schatz, wenn wir den Toten in klingende Münze verwandeln, indem wir ein saftiges Eintrittsgeld fordern, wenn jemand den Logenmeister begaffen will", führte Mirella burlesk aus.

„Na, wäre das nicht der Einfall des Jahrhunderts?", quakte sie albern drauflos.

„Was für ein absurder Gedanke ist das wieder nur?", klagte Marschall Fouché und schüttelte den Kopf.

Napoleon lachte wieder, diesmal amüsiert.

„Was habt Ihr doch nur für kuriose, zynische Gedankengänge!", sagte er prustend vor Lachen.

„Solche Leute wie Ihr mit ähnlichen Gedanken könnte ich gut in meiner unfähigen Regierung gebrauchen!", sagte Bonaparte höchst amüsiert.

„Das von eben meintet Ihr aber doch nicht im Ernst?", fragte
Babeuf indigniert. „Ich hoffe, das war nur ein Scherz?", fragte
er zeternd wie ein wilder, alter Affe.
„Ach? - Wenn Ihr selber die Mumie spielen wollt, soll es mir
auch recht sein; ich hatte nicht die Absicht, Euch zu
übergehen, Herr Revolutionsrat!", antwortete Mirella
schnippisch.
„Auch Ihr würdet einen ausgezeichneten prähistorischen, aber
zumindest einen prä-hysterischen Höhlenmenschen für das
Museum abgeben, so wie Ihr Euch gerade aufführt!",
bemerkte sie sarkastisch.
Vidocq grinste amüsiert.

„Aber meine Liebe, so kommen wir doch nicht weiter", sprach
er lächelnd zu Mirella, die er voller Verlangen ansah. „Auch
wenn Eure Scherze ganz hübsch anzuhören sind, sollten wir
Schatzsucher doch endlich einen festen Verbund des
gegenseitigen Vertrauens bilden, um nach Mailand
vorzustoßen", schlug er vor.
„Sehr richtig, gut gesprochen, Herr Tagedieb", erklärte
Fouché entschlossen, und Babeuf stimmte zu.
„Wie also gehen wir Eurer Meinung nach vor?", fragte
Napoleon mit wenig Begeisterung und noch geringerer
Überzeugung, dass das Unternehmen gelingen könnte. „Denn
ich habe im Grunde keine Zeit für solche Mätzchen, mein
Feldzug ist wichtiger. Wenn die Sache mit dem Schatz nicht
überhaupt ein Märchen ist…"
„Die augenblickliche, angespannte Lage in Frankreich lässt es
eigentlich nicht zu, dass ich mich von hier fortbewege, um
einen imaginären Schatz im Ausland zu suchen", meinte
Fouché, „und mein Revolutionsgeneral braucht mich bei der
brisanten politischen Lage hier in Paris dringender", erklärte
er, indem er auf Napoleon deutete.
„Sehr richtig, Fouché, Ihr seid mir im Moment unentbehrlich",
bestätigte der Korse.
„Und das mit der Unabkömmlichkeit aus Paris gilt
wahrscheinlich auch für unseren großen Gleichmacher hier,

den Volksgenossen Babeuf", meinte Fouché belustigt. Und er patschte Babeuf auf die Schulter.

„Sehr richtig, auch ich habe meine Zeit nicht gestohlen", bestätigte dieser beleidigt.

Napoleon grinste.

„Ich muss hier die ökonomische Gleichstellung unserer künftigen Republik Frankreich gewährleisten, und überwachen, und das Privateigentum muss endlich auch abgeschafft werden. Denn Privateigentum verstößt gegen die Verwirklichung des Egalitätsprinzips an der Massenbasis, das wir vom „Club der Gleichen" anstreben", umriss Babeuf noch einmal seine politischen Bestrebungen.

„Und wie soll ich mich bei all diesen Schwierigkeiten da jetzt eigentlich freimachen, um nach Mailand zu reisen, in unsicheres Feindesland?", fragte Babeuf verunsichert.

„Passt auf, dass Ihr nicht eines Tages als Anarchist verhaftet werdet, mit Euren kruden Ideen", riet Napoleon. „Also übertreibt es bitte nicht mit Eurer Abschaffung des Privateigentums! Meine goldene Taschenuhr möchte ich dann doch schon ganz gerne behalten!", schnaubte Napoleon.

„Auch meinen Dreispitz."

Alle lachten, doch bald ergriff Mirella behaglich wieder das Wort: „Nun denn, meine ehrenwerten Herren: Wenn niemand von Euch den Mut hat, zur Schatzhebung die nötige Zeit aufzubringen, und dazu etwas Reiselust mit möglichen, unerwarteten Abenteuern, dann bleiben eigentlich nur noch wir zwei übrig, Monsieur Vidocq und ich, um heimlich nach Mailand zu reisen – auf Schleichwegen!", meinte sie vergnügt.

„Denn wir beide sind die geborenen Abenteurer", stellte sie munter fest.

„Das kann ich mir gut vorstellen, dass euch beiden das so passen könnte!", posaunte Napoleon los.

„Ihr zieht los auf Vidocqs Schleichpfaden, findet den Schatz der Freimaurer, und wir sitzen auf dem Trockenen!", zeterte Napoleon Bonaparte seinen Frust hinaus und erhob sich zornig.

„Nein, meine liebe Mireille, so geht es nicht!", schimpfte er.

„Wenn Ihr mich bitte gütigst weiterhin „Mirella" nennen wolltet, und nicht „Mireille"! Ich bin keine Französin, auch wenn ich perfekt Französisch spreche, so bleibe ich doch eine gebürtige Italienerin, und mein Vater war immerhin Sizilianer, wie Euch ja genau bekannt ist!", beharrte die eingeschnappte Degenfechterin.

Napoleon lachte und sah sie störrisch an.

„Ihr macht Euch ja auch beständig einen Scherz daraus, mich den „kleinen Korporal" zu nennen!", antwortete ihr Napoleon lachend mit der Retourkutsche.

Marschall Fouché schnaubte.

„Aber Monsieur Bonaparte hat ja so recht: Jetzt, wo Ihr dem toten Logenbruder der Freimaurer den Schatzplan abgetrotzt habt, da kommt Ihr fürderhin so praktisch günstig ohne unsere Hilfe aus, nicht wahr, Demoiselle?", fuhr der ruppige Fouché der Cagliostro anklagend ins Wort.

„Richtig, wir werden ja eigentlich nicht mehr gebraucht auf dem Weg nach Eldorado, in die Lombardei!", wetterte ebenso Babeuf.

„Doch, unser tapferer und kampferfahrener Revolutionsgeneral muss uns allen trotzdem erst noch den Weg dorthin ebnen, indem er die Lombardei erobert", widersprach Mirella trotzig. „Vorher können wir uns in den Straßen von Mailand sonst nicht frei und sicher bewegen. Das ist erst möglich, wenn die Lombardei unter französischer Besetzung regiert wird."

„Und Monsieur Fouché und Monsieur Babeuf, oder zumindest ihre Soldaten und Spezialkommissäre, sind mir unentbehrlich als Geleitschutz und Berater beim Besetzen und Durchsuchen der Mailänder Villa mit dem Schatz!", bekannte Mirella treuherzig.

„Das glaube ich gerne, dass Euch das gut zupasskommen würde, meine verhätschelte Lebedame!", höhnte Napoleon.

„Aber daraus wird nichts, Leute", wiederholte er noch einmal mit Verachtung.

„Und unsere beiden verliebten Turteltauben, MdC und Vidocq hätten auf diese schamlose Weise obendrein auch noch günstig zusammengefunden zum ersten, gemeinsamen Liebesabenteuer in Italien, wie romantisch!", unkte Fouché grobschlächtig, „Romeo und Julia in der Lombardei! - Und wir trüben Tassen gehen leer aus!"

„Ihr habt die Situation völlig richtig analysiert, bravo, mein treuer Marschall und politischer Weggefährte", lobte Napoleon gerührt. „Darum verfüge ich als leitender Konsul und provisorischer Staatschef Frankreichs auch die sofortige Verhaftung dieses hiesigen Verschwörerpärchens", sagte Napoleon überraschend. Gleichzeitig zogen Fouché und Babeuf wie auf ein verabredetes Zeichen ihre Pistolen und hielten Mirella und Vidocq in Schach. Der Korse schnippte mit den Fingern.

„Wachen! Nehmt diesen beiden verdächtigen Personen sofort ihre Waffen ab, vor allem Degen und Pistolen!", befahl der Korse den in die Katakomben stürmenden Soldaten, die sich ihren Weg durch Seitengänge zu der Versammlung gebahnt hatten.

„Denn bei diesem Gaunerpärchen hier handelt es sich um gefährliche Konterrevolutionäre, meine Freunde!", sagte Napoleon mit vergnüglichem Schnauben.

Mirellas Verblüffung war sehr groß. Sie machte ebenso große Augen. „Das meint Ihr doch nicht im Ernst?", fragte sie ungläubig, und lächelte noch selbstbewusst, doch ehe ihre flinke Hand zum Degen hätte greifen können, war einer aus dem kleinen Trupp Soldaten schon geschickt an ihre Seite gehuscht, und entwand ihr Degen und Pistole.

„Und ob ich es ernst meine! Ein Bonaparte scherzt nie in militärischen Dingen!", rief Napoleon eifrig und tatenfreudig. Vidocq blieb ganz ruhig und gelassen, als er sich freiwillig Degen und Pistole abnehmen ließ. „Und nehmt den beiden vor allem die Schatzpläne wieder ab!", befahl Napoleon.

„Aber meine Herren!", klagte Mirella, als sie rücksichtslos von den Soldaten durchsucht wurde, weil sie die Schatzkarten nicht herausrücken wollte. Da gab sie auf und gab sie freiwillig her.

„Wessen sind wir denn angeklagt? Was ist unser Vergehen, Sire?", fragte Mirella schon wieder um eine Spur kecker.

„Verschwörung und Unterschlagung von Volkseigentum und Komplizenschaft mit Schmugglern!", sagte Napoleon dreist und lachte dreckig.

Fouché und Babeuf grinsten zufrieden. Mirella und Vidocq wurden die Hände gefesselt, die Revolutionssoldaten waren darin unerbittlich schnell.

„Das ist ein hinterhältiges Komplott, Sire; Ihr habt uns in eine unwürdige Falle gelockt", stellte MdC lapidar fest.

„Es sieht ganz danach aus, verehrte degengewandte Mademoiselle", bestätigte der Schmugglerkönig Eugène Vidocq belustigt. Mirella reagierte auf die Gelassenheit ihres Verehrers äußerst verstört.

„Dass Ihr dabei so ruhig bleiben könnt, ist mir schleierhaft, Monsieur!", protestierte sie fassungslos. „Wir sind verraten worden, und das von vermeintlichen Freunden, ist Euch das nicht klar?"

Oder war dieser geschniegelte Jüngling etwa auch ein Bestandteil des Komplottes?, überlegte Mirella mit plötzlichem Schrecken und wurde ganz bleich im Gesicht. Träfe das zu, dann hätte sie keinerlei Hilfe von irgendeiner Seite mehr zu erwarten.

„Los, abführen die beiden Nippfiguren, ins Staatsgefängnis!", befahl Bonaparte seinen Männern.

„Nanu, gibt es schon ein neues? Die Bastille ist doch in der französischen Revolution geschleift worden, wenn ich nicht irre?", fragte Vidocq vorwitzig.

Napoleon grinste wieder einmal anzüglich.

„Hebt Euch Eure schalen Witze für die Ratten im Staatsgefängnis auf, das werden künftig nämlich eure einzigen Gefährten sein, Herr Schmugglerkönig!", bellte der Korse.

Und sie trieben ihre Gefangenen vorwärts, durch eine Geheimtür in den Pariser Untergrund. Nach endlosen Irrungen durch verzweigte Gänge kamen sie wieder in die Oberwelt: Ohne das Tageslicht gesehen zu haben, bog der kleine Trupp in ein behagliches Gemäuer ein, das mit Sesseln und hohen

Schränken ausgestattet war. Überall saßen Männer und Frauen an langen Tischen und lasen Zeitungen, Bücher oder in großen Folianten. Zwei große Fenster boten reichlich Licht. Denn auch einige Kunstmaler waren am Werk mit ihren Pinseln und Staffeleien. Vornehme Gestalten waren in geistreiches Plaudern vertieft.

„Das ist doch die Staatsbibliothek!", rief Mirella verwundert aus.

„Irrtum, das ist jetzt das neue Staatsgefängnis für intellektuelle Verschwörer!", berichtigte Napoleon mit nachsichtiger, gönnerhafter Herablassung. „Von meiner hochwohlgeborenen Person persönlich extra für Leute Eures rebellischen Schlages eingerichtet", ergänzte Napoleon selbstzufrieden und ließ die Soldaten den Gefangenen ihre Fesseln lösen.

„Aber vorher war dieses Gebäude hier wirklich die Staatsbibliothek, das ist schon richtig", sagte der Korse verschmitzt.

„Aber keine Sorge: Die Bücher sind immer noch da."
Verwundert starrten MdC und Vidocq nach allen Seiten.

„Meiner Treu – zu lesen haben wir jetzt immerhin genug!", sagte der Schmugglerkönig lachend.

„Aber das ist doch die Bastille, zumindest der Leseraum der Bastille!", stieß Mirella erregt hervor.

„Wieder falsch, genau wie dein Titel, du Zigeunermädchen!", korrigierte Napoleon schmunzelnd. „Die Bastille ist doch wirklich schon vor vielen Jahren vom französischen Volk während der Revolution zerstört worden, erinnerst du dich nicht?", fragte der Korse die junge Degenfechterin. „Das hier ist ein neues Gefängnis", sagte Napoleon. „Mit intellektuellem Touch."

„Moment mal, was gibt Euch plötzlich das Recht, mich zu duzen?", fragte Mirella pikiert.

„Gefangene werden immer geduzt, Demoiselle", belehrte sie Napoleon.

„Damit sie begreifen lernen, dass es von jetzt an einen ganz besonderen Standesunterschied zwischen ihnen und Leuten unserer gehobenen Kaste gibt", zischte ihr der Korse dünkelhaft ins Ohr.

„Na, auf Euren schurkischen Stand kann ich gerne
verzichten!", schleuderte ihm Mirella voller Verachtung ins
Ohr.

„Können wir uns hier frei bewegen, wie die anderen
Herrschaften hier?", fragte Vidocq liebenswürdig.
„Das könnt ihr, doch jeweils am Abend werdet ihr beiden
wieder in eure Zellen eingeschlossen, zur Sicherheit; Verliese
sagt man hier dazu", erklärte der freundliche Fouché.
„Aber wie lange sollen wir denn hier im Staatsgefängnis
verweilen? Etwa unser ganzes Leben lang?", fragte Mirella di
Cagliostro mit mulmigem Gefühl.
„Aber nein, nur solange, bis wir wieder Zeit für euch haben,
und für die Schatzsuche brauchen", erklärte Napoleon. „Dann
kannst du uns mit deinem neuen Freund Vidocq hier auf
unserer Reise in die Lombardei begleiten, kleine
Herumtreiberin, wenn wir den Schatz deines Vaters heben",
stellte Napoleon anheim. „Dann werden wir gerecht teilen,
doch im Augenblick haben wir drei Männer Wichtigeres vor -
Politisches; die weitere Sicherung Frankreichs vor Feinden
von links und von rechts", erklärte er.
„Denn wie ihr ja wisst, sind noch nicht alle Anhänger
Robespierres tot, und ein neuer Königsanwärter aus der
Dynastie der Bourbonen könnte versuchen, in dieser
unsicheren Übergangszeit wieder auf dem Königsthron Platz
zu nehmen – zum Beispiel als Ludwig XVII.", schnarrte
Napoleon mit angeekeltem Gesicht.
„Ihr habt recht: Das ist wirklich eine unangenehme
Vorstellung, Euer Majestät!", antwortete Vidocq mit ironisch
verzerrtem Gesichtsausdruck zu Napoleon hin.
„Nicht wahr?", fragte Fouché mit sarkastischem Grinsen.

„Mit eurer provisorischen Einkerkerung will ich lediglich
verhindern, dass ihr beide heimlich nach Mailand verduftet,
um selber den Schatz zu suchen", sagte Napoleon.
„Ein Glück, dass wir Adeligen heute im Jahre 1796 nicht mehr
geköpft werden wie zur Zeit der Schreckensherrschaft von
Robespierre", schnaufte Mirella erleichtert.

„Von wegen Adel, du Zigeunermädchen!", schnarrte Napoleon verächtlich und packte MdC am Schopf. „Du bist genauso wenig von Adel wie dein Vater, der sich schon seinerzeit hochnäsig in halb Europa mit einem falschen Adelstitel geschmückt hat, dieser Schuhmachersohn Giuseppe Balsamo aus Palermo! Von wegen: Alessandro di Cagliostro!", schnaubte Napoleon vor Empörung. „Mirella di Cagliostro! Was für eine Anmaßung von dir, dich auch so zu nennen, du kleine Salonkokotte! Du Straßenmädchen! Du Zigeunerin!", schimpfte er und ließ die junge Mirella los.

„Was für eine Anmaßung von Euch, Ihr kleine Salonkokotte, Ihr Straßenmädchen, Ihr Zigeunerin, heißt das immer noch, bitte!", tobte MdC entrüstet los.

„Im Übrigen: Wie kommt Eure kleine, kurzbeinige Korporalität eigentlich dazu, mich mit einem Zigeunermädchen zu verwechseln? Ich bin keine Zigeunerin, Herr Konsul!", wetterte die Diffamierte ungestüm und trat Napoleon ans Schienbein.

„Au! Alle Italienerinnen sind im Grunde ihres Herzens Zigeunerinnen, du kleines verwöhntes Freudenmädchen!", schrie Napoleon und rieb sich das Bein.

Fouché, Babeuf und Vidocq grinsten in sich hinein.

„Und wehe, du sagst noch einmal „Kurzbeiniger Korporal", zu mir, dann überlege ich mir nämlich, ob ich nicht doch noch irgendwo ein kleines Schafott auftreiben lassen kann, das ich dir dann abends diskret in deine Zelle transportieren lasse: Für eine kleine Privathinrichtung, du kleiner Rebell!", sagte Napoleon trotzig.

„Mit mir als einzigem Zuschauer!"

„Ja, schon gut, mein versehrter Herr Knorpel-Aal", zischte Mirella belustigt.

„Werden wir heute Abend wenigstens in derselben Zelle eingeschlossen, Herr General?", fragte Mirella jetzt honigsüß Napoleon und streichelte seinen Arm.

„Ich meine natürlich nicht uns beide, Herr Korporal, sondern Vidocq und mich", erläuterte Mirella lästernd.

„Natürlich nicht, denn in meinem neuen Frankreich geht es sittsam zu, Demoiselle Streunerin! Ihr beide bekommt

natürlich getrennte Zimmer, denn Ordnung muss sein",
erklärte Bonaparte entrüstet und schlug ihren Arm weg.
„Schade, ich hatte mich schon so sehr auf unser erstes
gemeinsames Rendezvous im eigenen Zimmer gefreut",
säuselte MdC mit gespielter Traurigkeit.
„Ja, ich weiß: Die französisch-italienische Kopulation, äh,
Kooperation im Sinne der neuen, europäischen
Wertegemeinschaft", sagte Babeuf, der Frühkommunist, mit
ätzendem Humor.
„Alle Menschen sollen zwar gleich werden, aber so skandalös
gleich nun auch wieder nicht!", salbaderte er salbungsvoll.
„Alles nur Taschenspielertricks von euch neuen, hohen
Herren", entgegnete Mirella spitz und kühl.
„Genug geredet, meine Herrschaften, wir brechen jetzt auf zu
neuen Taten!", sagte Napoleon und empfahl sich mit seiner
verschwörerischen Entourage.
„Oder zu neuen Toten, wenn ihr Großmeister da draußen in
der Welt bald wieder einen neuen Krieg vom Zaun brecht!",
sagte Vidocq geringschätzig zu den drei Revolutionären.
Da drehte sich der Korse noch einmal zu Vidocq um: „Ist das
alles, was Ihr mir zum Abschied zu sagen habt, König der
Diebe? Wir alle sind doch immerhin weiterhin Partner, oder
nicht?", fragte Napoleon enttäuscht.
„Ja, Partner der Ungleichheit, Herr General", erwiderte
Vidocq amüsiert.
„Bis bald, mein liebes Zigeunerpärchen!", flüsterte Napoleon
und dann entwichen die drei Verschwörer durch eine
Tapetentür, die sofort wieder geschlossen wurde.
„Bonsoir, meine kleine, aufsässige Mireille!", flüsterte der
Korse noch zum Abschied.

Nach einer mutlosen Weile sah MdC dem umtriebigen Vidocq
erwartungsvoll ins Gesicht.
„Ob wir auch durch solch eine Geheimtür entweichen
könnten, was meint Ihr?", fragte sie listig.
„Oh, sogar durch mehrere, meine liebe Mitgefangene, denn
ich habe viele Freunde hier, wie ich gerade sehe, wie übrigens

überall in Paris", sagte er munter und schritt zu einem Diener, der Speisen für die Gefangenen auftrug, und begann flüsternd ein vertrauliches Gespräch mit ihm.

Mirella sah ihrem Schwarm erstaunt nach.

„Was sagt Ihr? Aber das wäre ja … wunderbar …!"

Der Diener schüttelte den Kopf. Vidocq schien einen enttäuschenden Gesichtsausdruck anzunehmen, doch gleich darauf glitt er wieder guten Mutes an Mirellas Seite.

„Heute sei leider nichts zu machen, sagte mir gerade mein Vertrauter", berichtete der Schmugglerkönig seiner Schicksalsgefährtin.

„Ihr meint also: Dann müssen wir heute wohl oder übel in dieser noblen Herberge nächtigen? Und zum Trost liest uns dann der Gefängnisgeistliche womöglich abends in unseren Zellen vor dem Einschlafen aus einem Band von Voltaire vor?", fragte Mirella schnippisch. „Oder von Rousseau? Oder Diderot?", fragte sie säuerlich.

„Was wäre daran so schlimm, kleine Zigeunerin?", fragte Vidocq voller Zärtlichkeit und versuchte, sich der falschen Gräfin verführerisch zu nähern.

„Ein bisschen Bildung jenseits der Degenfechterei stünde Euch sicher gut zu Gesichte, mein betörendes Zigeunerkind!"

„Nennt mich nie wieder so!", blaffte sie barsch und wehrte seine Avancen ab.

„Wäre es da nicht besser, wir versuchten, unter den vielen Büchern, die uns hier zur Verfügung stehen, eins herauszusuchen, das den passenden Inhalt hat, der uns sagt, wie wir hier herauskommen?", fragte Mirella verschmitzt.

„Oh, das wäre an sich schon eine ausgezeichnete Idee, wenn es nicht Jahrzehnte dauern würde, bis wir das richtige gefunden und durchgelesen haben!", erwiderte Vidocq sarkastisch.

„Wenn überhaupt!"

„Resigniert Ihr immer derart rasch, Euer Diebschaft?", zog Mirella den Schmugglerkönig auf.

Dabei machte sie allerdings selber ein mehr als desillusioniertes Gesicht.

„Macht Euch bitte nicht über mich lustig, das schätze ich nämlich gar nicht!", sagte Vidocq lachend und schnappte sich die schöne Abenteurerin am Handgelenk, das er ihr so weit verdrehte, dass es ihr nicht zu weh tat. „Au, was fällt Euch denn ein, Ihr Strauchdieb?", wetterte Mirella und sah ihn erstaunt an.

„Ich dachte, wir wären Verbündete?", fragte sie schelmisch. Er lachte nur leise in sich hinein.

„Ach, befänden wir uns doch wenigstens noch im Besitz unserer Schatzkarten, jetzt, wo wir hier erst mal nicht mehr herauskönnen aus diesem alten baufälligen Gemäuer", klagte Mirella. „Denn dann könnten wir uns mit genügend Zeit und Muße dem Standort des Schatzes widmen und auf der Karte schon einmal einige provisorische Routen einzeichnen, und dann die günstigste davon auswählen, die uns zum Schatz der Freimaurer führt", erklärte sie enttäuscht ihrem Mitgefangenen.

„Oh, wenn es weiter nichts ist, was Euch beunruhigt: Dieses Vorhaben kann durchaus sofort in die Tat umgesetzt werden, Mademoiselle", ermutigte sie der Schmugglerkönig und zog zwei Karten aus seiner Rocktasche hervor.

Mirella nahm sie verdutzt entgegen.

„Die Pläne? Aber woher habt Ihr die? Wie habt Ihr sie so schnell zurückbekommen?", fragte MdC erfreut.

„Oh, ganz einfach: Ich habe hier unter meinen vertrauten und treuen Gefährten in diesem Bau einen geschickten Taschenspieler, der Napoleons Hauptwachmann vorhin beim Verlassen unseres Bibliotheksgefängnisses die Pläne durch einen Trick wieder entwunden hat", sagte er lässig.

„Meine Güte, das ist ja eine freudige Überraschung", erklärte die falsche Adelige elektrisiert.

„Machen wir uns also gleich an die Arbeit!", rief sie voller Begeisterung und breitete die Pläne auf einem Katheder aus.

„Das wäre unnütze Zeitverschwendung, Mademoiselle", tadelte Eugène Vidocq mild. „Das können wir immer noch tun, nachdem wir einen Fluchtweg aus der Bibliothek gefunden haben", schlug er verschmitzt vor und nahm die

Pläne wieder in Verwahrung, steckte sie in eine Tasche seines voluminösen Fechtrockes.

„Jetzt, wo wir die Schatzpläne also eh wieder in unserem Besitz haben, da ist es doch wirklich vernünftiger, schnell eine Fluchtmöglichkeit aus dieser Trutzburg zu suchen."

„Aber Ihr habt doch vorhin gesagt…"

„Es gibt hier in diesem verwinkelten Areal jede Menge von Geheimtüren, die unsere Gefängniswärter noch nicht entdeckt haben, teilte mir vorhin ein Vertrauter mit", sagte der Abenteurer leichthin. „Wir müssen sie nur suchen; und mit ein bisschen Glück…", begann er und zog Mirella mit sich fort in eine dunkle Ecke.

„Na, Ihr habt vielleicht Nerven!", protestierte die Schöne und sperrte die Augen auf.

Vidocq jedoch nutzte bereits die Zeit, um einige Wände abzuklopfen, und wenn sich dabei eine gewisse Melodie ergäbe, dann hätte man die größten Aussichten, eine Geheimtür ins Freie entdeckt zu haben, erklärte er.

„Helft mir lieber."

„Womit denn?", fragte Mirella ratlos.

„Natürlich mit dem Abklopfen der Wände", meinte Vidocq gutgelaunt.

„Denn ich kann ja bekanntlich jeweils nur eine in Angriff nehmen!"

„Na schön, wenn Ihr meint, das nütze was", sagte sie wenig überzeugt, und machte sich an die Arbeit.

„Nicht meine Wand, das wäre überflüssig, nehmt doch bitte die dort drüben", sagte er zu Mirella.

Sie tat es und fing an, mit den Fingerknöcheln zu klopfen.

„Sucht Ihr etwa nach einem Klopfgeist, der uns den Weg ins Freie weisen soll?", fragte MdC spöttisch.

Da hielt Vidocq kurz mit dem Klopfen inne.

„Ich bin doch nicht mit der Mentalität Eures Vaters gesegnet, der an solchen Hokuspokus geglaubt hat", erwiderte der Abenteurer entrüstet.

„Oh, er selber hat ja auch nicht daran geglaubt, er hat den Hokuspokus nur geschickt für seine Zwecke inszeniert", sagte Mirella lachend.

„Ja, das kann ich mir schon eher vorstellen", antwortete Vidocq schneidend. „Aber ich gebe gerne zu: Wäre der selige Cagliostro gerade jetzt, heute, hier eingeschlossen, hätte er bestimmt schon einen Weg nach draußen gefunden", gab er seufzend zu.

„Ja, das ist schon möglich, aber dieser Trick gelang ihm nie ohne Täuschung und diverse Betrugsmanöver, bei denen viele eingeweihte Mithelfer im Hintergrund mitgewirkt haben, wenn mein Vater sich wieder einmal in einem leeren Zimmer einsperren ließ, aus dem er dann spurlos verschwunden war, wenn die Zeugen dann erstaunt und begeistert die Türen öffneten, und das Zimmer leer war. Wie ein Geist war er dann angeblich durch Wände gegangen. Das Publikum staunte nicht schlecht und war dann immer hellauf begeistert über das unerklärliche Verschwinden meines Vaters", rief sich Mirella wehmütig in Erinnerung.

„Das ist ja wirklich interessant. Und hat Euch Euer Vater vielleicht auch in die Masche des Tricks eingeweiht?", fragte Vidocq interessiert.

„Leider nicht, ich war damals ja noch zu klein, um das Drumherum seines Verschwindens zu begreifen", gestand Mirella mit Bedauern.

„Macht nichts, wir werden auch so hier rauskommen", tröstete sie ihr Abenteuergefährte.

„Oh, auf was haben wir uns da nur eingelassen?", fragte Mirella erschöpft und zaudernd.

Auf einmal gab bei dem Schmugglerkönig ein Stück Wand nach und ein Spalt gab eine kleine Öffnung frei.

Dann wurde sie rasch größer.

Vidocq nutzte die Gelegenheit und zog Mirella rasch mit sich fort durch eine Art Geheimtür.

„Oh, Ihr habt es tatsächlich schon geschafft, einen Ausgang zu finden", sagte sie erfreut.

„Gar nichts habe ich geschafft", gestand der junge Schmuggler verblüfft, „das muss ein anderer zuwege gebracht haben, meiner Treu!", sagte er ehrlich verwundert.

„Jemand, der auf der anderen Seite der Wand steht, und von außen gegen die Wand gedrückt hat…"

„Was, Ihr meint…?", fragte MdC mit ergötzlichem Lachen.

„Im Augenblick meine ich erst einmal gar nichts, kommt daher lieber schnell mit mir, statt soviel zu reden!"

Auf der anderen Seite erwartete sie in einem engen, dunklen Gang eine Gestalt mit einer Laterne.

„Kommt rasch hindurch, meine Freunde, ich muss die Tür gleich wieder schließen", schnarrte ein vornehm gekleideter Herr ihnen entgegen. Er leuchtete ihnen ins Gesicht.

„Wer seid Ihr?", fragte Mirella erschrocken und forschte mit ihren scharfen Augen die Gestalt so genau wie möglich aus.

„Der Grabwächter aus den Katakomben, oder der Sensenmann, französische Variante?", fragte MdC düster.

„Weder, noch: Ein Illuminate, ein Erleuchteter, hier im wahrsten Sinne des Wortes, denn ich habe eine Laterne bei mir – zu Euren Diensten; gestatten: Osiris, Ihr Diener, Mademoiselle", stellte sich der Mann lachend vor.

„Mein Freund Osiris!", rief da der junge Vidocq erfreut aus und schnürte den Mann in enger Umarmung ein.

„Ach, Ihr ahnt ja nicht im Geringsten, wie ich mich freue, Euch wiederzusehen, mein guter Osiris", schwadronierte der Schmugglerkönig und nestelte freundlich an der Kleidung des Mannes.

„Ihr kommt genau richtig zu unserer Rettung", sagte Mirella erwartungsvoll.

„Was denn für ein Wiedersehen, werter Herr?", fragte der Illuminate überrascht. „Ihr irrt Euch: Wir beide haben uns noch nie im Leben gesehen", versicherte der Geheimbündler frotzelnd.

„Was denn, mein guter Osiris? Noch nie? Wir haben uns also noch nie gesehen? Seid Ihr sicher? So lange liegt das wirklich schon zurück?", fragte Vidocq vorwitzig erstaunt und lachte.

„Na, das ist doch umso mehr ein Grund, das ausgiebig zu feiern!", meinte Vidocq theatralisch und gab dem unbekannten Leuchter mehrere Tapse auf die Schulter.

„Wie, ihr beide kennt euch gar nicht?", fragte MdC auf einmal entgeistert.

„Und was ist überhaupt ein „Illuminate", wenn ich da mal gütigst nachfragen dürfte?", fragte sie argwöhnisch und runzelte die Brauen.

„Na, ein Geheimbündler, ein Erleuchteter, die Illuminaten sind ein religiöser Orden, ein Geheimbund aus Deutschland, und der Kirchenrechtsprofessor Adam Weishaupt hat ihn im Jahre 1776 in Ingolstadt gegründet", rief Vidocq euphorisch aus.

„Ingolstadt liegt übrigens in Deutschland, liebe Mireille!", sagte Vidocq bei dieser Gelegenheit frotzelnd zu Mirella.

„Danke, ich weiß, wo Deutschland liegt, Euer Armleuchterigkeit!", giftete die Degenfechterin gekränkt.

„Wie Frankenstein wollte Weishaupt einen „neuen Menschen" schaffen, allerdings nicht aus Leichenteilen, sondern im sittlichen Sinne", erklärte der Schmugglerkönig eifrig. „„Wir sind die Streiter gegen die Finsternis, dieses ist der Feuerdienst" – so lautete seine Mission."

„Ist ja hochinteressant, was es so alles gibt, aber ich habe noch nie von dieser Vereinigung gehört", bekannte Mirella schnippisch.

„Die Obrigkeit hat unseren Verein ja auch schon seit 1785 verboten", erklärte der Illuminate geknickt.

„Denn er war bereits auf rund 2000 Anhänger, zumeist hohe Beamte, angeschwollen: Bis jetzt sind wir aber nur eine Schattenelite geblieben, verfemt und vergessen, und kaum bekannt in der Bevölkerung", gestand der Logenbruder, „aber das kann man ja verstehen: Die Leute haben zurzeit halt andere Sorgen: Die Ungewissheit nach der Französischen Revolution, die Kriege, das Elend, die Zeit des blutigen Übergangs, die Unsicherheit, und die vielen Parteien und Sekten, die sich erbittert bekämpfen, bis wieder eine neue Ordnung in Frankreich herrscht…"

„Und wieso wusstet Ihr eigentlich von unserer Gefangenschaft in der Bibliothek? Habt Ihr gezielt auf uns gewartet, um uns zu befreien?", fragte Mirella misstrauisch die Gestalt mit der Laterne.

„Natürlich, wir Illuminaten kennen alle Geheimtüren und Nischen in jedem Pariser Gemäuer. Schon allein aus dem Grund, weil wir unsere Vereinsversammlungen aus Gründen der Sicherheit in dunklen, abgedichteten Zimmern abhalten, versteht Ihr?", sagte die Lichtgestalt kichernd.

„Und wohin wollt Ihr uns nun führen?", fragte Mirella immer noch mit großem Misstrauen.

„Ins ewige Licht – Spaß beiseite!", raunzte der vornehme Laternenträger.

„In Sicherheit, kommt: Dieser Gang hier führt direkt zur Seine, und dort wartet ein Boot auf Euch. Das bringt Euch zu weiteren Freunden und Getreuen. Kommt jetzt, wir haben keine Zeit zu verlieren", drängte der Mann und fasste Mirella am Arm.

„Lasst mich los, Ihr merkwürdiger Karnevalist", verwahrte sich die falsche Adelige gegen die rüde Anfassmaßnahme.

„Was sagt Ihr dazu, mein guter Eugène? Können wir diesem eigenartigen Sektierer denn so einfach über den Weg trauen?", fragte sie und klammerte sich lieber an ihren Gefährten.

„Nun, über den Weg vielleicht nicht, aber eventuell zumindest doch durch diesen Gang, denn wir wollten doch sowieso aus unserer Gefängnisbibliothek entkommen, nicht wahr?", fragte Vidocq mit sardonischem Lächeln seine Begleiterin.

„Ihr kennt den Mann doch aber überhaupt nicht, und was sollen das für Freunde sein, zu denen er uns bringen will?", protestierte Mirella heftig und machte sich auch brüsk von dem zwielichtigen Schmugglerkönig los.

„Ich wette, er ist ein Spion von Napoleon oder von den Kommunarden – oder vielleicht sogar von den Royalisten?", fragte sie unsicher.

Vidocq und der Illuminat sahen sie mit quietschvergnügtem Lächeln an.

„Nun entscheidet Euch doch endlich, unstete Mademoiselle, welcher finsteren Verschwörergruppe anzugehören Ihr mich endgültig verdächtigt, denn wir können hier nicht ewig verharren, das Boot kann auch nicht unbegrenzt ankern, denn es gibt hier überall Spione, von all den Gruppen, die ihr genannt habt", drängte der angebliche Osiris.

„Meine Leute und ich können jederzeit auffliegen und verhaftet werden."

„Also, ich bin durchaus geneigt, mein Glück mit Bruder Osiris zu versuchen, Ihr könnt ja gerne zurückgehen in die Bibliothek, meine kleine Zigeunerin, wenn dieser Herr hier Euch solche Schrecken einjagt", versetzte ihr der kühne, unerschrockene Vidocq. Und er setzte sich entschlossen mit Osiris in Bewegung, der mit zufriedener Miene voranging, und mit seiner Laterne die kalten, dunklen Gangwände entlang leuchtete.

„Halt, wartet, ich bin ja bereit, mich in Eure Obhut zu begeben!", rief ihnen Mirella nach, die sich schon ein großes Stück vorwärtsbewegt hatten.

Nach einer Weile fasste das junge Fräulein di Cagliostro Bruder Osiris plötzlich am Arm. Brüsk blieb dieser stehen und leuchtete ihr ins Gesicht. „Sagt schon, was Euch bedrückt, mein eitles, schönes Kind?", fragte er erwartungsvoll.

„Nur eins will ich von Euch erfahren, oh, Bruder Weltverbesserer: Nimmt Eurer Orden eigentlich auch Frauen auf?", fragte sie spitz und zog die Stirn kraus.

„Wo denkt Ihr hin, verspielte Natur - natürlich nicht!", fragte er indigniert zurück und wandte brüsk das Gesicht ab, und nahm seine beschleunigte Gangart rasch wieder auf. Vidocq grinste unverschämt, das konnte Mirella in der Dunkelheit aber nicht mitbekommen.

„Ach – das habe ich mir doch gleich gedacht, Ihr misogyner Geheimniskrämer, Ihr okkulter Zerredungskünstler …Hexenmeister, Spinner, Kräuterdruide!", giftete ihm Mirella keuchend hinterher.

„Frauen zählen in Eurem spleenigen Verein natürlich nichts, nicht wahr? Dabei wolltet Ihr doch nach Euren eigenen, großtönenden Worten angeblich die Welt von

Ungerechtigkeit, Unterdrückung und Rückschrittlichkeit befreien, das engstirnige, patriarchalische Denken abschaffen; dabei seid Ihr in Wirklichkeit kleinlicher und rückschrittlicher als alle Eure Vorgänger mit Eurer Weiberfeindschaft!", schimpfte ihm die außer Atem geratene Mirella atemlos hinterher.

„Hütet Eure Zunge, kleines, vorlautes Frauenzimmer!", blaffte der Erleuchter ins Dunkel zurück.

„Frauen interessieren sich nicht für die Verbesserung der Welt, sondern nur für die stetige Verbesserung ihres eigenen Aussehens!", behauptete der seltsame Heilige reichlich kühn.

„Und für die Hebung des eigenen Standes!".

„Daher nehmen wir auch keine von Eurer Kategorie in unseren Orden auf", erklärte er lapidar.

„Na, das ist ja reizend, mein lieber Bruder", ätzte Mirella im Dunkeln.

„Ihr bräuchtet bloß mal einen Blick auf Euren verschwenderischen Kleidungsstil zu werfen, meine Liebe, dann würdet Ihr unschwer erkennen, dass ich mit meiner Charakterisierung recht habe", beharrte der sture Ordensbruder.

„Und Eure Redensweise: Nichts als eine schwatzhafte Salondame seid Ihr, und Eure schablonenhafte Tratschsucht samt Eurer kruden Weltverbesserungsansichten habt Ihr Euch ohne Zweifel bei den Revolutionären um Robespierre abgeschaut: Viel gescheites Reden vortäuschen, aber nichts Bleibendes schaffen, was der Menschheit irgendwie dienen könnte! Das seid Ihr!", grummelte der Ordensbruder vorwurfsvoll.

„Ah, so denkt Ihr also über mich, obwohl Ihr wahrscheinlich noch nicht einmal meinen Namen kennt", fauchte die erzürnte Mirella.

„Nun lasst es gut sein, meine kleine Zigeunerin – es kann Euch doch egal sein, was unser ehrwürdiger Bruder über Euch denkt, Hauptsache, er führt uns in die Freiheit", ermahnte sie der Schmugglerkönig tadelnd.

„Kein Wunder, dass Euer Orden verboten wurde, bei diesem erschreckenden Ausmaß an Selbstüberschätzung und diffusem Gelaber!", tadelte Mirella hitzig den Ordensbruder.

Die drei Gestalten setzten ihren Weg durch muffige Gänge und unebene Wege unterirdisch fort und mussten sich oft bücken, um nicht mit dem Kopf an die schroff herabhängende Decke zu stoßen.

„Und Ihr traut diesem Menschen einfach so bedingungslos? Vielleicht handelt es sich bei ihm sogar um einen Freimaurer?", fragte Mirella den Vagabunden Vidocq jetzt im Flüsterton.

„Fürchtet Ihr so sehr die Freimaurer?", fragte Vidocq flüsternd zurück.

„Aber die Lage ist doch gar nicht mehr so prekär für Euch, da Ihr ja einen der Bedeutendsten von ihnen schon zur ewigen Ruhe gebettet habt", tröstete sie der Tagedieb sarkastisch.

„Da bleiben für Euch unterm Strich nur noch einige Tausend Logenbrüder zum fröhlichen Durchbohren mit dem Degen übrig", tröstete Vidocq sie zynisch.

„Und so wie ich Eure Ambitionen kenne, da ist dann ganz Frankreich in einigen Jahren schon locker freimaurerfrei!", juxte der Schmugglerkönig sich durch die dunklen Gänge.

„Ihr elender Wurm!"

„Fangt also schon mal an, zu üben: Indem Ihr uns hier aus diesen unübersichtlichen Gängen freimaurert!", höhnte Vidocq mit Gelächter, „falls unser wackerer Ordensbruder hier durch Stolpern aus Versehen seine Laterne in den Abgrund fallen ließe, und uns dann in die Irre führt!"

„Macht Euch gefälligst nicht andauernd über mich lustig, Ihr Stadtstreicher!", protestierte MdC heftig, achtete aber sorgsam darauf, ihren Ton gedämpft zu halten, denn in diesem dumpfen Gewölbe hallte jeder menschliche Laut als hohles Echo wider.

„Und vielleicht ist unser Führer, dieser verkappte Freimaurer hier gerade dabei, seinen Logenchef zu rächen, indem er uns absichtlich ins Verderben führt", tadelte Mirella. „Daran scheint Ihr auch noch nicht gedacht zu haben."

„Zuviel denken und sich unnötig den Kopf zu zerbrechen führt nur zu Schwindelanfällen und Melancholie; und es bringt die schwarzgalligen Säfte des Körpers zum Gären", scherzte sich der lustige Vagabund durch dieses ungewisse Abenteuer.

„Das schadet nur der Gesundheit, wenn Ihr jetzt vollständig Eure Beherrschung verliert. Dann können wir ja gleich freiwillig in den Abgrund schreiten", schlug Vidocq vorwitzig vor.

Da versetzte ihm Mirella von hinten einen Schlag.

„Dieser verschlagene Sektierer und Betrüger ist doch nur hinter unserem Schatz her, da gehe ich jede Wette ein - begreift Ihr das etwa nicht?", fragte Mirella fassungslos. „Ich wundere mich lediglich, dass er uns die Schatzkarte noch nicht abgenommen hat … Aber das wird auch noch kommen! Schon hinter der nächsten Biegung könnten seine Komplizen lauern, die uns darum erleichtern und uns dann in einen dieser schaurigen Abgründe werfen, die sich überall hier unter uns auftun, wie ein Schlund der Hölle; und dann wird uns keiner je mehr finden", prophezeite MdC düster.

„Sagt einmal, meine guten Leutchen: Folgt Ihr mir überhaupt noch?", fragte der angebliche Illuminate aus weiter Ferne, der sich nach seinen Gefährten umwendete, die immer langsamer gegangen waren, um ihm ein möglichst weites Vorwärtsschreiten zu ermöglichen. Und ein möglichst geringes Mithören. Denn sie wollten ungestört miteinander fachsimpeln können, weil es offensichtlich auch Vidocq mulmig zu werden begann.

Der Illuminate schwenkte seine Laterne, die nur noch einen schwachen Leuchtschimmer auf die erschöpften Gesichter der beiden Abenteurer zu werfen vermochte, soweit waren die beiden Parteien inzwischen voneinander entfernt.

„Geht nur voran, leuchtet uns weiterhin und führt uns in eine strahlende Zukunft", rief Vidocq lachend dem gefoppten Ordensmann entgegen.

„Eugène, ich zöge es bei Weitem vor, zurückzugehen, anstatt dieser dunklen Gestalt weiter in eine fiese Falle zu folgen", klagte Mirella und klammerte sich an den Tagedieb.

„Seid Ihr närrisch geworden, meine kleine Degenfechterin? Überlegt doch mal etwas logisch", riet er ihr und schüttelte sie heftig durch. „Ohne die Laterne des Ordensmannes sind wir doch völlig hilflos! Niemals würden wir dann unseren Weg durch die pechschwarzen Gänge zurückfinden, denn wir müssten uns in absoluter Finsternis vortasten. Und dann ist es nur noch eine Frage der Zeit, bis wir vom Weg abkommen und in den dunklen Abgrund hinabstürzen!", mahnte Eugène Vidocq eindringlich.

„Das wäre das todsichere Ende. Dieser merkwürdige Mann dort vorne kennt wenigstens den Weg und die Route, auf der er uns zu einem halbwegs sicheren Ziel führen wird", sagte ihr Gefährte sachlich und tröstete sie mit einer Umarmung. Das sah sie dann auch ein und nickte ergeben.

Schnell wurden sie sich einig, die letzte Verbindung zu dem rettenden Lichtstrahl aus der Ferne nicht ganz abreißen zu lassen und hasteten dem Ordensmann schließlich hurtig hinterher.

Nach einer Weile hatten sie ihn eingeholt und sprachen eine murmelnde Entschuldigung aus.

„Kommt endlich weiter, Ihr traut mir wohl nicht, was, meine kleingläubigen Furchtgeister, was?", schnarrte der mittelalte, kräftige Mann mit der kostspieligen Mönchskutte und einem reich verzierten Perlenkreuz um den Hals ihnen entgegen und lachte aus vollem Halse, dass es wie in einer Grotte schaurig widerhallte.

Als sie nicht antworteten und nur lächelnd die Schultern zuckten, schnarrte der merkwürdige Mensch: „Kommt weiter, wir sind gleich da. Bei der nächsten Windung schon gelangen wir ins Freie. - Die Seine wartet auf uns.

Und mit ihr das Boot!", sagte er energisch und trieb seine noch leicht meuternde Schar vorwärts.

Tatsächlich verbreiterte sich kurz darauf der dunkle Gang, und ein Lichtbündel empfing die Drei, die sich stöhnend die

Augen mit den Händen bedeckten, so hell blendete sie der Schein.

„Tatsächlich – wir sind im Freien, endlich!", strahlte Mirella und klammerte sich an Vidocq, der sie mit sich fortzog auf einen abschüssigen, grünen Uferstreifen: Die Seine!

Und da war tatsächlich auch das Boot: Ein gediegener, kleiner Kahn, mit einigen Getreuen von Osiris, dem Illuminaten, angefüllt. „Nehmt schnell Platz, wir legen gleich ab!", befahl Osiris seinem jungen Paar, das in das Boot hastete.
Schon legten sich die Ruderer in die Riemen.
„Was habt Ihr da eigentlich für Leute bei Euren Getreuen?", fragte Mirella mit großem Unbehagen.
Osiris lächelte hintergründig.
„Es sind *Leute jedweden Schlages vertreten*", sagte er gemächlich. *„Juden, Freimaurer, Zigeuner, enttäuschte Royalisten, abtrünnige Revolutionäre, verunsicherte Kommunisten, Schmuggler, Spione, Doppelagenten und Rosenkreuzer; sogar ein abgesprungenes Mitglied der ehemaligen Königsfamilie – sucht Euch bitte gerne einen passenden Gefährten darunter für Euch* aus", schlug er lächelnd vor.
„Oh, Pardon, meine junge Salonmieze, äh, Dame; ich vergaß: Ihr habt ja schon Euren lieben Vidocq an Eurer Seite; da kann Euch ja gar nichts mehr geschehen", sagte Osiris hochnäsig und zog sich prompt den Unwillen
von MdC zu, die ihren Degen zog und damit durch die Luft rasselte.
„Er ist nicht mein lieber Vidocq, mein lieber Obermeister von der Mysterienklause!", bellte Mirella ihren sauertöpfischen Kommentar an Osiris weiter.
Die Revolutionäre im Boot lachten amüsiert.
„Ja, aber vertragen sich denn eigentlich Menschen solch unterschiedlicher Couleur?", fragte Mirella zweifelnd, steckte den Degen wieder in die Scheide und ließ sich mutlos ins Boot zurücksinken.
„Natürlich, denn wir sitzen ja alle im selben Boot", sagte einer der Revolutionäre.

„JA, noch ist es so, aber ich frage mich, wann wohl der erste Passagier von uns bei den ersten Misshelligkeiten über Bord gehen wird?", fragte Mirella grimmig.

„Ich jedenfalls nicht", sagte Osiris entschieden.

„Ich bleibe auf jeden Fall!"

Es war inzwischen auch hier am Flussufer dunkel geworden. Dieser Umstand begünstigte nun die Flucht der Ausgestoßenen, die sich im Schutze des Zwielichts in ihrem Kahn davonmachen konnten.

„Meine Güte, mir scheint, wir sind alle Ausgestoßene, Getriebene und Gestrandete wie Jean Valjean", klagte MdC seufzend.

„Nur solange, bis wir den Schatz des Cagliostro gefunden haben", sagte Osiris sibyllinisch.

Da fuhr Mirella mit einem Schrei in der Kehle vom Bootssitz hoch und hob einen anklagenden Zeigefinger zu dem Geheimbündler hin: „Verrat! Betrug! Ich habe es doch gleich erahnt, das Komplott! Woher wisst Ihr denn von dem Schatz des Cagliostro?", fragte sie erregt.

„Es spricht sich halt herum, und in einer Stadt wie Paris, die schon immer von Spitzeln der verschiedensten Geheimbündeleien durchsetzt war, bleibt eben nichts geheim, schöne Dame", antwortete der Ordensmann abgeklärt.

„Nun setzt Euch erst einmal wieder hin und gewinnt Eure Contenance zurück, sonst bringt Ihr mir das Boot noch zum Kentern", mahnte der umsichtige Vidocq besorgt und nötigte die schwankende Mirella auf ihren Sitz zurück.

„Aha, also habt auch Ihr Eure Hand im Spiel in dem schmutzigen Schacher um den Schatz, diese Erkenntnis konnte ja früher oder später auch nicht ausbleiben!", tobte die junge MdC aufgebracht und setzte sich abrupt wieder.

„Es kommt am Ende noch so weit, dass wir mit halb Paris den Schatz teilen müssen, bevor wir ihn überhaupt gefunden haben", sinnierte Mirella düster, und ihr Gaunergefährte ließ ein herzhaftes Gelächter erschallen.

„Immer noch besser, als ihn mit Napoleon und seinen raffgierigen Spießgesellen teilen zu müssen, mit Leuten wie

Fouché und Babeuf", relativierte Vidocq überlegen die Situation. „Meint Ihr nicht auch, schöne Mireille?", fragte er süffisant.

„Mirella!", verbesserte sie unwillig.

„Wagt es ja nicht, mich je wieder zu einer Französin zu machen, Ihr wortklauberischer Klabautermann!", donnerte sie los, doch dann war sie sprachlos.

„Was denn? Was habt Ihr eben gesagt? Meint Ihr etwa mit Eurer Aussage, Napoleon und seine Bande seien ab jetzt nicht mehr mit uns im Bunde? Wir haben sie also ausgebootet?", fragte sie hysterisch kichernd.

„Genau das meine ich, es wäre doch jedenfalls einen Versuch wert, diese drei Herren von nun an aus dem Spiel zu lassen, was meint Ihr?", fragte der Schmugglerkönig mit heiterem Gemüt.

„Seid Ihr nicht mehr bei Verstand, Vidocq? Denkt Ihr wirklich, der jähzornige korsische Emporkömmling würde sich solch einen Verrat von uns Unpersonen gefallen lassen?", fragte Mirella aufgebracht.

„Fürchtet Ihr nicht die Rache des kleinen Korporals?", fragte sie ungläubig.

„Überschätzt mir jetzt aber bitte nicht diesen kleinen Möchtegern-Ersatzkaiser!", polterte der Schmugglerkönig abschätzig.

„Napoleon Bonaparte war es schließlich, der zuerst den Verrat an uns begangen hat, indem er Euch den Schatzplan gestohlen hat. Und dann hat er uns weggesperrt in der Bibliothek, in der Hoffnung, dass wir dort vergessen werden und in dieser Festung allmählich versauern. Weil er sich vermutlich mit Fouché und Babeuf selber auf die Schatzsuche machen will, sobald er die Lombardei erobert hat. Und da seid Ihr so naiv und glaubt wohl tatsächlich noch nach wie vor daran, dass Bonaparte uns danach wirklich wieder aufsuchen wird, um uns um die versprochene Mitwirkung bei der Schatzhebung zu bitten?", fragte er voller Verachtung für Mirellas angebliche Leichtgläubigkeit.

„Aber dieser von Euch zu Unrecht so verspottete Revolutionsgeneral verfügt trotz seiner Jugend schon über ein gewaltiges Militärpotenzial, und über einen weitverzweigten, gut organisierten Polizeiapparat, der uns zwei arme Vagabunden zermalmen wird, sobald der Korse spitzkriegt, dass wir ihn hintergangen haben", protestierte Mirella heftig.

„Pah, wenn Ihr dem guten Bonaparte da mal nicht zuviel zutraut", sagte Vidocq leichtfertig.

„Wer garantiert Euch eigentlich, dass der größenwahnsinnige Megalomane seinen Italien-Feldzug auch heil übersteht? Einmal wird sich auch sein Kriegsglück wenden, und eine verirrte Kugel in der Schlacht kann auch einen Napoleon ganz leicht treffen!", argumentierte der Tagedieb selbstsicher und schneidig.

„Ihr glaubt doch nicht im Ernst, dass solch ein militärisches Genie wie ein Bonaparte etwas dem Zufall überlässt? Dass er in all seinen Schlachten angeblich immer selber an vorderster Front mit Pistole und Säbel mitkämpft, wirklich mit seinen Soldaten die Mühsal und das Leid des Schlachtengetümmels teilt?", fragte Mirella ungläubig.

„Jetzt seid Ihr es aber, der reichlich naiv argumentiert!", warf sie ihm verächtlich vor.

Zum ersten Mal schien der selbstsichere, mit allen Wassern gewaschene Räuberkönig unsicher in seiner Attitüde der stets hochmütigen Süffisanz zu werden. Er kratzte sich verlegen am Kopf und überlegte.

„Meiner Treu! Ihr könntet darin wirklich recht haben! Ihr glaubt also wirklich, die todesmutige Einsatzbereitschaft des kleinen Korsen auf seinen Feldzügen beruht lediglich auf einer Legende? Daran habe ich allerdings noch nie gedacht! Das wäre ja..."

„Allerdings glaube ich das, mein gutgläubiger Schmugglerfreund! - Denn solch ein Usurpator der Macht wie Bonaparte lässt getrost andere, gemeine Soldaten die Drecksarbeit machen, die sich für ihn in den Schlamm werfen, wenn die Schlachtenheere bei Wind und Regen aufeinander einstürmen und einstechen – das große Sterben überlässt der

Korse gerne anderen Soldaten und Offizieren, die eine mächtigere Körpergröße als er aufweisen, und daher leichter von den Kanonenkugeln getroffen werden!", dozierte Mirella lautstark.

Bruder Osiris lachte zustimmend und die anderen rauen Gesellen im Boot applaudierten Mirella di Cagliostro.

Da gab sich Vidocq geschlagen.

„Wahrscheinlich habt Ihr doch recht, verehrte Zigeunerin; Ihr scheint den kleinen, größenwahnsinnigen Korporal tatsächlich gut zu kennen", gab er zu.

„Besser als ich."

Endlich konnte MdC eine zufriedene Miene aufsetzen. Diese hielt sich jedoch nicht lange, denn schon holte Vidocq zum nächsten verbalen Schlag aus: „Wahrscheinlich wart Ihr schon eine Zeit lang seine Mätresse, als Euer Korse noch ein kleiner, unbedeutender Artillerieleutnant war, nicht wahr? Habt Ihr da so viel über ihn gelernt?", verwässerte der Schmugglerkönig seine beleidigende Frage, noch mit einer gehörigen Portion von Unverschämtheiten.

„Nun ist es aber genug, Eugène de Verkorkst: Für diese Beleidigung fordere ich Euch zum Duell! En garde!", schimpfte die Abenteurerin aufbrausend, erhob sich wieder ungestüm und unvorsichtig im sanft dahin gleitenden Kahn und zog ihren Degen gegen Vidocq.

„Seid nicht albern und setzt Euch wieder – die Strömung ist zu stark!", versuchte sie ihr Kampfgefährte noch zu warnen, weil das Boot umkippen könnte - doch da war es bereits zu spät: Das Boot geriet erst ins Schwanken, dann folgte ein heftiges Schlingern, und Mirella verlor das Gleichgewicht und fiel rücklings in die Fluten der Seine. Ohne einen Schrei, denn sie versank sogleich ganz im trüben Wasser. Da es schon dunkel war, konnte keiner der Bootsinsassen bald mehr die Richtung ihres Fallens ausmachen, und erst recht gar nicht mehr sehen, wo sie eventuell wieder auftauchen könnte.

„Herrje, sofort beidrehen, Frau über Bord!", schrie Osiris, doch dafür glitt das Boot viel zu sehr in der starken Strömung flussabwärts dahin.

Vidocq hatte noch eine rettende Hand nach Mirella ausgestreckt, doch der Sturz in die Fluten geschah natürlich viel zu rasch, als dass ein Mensch noch hätte rettend eingreifen können.

Dennoch war der verwegene Abenteurer und gewiefte Weltmann Vidocq galant genug, um die unglückliche Mirella nicht im Stich zu lassen: Ohne zu zögern sprang er der Unglücklichen zum Entsetzen seiner Gefährten nach und tauchte ebenfalls in die trüben Fluten der Seine ein, ohne sich um die Gefahren für sein eigenes Leben zu scheren.

„Mirella, wo seid Ihr, meine Liebe, es tut mir Leid, was ich gesagt habe! - Haltet durch, ich bin zu Eurer Rettung unterwegs!", schrie er und paddelte mit den Armen, wurde aber gleich schwer abgetrieben von der Strömung. Immerzu rief er ihren Namen, doch bekam er keine Antwort.

„Ich liebe Euch, hört Ihr mich? Wenn Ihr mich hört, gebt mir Antwort, dass ich zu Euch durchdringen kann, um Euch zu retten!", rief er weiterhin, doch vergebens.

„Meine Güte, sollte meine große Liebe schon vorbei sein, wo die unglückliche Mirella sie noch nicht einmal mitbekommen hat?", brachte er keuchend noch seinen letzten Gedankengang hervor.

Er ruderte mit den Armen, paddelte und schnaufte sich keuchend durch die kalten Fluten der Seine.

„Retten ist allerdings ein großes Wort; zuerst einmal müsste ich ein probates Mittel finden, mich selbst zu retten, bevor ich daran denken kann, jemand anderen zu retten", dachte sich Vidocq verbittert und versuchte grimmig, schwimmend ans Ufer zu gelangen, in der Hoffnung, sich dann an einem Felsvorsprung oder an einem Ast festklammern zu können.

„Hilfe – hört mich denn keiner, dort am Ufer?", rief Vidocq verzweifelt, und paddelte mit der Strömung.

In der Ferne glaubte er plötzlich einen wandernden Musiker, einen Troubadour, zu hören, der mit weicher Stimme zur Gitarre sang:

„Ein Affe saß auf einem Meilenstein und schiffte in die Menge rein…“. Oder so ähnlich.
„Also verpisste sich die Schar von Menschelein gar fein…“

Aha, offenbar ein vulgärer Spottdichter, dachte Vidocq und kämpfte gegen das Versinken in den schlammigen Untiefen der Seine an.

„Eugène, … Helft mir!!!“, hörte der Schmugglerkönig auf einmal ein schwaches Stimmchen von weit her, das aber sofort wieder verebbte. Denn er vernahm ein kurzes Blubbern wie von einem untergehenden Schwimmer.

„Mirella?“, schrie Vidocq da seine unaussprechliche Freude in die dämmrige Seinelandschaft hinaus.

„Ich bin hier! Wo seid Ihr?“, rief Vidocq.

„Sprecht weiter, damit ich mich … an Eurer Stimme orientieren kann!!“

Hilfesuchend hielt er im reißenden Wasser Ausschau in alle Richtungen.

Aber Mirella tauchte nicht mehr auf.

„Hilfe, eine Frau ist ins … reißende Wasser gefallen! Ihr, der Herr Sänger dort! Hört Ihr mich? Ich bitte Euch, schaut ins Wasser, und sagt mir … ob Ihr die Frau irgendwo entdecken könnt!“, spie Vidocq blubbernd hervor.

Der wandernde Mundartdichter wurde durch die Worte des Schmugglers endlich auf das Geschehen aufmerksam, und reagierte sofort, indem er sein Musikinstrument im Gras ablegte und ins Wasser lief. Er genoss immerhin den Vorteil, an einer seichten Stelle ins Wasser zu gelangen, vor der er günstigerweise gerade stand.

Er rief sofort unablässig nach der Ertrinkenden, breitete die Hände zum Schalltrichter aus.

Doch er bekam keine Antwort.

„Beeilt Euch bitte, ehe das junge Fräulein ertrinkt!“, rief ihm Vidocq schwach zu.

„Ihre schweren Kleider ziehen die Arme immer mehr in die Tiefe hinab, wie ich befürchte! Oh, mein Gott, tut doch was!“

Da ging auch Vidocq blubbernd unter.

„Hallo? Ja, ich tue ja, was ich kann!", sagte der Musikant schwimmend.
„Aber ich sehe im Augenblick weder Euch noch die Demoiselle!"
„Ich kann auch keinen von Euch beiden mehr hören! Demoiselle? - Monsieur? – Hört einer von Euch mich noch? Gebt bitte Antwort!!", brüllte der Musiker über die Flusslandschaft.

Der Musikant hielt dabei angestrengt weiterhin Ausschau nach den Rufenden, die im Wasser um Hilfe riefen. Da erblickte sein Auge die soeben auf der Wasseroberfläche wieder auftauchende Mirella, zu der er erst hurtig mit einem gestreckten Sprung hin sprang, dann gezielt nachschwamm. Beide wurden glücklicherweise nicht mehr so stark abgetrieben, weil hier die Strömung nicht so reißend war. Und Mirella war günstigerweise auch in die seichte Strömung geraten! Der Musikant war ein recht guter Schwimmer, wie sich bald herausstellte, und so erreichte er Mirella im Nu, und packte die gerade wieder in den Fluten Versinkende an den Haaren, zog sie mühevoll an seine Uferseite. In Unkenntnis der Sachlage kreischte die erschrockene Abenteurerin, weil sie nicht mitbekam, was eigentlich geschah.
Als er die erschöpfte, hustende und Wasser spuckende MdC am Ufer abgelegt hatte, machte sich der Musikant gleich wieder auf die Suche nach ihrem Gefährten, der sich inzwischen auf die andere Uferseite gerettet hatte, wie er eben durch einen Rundblick erfreut feststellte. Er machte dem Geretteten auf dem anderen Ufer der Seine ein Zeichen mit der Hand, mit dem er ihn ermutigte, herüberzuschauen.
Vidocq bemerkte ihn sogleich, schüttelte sich das Wasser von der Kleidung, und fing an, erregt zum anderen Ufer zu rufen. Der Musikant zeigte im Abendsonnenschein auf die gerettete Mirella, die im Gras kauerte und sich erhob, wobei sie benommen, taumelnd und hustend gerade noch so eben die Silhouette ihres Gefährten erahnte. Keuchend schleppte sie sich dabei immer näher zurück ans Wasser, wobei ihr der Troubadour half, indem er sie stützte.

„Vidocq! Eugène!", rief sie mit kläglich schwachem, und matten, dünnen Stimmchen hinüber ans andere Ufer und winkte ihm zu. Es war eigentlich schon zu dunkel, um noch etwas klar zu erkennen, aber die immer deutlicher herüber klingende Stimme von Mirella gab Vidocq Gewissheit, worum es ging. Er erkannte sie an der Stimme und winkte zurück. „Mirella, Gott sei Dank - wartet, ich werde gleich zu Euch kommen!", rief er ihr zu.

„Wie denn? Ihr seid auf der falschen Seite der Seine gelandet!", rief sie ihm freudig lachend zu.

„Dasselbe könnte ich auch … von Euch behaupten!", schrie Vidocq zurück und lachte.

Beide setzten sich erst mal wieder ins Gras zurück, jeder an seinem Ufer, um sich von den Strapazen der Schwimmerei und der Schreierei zu erholen.

Der Troubadour war Mirella dabei behilflich, sich wieder hinzusetzen, indem er sie behutsam bei den Armen nahm und ins Gras zurücksetzte. Jetzt winkte der Musikus dem Schmugglerkönig zu. Vidocq vergalt ihm die Rettung Mirellas mit einem dankbaren Nicken und durch Demutsgesten seiner Hände. Völlig verausgabt von der Schwimmerei in der kalten Seine, und der Schreierei hin zu Mirella, konnte er vorerst nur mehr seinen Dank an den Musiker ans andere Ufer hinüberkrächzen: „Habt Dank, Meister der Musik, wer auch immer Ihr seid!", rief er schwach hinüber.

Mirella, die viel Wasser geschluckt hatte, musste sich übergeben, keuchte und röchelte nach Luft. Da packte sie der Troubadour entschlossen bei den Schultern, warf sie auf den Rücken, presste seine starken Arme auf ihren Unterleib, um die restlichen Wassermassen herauszupressen. Es gelang, sie erbrach einen enormen Schwall Seinewasser, wehrte sich dann aber mit den Händen, indem sie ihren Retter abwehrte, gluckste und schrie.

„Haltet still, holde Mademoiselle, das Wasser muss raus, mir will scheinen, Ihr habt die halbe Seine geschluckt, das tut nicht gut!"

Die junge Abenteurerin quiekte, schluckte und hustete, versuchte, wegzukrabbeln, aber er hielt sie zurück, zerrte ihren zitternden Körper in Seitenlage, und half ihr weiter beim Erbrechen von Wasserstrahlen.

„Halt, nein, bitte, Gnade, mein Herr ...", stammelte MdC, doch der Musikant schüttelte sie weiterhin durch und schwenkte dazu ihre Arme auf und nieder wie Pumpschwengel am Brunnen.

„Stellt Euch nicht so an, Ihr wollt mir doch nicht etwa eine Szene machen, ausgerechnet hier an der Seine?", fragte er vorwitzig.

„Jedem das Seine, beziehungsweise jedem die Seine – Oder: Jedem die Seine, Euch aber die Seine – oder: Jedem seine Seine", oder wie Ihr wollt", blödelte der Barde drauflos und lachte.

„Na, was haltet Ihr von meinem Spruch? Gar nicht mal so gut, was? Da muss ich doch gleich mal ein kleines, zugehöriges Liedchen dazu komponieren, zu dieser skurrilen Situation, was meint Ihr? Sobald ich mit Euch fertig bin, mit dem Wasserpumpen, und ich wieder Zeit für meine Laute habe, My Lady Wassernixe aus der Seine. „Die Nymphe aus der Seine" werde ich das Lied nennen, das wäre doch eine schöne Hommage an meine verflossene Liebe aus dem schlammigen Grund der Seine, meint Ihr nicht auch?", fragte der Barde ausgelassen und ruderte weiter mit Mirellas Armen, um das Wasser aus ihr herauszupumpen.

„Redet nicht so einen geschwollenen Schmarren daher, Ihr verunglückter Schmutzwasser-Poet!", unkte Mirella empört und machte sich frei von ihrem Helfer und Besinger.

„Kümmert Euch jetzt lieber um meinen Kompagnon vom anderen Ufer, da drüben, der hat es nötiger, dass man sein tristes Schicksal besingt, Ihr Abwasser-Dichter, Milord Wassermann, allez!", rief sie belustigt und schob ihn weg.

„Aber, aber, meine schöne wilde Dame, was redet Ihr denn da so leichtfertig daher? Meine Poesie ist mitnichten verwässert noch schlammgeschwängert! Meine Poesie ist im Gegenteil sogar völlig wasserundurchlässig: Denn ich praktiziere die sogenannte „Gummidichtung", hahaha – na, was sagt Ihr dazu?"

„Glaubt mir: Das ist ein ganz seltenes Talent, über das ich da verfüge, mein liebes Wasservögelchen!"

„Gummidichtung? Was für ein merkwürdiges Zeug ist denn das? Und was für ein krauses Zeug Ihr überhaupt die ganze Zeit über so daherredet! Ihr seid wahrlich kein geschulter Minnesänger, mein Freund, nicht wahr? Wahrlich, die Kunst der höfischen Liebeslyrik scheint nicht gerade Eure Stärke zu sein, Meister Wassergeist; zartes Liebeswerben um eine Dame von hohem Stande ist ganz offensichtlich ein Fremdwort für Euch, das müsst Ihr wohl oder übel einsehen", sagte Mirella geringschätzig, keuchte und hustete immer noch.

„Vielleicht habt Ihr ja recht, My Lady Wildfang, aber die goldene Zeit des Minnesanges und der Minnesänger ist ja leider auch schon lange passé, wie es selbst Eurem Spatzenhirn nicht entgangen sein dürfte", sagte der Musikant sarkastisch.

„Aber eins muss ich Euch dann doch schon zugestehen: Ich bin allerdings wirklich so gar kein Walther von der Vogelweide", bekannte der triefnasse Barde freimütig und lächelte Mirella an.

„Mit seiner literarisch wertvollen Liebeslyrik kann ich es nicht aufnehmen!"

„Ja, das ist allerdings wahr – Ihr seid mir weitaus eher ein „Walther von der Vogelscheiße", wenn man sich so Euer schlammiges Musiker-Gewand betrachtet, braun und verschmutzt vom Vogelkot aus dem Seinewasser", neckte ihn die übermütige Mirella lachend und respektlos.

„Ihr seht wirklich so aus, als hätten tausend Vögel feierlich auf Euch hinabgeschissen, mein werter Dreckwasser-Poet!", bekundete sie rotzfrech und vulgär und bog sich vor Lachen.

„Immerhin weiß jetzt sachkundig die gesamte hiesige Tierwelt, was man von Eurer Dichtung zu halten hat", prustete MdC los.

„Übrigens: Was tut Ihr eigentlich hier am Ufer der Seine? Habt Ihr mich etwa heimlich beim Baden beobachtet, Ihr vagabundierender Lustmolch?", fragte Mirella neckisch.

„Nein, ich hatte lediglich das große Pech, Euch in Eurer Hilflosigkeit aus den Fluten retten zu müssen, weil ich einen Hilfeschrei aus dem Wasser vernommen habe, undankbare Göre!", referierte der Troubadour leicht eingeschnappt.
Da erst kam der jungen Herumtreiberin zu Bewusstsein, welches Unrecht sie ihrem Retter angetan hatte. Reuevoll überkam sie ein nagendes Schuldgefühl, das sie auf der Stelle abtragen musste.
„Was denn? Ihr wart das, der mich aus dem Wasser gezogen hat, und mich an Land gezerrt hat?", fragte sie mit Tränen in den Augen.
„Wer denn sonst? Glaubt Ihr vielleicht, der alte Wassergeist? Oder seht Ihr hier vielleicht noch einen anderen, feuchten Mann der Tonkunst so unpassend und frierend in der Gegend herumstehen?", fragte der Troubadour leicht verstimmt.

„Ach du mein Schreck – und ich dachte doch glatt, ich wäre von alleine an Land gespült worden, von einer Welle - ich naive Wassernixe! – Ja, jetzt erinnere ich mich aber auch: Ihr habt ja recht, jemand hat mich bereits im Wasser bei den Haaren gepackt und mich herausgezogen! Oh, wie konnte ich es nur wagen, derart hochmütig und respektlos zu Euch zu reden, wie ich es getan habe? Verzeiht mir daher bitte, verehrter Walther von der Wasserscheide!", erbat sich Mirella höflichst von ihrem Retter und wrang sich weiter ihre Kleider aus.
Der Troubadour lachte sie versöhnlich an.
Er hastete wieder zu ihr hin, um ihr beim Ausziehen der Kleidung zu helfen.
„Auswringen der Kleidung ist unzureichend, meine kleine Wasserfee, Ihr braucht trockene Sachen, sonst holt Ihr Euch eine böse Erkältung", mahnte der Musiker leichten Herzens, „wartet, ich helfe Euch beim Auskleiden", erbot er sich.
„Das könnte Euch so passen, Ihr klampfender Wüstling!", raunzte ihm die erzürnte, falsche Adelige zu und wehrte ihn mit der Hand ab.
„Ich weiß genau, was Ihr vorhabt: Oh – ich glaube, ich habe für Leute Eurer Unart noch einen weitaus passenderen Namen

parat: „Walther von der Vögelweide" solltet Ihr Euch fortan lieber nennen, Ihr Weiberheld - Ihr Voyeur!", sagte sie grunzend zu dem Musiker.

Dieser lachte amüsiert. „Oh, Eure Gesinnung ist wirklich von niedriger Natur, mein Wasser-Täubchen, was denkt Ihr nur von mir?", fragte er amüsiert.

„Das Schlimmste natürlich, was denn sonst?", schnarrte MdC, „und nun schert Euch bitteschön gefälligst etwas weg, begebt Euch bitte vornehm aus meiner Riechweite, ich muss mich tatsächlich umziehen, aber: Alleine bitte, ja?"

„Schließlich bin ich von adeliger Abstammung."

„Das seid Ihr nicht, Ihr seid keine vornehme Gräfin. Außerdem ist doch der gesamte Adel von der Revolution längst abgeschafft worden! – Und das wisst Ihr auch ganz genau!", erklärte ihr der Musikus süffisant.

„Dann führe ich ihn halt hiermit wieder ein!", sagte Mirella selbstgefällig und verschwand tropfnass hinter einem Busch.

„Ein ordinäres Mädchen bleibt Ihr in diesem Falle trotzdem", stichelte der Troubadour weiter, der auch anfing, seine eigenen, nassen Sachen auszuziehen.

Danach trocknete er sich mit seiner Decke ab, auf der er vorher gesessen und Gitarre gespielt hatte.

„Womit trocknet Ihr Euch ab, kleine Wasserjungfer?", rief der Musiker fragend zu Mirella hinter ihrem Busch hinüber.

„Mit Feigenblättern und Grasbüscheln natürlich, heutzutage muss man flexibel sein, Herr Musikant", frotzelte sie zurück.

„Gute Idee, Demoiselle, aber das wird ganz schön lange dauern", sagte der Troubadour abgeklärt.

„Wir haben doch Zeit, oder?", fragte Mirella zurück.

Als sich der Musiker seine Ersatzkleidung angezogen hatte, sammelte er Holz und schichtete es zu einem großen Haufen auf. Dann machte er ein Feuer und ließ sich diskret Mirellas nasse Kleidung durch die Büsche reichen, um sie zu trocknen. Sie war ihm dankbar und wartete, bis sie alles wieder anziehen konnte.

Dann liefen beide zurück zum Ufer der Seine, um sich um den gestrandeten Vidocq zu kümmern, der ja auf der anderen Seite des Flusses gelandet war.

Er lächelte dem neuen Paar zu und winkte herüber.

„Wartet, meine Freunde, ich bin wieder zu Kräften gekommen, ich mache mich also bereit, um zu Euch zurückzuschwimmen!", schrie sich der Schmugglerkönig zu ihnen durch.

„Nein, wartet, Eugène, das dürft Ihr nicht, die Strömung kann wieder unerwartet stark sein, wenn Ihr das so unüberlegt tut, Ihr seid außerdem noch nicht genug bei Kräften, und diesmal habt Ihr vielleicht nicht so viel Glück und ertrinkt mir doch noch!", erhob Mirella warnend ihre Stimme.

„Eure Freundin hat recht, wir besorgen uns lieber ein Boot, um zu Euch zu gelangen, bleibt also am Ufer", riet auch der Troubadour dringend, als er den Vorschlag zu Vidocq hinüberrief.

„Lasst mir nur geschwind die Zeit, eben ein Boot zu klauen, nach dem ich jetzt rasch Ausschau halten werde!", schlug der Musiker verschmitzt vor. „Es kann sich nur um wenige Stunden handeln, dann sind wir bestimmt mit dem requirierten Kahn in Nullkommanichts bei Euch drüben am anderen Ufer angelangt!", schrie der Troubadour hinüber. „Habt also Geduld und harrt aus!", befahl er sarkastisch.

„Mein getreuer Musikus – ich glaube, da kommt schon eins, wir brauchen uns also nicht mehr den Kopf zu zerbrechen", sagte MdC aufgeregt zu ihrem musikalischen Retter, der sich zu ihr umdrehte, dann zu dem Kahn, der tatsächlich direkt auf Vidocq zusteuerte.

„Das ist ja das Boot mit diesem komischen Illuminaten; wie heißt er doch noch gleich? „Oxidieris", oder so ähnlich!", sprach Mirella hocherfreut und winkte den Ruderern zu.

„Sie haben kehrt gemacht und rudern jetzt auf Vidocq zu! Sie haben ihn schon dort am anderen Ufer gesehen - ausgezeichnet", stellte die Abenteurerin zufrieden fest. „Ei, das ist ja ein tolles Ding! Ihr kennt also die Bootsinsassen?", fragte der Musiker verwundert.

„Ja, aus diesem Boot bin ich nämlich vorhin durch meine Unachtsamkeit herausgefallen, und Eugène Vidocq ist mir nachgesprungen, um mich zu retten", erklärte sie.
„Und auch der gute ... Ah, jetzt erinnere ich mich, wie er heißt: Osiris! Auch er und seine Kompagnons haben uns also nicht im Stich gelassen und eilen zu unserer Rettung".

Mirella hatte nur noch Augen für die Rettungsaktion, und daher entging ihr auch der Umstand, dass sich das Gesicht des Troubadours zu verfinstern begann, als er plötzlich ins Grübeln kam: „Osiris ... Illuminaten sind in diesem Boot, sagtet Ihr gerade? Aber das ist ja furchtbar! Ich muss sofort von hier verschwinden!", erklärte er in höchster Alarmbereitschaft und fing an, eiligst seine Sachen zusammenzuklauben, packte geschwind auch seine Gitarre. Doch Mirella bekam seine plötzliche Panik gar nicht mit, als sie freudig gewahrte, wie das Boot nach der Aufnahme Vidocqs darin Kurs auf ihre Uferseite nahm und rasant an Fahrt aufnahm.
Beständig winkend baute sich Mirella am Ufer auf und harrte der Ankunft des mittelgroßen Bootes auf ihrer Seite.
Die Ankunft des Bootes an ihrem Ufer verzögerte sich zu Mirellas Erstaunen jedoch immer mehr, denn der Bootsmann und die Ruderer mussten gegen eine widrige Strömung ankämpfen, durch die es beständig abzudriften drohte.
Endlich legte der Kahn dann doch schwerfällig an der Uferböschung an, und Vidocq sprang als erster heraus, um seine Mirella freudig zu umschlingen.
„Meine kleine Degenfechterin, schön, Euch wiederzusehen, und vor allem festzustellen, dass Ihr unversehrt seid!", rief er frenetisch lachend aus, und küsste sie zum ersten Mal auf den Mund.
„Mein Held! Ihr seid mir nachgesprungen, um mich zu retten! Nie hätte ich daran geglaubt, dass Ihr solch edles Werk vollbringen würdet, ich danke Euch!", antwortete ihm die Degenfechterin mit klopfendem Herzen.

„Jetzt erst erkenne ich, dass Ihr mehr könnt, als dumme Sprüche zu machen! Offensichtlich habe ich doch ein großes Maß an Bedeutung für Euch!", rief sie gerührt.

„Aber ich habe Euch doch gar nicht zu retten vermocht, leider, und das bedaure ich; es war auch ein anderer Herr zu Eurer Hilfe geeilt, der sehr tapfer war; er ist Euch ebenfalls nachgesprungen - daher gebührt mir überhaupt kein Lob", wehrte der Schmugglerkönig verlegen die Ehrung ab.

„Aber es zählt allein Eure große Tapferkeit, die bewirkt hat, ohne zu zögern mir ins Wasser zu folgen", erklärte Mirella hingerissen vom Wesen des Schmugglerkönigs.

„Dass auch Ihr offenbar stark von der Strömung abgetrieben wurdet, war doch nicht Eure Schuld, das konnte der beste Schwimmer nicht verhindern. Ich jedenfalls bin genauso froh, dass Ihr lebt…"

„Ja: Wo ist er überhaupt, Eurer tapferer Kavalier, der Euch auch so selbstlos ins Wasser gefolgt ist?", fragte der Tagedieb und Schmuggler auf einmal gespannt vor Aufregung und sah sich fragend nach der Gestalt um, die er vorhin noch von seinem gegenüberliegenden Ufer beobachten konnte, wie sie sich aufopferungsvoll um Mirella kümmerte, sie stützte, dass sie wieder ans Ufer gelangen konnte.

„JA, hier natürlich ist er, bei mir!", sprach die Demoiselle euphorisch und sah sich dann auch verwundert nach dem wandernden Musiker um.

„Ja aber – wo ist er denn? Er war doch die ganze Zeit über bei mir, immer an meiner Seite, seit er mich aus der Seine gerettet hat, hat er sich rührend um mich gekümmert, sogar meine nasse Kleidung hat er an diesem jetzt erloschenen Feuer hier getrocknet…"

Der Illuminat Osiris war inzwischen mit den meisten seiner Mannen aus dem Boot gestiegen und beglückwünschte Mirella zu ihrer Rettung.

„Diesen Mann, den Vagabunden mit der Gitarre meint Ihr wahrscheinlich? Ist das der Mann, den Ihr sucht?", fragte der Ordensbruder gutmütig.

„Ja genau, wo ist er nur abgeblieben? Ich verstehe das nicht, was ist mit ihm passiert?", fragte MdC mutlos und zaghaft, und ihre flinken Augen sprangen konsterniert hin und her. Doch keine Spur von ihm!

„Eilig davongemacht hat er sich, mitsamt seiner Gitarre, wie ich während unserer Überfahrt beobachten konnte", meinte Osiris wahrheitsgemäß.

„Was hat er? Sich davongemacht? Aber warum denn? Und wohin denn so schnell?", fragte Mirella fassungslos. „Er hat mich immerhin mit großer Wahrscheinlichkeit vor dem Ertrinken gerettet, was sollte er da zu befürchten haben?" Mirella sah Osiris plötzlich misstrauisch an.

Im Innern begann sie, den Zusammenhang zu ahnen.

„Ja, das frage ich mich auch, aber es steht nun einmal fest, dass der Troubadour verschwunden ist, nachdem er Euch zuerst gerettet hatte, aber nun das Weite gesucht hat, weil er offenbar glaubte, von unserer Schar etwas zu befürchten zu haben", sinnierte Vidocq grüblerisch und geheimnisvoll, der sich auch überall nach Mirellas Retter umblickte, ihn aber nicht zu entdecken vermochte, genauso wenig wie seine Kameraden.

„Ein undurchdringliches Mysterium, wirklich; seltsam", murmelte der Schmugglerkönig.

„Wie dem auch sei, ich muss auch das Weite suchen; das heißt - wir müssen das Weite suchen, denn wir sind aus der Obhut der Pariser Stadtbibliothek geflohen, wo die hohen und mächtigen Herrscher von Paris uns eingesperrt hatten, Napoleon, Fouché und Babeuf", sagte Mirella hastig zu Vidocq.

„Denn sobald diese Intriganten unser Fehlen bemerken, werden sie uns nachsetzen, uns verfolgen lassen, denn wir sind entronnene Geheimnisträger", versetzte sie unruhig ihrem Abenteurerfreund Vidocq.

„Und diese Herren hier von der Illuminatensekte wollen bestimmt auch weiterhin ihren Anteil an unserem Schatz haben, das sehe ich doch richtig?", sagte sie flüsternd zu Vidocq.

„Genau, aber besser ist es allemal, uns mit ihnen einzulassen und ihre Schatzgelüste zu befriedigen, als wieder von Napoleons Schergen eingefangen und nach Paris zurückgebracht zu werden, denn jetzt sind wir immerhin schon ein ganz schönes Stück Weg auf der Flucht, aber in Freiheit, und kommen dann wenigstens mit der Hilfe der Illuminaten und den anderen Sektenfraktionen langsam nach Mailand in die ominöse Villa", flüsterte Vidocq zurück.

„Ja, dann müssen wir nicht mehr mit so vielen teilen", bestätigte Mirella zitternd.

„Also kommt, meine Freunde, wir haben noch einen langen Weg zurückzulegen bis zu unserem Ziel", schnarrte Osiris hämisch. „Zurück ins Boot!", befahl er.

„Wo wollt Ihr mit uns hin?", fragte Mirella angstvoll.

„Oh, erst einmal weit weg von Paris, weiter die Seine hinunter", sagte der Logenbruder gemütlich.

„Und was dann?", fragte MdC misstrauisch.

„Dann sehen wir schon weiter", schlugen die Illuminaten vor.

„Nein, ich fahre mit Euch merkwürdigen Ordensbrüdern keinesfalls weiter die Seine hinab", weigerte sich die junge Falschadelige entschlossen.

„Denn die Gewässer sind unsicher geworden, in dieser unruhigen Zeit der Revolutionen und Gegenrevolutionen; und überall können uns die Patrouillenboote der Soldaten Napoleons jederzeit anhalten und wieder verhaften", erklärte Mirella mit großer Eigenwilligkeit.

„Denn alle verfeindeten Parteien, die zur Zeit um die endgültig zu etablierende Macht in Frankreich kämpfen, überwachen alle Küstenstriche Frankreichs, und erst recht haben sie Kontrollboote, die dauernd die Seine abfahren", sagte Mirella kühn.

„Und wenn ich nun darauf bestehe, dass Ihr weiter mit uns mitkommt, Frau Schatzgräfin?", fragte Bruder Osiris mit listiger Einlullung und bedrohte Mirella und Vidocq anmutig palavernd mit seiner Pistole.

Seine Mannen lächelten über dieses überzeugende Abhilfemittel.

„Ach so ist das, Ihr wollt uns zwingen, mit Euch weiterzufahren, weil Ihr es natürlich auch auf den Schatz meines Vaters abgesehen habt, nicht wahr?", fragte MdC lachend.

„Unsere vereinte Freimaurer- und Royalistenkraft mitsamt den Schmugglern, Kommunisten und Taugenichtsen unter uns im Boot würde uns allen aber von Vorteil sein, um an den Schatz in Mailand in der Lombardei zu gelangen", meinte Osiris schalkhaft.

„Und dann können wir den Batzen gerecht teilen!", orakelte er.

„Ja, ich weiß auch schon wie: Jedem das Seine und euch Illuminaten das Meiste, nicht wahr, jajaja...", belferte die schöne Abenteurerin.

„Nein danke, da wüsste ich schon etwas Besseres", sagte Mirella und gähnte.

„Es wäre aber tatsächlich das Beste, was der vorwitzige Logenbruder uns da vorschlägt, Mireille", sagte Vidocq überraschend und tapste ihr auf die Schulter.

„Überlegt es Euch also erst einmal ganz gründlich, bevor Ihr den Vorschlag so rundheraus ablehnt!", gab ihr Schmugglergefährte zu bedenken.

„Was denn, jetzt wagt Ihr es also auch noch, Euch gegen mich zu stellen, Eugenio?", fragte MdC sprachlos und schlug ihm auf die Hand.

„Ja, ist es Euch vielleicht noch nicht aufgegangen, dass wir es hier mit einer Bande von Halsabschneidern zu tun haben?", ereiferte sich die Abenteurerin erregt, und sah zu Vidocq auf.

„Sind wir das nicht alle?", fragte Vidocq listig zurück, „vor allem wir beide im Verbund?", und die Illuminaten lachten, nickten dem Abenteurerpaar aufmunternd zu und spendeten dem Schmugglerkönig Applaus.

„Aber ... Dieser ungehobelte Seeräuberhauptmann hier bedroht uns mit seiner Pistole! Das ist doch einfach nicht zu glauben! Und Ihr bleibt dabei auch noch so ruhig und reagiert stoisch wie ein englischer Kaufmann darauf, der sich in seinen schwarzen Humor der Selbstverleugnung flüchtet!", kreischte Mirella entsetzt und fahrig.

„Nun, das ist doch immerhin noch das Vernünftigste, was unser freundlicher Korsar hier tun kann", antwortete Vidocq abgeklärt. „Wenn ich jetzt hier an seiner Stelle wäre, würde ich das Gleiche tun wie er: Nämlich uns mit einer geladenen Waffe bedrohen; glaubt mir, das ist wirklich immer noch die wirksamste und effizienteste Methode, die ein Pirat anwenden kann, um seine Opfer von seinen eigenwilligen Plänen zu überzeugen", meinte der Schmugglerkönig schmunzelnd.

„Also … das ist doch wirklich … Die Höhe!", belferte MdC wieder los und schimpfte auf ihren Abenteuergefährten hinab.

„Wie könnt Ihr es wagen, so mit unserem Leben … und mit meinem Schatz zu spielen!", keifte Mirella los.

„Ich glaube es einfach nicht!"

Die Piraten und Ausgestoßenen lachten sich wieder ins Fäustchen. Sie genossen ihren Teil des Schauspiels fürstlich und lachten sich krumm und schief, noch schiefer als ihre Säbel waren.

„Achtung, aufpassen, es kommt wer! Über Land!", zerriss da eine schrille Stimme den fröhlichen Disput.

Der Rufer war der Bootsmann der Illuminatenclique, der eine warnende Hand nach dem Ufer ausgestreckt hatte.

In gestrecktem Galopp preschte von dort nämlich eine Reiterschar heran, die aus dem Wald kam, und die die Standarte der Republik Napoleons ins Feld führte.

Mirella schrie laut auf und bedeckte sich das Gesicht mit den Händen.

„Achtung, Leute: Feinde im Anmarsch! Alle sofort wieder ins Boot!", warnte Osiris und führte mit sicherer Hand seine Pistole von dem Abenteurerpaar weg und richtete sie jetzt auf die Reiter. Sogleich gab er einen Schuss ab, und fällte einen Soldaten vom Pferd. Doch fast im gleichen Moment traf auch ihn die tödliche Kugel der Kavallerie.

Er fiel zu Boden und Vidocq bückte sich geistesgegenwärtig und hob einen Beutel vom Boden auf, den er mit umtriebiger Hast an sich raffte. Dann zog er Mirella an der Hand mit sich fort, in nahes Buschwerk.

„Kommt, weg von hier, keine Zeit mehr zu verlieren, Mireille, es eilt!", schrie er ihr zu, und sie lief ohne zu protestieren mit.

Die Illuminaten beeilten sich, in ihr Boot zurückzuspringen, wurden aber fast alle durch den Überraschungsangriff getötet, denn die gegnerische Kavallerie verfügte über bessere Waffen. Dem Gemetzel entging das Abenteurerpaar vorerst, indem der Schmugglerkönig Mirella zwang, mit ihm nur ihm bekannte Schleichpfade einzuschlagen, die sich durchs ganze Land zogen.

In Windeseile waren sie im dichten Laubwerk verschwunden, dennoch wurden sie von der Reiterei bemerkt, die umdrehte und Jagd auf sie machte, indem sie alles Gelände umzingelte, vor allem mögliche Fluchtwege versperrte, die das junge Paar einschlagen könnte.

„Achtung, diese zwei da will ich haben! Lasst die beiden nicht entkommen, sie sind das Wertvollste, das sich unter der Schar befindet, alles nach ihnen absuchen, dalli!", brüllte eine schnarrende Militärstimme dem Reiterpulk zu.

„Dort drüben in dem wilden Buschwerk sind sie verschwunden! – Los!"

„Jawohl, Herr Hauptmann, sofort! Zu Befehl!", brüllte einer zurück.

„Kommt da raus, ihr beiden – wir haben euch gesehen! Ihr habt keine Chance zu entkommen, wir haben jetzt schon alle Fluchtwege abgeriegelt!", behauptete der Hauptmann.

„Das werden wir ja sehen!", sagte Vidocq siegessicher zu seiner verängstigten Mirella, mit der er hinter einem Felsen kauerte, der in das dichte Buschwerk hineinragte.

„Ich will die beiden lebend, hört ihr?", schärfte der Haudegen seinen Soldaten ein.

„Im Namen des Ersten Konsuls Napoleon Bonaparte, Führer und Held unserer neuen französischen Republik: Kommt ihr beiden jetzt freiwillig heraus aus eurem Kaninchenbau, dann geschieht euch nichts!", versprach eine Stimme mit knarzendem Brummbass aus dem Dunkeln, denn es war mittlerweile schon sehr finster geworden, was die Flucht des Abenteurerpaars begünstigte.

„Sollen wir uns nicht lieber ergeben?", fragte Mirella vorsichtig und ganz leise, in gedämpftem Tonfall.

Sie war zerzaust und stützte sich liegend mit den Händen am Felsen ab, der Blick verängstigt wie ein gejagtes Tier. Ihre Beine waren schon vom beginnenden Buschwerk verdeckt.

„Aber ganz und gar nicht, wo denkt Ihr hin?", wurde sie da scharf von Vidocq gerügt.

„Denn ich wette mit Euch um den gesamten Schatz Eures Vaters, dass die großspurigen Männer Napoleons da draußen nicht mal wissen, wen sie sich da schnappen sollen; ist Euch denn nicht aufgefallen, dass der Hauptmann uns gar nicht bei unseren Namen genannt hat, als er uns eben zum Aufgeben aufgefordert hat? - Nein, ich sage Euch eines: Die Soldaten haben keinen blassen Schimmer, welche Art von Flüchtlingen sich hier drinnen in dem Buschwerk aufhält: Sie haben lediglich zwei Fliehende gesehen, denen sie in der Aufregung des Gefechts nachgesetzt sind, das ist alles. Sie klopfen jetzt nur auf den Busch", behauptete der Schmugglerkönig kühn.

„Im wahrsten Sinne des Wortes, übrigens, in unserem Fall!", flüsterte der Schmugglerkönig sanft und zog Mirella an den Beinen ganz hinein ins schützende Gezweig.

„Ihr habt recht mit den Namen! Sie scheinen nicht über unsere Identität auf dem Laufenden zu sein! Meint Ihr wirklich, sie kennen uns nicht?", fragte Mirella konsterniert.

„Da wette ich aber mit Euch!", sagte Vidocq mit sardonischem Lächeln.

Doch da ertönte von draußen wieder die laute Stentorstimme von dem Brummbärigen zu den Eingeschlossenen: „Ich wiederhole zum letzten Mal, Mademoiselle Mirella Isabella di Cagliostro, und Francois-Eugène Vidocq: Kommt ihr beiden jetzt endlich heraus aus eurem lächerlich niedrigen Buschwerk, das wir ehe gleich durchforstet haben, oder ist es euch lieber, wir setzen erst eine Meute von Bluthunden auf eure Fährte?", fragte die grollende Stimme.

„Hört Ihr? Die Soldaten Napoleons kennen also nicht unsere Namen?", fragte Mirella sarkastisch.

„Wie gut für Euch, dass ich Eure naive Wette noch nicht angenommen habe!", sagte sie flüsternd.

„Der Kerl mit der tiefen Röhre da draußen versteht nämlich sein Handwerk!", sagte MdC grollend zu Vidocq.

„Was macht das für einen Unterschied, ob die Regimentstrottel wissen, wer wir sind? Hier drinnen sind wir immerhin weiterhin sicher, doch wenn wir aufgeben und nach draußen gehen, dann geht es uns schlecht", behauptete Vidocq weiterhin kühn.

„Was, Ihr wollt immer noch planlos hier drinnen herumkriechen?", flüsterte MdC ärgerlich. „Unser Rufer in der Wüste da draußen in der realen Welt klingt aber schon ganz schön aufgebracht und zu allem entschlossen", bemerkte sie ärgerlich.

„Ja, der Rufer in der Wüste hört seine eigene Schand´", dichtete der Schmugglerkönig amüsiert. „Doch was nützt ihm das, wenn er doch nicht genau weiß, wo wir uns befinden?", sinnierte er gemütlich.

„Das braucht er auch gar nicht. Daher wird er gleich seine Hunde auf uns hetzen, wie er uns angedroht hat", rief Mirella ihrem unbekümmerten Gefährten ins Gedächtnis zurück.

Vidocq hielt Mirella still und umklammert im tiefen Buschwerk verborgen.

„Ach, Ihr glaubt doch nicht im Ernst, dass die kaiserliche Armee von Napoleon tatsächlich so schnell über Bluthunde verfügt?", gab Vidocq wie gewohnt in verächtlicher und schnoddriger Manier seine Verachtung für den Usurpatoren Napoleon Bonaparte preis.

„Das ist doch alles nur ein weiterer Bluff! Die Schnösel von Zinnsoldaten da draußen in ihrer jämmerlichen Orientierungslosigkeit haben doch gar keine Hunde!", behauptete Vidocq weiterhin steif und fest.

„Die müssten sie doch erst umständlich durch einen Meldeläufer in Paris anfordern!", sprach Vidocq selbstsicher.

„Ehe die hier eintreffen, das kann dauern! Bis dahin haben wir längst Weihnachten!", sagte der Schmugglerkönig prustend. „Die Schlawiner wollen sich doch nur wichtig machen, weil sie sich vor lauter Schiss nicht zu uns hereintrauen!", wetterte er verächtlich, natürlich nur im Flüsterton.

„Ich wollte, Ihr würdet vorsichtiger in Euren Urteilen sein, denn bedenkt: Ihr habt Euch schon mal geirrt; - da: Hört Ihr?", fragte Mirella hochnäsig zurück und machte ihren Gefährten auf den Lärm der Hundemeute draußen aufmerksam.
„ Und was sagt Ihr nun? Das da draußen sind dann wohl quiekende Meerschweinchen für Euch, oder was?", fragte MdC juxend, und spähte mit den Augen vorsichtig durch ein großes Loch im Busch. Mit Schrecken blickte sie auf die zähnefletschende Hundemeute.
Das Bellen der Hunde kam Ihrem Buschwerk immer näher, es wurde nun wirklich ernst für die Eingeschlossenen.
„Sie haben also keine Hunde, wie?", flüsterte die geschockte Abenteurerin noch einmal.
„Man kann sich ja mal irren!", flüsterte Vidocq zurück.
Mirella grunzte bitter.
„Ihr habt aber auch gleich vor jeder Lappalie Angst!", wetterte der Schmugglerkönig würdig und abgeklärt.
„Ihr gebt Euch wohl nie geschlagen, was?", fragte die falsche Gräfin fassungslos.

Da hörten die beiden Kampfgefährten plötzlich eine flüsternde Stimme aus irgendeinem undefinierbaren Teil ihres Dickichts einen lateinischen Vers rezitieren:
„IN VINO CARITAS"
„Habt Ihr gehört?", fragte Mirella verstohlen und lachend.
„Sollte das nicht eigentlich heißen: „IN VINO VERITAS?"", fragte sie neugierig.
„Nein, das sollte es bei uns Freimaurern und Logenbrüdern ganz und gar nicht", widersprach Vidocq hastig. „Das ist nämlich ein verklausuliertes Losungswort, welches dort offensichtlich ein Mitbruder an mich ausgegeben hat", rief er begeistert aus.

„Ihr gehört also tatsächlich auch zu den von der katholischen Kirche so geächteten und verfolgten Freimaurern?", fragte Mirella überrascht.

„Zur Zeit ja. Denn man möchte ja immer mal wieder was Neues ausprobieren", gestand er scherzend. „Man kann ja nie wissen, wozu die Mitgliedschaft gut ist, nicht wahr, meine liebe Mireille?", fragte der lüsterne junge Räuberhauptmann, beugte sich kriechend weiter zu ihrem Mund heran, und versuchte, seine Lippen endlich über die ihren zu legen.

Sie verwehrte es ihm garstig.

„Nennt mich nie wieder Mireille!", bäumte sie sich affig und hochfahrend auf.

„Ihr seid nicht nur lüstern und verantwortungslos, sondern habt offensichtlich auch keinerlei feste politische Überzeugung, die länger als drei Tage hält!", warf sie ihm ungehalten vor.

„Wozu auch? Die Regierungen in Frankreich wechseln ja auch beinahe jeden Tag, manchmal nahezu stündlich kommt es zu neuen Zweckbündnissen von Royalisten, Revolutionären, Kommunisten, Kommunarden, Emporkömmlingen, verfolgten Adeligen, intriganten Kirchenfürsten, Juden und Freimaurern, die sich eigentlich alle untereinander hassen und anderswo erbittert bekämpfen würden", antwortete Vidocq treuherzig.

„Und das allein ist Euch schon Vorwand genug, bei dieser spirituell unausgegorenen Mischpoke mitzumachen, wie ich sehe", keifte die falsche Adelige giftig, senkte aber den Ton, als sie gewahrte, wie die Männer mit den Hunden immer näher an ihrem Gebüsch stöberten.

„Ja genau, wir sind doch alle nur bessere Seeräuber, genau wie dieser machtgierige und geltungssüchtige Korse Napoleon Bonaparte – ist doch wahr!", raunzte Vidocq übellaunig.

„Aber Napoleon hat dann doch wenigstens bedeutend mehr Stil als Ihr", wetterte Mirella giftig.

„Stielaugen vielleicht, sonst nicht viel mehr, glaubt mir … Denn der abgebrochene Riese ist doch auch nur scharf auf flotte, junge Weiber!", stichelte Vidocq zurück.

„Dagegen bin ich doch ein Waisenknabe mit meinen zarten, amourösen Avancen!", flüsterte Vidocq zärtlich, was aber keineswegs bei Mirella verfing.

„Denn Napoleon zieht zwar hurtig und furchtlos zu seinen Schlachten aus, dort zieht er aber auch jeweils allerhand scharfe Weiber aus, auf dem Feld der Unehre, Prostituierte und diverse Marketenderinnen und dralle Bauerntöchter, ja, ja - der kleine Giftzwerg!", spottete Vidocq munter weiter.

Wieder hörten sie die Losung aus dem Gebüsch: *„IN VINO CARITAS".* Vidocq hielt es endlich für angebracht, mit der Konterlosung zu antworten: **„SUUM QUIQUE, ABSOLUTUM!"**

„Ja, nur mit dem Unterschied, dass der kleine Korse Napoleon jetzt gemütlich und übermächtig in seinem Herrscherpalast sitzt, während wir hier ängstlich wie die kleinen Strauchdiebe im Dickicht kauern und gleich erwischt und in den Hintern gebissen werden", relativierte MdC eingeschnappt.

„Oder vielleicht Schlimmeres!"

„Allmählich glaube ich, wir Narren jagen da tatsächlich einem Phantomschatz hinterher, den es gar nicht mehr gibt, oder den es sogar niemals gegeben hat", sagte Mirella seufzend.

„Ihr könntet mit der Vermutung durchaus recht haben, schöne Halbfranzösin, doch dann wäre das Ganze ja immer noch ein schönes Abenteuer, das wir gerade so herrlich urwüchsig durchleben, meint Ihr nicht auch?", fragte Vidocq lächelnd.

„Oh, manchmal könnte ich Euch wirklich mit meinem Degen durchbohren, wenn ich ihn noch hätte!", giftete ihn Mirella leise aus dem Strauchwerk an.

„Herrlich unwüchsig - so solltet Ihr unser aktuelles Abenteuer lieber bezeichnen!", riet Mirella kaustisch.

Noch einmal flüsterte der Schmugglerkönig das verballhornte, lateinische Losungswort durch das Gebüsch, um sich sicher zu sein, dass sein rettender Logenbruder es vernommen habe: **„SUUM QUIQUE, ABSOLUTUM!"**

Die flach auf dem Boden liegende Mirella stöhnte auf.

„Oh, meine Güte - das bedeutet wahrscheinlich: „Du absolute, lüsterne Sau, du!", sagte sie sarkastisch.

„Damit meint Ihr zweifellos Euch selber, nicht wahr?",
brummte sie aufsässig.

„Redet nicht so viel, das verbraucht Kraft!", herrschte sie da
der Tagedieb an und drückte Mirellas Kopf wieder flach auf
den Erdboden, denn neugierig hatte sie ihr Haupt nach dem
Retter erhoben.

„Au, was fällt Euch denn ein! Ich bin doch kein Erdwurm",
beschwerte sich MdC.

„Dann benehmt Euch auch nicht so!", blaffte Vidocq zurück.

Inzwischen hatte sich der Logengefährte von Vidocq vollends
an ihn und Mirella herangepirscht und blickte der
Abenteurerin unversehens ins Gesicht.

„Oh, Bon jour, Madame – freut mich, Euch kennenzulernen!
Und Ihr, mein guter Gefährte und Freund Eugène, seid mir
gegrüßt und willkommen: Ich wusste gar nicht, dass die
Freimaurer inzwischen auch Frauen in unseren Orden
aufnehmen, und noch so schöne dazu!", witzelte er.

„Hebt Euch doch bitte Eure unpassenden Witze für unsere
nächste Vollversammlung bei den Freimaurern auf, mein
lieber Bruder Odin", tadelte ihn der muntere Schmugglerkönig
spöttisch, „dort könnt Ihr die zum Besten geben; oder auch
zum Schlechten! - Doch jetzt weist uns lieber einen Weg aus
diesem Dschungel, damit wäre uns allen mehr gedient", bat
Vidocq eindringlich.

„Odin?", fragte Mirella verwundert. „Das hier wäre demnach
also der Gott des Kalauers?", fragte sie spöttelnd.

„Odin" lachte. „Ihr habt Witz und Charme, Mademoiselle, das
ist immerhin besser als gar nichts", sagte er frotzelnd. „Aber
habt keine Angst, ich bringe euch beide sicher aus diesem
Natur-Labyrinth heraus, folgt mir einfach!", bot er flüsternd
den beiden Flüchtenden an. „Ihr braucht mir nur
nachzukriechen."

„Ihr seid mir vielleicht ein verwegener Geselle, Bruder
Odin!", beschwerte sich Mirella meckernd, und zu Vidocq
gewandt maulte sie: „Wie könnt Ihr diesem Individuum von
der Sorte Bruder Leichtfuß nur trauen? Auch Euer anderer,

angeblicher Verbündeter von den Illuminaten, Bruder Osiris, hat Euch und mich schon vorhin so schnöde verraten!", warf sie dem Schmugglerkönig mit Recht vor.

„Oh, wer sagt denn, dass ich ihm traue?", fragte Vidocq verschmitzt. „Das habe ich doch gar nicht behauptet, und würde es auch nie tun", antwortete er gähnend und Mirella staunte ungläubig. „Was sagt Ihr da, mein lieber Eugène?", fragte sie entsetzt und schnaufte.

„Ich sage, dass Bruder Odin uns zur Not auch nur für eine gute Bouillabaisse durchaus jederzeit an den Feind verraten würde, an welche Gruppierung auch immer", erläuterte der Räuberhauptmann genüsslich.

„Nur ist es so, dass er gar nicht imstande wäre, unsere vielen Feinde auseinanderzuhalten, die seine Freunde sind", präzisierte Vidocq verschroben.

„Was, das sagt Ihr so einfach und sorglos?", fragte MdC fassungslos.

„Was soll ich machen, ich habe mir diesen verqueren Bruder bestimmt nicht ausgesucht als bevorzugten, vertrauenswürdigen Helfer!", erklärte er bissig.

„Und Ihr habt recht, meine Freunde, doch diesmal liegt der Preis für meinen Verrat doch etwas höher als der einer provenzalischen Fischsuppe", sagte der Verräter lachend, richtete sich aus dem schützenden Gebüsch auf, indem er gleichzeitig Mirella an den langen Haaren mit sich in die Höhe zog: „Herr Hauptmann – hier sind wir! Ihre beiden Galgenvögel sind hier drin!", schrie er sich zur Kavallerie durch und zog eine Pistole, trieb Mirella aus dem schützenden Grün, drohte, beide zu erschießen, wenn sie sich dem Suchtrupp nicht zeigten.

„Na, das ist ja eine schöne Bescherung!", sagte Mirella trotzig und inzwischen menschlich überhaupt nicht mehr enttäuscht, wurde gezwungen, mit erhobenen Händen auf den Hauptmann der Militärabteilung zuzuspazieren, desgleichen Vidocq.

„Für Euch, meine Guten, nicht für mich!", brüstete sich der Verräter mit dem Tarnnamen „Odin", und rieb sich vor Vergnügen lachend die feisten Hände. Er war ein kleiner, dicker Mann, wie Mirella jetzt feststellte, als er aufrecht neben ihr stand. „Mir bringt der Verrat an Euch zwei Turteltäubchen locker zwei Beutel mit goldenen Louisdor ein!", krächzte er begeistert mit seiner Fistelstimme.

„Ah, da ist ja endlich unsere wertvolle Fracht!", rief der Hauptmann des Suchtrupps erfreut, als er mit der Pistole im Anschlag, in der Finsternis von einem Leutnant die Gesichter der Gefangenen mit einer Laterne beleuchten ließ.

„Was, Ihr seid der Hauptmann von diesem Lumpengesindelhaufen, Babeuf?", fragte Mirella erschrocken, als sie ihren ehemaligen Verbündeten erkannte, den kommunistischen Revolutionstheoretiker von der „Verschwörung der Gleichen", der kommunistischen Untergrundfraktion.

„Jawohl, ich bin es, meine liebe Abtrünnige Mirella", antwortete der Gegner des Privateigentums, dem Mirella vor Kurzem noch eine Kopie der Schatzkarte ausgehändigt hatte, ebenso an ihre anderen Schatzsucher, General Napoleon Bonaparte und Marschall Fouché. In der Krypta von Paris, als sich alle zu Partnern zusammenschlossen, um den Schatz des Cagliostro zu heben.

„Eure Stimme kam mir doch gleich so bekannt vor", brummelte Vidocq genüsslich vor sich hin.

„Na, das konnte ja eigentlich nicht ausbleiben, dass es Euch und Vidocq ziemlich schnell gelingen musste, aus der Staatsbibliothek auszubrechen, wo unser großer korsischer Revolutionsgeneral Bonaparte Euch interniert hatte", sagte der ehemalige Jakobiner Babeuf belustigt. „Bei dem Abenteuerblut, das ihr beiden in euch habt, da war es nur eine Frage der Zeit, dass ihr eine Geheimtür ausfindig machen würdet, durch die ihr uns ja dann auch tatsächlich so burlesk entwischt seid! Aber jetzt ist Schluss mit der Abenteuerpartie, meine lieben Streuner: Ihr beide werdet daher von mir jetzt unschädlich gemacht als Vertreter einer lästigen Räuberzunft – das seid Ihr, mein verehrter Vidocq, und Ihr: Mirella Cagliostro, Anmaßerin eines falschen Adelstitels, und damit eine der letzten Vertreterinnen der von uns abgeschafften,

verluderten bürgerlichen Gesellschaft!", urteilte der
atheistische Revolutionär barsch und bedrohte besonders MdC
mit seiner Pistole.

„Was, mein guter Francois-Noel, Ihr wollt uns auch noch
umbringen?", fragte Mirella entsetzt und wich zurück.

„Sind wir wirklich so schreckliche Verbrecher, dass uns jeder
gleich nach dem Leben trachten muss?", fragte MdC
resigniert.

„Ja, denn ihr seid Verräter, beide, und Fahnenflüchtige,
Spione, Herumtreiber und Schmuggler, Betrüger, Diebe, und
Volksverhetzer, und wer weiß, was sonst noch alles!", schrie
Babeuf tobend und sein Pferd schnaubte, bäumte sich auf.

„Gnade! Aber … Ihr habt doch schon meine Katzscharte, äh,
Schatzkar … te!", stammelte Mirella in Todesangst. „Was
wollt … Ihr noch mehr?", fragte sie zitternd.

Die Soldaten lachten und pfiffen.

„Aber was wird unser gemeinsamer, guter Hauptverbündeter,
General Napoleon Bonaparte dazu sagen, dass Ihr uns
umgebracht habt, statt uns in seine Obhut zurückzuführen?",
fragte Vidocq selbstsicher und ohne zu zittern, wobei er sich
seine klare, kräftige Stimme bewahrte, die anklagend und
nonchalant vibrierte und am nächtlichen Seineufer durch Mark
und Bein ging.

„Bonaparte wird es Euch auf jeden Fall übel vergelten, wenn
Ihr ohne uns, Eure Geiseln, zu ihm zurückkehrt", schnarrte
Vidocq spöttisch.

„Das bedeutet das sichere Todesurteil für Euch, Babeuf, Ihr
Mini-Revolutionär! Ihr endet dann ganz sicher auf dem
Schafott!"

„Pah, dieser kleine, miese Usurpator mit seinem verspielten
Möchtegern-Kaiserschmarrncharme wird bald von mir
abgesetzt werden, und dann kommt er sofort vor ein
Exekutionskommando, wenn ich erst mal die Macht
übernommen habe in Frankreich, mit meinen
Revolutionsgarden. Und auch für einen Fouché ist dann in
meinem neuen Frankreich kein Platz mehr. Ich werde auch
ihm einen schnellen Gnadentod gewähren! Dann gibt es nur

noch gleiche Bürger in Frankreich, sobald mein Egalitätsprinzip erst mal verwirklicht ist, ihr werdet sehen, das wird schon bald geschehen, aber ihr beiden werdet meine neue Regierung leider nicht mehr erleben", sagte er süffisant und schnarrte sich ein bärbeißiges Lächeln zusammen, das verächtlich auf seine Gefangenen herabschallte.

„Und danach erst werde ich mich um Euren Schatz kümmern, Mademoiselle Streunerin, aber noch gehört Mailand ja zu Österreich, die Stadt, wo der Schatz Eures schurkischen Vaters Giuseppe Balsamo angeblich irgendwo in einer Villa verbunkert sein soll! Na ja, wir werden sehen, ob da was Wahres dran ist, oder nicht", sagte Babeuf mit geringschätzigem Gelächter.

„Doch erst warte ich mal geduldig ab, dass unser hitziger, kleiner Revolutionsgeneral Napoleon Bonaparte für mich die Kastanien aus dem Feuer holt, und seinen Italienfeldzug beginnt, von dem er ja so schwärmt. Siegt er weiter so wie bisher bei seiner Eroberung von Europa, dann wird Mailand mitsamt der gesamten Lombardei endlich auch in unseren französischen Machtbereich eingegliedert, und dann habe ich freien Zugang zu der Villa in Mailand", höhnte er gierig. „Ich lasse den kleinen, größenwahnsinnigen Korsen dann vielleicht noch ein Weilchen weiter für mich siegen, aber dann wird auch er schleunigst von mir abserviert, und ich übernehme dann als neuer Konsul die Macht in Frankreich, als neuer Staatschef, nach meinem Staatsstreich, wobei mir meine Revolutionsfreunde tüchtig unter die Arme greifen werden!", prahlte der Frühkommunist größenwahnsinnig.

„Und dann räumen wir mit dem letzten bourgeoisen Gesindel wie euch beiden in Paris auf!"

„Und schließlich werden wir noch all die adeligen Großgrundbesitzer umlegen, die so lange Zeit skrupellos die Landbevölkerung ausgebeutet haben!", verkündete Babeuf feierlich.

Mirella ließ ein schallendes Gelächter der Geringschätzigkeit entfahren.

„Das kann nicht Euer Ernst sein, wirklich zu glauben, derlei naive und anmaßende Besitzansprüche gegen Napoleons militärisches Genie durchsetzen zu können, Ihr armseliger, kleiner Pinscher!", fauchte die Abenteurerin verächtlich. „Der Mann ist zu groß für Euch, an dem werdet Ihr Euch überheben, so wie viele andere Dummköpfe und Besserwisser vor Euch schon an der Schläue, überragenden Intelligenz und Durchsetzungskraft dieses Ausnahmemenschen namens Bonaparte gescheitert sind, und die ihre Ignoranz dann später bitter bereut haben!", höhnte MdC.

„Bonaparte wird eines Tages ganz Europa beherrschen, während Ihr schon lange in eurem Grabe verfault liegt, nachdem der ehrenwerte Napoleon Euch einen Kopf kürzer machen ließ!", giftete Mirella strahlend und freudig, als wäre sie auf einem Jahrmarkt.

„Hüte deine Zunge, du laszives Streunerweib, sonst lass´ ich dich vor deinem Ableben von meinen Männern noch auspeitschen!", versprach der Revolutionstheoretiker ihr hoch und heilig.

„Nicht einmal zu dieser leichten Unternehmung werdet Ihr fähig sein, Ihr armseliger kleiner Wicht und Schatzräuber!", lachte sich Mirella frei. Sogar Babeufs Männer stimmten ein heiteres Gelächter an, als sie Mirella so unbekümmert und mutig sprechen hörten. Auch ihr treuer Gefährte Vidocq schüttelte sich vor Lachen.

„Das Lachen wird euch gleich vergehen, ihr beiden Gaukler und Schwarzkünstler!", prophezeite Hauptmann Babeuf bitter und fuchtelte mit seiner Pistole herum.

„Doch jetzt fordere ich hiermit erstmal von Euch die Schatzkarten zurück, Strauchdieb Vidocq, denn ich habe sie ja gar nicht mehr! Die Ihr uns allen so listig wieder abgenommen habt, nachdem wir euch in der Staatsbibliothek eingesperrt hatten; ich weiß nicht, durch welchen Trick Ihr das geschafft habt, aber ist ja auch egal: Her damit!", forderte der Revolutionär heftig und streckte die Hand danach aus.

Als entsprechende Antwort darauf gab der Schmugglerkönig lediglich ein schallendes Gelächter von sich.

„Moment, und wie steht es um den zweiten Teil meiner Belohnung, Sire, künftige Majestät der Gleichheit?", meldete sich der Verräter „Odin" sarkastisch zu Wort. „Diesen Gesichtspunkt wollen wir doch bitte erst mal klären, das dürfen wir doch der Gerechtigkeit halber nicht außer Acht lassen, nicht wahr?", erhob sich die Fistelstimme des kleinen, fast kahlköpfigen Mannes, und er schaute zu Babeuf hoch. „Immerhin habe ich Euer Gnaden doch wie versprochen dieses verwegene Banditenpärchen ausgeliefert", sagte der kleine Rundliche protzig.

„Richtig, und ich werde Euch auch Eure Belohnung nicht länger schuldig bleiben, doch statt Gold bekommt Ihr diesmal zur Abwechslung mal Blei, wenn Ihr einverstanden seid!", ächzte der Hauptmann seine Geringschätzung hervor und schoss „Bruder Odin" in den Kopf. Der kleine dicke Mann fiel lautlos in sich zusammen, fiel ins Gras und regte sich nicht mehr.

Mirella erstarrte vor Schreck und vermochte sich nicht mehr zu rühren.

„Na, warum lacht ihr beiden denn nicht mehr? Ist euch wohl fürs erste vergangen, wie?", frotzelte Babeuf und gab seinen Männern Anweisungen, Mirella und Vidocq zu ergreifen. Was diese auch sogleich taten.

Der hitzige Babeuf ließ dem Toten den Beutel Gold wieder abnehmen.

Vidocq wurde an einen Baum gefesselt, und Mirella langsam entkleidet.

„So, und nun wollen wir uns noch rasch ein kleines, erotisches Intermezzo vor der Doppelexekution dieses Schlawinerpärchens gönnen, meine treuen Soldaten", trompetete Babeuf fröhlich hinaus in die Natur. „Die Frau hier gehört allen, wie bei den Piraten! Euch und mir, meine Männer: Wer möchte den Anfang machen?", fragte er lasziv in die Menge hinein. „Und ihr Freund, der Schmugglerkönig, darf zusehen!", verfügte der verwegene Revolutionär.

Die Soldaten des Revolutionsheeres stimmten ein Hurrageschrei auf ihren Anführer an und griffen sich die schon halb ausgezogene Mirella.

„Nein, bitte nicht! Vidocq!! - Helft mir!!!", brüllte MdC in Panik und strampelte und trat um sich.

So eilig hatten es die entfesselten Soldaten, ihren Liebeshunger zu stillen, dass sie nicht einmal abwarteten, bis Mirella ganz ausgezogen war. „Her mit ihr!", schrie ein Artillerie-Offizier und packte Mirella grob an der Brust. „Ich bin bereit, mich als Erster zu opfern, hähähä!"

„Eine halbnackte Venus ist besser als gar keine!", grölte er noch.

In ihrer Not biss sie ihm in die Wange. Er fluchte laut und ließ sie wieder los. Sie begann seitlich wegzurennen, im Zickzack auszubrechen, doch von vorne wurde sie gleich wieder von einem Strolch am Arm gepackt.

„Moment, mein Täubchen, das ist die falsche Richtung, das große Fest mit dem fleischlichen Vergnügen gibt es nur hier am Lagerfeuer!", rief der lüsterne Soldat.

Vidocq war zum ersten Mal völlig machtlos und wand sich vergebens in seinen Fesseln.

Die Soldaten machten ein kleines Lagerfeuer und tanzten darum herum.

„Wer von uns hat den längsten Pflock?
Ist der auch der geilste Bock?",
sangen die Soldaten lüstern ausgelassen.

Mehrere Soldaten warfen sich auf Mirella, und Vidocq schrie sich die Kehle wund: „Ihr Hunde, werdet ihr sie wohl loslassen, ihr Feiglinge? Wehe, ich erwische euch mal unter günstigeren Umständen!"

„Die kommen so schnell nicht wieder!", belehrte ihn kichernd aus dem Hintergrund ein anderer, grober Geselle.

Keiner hörte auf ihn, jeder jagte Mirella erst einmal zum Spaß ums Feuer, zur Auflockerung. „Wart, gleich stecke ich dir meinen Degen in die Scheide!", prahlte einer und zerrte die Fliehende an den Haaren.

Da ertönten plötzlich mehrere Schüsse aus dem Hintergrund. Einige Männer von Babeuf wurden in ihrer trunkenen Ausgelassenheit getroffen und fielen zu Boden.

Mehrere Reiter gruppierten sich im Nu um den verdutzten Babeuf, einer von ihnen sprang flink vom Pferd und griff nach dem Frauenschänder. Er wurde mit einem Säbel bedroht und ergab sich. In seinem Angreifer erkannte Babeuf mit großem Erstaunen seinen Mitverschwörer um den Schatz Cagliostros: Minister Joseph Fouché, Verbündeter Napoleons!

„Maitre Fouché! Ihr seid das…! - Wie könnt Ihr es wagen, Euren Verbündeten derart aus dem Hinterhalt zu überfallen!", fragte er schneidend mit zornigem Unterton.

„Euren ehemaligen Verbündeten, wollt Ihr wohl sagen, Maitre Babeuf!", berichtigte Joseph Fouché schneidig und stramm.

„Und wie könnt Ihr es wagen, unsere gemeinsame Mitstreiterin Mirella di Cagliostro derart zu erniedrigen, dass Ihr Euch so tief in den Sumpf der Verkommenheit hinab schwingt, unsere Vertragspartnerin wie eine gemeine Dirne zu vergewaltigen, wie ein Tier auf ihr herumzureiten?", fragte der Marschall Fouché außer sich vor Zorn, der Mann, der in drei Jahren schon der nahezu unumschränkte Polizeiminister Napoleons des Ersten werden sollte.

Er gab Anweisungen an seine Reiterschar, Mirella zu Hilfe zu eilen, worauf diese das entehrende Narrenspiel, das man mit der unbändigen Abenteurerin getrieben hatte, flugs beendete, und ihr sofort ihre Kleidung wieder zuwarf, damit sie sich ihren Oberkörper wieder bedecken konnte.

Angezogen präsentierte sich MdC freudig sofort ihrem Schatzsuchpartner Fouché, dem sie sich ohne Verzögerung beigesellte, nachdem sie ihn erkannt hatte.

„Mein Freund Fouché, welch glückliche Fügung, Euch zu sehen! Ihr seid gerade noch zum richtigen Zeitpunkt, zu meiner Rettung gekommen!", rief sie freudestrahlend aus.

Die Männer vom hinterlistigen Revolutionsverschwörer Babeuf wurden von Fouchés Leuten verhaftet und abgeführt. Mirellas Gefährte Vidocq wurde sofort von seinem Baum losgebunden. Erleichtert begab er sich sofort an die Seite der Degenfechterin und umarmte sie freudig.

„Ihr wolltet also selber mal ein bisschen Staatschef spielen, oder lieber gleich ganz den neuen König von Frankreich,

wenn ich das richtig verstehe, mein guter Babeuf?", fragte
Fouché sarkastisch seinen ehemaligen Verbündeten, und
kitzelte ihn mit seinem Säbel unter der Nase. „Wie verträgt
sich denn dieses von uns verpönte royalistische Prinzip samt
all Eurer dunklen Umtriebe mit Eurem „Klub der Gleichen",
und vor allem mit Euren einst hehren Plänen von einer
ökonomischen Gleichstellung in einer Republik, in die Ihr
unser Frankreich verwandeln wolltet, Ihr angeblicher
Philanthrop der Menschenwürde, für die Ihr immer so
marktschreierisch gekämpft habt, Ihr mieser Verräter?", fragte
Fouché ironisch.
„Was ist denn aus dem einstigen Gegner des Privateigentums
und der bürgerlichen Aufklärung über Nacht plötzlich
geworden? Hä? Der Kommunismus ist anscheinend nur für
die anderen da, die schlichte, primitive Gleichheit ist für das
gemeine Volk da, die Königskrone und das Schloss von
Versailles allerdings für Euch, was?", fragte Fouché hämisch.
„Nur die armen Arbeiter und rechtlosen Bauern dürfen in
ihrem täglichen Elend gleich sein, wenn es nach Euch geht,
nicht wahr?", bellte Fouché sarkastisch.

Als er sah, dass der vergrätzte und störrische Babeuf keine
Antwort zu seiner Rechtfertigung gab, ergänzte Fouché
lächelnd: „Übrigens – Ihr seid verhaftet, Bürger Babeuf !
Wenn ich um Euren Säbel bitten dürfte!".
Fouchés Soldaten johlten.
„Ach, nein – verhaftet? - Weshalb denn, du räudiger Hund,
du stumpfsinniger Nasenwicht?", tobte der verkannte
Revolutionär Babeuf cholerisch und geladen wie eine Kanone,
und schlug Fouché den Degen weg.
Sofort stürzten die Hilfswachen herbei und hielten den
Gefangenen fest.
„Wegen Anarchismus, Entführung einer Frau und Verletzung
ihrer Menschenwürde zum Beispiel. Und vor allem wegen
Hochverrats gegen den französischen Staat, Verschwörung
gegen die ehrenwürdige Person unseres Befehlshabers,
General Napoleon Bonaparte; und natürlich wird Euch der
Prozess gemacht werden wegen Verletzung unseres

Schatzpaktes, und wegen Verleumdung gegen meine Person!",
schloss Marschall Fouché die Anklage und rollte sein
Pergament zusammen.

„Das dürfte doch fürs erste reichen, oder bekennt Ihr Euch
noch in anderer Hinsicht schuldig?", fragte Fouché süffisant.

„Sprecht es nur aus, ich setze es gerne noch als Zugabe auf die
Anklageliste, sollte ich was vergessen haben!", versprach er
mit hämischer Schadenfreude.

Babeuf schwieg.

„Für mich ist also kein Platz mehr in einer künftigen, von
Euch geführten Regierung, was? Waren das nicht Eure
hochverräterischen Worte, Ihr wortbrüchiger Hochstapler?",
fragte Fouché hämisch nach.

„Was? Das habt Ihr alles gehört? Ihr und Eure Leute hattet uns
also schon die ganze Zeit über belauscht, während wir auf der
Lauer lagen, um dieses Verschwörerpärchen aus dem dichten
Buschwerk herauszutreiben?", fragte Babeuf indigniert.

„Genauso ist es, Euer Nichtswürdigkeit, und Euer Verrat an
uns allen konnte somit also von allerhand Zeugen mitgehört
und dokumentiert werden für das Kriegsgericht, vor dem Ihr
bald stehen werdet!", wetterte Fouché triumphierend und
befahl seinen Wachleuten: „Abführen, den Schurken!"

Sie salutierten und gehorchten umgehend, und brachten den
Verschwörer zu ihren Pferden.

Mirella und Vidocq lagen sich in den Armen und bejubelten
ihre Befreier.

„Den einen Verräter wären wir damit los, das Schafott dürfte
dem verschlagenen Schurken Babeuf sicher sein", sagte der
Schmugglerkönig befriedigt zu Mirella. „Wie Ihr ihm vorhin
schon so hellsichtig prophezeit habt", ergänzte Vidocq
herzhaft.

„Einen unwürdigen Bewerber um den Schatz des Cagliostro
sind wir damit schon los."

„Aber wieso habt Ihr Euch eigentlich so viel Zeit gelassen, bis
Ihr es endlich für notwendig erachtet, in das unwürdige
Geschehen um die skandalöse Misshandlung von
Mademoiselle di Cagliostro einzugreifen?", strafte der

Schmugglerkönig den Retter Fouché jetzt mit diesem berechtigten Vorwurf ab.

Da erwachte schlagartig auch bei Mirella ein furioser Instinkt der missbilligenden Erkenntnis: „Ja, das ist wahr, mein janusköpfiger Verbündeter: Warum habt Ihr uns nicht gleich befreit, bevor die Rohlinge des degenerierten Babeuf mich halb entblößt hatten, um sich an mir zu verlustieren?", herrschte Mirella den zwielichtigen Mann an, löste sich aus Vidocqs Umarmung und sprang auf ihn zu.

„Warum habt Ihr also so lange gewartet? - Etwa, um mich halb entblößt leiden zu sehen?", fragte Mirella entrüstet.

„Etwas Spaß und Amüsement müsst Ihr mir und meinen erschöpften Männern schon zugestehen, denn vergesst bitte nicht: Auch Ihr beide, Ihr sauberes Gaunerpärchen habt uns famos hinter das Licht geführt, als Ihr unseren Schatzpakt gebrochen habt, indem Ihr floht. Und die Schatzkarten habt Ihr uns ja auch wieder abgenommen", kritisierte der Marschall scharf.

„Das ist doch die Höhe! Die Erzgaunerei ging doch von Euch drei Halunken zuerst aus, von Euch selber, Napoleon und Babeuf, und zwar von Anfang an, als Ihr uns gefangen gesetzt habt und uns in unserer Festung verschimmeln lassen wolltet!", rief MdC zornig aus und drohte Fouché mit der Faust. Wächter hielten sie mit Mühe zurück.

„Aber Ihr, unwürdige Mademoiselle und Edel-Kurtisane, habt schließlich sogar mit eigener Hand unseren wichtigsten Verbündeten getötet, den Logenbruder von den Freimaurern, der uns das Pergament überhaupt erst entschlüsselt hatte!", tadelte Fouché giftig.

„Das war Notwehr! Und das wisst Ihr auch ganz genau! Denn er war auch ein Verräter, und wollte mich mit der alten Duellpistole erschießen, weil er den ganzen Schatz für sich alleine behalten wollte!", argumentierte Mirella mit berechtigtem Zorn und zappelte in der Umklammerung hin und her.

Auch Vidocq wurde wieder scharf bewacht und machte ein unglückliches Gesicht.

„So leid es mir tut: Ihr beiden bleibt natürlich weiterhin Gefangene, und im Augenblick seid ihr meine Gefangenen. Und daher werde ich euch nach Paris zurückführen, zu unserem General Bonaparte, der soll dann entscheiden, was weiterhin mit euch zu geschehen hat", sagte Fouché matt.

„Na prächtig; vom Regen in die Traufe!", klagte Mirella und seufzte mutlos.

„Nicht aufgeben, meine schöne Degenfechterin!", tröstete sie ihr Abenteuergefährte. „Der Weg zurück nach Paris ist noch lang, und die Straßen von Frankreich sind zurzeit so unsicher wie nie zuvor. Da kann unterwegs noch allerhand passieren."

„So lasst es halt getrost passieren, was da kommen möge an weiteren Ereignissen, aber vor allem: Lasst uns alle nun endgültig wirklich passieren, denn es herrscht inzwischen tiefe Nacht", meinte der Marschall Fouché gutgelaunt und humorvoll.

„Ihr seid genauso ein Strolch wie unser ehemaliger Weggefährte Babeuf", maulte Mirella aufsässig zu Fouché.

„Und wenn schon – es geziemt sich in unserem unsicheren Metier, bei Bedarf viele Charakterzüge anzunehmen, die man auch immer wieder mal bei passender Gelegenheit leugnen kann", sagte der schmierige Marschall übermütig.

„Doch jetzt möchte ich euch beiden Betrügern erst mal die Schatzkarten wieder abnehmen, etwas, was mein Vorgänger nicht mehr geschafft hat", schnarrte er mit rüdem Grinsen und streckte die Hand aus.

Seine Männer richteten zur Durchsetzung seiner Forderungen vorsichtshalber erst mal eine Sammlung von Musketen auf die beiden Abenteurer.

Diesmal vermochte Vidocq die Herausgabe der Schatzpläne nicht mehr zu verzögern, denn Fouché bemerkte richtig:

„Glaubt ja nicht, dass euch diesmal wieder ein Zufall zu Hilfe kommt, um euch vor mir zu retten, ihr beiden räudigen Wegelagerer!", rief der doppelzüngige Revolutionär höhnisch aus. „Wir lassen uns nicht so leicht überfallen wie der unglückliche Schatzsucher Babeuf, dieser Verräter. Denn meine Reiter-Abteilung ist weitaus größer und hat das Terrain um euch herum jederzeit im Blickfeld. Niemand schleicht diesmal heran, um euch beizustehen. Also, her mit den Plänen!", herrschte der Verwegene Vidocq an.

Lächelnd griff der Schmugglerkönig in diverse Taschen, und gab alle Pläne bereitwillig her. Zur Sicherheit wurde er noch gründlich von den Soldaten untersucht.

„Und nun zu unserer kleinen Halbweltdame!", raunte Fouché und ließ sie ungalant von Soldaten umzingeln.

Mirella schrie auf.

„Wagt es ja nicht, mich von Eurer schmierigen Soldateska durchsuchen zu lassen, Hände weg von einer Dame der Gesellschaft!", wehrte sich Mirella keck mit Worten, denn ihren Degen hatte sie noch nicht wieder an ihre Kampfkleidung anlegen können.

„Fasst mich ja nicht an, ihr Lumpengesindel im Sold eines korsischen Emporkömmlings!", grölte MdC ordinär und stolz in die Natur hinaus.

„Aber nein, wer redet denn von Anfassen, schöne Herumtreiberin? Ich verspreche Euch, keiner wird Hand an dich anlegen, du kleine dumme Schnepfe! Du wirst dich jetzt artig ganz von alleine ausziehen. Stück für Stück! Wir wollen dann mal sehen, wie viele Kopien von dem Schatzplan dann noch aus deiner Kleidung zum Vorschein kommen!", lachte Fouché mit obszönem Gelächter.

„Denn wir können es uns nicht leisten, dass auch nur eine Schatzkarte von uns übersehen wird, mit welcher ihr beiden eventuell doch wieder entwischen könntet", sagte Fouché.

„Denn damit könntet ihr den Schatz eventuell doch noch vor uns finden! Das darf unter keinen Umständen geschehen!"

„Nein, das werde ich nie tun! Ich verweigere die totale Entkleidung! Da werdet ihr Kanaillen doch schon selber zugreifen müssen!", grunzte Mirella widerborstig mit tieferer Stimmlage, teils vor Angst, teils vor Zorn.

Von Vidocq war gar keine Hilfe mehr zu erwarten, denn dieser war inzwischen in den Arrestwagen der Kutsche gesperrt worden, den die kleine Reiterabteilung mit sich geführt hatte. Für Mirella konnte er nichts mehr tun.

Die Männer des Marschalls gruppierten sich grimmig und zu allem entschlossen um MdC.

Sie hielt die Arme fest um ihre Kleidung geschlossen und wusste nicht, was sie tun sollte. Es war ihr bange zumute, wie noch nie im Leben.

Die Dunkelheit hatte die kleine Schar inzwischen schon völlig eingeschnürt, sodass man gar nichts mehr hätte erkennen können, würden die Schergen Fouchés nicht mit Fackeln um Mirella herum leuchten, damit ihnen keine Bewegung der Abenteurerin entgehe.

Ihr Freund Eugène rief ihr durch die Eisenstäbe seines Gitterwagens Ermunterungen zu, durchzuhalten, und verwünschte die verwahrloste Soldatenschar des Marschalls.

Da gab der Marschall den Befehl, die unsinnige Suche abzubrechen. „Schon gut, lasst es für heute gut sein, Männer – wir verschieben die Aktion auf morgen, wenn wir wieder im hellen Tageslicht stehen", sagte er.

„Mademoiselle Mirella kann uns ja heute kaum mehr entwischen!", meinte Fouché befriedigt.

Es war später Abend geworden an diesem zehnten Mai des Jahres 1796, doch die Luft war schon erstaunlich mild an diesem Frühlingstag. Den Verräter Babeuf hatte man in einer anderen Zelle des Arrestwagens untergebracht, möglichst weit weg von Vidocq, sodass die beiden nicht miteinander kommunizieren konnten. Dafür sorgte schon eine grimmige Wache im Mittelgang des Waggons, welche die beiden keinen Moment aus den Augen ließ.

Mirella wurde an Händen und Füßen gefesselt und vor einem flackernden Lagerfeuer postiert, flankiert von zwei patrouillierenden Soldaten. Sie saß stumm vor dem Feuer und starrte hinein.

Der Marschall hatte seinen Soldaten befohlen, an dieser Stelle, unweit der Seine, für diese Nacht zu campieren. Die Weiterreise sollte erst am Morgen erfolgen. Mit den Gefangenen wäre der Aufbruch durch die finstere Nacht zu gefährlich, denn der Treck könnte im Schutze der Dunkelheit von Wegelagerern überfallen werden und den Gefangenen die Flucht ermöglichen, meinte Fouché.

„Hier in dieser Gegend treiben sich noch viel zu viele Spitzel, Revolutionäre und Räuberbanden herum", meinte er versonnen. „Außerdem versuchen Zigeuner, Sektierer und Geheimbünde immer wieder, sich wertvoller Gefangener zu bemächtigen, die sie dann bei den Königstreuen durch hohe Lösegeldsummen auszulösen versuchen, oder sie verkaufen sie sogar gleich der jetzigen Übergangsregierung", brummte der Befehlshaber der kleinen Reiterabteilung.

„Schon, aber hier in dieser Dunkelheit sitzen wir genauso auf dem Präsentierteller, wenn die von Euch genannten Gruppen in der Nacht zuschlagen sollten, um die Gefangenen zu befreien", gab sein Brigadegeneral zu bedenken.

„Ja! Das Gesindel könnte uns heimlich und lautlos umzingeln!", ereiferte sich der Quartiermeister zu bemerken. Der Brigadegeneral nickte.

„Wenn wir dagegen sofort von hier abzögen, könnten wir umso schneller wieder zurück im sicheren Paris sein", pflichtete er dem Quartiermeister bei.

„Schneller wahrscheinlich schon, aber nicht sicherer!", widersprach der Marschall barsch.

„Denn ein beweglicher Treck ist immer im Nachteil, wenn er im Dunkeln von ortskundigen Banditen verfolgt und angegriffen wird, das wäre Leichtsinn, das wäre soldatisch unklug; das ist mit mir nicht zu machen! Daher, meine Herren: Wir bleiben hier, beziehen genau hier unser Nachtquartier und reiten morgen weiter, wie ich es befohlen habe – verstanden?", schnauzte Fouché seine Untergebenen an.

Dann blickte er streng und mit galligem Humor auf seinen Stellvertreter, den ehemaligen Brigadegeneral hinab: „Es sei denn, mein guter Quéneau, Sie haben vor, eine Meuterei gegen meine Entscheidung anzuzetteln!"

„Zu Befehl, Herr Hauptmann, ich lasse rings ums Lager sofort überall noch mehr Posten aufstellen, und die Gefangenen werden besonders sorgfältig bewacht!", schnarrte er mit erschrockener und gehorsamer Miene.

Zufrieden lächelnd entließ der Hauptmann seinen Stellvertreter mit militärischem Gruß, der sich flugs zu seinen Pflichten aufmachte.

Marschall Fouché gab den Wachen den strikten Befehl, auf jeden Fall darauf zu achten, dass das Lagerfeuer die ganze Nacht über brannte. Die Wachen für Mademoiselle di Cagliostro wurden natürlich besonders martialisch angewiesen, keine Sekunde die Augen von ihr zu lassen. Gleiches galt für ihren Freund, den Schmugglerkönig und den Verräter Babeuf, deren Arrestwagen außer Sichtweite von Mirella postiert wurde. Sie wusste nicht, und durfte es keinesfalls wissen, wo genau sich ihr Freund in dem Lager befand.

Da knackte es leise im Gebüsch.

Dem Quartiermeister Labiche war es gar nicht wohl in seiner Haut. Flugs sprang er vom Lagerfeuer auf und spannte seinen Karabiner, hielt ihn zitternd im Anschlag, und er lief unruhig hin und her, ließ seine Augen in der Dunkelheit hin und her rollen. „Habt ihr gehört? – Verflixt, die Banditen sind schon da!", rief er erregt und gab seinem Adjutanten den Befehl: „Meine Güte, Guerrot, beeilt Euch gefälligst, besser in meine Richtung zu leuchten, das soll heißen: Überall dorthin, wohin ich mich gerade bewege!"

„Jawohl, Herr Quartiermeister, Verzeihung, zu Befehl!", schnarrte sein Untergebener und lief ihm mit der Laterne nach. Mirella war aufgeschreckt und drehte ihren Kopf sofort hurtig in Richtung des Geschehens, inwieweit es ihre unbequeme Sitzposition am Lagerfeuer zuließ, sich überhaupt zu bewegen. Ein Soldat mahnte sie flüsternd zur absoluten Stille, und stieß dazu leicht seinen Gewehrkolben in ihren Rücken. „Ruhe, kleine Zigeunerin, sonst ist es aus mit dir!" Mirella krümmte sich ängstlich zusammen, wagte aber nicht, den geringsten Laut zu äußern.

Andere Soldaten waren zu dem Quartiermeister gestoßen und suchten das Gelände mit ihren Waffen im Anschlag nach dem verdächtigen Geräusch ab. „Schnell Männer, das kam von da drüben, hinter den Büschen dort", meinte der Quartiermeister flüsternd.

Alle folgten ihm. Mirellas angespanntem Gesicht war es anzusehen, dass sie auf Rettung hoffte.

„Das Geräusch kann aber auch nur ein simples Ablenkungsmanöver gewesen sein", sagte der Quartiermeister zu den Soldaten. Daher schickte er mit Absicht zwei Soldaten in die entgegengesetzte Richtung des Lagers, falls dort ein Eindringling in Wahrheit zuschlagen wollte.

Das ganze Lager war in Aufruhr geraten, aber alle Abläufe der Befehlskette gingen trotzdem ruhig und diszipliniert vor sich. Jeder Soldat kam hochkonzentriert seiner Pflicht nach. Die Stelle, aus der das verdächtige Geräusch kam, wurde systematisch eingekreist, aber es wurde niemand gefunden. Auch an anderer Stelle wurde kein Verdächtiger aufgegriffen. „War wohl doch bloß ein Tier!", meinte der besonnene Adjutant Guerrot entspannt zum Quartiermeister. MdC war inzwischen zudem der Mund geknebelt worden, zur Sicherheit. Auf einmal hörte man es im Laub scharren. Die Köpfe der Soldaten reckten sich spontan in Richtung des neuen Geräusches. **„Achtung, keinen Laut!** Nicht bewegen, die ganze Abteilung stillgestanden!", befahl Brigadegeneral Quéneau. „Niemand bewegt sich!", sagte er barsch und sofort verharrten die Soldaten bewegungslos auf der Stelle, wo sie gerade standen und nahmen die Position von Wachsfiguren oder Säulenheiligen ein. „Absolute Ruhe, Männer, klar, verstanden?" Sofort herrschte im gesamten Lager absolute Ruhe, nur das leise Plätschern der nahen Seine war vernehmbar. Doch das seltsame Scharren im Laub wurde nicht mehr gehört. Alles blieb still. Nur die Köpfe reckten die Soldaten leise in alle Richtungen. „Da hält uns jemand zum Narren!", rief Quéneau verstimmt mit lauter Stimme und brach die Stille. „Halt, wer da? Kommt heraus, wer auch immer Ihr seid! Ihr seid umstellt!", rief der ehemalige Brigadegeneral Quéneau ins Unbekannte hinein. Mirella zerrte panisch an ihren Fesseln. Dieses Mal war es die Besorgnis, dass sich eher ein unbekannter Feind dem Lager nähern könnte, der auch ihr schaden könnte. Sie wurde ruhiggestellt. Soldaten bedrohten sie mit ihren Musketen, von oben herab.

Längst hatte Quéneau den Soldaten befohlen, sich wieder zu rühren. Sie waren schon wieder auf vielen Standorten verteilt, wo er sie hinbeordert hatte, um den unbekannten Eindringling zu stellen. Marschall Fouché trat zu dem Geschehen und ließ sich von seinen Untergebenen über alles ins Bild setzen.

Er befahl, alle Gebüsche und Gehölze systematisch auszuleuchten, und die allzu attraktive Beute Mirella vom grell leuchtenden Lagerfeuer wegzubringen. Denn irgendwie war er nach wie vor davon überzeugt, nur die junge Degenfechterin könne das Hauptziel eines Raubzuges sein. Natürlich nur wegen des Schatzes, des angeblichen Schatzes des Cagliostro!

Eine halbe Stunde dauerte die aufwändige Suche nach dem angeblichen Eindringling schon, doch nach wie vor wurde keine verdächtige Gestalt gesichtet, geschweige denn, verhaftet.

Die zusammengeschnürte Mirella machte inzwischen ein ziemlich saures Gesicht. Man hatte inzwischen auch sie in den Arrestwagen überführt. Ganz so ereignislos sollte diese Nacht der Überraschungen dann eigentlich doch nicht für sie verlaufen! Schade, heute also doch kein Befreiungsversuch von unbekannter Seite, dachte sie sich. Mutlos saß sie in sich zusammengekrümmt auf eisernem Boden in ihrem Kastenwagen, kaute auf ihrem Knebel herum. Ein Soldat bewachte sie unentwegt durch Gitterstäbe.

Vidocq und Babeuf wurden getrennt voneinander bewacht.

Der Soldat grinste seine Gefangene MdC durch die Gitterstäbe an.

Da trat eine hünenhafte Gestalt von hinten zu dem Wachsoldaten. Erschrocken blickte der Wächter sich um und erkannte Marschall Fouché, den Oberbefehlshaber der Reiterschar. Auch Mirella blickte Fouché forsch an.

„Oh, Ihr seid es persönlich, Kommandeur!", sagte der Wächter lachend.

„Ja, ich wollte nur mal eben persönlich vorbeischauen, wie sie sich so macht, unsere Luxusgefangene", sagte der Marschall forsch im Halbdunkel, denn trotz der bereitgehaltenen Laterne vom Wachsoldaten war das Gesicht des Oberbefehlshabers nur in einem schwachen Schimmer zu erkennen. Fouché legte dabei seine große Pranke begütigend auf die Schulter des müden Wächters, wie um ihm für seinen akribischen Wachdienst zu danken.

„Oh, die Gefangene!", sagte der Posten lächelnd.

„Ja, sie langweilt sich ein bisschen, weil sie ja keine Konversation mit mir machen kann, mit dem Knebel", merkte der Wachposten grinsend an.

„Ja, das kann ich mir lebhaft vorstellen, denn auf diese Weise wird das Gespräch ein bisschen einseitig, nicht wahr?", fragte der Marschall verständnisvoll und juxend.

„Daher können wir ihr jetzt zumindest den Knebel wieder aus dem Mund entfernen!", sagte der Marschall im heiteren Plauderton.

„Wie? Ist denn der Eindringling inzwischen gefunden worden? Ist die große Gefahr vorbei?", fragte der Wachtposten verwundert seinen Chef.

„Nein, aber das Ganze war wahrscheinlich ein falscher Alarm, von Anfang an", sagte Fouché mit Inbrunst, „das Geräusch kam wohl doch nur von einem Waldtier, einem Fuchs oder einem Eber, oder ähnlichem", meinte der Marschall und hielt den Wachtposten endgültig dazu an, Mirella den Knebel abzunehmen, was jener umgehend tat. Mirella seufzte und keuchte laut.

„Inzwischen ist wieder alles ruhig draußen", erklärte der Marschall mit beruhigter Miene. Auch das Gesicht des Postens nahm einen erleichterten Ausdruck an, als er die Entwarnung vernahm.

Mirella sah den Marschall feindselig an. „Was habt Ihr mit meinem Freund Eugène angestellt, Ihr unwürdiger Verräter und Schatzjäger?", fragte sie aggressiv und sah gefesselt vom Boden zu ihm auf.

Fouché lachte dreckig. „Oh, dem geht es ganz gut in seinem beweglichen Verlies, macht Euch also keine Sorgen, meine kleine Zigeunerin!", sprach der Marschall aufgeräumt und gut gelaunt. Der Wachtposten grinste. Fouché hustete. „Ihr habt Euch wohl erkältet, mein General?", fragte der Wachtposten mitfühlend seinen Befehlshaber.

„Daher klingt heute wohl auch Eure Stimme ein wenig fremd", fügte der Wächter hinzu und sah seinem Kommandanten ins Gesicht.

„Ja, Ihr habt recht, mein Guter, ich muss aufpassen", bestätigte der Marschall und wandte sich hustend von dem Posten ab.

„Kommt mir also nicht zu nahe, damit ich Euch am Ende nicht auch noch anstecke mit meiner Erkältung, denn es steht viel auf dem Spiel für uns alle", bestätigte Fouché mit grimmigem Gehuste.

„Denn wir müssen mit unseren Gefangenen bei Tagesanbruch sofort aufbrechen, zurück nach Paris", erklärte der Marschall hastig. „Der Verbrecher Babeuf muss schnellstens der Gerichtsbarkeit ausgeliefert werden und auch Mademoiselle hier auf dem Boden und ihr verwegener Freund Vidocq müssen seiner Exzellenz Napoleon zugeführt werden, damit sie vom General verhört werden können", erklärte er.

Der Wachtposten nickte.

Da bekam Fouché die Blendlaterne von der Wache voll ins Gesicht geleuchtet. Der Marschall krümmte seinen Körper zusammen und bedeckte sein Gesicht mit den Händen.

„Allez! So pass Er doch auf, wohin Er leuchtet mit seiner Funzel, seinem verlorenen Licht am Ende der Welt!", rief der Marschall empört aus und schüttelte sich.

„Verzeihung, mein Kommandeur, Selbiges soll nicht mehr vorkommen!", stotterte die Wache verdutzt und wand sich wie ein begossener Pudel.

„Allerdings, in dieser Richtung werde ich umgehend Vorsorge treffen!", sprach Fouché und schlug der Wache entschlossen seinen Polizeiknüttel auf den Hinterkopf. Stöhnend brach der Wachtposten zusammen und fiel zu Boden. Mirella zuckte erstaunt zusammen, und wollte einen Schrei entfahren lassen, doch der falsche Fouché wusste es im letzten Augenblick zu verhindern, indem er zu der gefesselten Gestalt am Boden hinhastete und ihr lächelnd den Mund zuhielt und ihr Schweigen gebot.

Dann nahm er den falschen Schnurrbart nebst Backenbart ab und präsentierte sich seiner Mirella als sein wahres Ich:
„Eugène!", rief sie verblüfft aus.
„Ihr seid das!!!"
„Richtig beobachtet! Irgendjemand musste es doch sein!", bemerkte der kühne Verkleidungskünstler Vidocq gewitzt, leuchtete MdC mit der Laterne ins Gesicht und machte sich hurtig daran, die Fesseln der Degenkünstlerin zu lösen.

Als sie frei war, lächelte sie ihn ungläubig an.
„Ich habe es beinahe schon nicht mehr ausgehalten, mit der verstellten Stimme dieses Fouché zu sprechen. Mein Gott, war das schwierig, die auch nur einigermaßen hinzukriegen!", sagte Vidocq und räusperte sich leise. „Obwohl ich es in der Stimmenimitation schon zu bedeutenden Leistungen gebracht habe", sagte er vergnügt.
„Ich wusste gar nicht, dass Ihr Euch so gut verkleiden könnt, und außerdem mit der tiefen Bassstimme dieses Schurken Fouché parlieren könnt", meinte Mirella lachend und küsste ihn auf den Mund. „Aber beides war annähernd perfekt – jedenfalls habe ich die ganze Zeit über keinen Verdacht geschöpft, ich habe nichts davon gemerkt, dass Ihr das wart, mein Kompliment, lieber Eugène!", sprach sie entzückt.
„Danke für die Blumen, Mademoiselle Mirella: Bei dieser Gelegenheit also hattet Ihr endlich einmal die Ehre und das Vergnügen, ein weiteres meiner vielen, verborgenen Talente kennenzulernen, meine kleine, scharfe Klinge!", brüstete sich der Schmugglerkönig übermütig, aber mit gespieltem Stolz. Verwegen näherte sich sein Mund wieder dem schönen, vollen von MdC.
Pikiert stieß sie ihn daraufhin von ihrem Körper fort.
„Gebt bloß nicht so an! So gut war die Imitation nun auch wieder nicht", sagte Mirella spitz. „Denn: Die Wache immerhin hatte schon einen leisen Verdacht geschöpft.

Vergesst das nicht! Immer müsst Ihr meine Situation ausnützen", klagte sie halb im Scherz, halb im Ernst.

„Wie seid Ihr eigentlich aus dem Gefängniswagen herausgekommen und dann als der verkleidete Fouché wieder hineingekommen?", fragte MdC mit Bewunderung.

„Oh, auch mit Schlösseröffnen und Ablenken von Personen kenne ich mich fabelhaft aus", erläuterte Vidocq kühn und stolz.

Mirella schüttelte lachend den Kopf.

„Eure fantastischen Gauner-Fähigkeiten können uns noch viele Male nützlich sein in unserem abenteuerlichen Leben auf der ständigen Flucht vor Polizei und Militär", prophezeite die Degenfechterin schwärmerisch.

„Das glaube ich auch, meine Liebe", sagte der Schmugglerkönig selbstsicher.

Da wurde Vidocq wieder ernst.

„Genug geredet jetzt! Wir müssen sofort handeln, denn wir sind ab jetzt in Lebensgefahr, mein schönes Abenteurerkind!", erklärte der romantische Bandit in völlig anderem, nüchternen Tonfall. „Wir werden ab sofort gesucht und erbarmungslos gejagt werden vom echten Marschall Fouché", meinte Vidocq und klebte sich die falschen Bartteile mit Geschicklichkeit geschwind wieder ins Gesicht.

Schon zog der Abenteurer die verängstigte Mirella am Arm.

„Halt, halt, nicht so schnell!", protestierte MdC. „Wo befindet sich eigentlich der echte Fouché in diesem Augenblick?", fragte sie panisch.

„Eine gute Frage, aber was soll ich Euch darauf antworten?", fragte Vidocq zurück und nahm der ohnmächtigen Wache alle wichtigen Gegenstände ab.

„Irgendwo bei seinen Leuten wird er wohl sein, der ahnungslose Marschall Fouché", sprach er und löschte die Blendlaterne. „Aber ich möchte es nicht erleben, dass Ihr beiden dann dort draußen im Getümmel noch am Ende aufeinandertrefft!", äußerte Mirella flüsternd mit Schaudern in der Stimme durch das Dunkel.

„Eben, das möchte auch ich ja gerade so tunlichst vermeiden, und daher müssen wir unsere weiteren Schritte bei unserer Flucht eben gut durchdenken und planen, und das ganz schnell, bevor es Tag wird!", flüsterte der Schmugglerkönig zurück.

„Wie seid Ihr eigentlich im Detail so professionell aus Eurem eisernen Käfigwagen entwischt, wie ein listiges Raubtier?", fragte Mirella jetzt abenteuerlustig und zerrte an Vidocqs Generalsuniform.

„Los, bitte erzählt mir schon, wie Ihr das angestellt habt, ich platze vor Neugier!", drängte die Abenteurerin.

„Das erzähle ich Euch ein andermal, wenn wir mehr Zeit und Muße haben!", flüsterte Vidocq ihr zu.

„Oh je, ich fürchte, die werden wir in absehbarer Zeit lange nicht mehr haben", äußerte Mirella die Befürchtung. „Kommt jetzt lieber, und folgt mir!", befahl ihr da barsch Vidocq.

„Wie kommen wir von hier ungesehen weg?", fragte MdC.

„Ich habe einen spontanen Plan ausgearbeitet. Vorhin, als die Suche nach dem angeblichen Eindringling im Lager auf Hochtouren lief, habe ich als falscher Fouché verkleidet den Leutnants im Dunkeln schon Anweisungen gegeben, einen bestimmten Suchradius auszulassen, den ich mir selber vorbehalten wolle", erläuterte er seine List.

„Und ebendort, an den Außenbezirken des Lagers, wo das Camp an den Wald grenzt, liegen meine vertrauten Schmuggelpfade, auf denen wir wandeln werden und uns mit ein bisschen Glück unterirdisch davonmachen, und zwar unter den bewachten Grenzbefestigungen des Lagers hindurch. Wie die Maulwürfe kommen wir dann auf Umwegen direkt wieder an der Seine heraus, wo ich in einer Felsenattrappe ein Boot versteckt habe, mit dem wir dann weiter in unbekannte Gefilde entwischen können, wenn alles klappt", beendete Vidocq hastig seine Abschlusserklärung.

„Meine Güte, was für ein raffinierter Plan, Ihr seid ein organisatorisches Genie, genau wie Napoleon Bonaparte!", rief Mirella fasziniert aus.

„Nicht wahr? Denn wir müssen jetzt schleunigst schnellstmöglich aus Frankreich heraus, nach Italien, und dann nach Mailand, bis zur Villa Eures Vaters", erklärte Vidocq hastig.

„Und zwar müssen wir dort ankommen, bevor unser wackerer Revolutionsgeneral Bonaparte die ganze Lombardei erobert, wie er das in Windeseile seit Jahren mit allen europäischen Landstrichen tut", schärfte ihr der smarte Schmuggler ein.

„Denn hat der kleine Korse den Österreichern erst einmal ganz Oberitalien entrissen, dann ist für uns nichts mehr zu machen, mein schönes Kind. Dann nämlich wird er auch die Villa so von seinen Soldaten umstellen und Tag und Nacht bewachen lassen, dass wir nie mehr hineinkönnen. Und wenn wir dort auftauchen, schnappt die Falle zu: Dann werden wir sowieso sofort verhaftet, und wir sind wieder Napoleons Willkür ausgeliefert", erklärte Vidocq akribisch.

„Was??? Ihr wollt dort in Mailand auftauchen, bevor uns Napoleon den Weg geebnet hat?", fragte Mirella entsetzt.

„Was für ein verrückter Plan!"

„Es war doch mit Napoleon abgemacht, dass er zuerst für uns die Lombardei erobert, und dann können wir gefahrlos die Villa meines Vaters nach der Schatzkassette der englischen Freimaurer durchsuchen!", sagte Mirella fauchend, „das war unser Plan, Eugène, alles andere ist doch Wahnsinn! Wir können doch nicht einfach so mitten ins Kriegsgebiet hineintaumeln, wo doch in Mailand noch die Österreicher herrschen!", zeterte die junge Abenteurerin.

„Und überall in Italien finden zur Zeit schwere Kämpfe statt! Wie leicht kann uns da eine Kugel treffen", sagte Mirella besorgt.

„Und Ihr glaubt, Napoleon hält sich an unsere Abmachung? Dass er uns seelenruhig in der Mailänder Villa herumsuchen lässt, sobald seine Franzosen die Österreicher aus Oberitalien vertrieben haben?", fragte Vidocq mit hämischem Zweifel.

„Ihr glaubt also, er wird den Schatz selber suchen?", fragte Mirella resigniert.

„Natürlich. Er muss ja seine Soldaten für die tapferen Kriegsdienste bezahlen! Die müssen ja endlich mal ihren rückständigen Sold ausgezahlt bekommen!", ereiferte sich Vidocq. „Denn nur vom Plündern, requirieren und Vergewaltigungen können Bonapartes erschöpfte Heere ja nicht ewig zehren!"

„Ach, so seht Ihr die Lage!", sagte Mirella verklärt und mit erschöpftem Gesichtsausdruck.

„So sehe ich sie nicht nur, so ist sie!", bekräftigte der Schmugglerkönig barsch und zerrte Mirella am Arm.

„Kommt jetzt endlich, wir müssen noch im Schutze der Nacht aufbrechen, bevor uns das erste Tageslicht einen Strich durch die Rechnung macht!", tobte Eugène Vidocq.

„Es ist daher im Gegenteil besser, gerade jetzt in den Kriegswirren nach Mailand einzureisen, als später in einem starren Napoleonischen Frieden, wo jede Nebenstraße, jeder Fußweg von grimmigen, französischen Besatzungssoldaten bewacht wird, denn jetzt achtet keiner auf ein versprengtes Abenteurerpaar, wo alle mit Kämpfen, Verteidigen und Erobern beschäftigt sind", behauptete Vidocq mit Nachdruck und zog Mirella mit sich fort.

„Ja, an dem, was Ihr da sagt, scheint mir augenblicklich doch viel Wahres dran zu sein", überlegte Mirella rasch im Laufen.

„Also, auf nach Mailand – auf Schleichwegen!", gebot ihr der forsche Vidocq zum letzten Male.

Sie verließen hurtig den Gefängniswagen und schlichen sich heimlich zum Waldstreifen. Aber überall waren Wachen aufgestellt. Es war zwar stockfinster, trotzdem hätte man durch den Laternenschein der Wachen das Paar jederzeit deutlich als Silhouette ausmachen können.

Am Waldrand, wohin sie wollten, waren besonders viele Wachtposten postiert. „Oje, da vorne sind so viele Wachen, da kommen wir nicht durch", sagte Mirella flüsternd.

„Müssen wir wirklich zu dieser Stelle?"

„Unbedingt! Denn nur dort drüben verläuft mein unterirdischer Tunnel!", erwiderte der Schmugglerkönig etwas verzagt.

Da wurde das Abenteurerpaar urplötzlich Zeuge einer erregten Unterredung hastig umherlaufender Soldaten.

„Habt ihr gehört, liebe Kameraden? Unser tapferer General Napoleon Bonaparte hat sich mit seiner zerlumpten Armee bereits den Alpen genähert, wie mir gerade ein Kurier aufgeregt gemeldet hat", sagte ein Militär zu einem anderen. Auch Mirella und Eugène vernahmen den Satz im Schutze eines Zeltes, hinter das sie sich augenblicklich zusammengekauert hatten.

„Hört Ihr?", fragte Vidocq angespannt.

„Natürlich", erwiderte Mirella schlotternd.

„Wir müssen sofort dem Kommandanten Meldung machen, Leutnant!", sagte einer der Soldaten.

„Ja, sofort zu Marschall Fouché!", bestätigte ein anderer.

Ein unbeschreibliches Hurra-Geschrei verbreitete sich unter den Soldaten. Alle liefen aufgeregt mitten in der Nacht in lockeren Haufen umher, um die frohe Kunde von dem Nachtkurier zu übermitteln: „Hört ihr, Leute? General Napoleon hat gestern bei Lodi über die Österreicher gesiegt!", schrie einer durch das Lager.

Mirella und Eugène, der wieder als Marschall Fouché verkleidet war, spitzten die Ohren.

„Also, meine liebe Mirella, die Gelegenheit ist günstig für uns, in dem unerwarteten Durcheinander zu entwischen", meinte der Schmugglerkönig, „denn seht mal da rüber: Die Wachen am Waldrand haben in der Aufregung der Siegesmeldung ihren Posten verlassen, wir können jetzt sicherlich unbemerkt zu der Stelle hin, denn keiner wird auf uns achten!", flüsterte er seiner Gefährtin zu.

Und sie liefen munter los.

Doch gerade in diesem Augenblick kam dem Abenteurerpaar eine Abteilung Soldaten entgegen: Vidocq erkannte Brigadier Quéneau, Quartiermeister LaBiche und Adjutant Guerrot. Ehe die Soldaten sie bemerkt hatten, verfiel der schlaue Verkleidungskünstler Vidocq noch auf die kluge List, Mirella rasch ihren Fluchtschritt einstellen zu lassen, denn eine Flucht hätte sie höchst verdächtig gemacht. So trotteten sie beide gemächlich wie beiläufig, scheinbar ahnungslos auf die Militärs zu, in ein munteres Gespräch vertieft, als der Adjutant

Guerrot, der seinen Vorgesetzten zu erkennen glaubte, erregt ausrief: „Herr Kommandant! Ich habe Ihnen eine wichtige Mitteilung zu machen!"

Mirella schnaufte und zitterte vor Aufregung: „Oje, jetzt haben sie uns entdeckt! Gleich sitzen wir wieder in unserem Gefängniswagen", sagte sie resigniert.

„Abwarten. Bleibt ganz ruhig und überlasst mir das Reden", empfahl ihr Gefährte ihr dringend.

„Glaubt Ihr denn, Ihr könnt vor dieser Meute weiterhin ungestraft den großen Marschall Fouché spielen?", fragte Mirella ungläubig.

„Natürlich, aber ich spiele ihn in diesem Fall nicht, das wäre zu wenig", erwiderte Vidocq ungerührt. „In diesem prekären Moment bin ich der echte Fouché, der einzige, es gibt keinen anderen", sprach er im Brustton der Überzeugung.

„Na, wenn das man gut geht!", seufzte MdC zweifelnd.

„In diesem historischen Moment der allgemeinen Siegeslaune stimme ich als Kommandant von diesem Bataillon voll und ganz ein in die Bejublung unseres siegreichen Kaisers Napoleon Bonaparte!", antwortete Vidocq stolz mit der imitierten Fouché-Stimme.

Inzwischen standen die Militärs schon ganz dicht vor dem Abenteurerpaar. Alle ihre Blicke waren spontan fragend auf die schöne Mirella gerichtet.

„Aber Euer Exzellenz!", schnarrte der Adjutant des echten Fouché irritiert. „Ich registriere mit Unverständnis, dass Ihr hier so ganz unbedarft und ungezwungen mit einer unserer Gefangenen draußen im Freien spazieren geht, und dabei haben Sie ihr auch noch die Fesseln gelöst! Darf ich fragen, was dieser seltsame Umstand zu bedeuten hat?", fragte Guerrot verwundert.

„Oh, macht Euch keine Sorgen, mein guter Guerrot, die Dame ist an meiner Seite sicher untergebracht, seid dessen bitte gewiss", antwortete der Schmugglerkönig so unbefangen wie möglich. „Die Galanterie und die Höflichkeit gegenüber dem weiblichen Geschlecht gebieten es, der Dame vor unserem anstrengenden Aufbruch eine kleine Verschnaufpause zu gönnen. Damit sich ihre gebundenen Glieder wieder regenerieren können… Und habt keine Furcht, was ihre Fluchtmöglichkeiten betrifft, da ist unsere liebe, kleine Degenfechterin doch sehr eingeschränkt, wie Ihr sehen könnt: In einem Lager, wo alle Männer bis an die Zähne bewaffnet sind", überspielte Eugène Vidocq die prekäre Situation mit gekonnter Nonchalance.

Ehe die anderen Soldaten Einspruch hätten erheben können, wurde seine Stimme wieder militärisch dienstlich: „Doch jetzt berichten Sie mir endlich von dem großen Sieg unseres geschätzten Revolutionsgenerals bei Mailand, von dem ich durch Euer Geschrei schon Bruchstücke mitbekommen habe!", befahl der falsche Marschall Fouché streng.

„Natürlich, Verzeihung, Euer Exzellenz, sofort!", warf sich da der ertappte Adjutant Guerrot sofort wieder in Positur, und der junge Kurier, der die frohe Botschaft überbracht hatte, trat an seine Seite.

„Aber ich lasse lieber unseren tapferen Kurier hier selber zu Wort kommen, der die ganze Schlacht miterlebt hat, und sein Pferd zuschanden geritten hat, um im Rekordtempo hier bei uns einzutreffen, Exzellenz, um uns die frohe Kunde von unserem glänzenden Sieg mitzuteilen", schlug Guerrot emphatisch vor und schob den jungen Kurier vor Vidocq-Fouché.

„Ja, also", begann der Kurier mit atemloser Stimme zu referieren, „Euer Exzellenz: Gestern Mittag wurde ich persönlich Zeuge einer heftigen Kanonade von einem Flussufer zum anderen, bei Lodi, in der Nähe von Mailand. Und unser guter, erst siebenundzwanzigjähriger, tapferer Revolutionsgeneral Napoleon Bonaparte stand persönlich an der Brücke bei Lodi, um ein Kanonenduell mit dem feindlichen, österreichischen Heer über den Fluss hinweg auszufechten. Lodi ist eine Stadt in der italienischen Provinz Mailand, an der Adda. Und gestern versuchte die österreichische Armee an dieser Stelle, unser französisches Heer daran zu hindern, den Fluss auf der dort befindlichen, schmalen Brücke zu überschreiten! – Dazu bombardierten die Österreicher das französische Heer sehr heftig mit ihren Kanonen, um Napoleons Übergang von der Brücke über den

Fluss zu verhindern, und Bonaparte ließ unerschrocken unentwegt die Österreicher auf der anderen Flussseite bombardieren, um sie davon abzuhalten, dass sie die Brücke in Brand setzten", berichtete der junge Kurier mit leidenschaftlichem Eifer und militärischem Elan von der Heldentat.

Mirella staunte und sperrte die Augen weit auf. Doch keiner nahm mehr irgendeine Notiz von ihr.

„Aber dennoch", fuhr der Meldekurier erregt fort, „gelang es Napoleon und seinen Männern, trotz heftigster Beschießung der Brücke durch das österreichische Kanonenfeuer, die Brücke zu überschreiten! Die Aktion wurde unterstützt von einer furchtbaren Kanonade, bei welcher unser junger General selbst Hand anlegte! Wie ein einfacher Soldat ging er dabei vor, dessen rohe, grobe Arbeit unser Bonaparte keinesfalls scheute, ungeachtet seiner Person, die dem wilden Kugelhagel der Österreicher schutzlos preisgegeben war, stürzte er sich wie der gemeine Soldat ins Gefecht, befehligte, schob die Kanonen mit an, schoss selber in den ungestümen Haufen der Österreicher!", berichtete der junge Melder schwitzend und voller Stolz, Zeuge dieser Schlacht geworden zu sein.

„Denn das Schießen mit Kanonen ist ja wirklich Bonapartes technische Spezialität", fuhr der Kurier detailfreudig fort. „Ich selber bin ja Zeuge seiner Heldentaten geworden", wiederholte er bewundernd.

„Unser junger General ist ja in der Artillerie noch unter dem alten Regime ausgebildet worden, unter den Bourbonen König Ludwigs XVI., während der alten Monarchie, als er bereits mit siebzehn Jahren 1786 Artillerieleutnant wurde", erinnerte der Kurier seine Zuhörer schnaufend. „Napoleons Kanoniere feuerten militärisch akkurat aus allen Rohren, dass den Österreichern die Kugeln nur so um die Ohren flogen – ich habe es selbst miterlebt, wie der General sogar von einer österreichischen Muskete an der Schulter verwundet worden ist; und was macht er? Aber nein, statt ins Lazarett zu eilen, um sich verarzten zu lassen, ist der General sofort blutend weiter ins Gefecht hinein getaumelt und hat seine eigene

Kanone trotz großer Schmerzen aus dem Schlamm weiter in die richtige Kampfstellung geschoben; und auch abgefeuert – trotz der Proteste seiner Männer und seines Quartiermeisters!", führte der Kurier groß tönend zum Abschluss ins Feld der Rhetorik.

„Das war gestern der erste große Sieg gegen die Österreicher!", trompete der junge Kurier mit stolzgeschwellter Brust.

Mirella und Vidocq in der Maske des Marschalls Fouché hatten dem drastischen Bericht mit stummem Staunen zugehört.

Mirella blickte sich plötzlich diskret ängstlich nach allen Seiten um. Sie fürchtete mit Recht, es könne jederzeit der richtige Fouché vor den Soldaten auftauchen, und was dann? Doch der unerschütterliche Vidocq war zufriedengestellt: Er hatte mehr erfahren, als er zu wissen gehofft hatte.

„Meiner Treu, das nenne ich ein großes Kämpferherz, das von unserem kleinen Korporal!", deklamierte Vidocq scheinbar emphatisch. „Und wisst Ihr zufällig auch schon, was die nächsten militärischen Unternehmungen unseres siegreichen Revolutionsgenerals sein werden?", fragte er listig interessiert.

Da senkte der Kurier ratlos den Kopf.

„Weitere Eroberungen natürlich! Ja ... Das wird unser General tun", sagte er unbeholfen.

„Sich in weitere Schlachten stürzen, - ja, er sagte mir gestern, dass er die Österreicher demnächst noch grimmiger angreifen wolle, um Italien von der Tyrannei seiner österreichischen Eroberer zu befreien, und er wolle dort republikanische Einrichtungen herstellen, und die besiegten Österreicher sollten dann hohe Tribute an das befreite Italien errichten – hat er noch gesagt...", stammelte der junge Kurier.

- Und todsicher auch die „befreiten Italiener" an ihre französischen „Befreier", dachte sich Vidocq vergnügt im Stillen.

Sehr gut, überlegte Vidocq in der Maske des Fouché weiter, dann hat der kleine größenwahnsinnige Korse ja gottlob so viel zu tun, dass er lange Zeit nicht mehr auf uns beide achten

wird, sein umtriebiges Abenteurerpärchen, Mirella und mich
… Wahrscheinlich hat der kleine Emporkömmling Bonaparte
im Rausche des gestrigen Sieges längst den vermeintlichen
Schatz in der Mailänder Villa vergessen… Und wir beide
können dann ungestört getrost in der Villa herumstrolchen, um
ihn zu suchen? Vorausgesetzt, wir kommen überhaupt bis
nach Mailand durch, sinnierte Vidocq düster weiter. Seine
euphorische Abenteuerstimmung war von einem auf den
anderen Augenblick verflogen! - Meine kleine
Degenfechterin hatte gar nicht so unrecht mit ihren Bedenken
in Betreff auf das Kriegsgetümmel!, ließ er sich jetzt mit
Mirellas Skepsis anstecken.
Sie hat recht! Das Unternehmen ist reiner Wahnsinn in solch
unruhigen Zeiten! Es wäre schon ein Wahnsinn in sicheren
Friedenszeiten! Und wie sollen wir über die Grenze nach
Italien kommen? Nicht mal mein Einfluss unter den
europäischen Schmugglerbanden dürfte dazu ausreichen!
Jetzt, wo während des Koalitionskrieges alle Grenzen zu
Frankreich scharf bewacht werden?

„Ich danke Euch für Euren umfangreichen, sachkundigen und
mutigen Bericht", gab Vidocq mit fester Stimme zur Antwort.
„Und da Ihr selber so tapfer im Kampfesgebiet die Stellung
gehalten habt, indem Ihr detailliert alle Kampfhandlungen auf
Papier in Eurem Kriegstagebuch festgehalten habt, gebührt
auch Euch ein guter Teil dieser militärischen Leistung unseres
einzigartigen Generals Bonaparte", lobte Vidocq mit mühsam
hervorgequetschter Fouché-Stimme.
„Daher werde ich Euch für den Goldenen Tapferkeitsorden
Erster Klasse des Postrevolutionären Komitees unseres
glorreichen Frankreichs vorschlagen, mein lieber Kurier erster
Klasse!", deklamierte der Hochstapler enthusiastisch, umarmte
den Kurier stürmisch und klopfte ihm zum Abschluss auf die
Schulter.
„Oh! – Danke für die übergroße Ehre, Herr Marschall … Euer
Exzellenz! – Ich … bin gerührt!", brachte der junge, naive und
unerfahrene Kurier noch aus seiner trockenen Kehle heraus,

bevor er vom Adjutanten des echten Marschalls zurück in den Hintergrund gezerrt wurde.

„Die Existenz eines solchen Ordens ist mir allerdings noch nie zu Ohren gekommen; sind Sie wirklich sicher, Herr Kommandant, dass solch eine Auszeichnung existiert?", fragte er zweifelnd.

„Ja, das kommt mir auch reichlich spanisch vor!", erwiderte Brigadier Quéneau schroff und zog den Adjutanten in den Hintergrund.

„Natürlich existiert er, dieser Orden, so wahr unser tapferer Napoleon Bonaparte existiert", erwiderte Vidocq vergnügt.

„Doch sollte er wieder Erwarten doch noch nicht existieren, dann verleihe ich Ihnen wenigsten noch den Silbernen Tapferkeitsorden Zweiter Klasse des Postrevolutionären Komitees von Frankreich", versprach Vidocq-Fouché gewitzt.

„Sagen Sie mal, Mon Commandant: Fühlen Sie sich noch ganz wohl?", fragte der Brigadier da mit irritiertem Lächeln.

„Sie machen heute solch einen merkwürdigen Eindruck auf mich!", gestand er streng.

„Ja, Sie sind heute einfach … Ein ganz Anderer!", brummte nun auch der Quartiermeister LaBiche.

„Gut, dann bekommen Sie von mir wenigstens noch den Kupfernen Orden Dritter Klasse dafür, dass Sie Napoleons Kampfstrategie mit Ihrem Berichteschreiben nicht allzu sehr behindert haben!", fuhr Vidocq unbeirrt vergnügt zu dem Kurier fort.

Nach einem kurzen Augenblick des frostigen Mienenspiels brachen die drei bedeutenden Herren des Militärstandes endlich in befreites Gelächter aus, nachdem sie geglaubt hatten, es müsse sich da beim Marschall um einen Scherz handeln.

Mirella, die die ganze Zeit schweigend an Vidocqs Seite verharrt hatte, wurde immer ungeduldiger.

Der Mann hat vielleicht eine Chuzpe und eine unendliche Gelassenheit, was die Durchhaltung seiner anmaßenden, unverschämten Rolle betrifft!, dachte sie sich voller Bewunderung und namenlosem Schrecken. Aber werden wir aus dieser prekären Situation auch heil herauskommen?, dachte sie zweifelnd.

Die drei hohen Herren wurden wieder ungeduldiger. Also sprach Vidocq ein Machtwort: „Gut, genug palavert, meine Herren: Wir müssen sofort zurück nach Paris, um die frohe Kunde vom Sieg Napoleons zu überbringen; und natürlich die drei Gefangenen! - Sie, junger Mann, ruhen sich aus, schlafen Sie sich erstmal tüchtig aus, Sie müssen wieder zu Kräften kommen nach Ihrem Gewaltritt", befahl er dem erschöpften Kurier. „Und danach lassen Sie sich von meinem Zahlmeister Ihren Sold auszahlen! – Abtreten!".

„Jawohl, Euer Exzellenz! Und danke sehr!", sagte der junge Kurier mit Begeisterung, salutierte und trat ab.

Dann befahl der falsche Fouché dem Brigadier, dem Quartiermeister LaBiche und seinem Adjutanten, alle nötigen Reisevorbereitungen zu treffen und schickte die Drei vorsichtshalber in drei verschiedene Richtungen, auf dass sie seine Flucht mit Mirella möglichst wenig behindern mochten.

„Schnell, wir müssen zwei Pferde für uns auftreiben, rasch, wenn das gelänge, könnten wir noch günstiger und schneller aus dieser Mausefalle des Lagers entwischen!", sprach Vidocq endlich wieder mit seiner eigenen Stimme und riss Mirella mit sich fort.

„Wie wollt Ihr das anstellen?", fragte sie gehetzt, „jetzt, wo das ganze Lager in Aufruhr ist?", entgegnete MdC.

„Gerade deswegen!", brüllte er in die allgemeine Aufbruchsstimmung hinein und requirierte flugs die zwei Pferde des einen Gefängniswagens, spannte sie aus und stieg mit Mirella auf.

Rasch galoppierte das Abenteurerpaar los und setzte mit mächtigen Sprüngen über die Befestigungen des Lagerendes. Es ging schnurstracks in den Wald, ins Unterholz, ohne anzuhalten.

Mirella blieb mit ihrem Pferd schon bald hinter ihrem Begleiter zurück und rief ihm keuchend zu: „Halt, mein guter Eugène, wo wollt Ihr denn hin? – Wartet auf mich!"

„Folgt mir einfach, Mademoiselle Leichtfuß, dann kann Euch nichts passieren!", rief er ihr wacker zu und drehte sich auf seinem schnaubenden Gaul nach Mirella um.

„Ihr habt gut reden, Eure beiden angeblichen Gehilfen und Brüder im Geiste, Odin und Osiris haben Euch und mich auch schon schmählich verraten und verkauft!", schrie ihm Mirella zu. „Und beinahe wären wir durch ihren Verrat mit ums Leben gekommen!", rief sie ihm mit scharfem Tadel nach, währenddessen der Schmugglerkönig sein Pferd verlangsamte, bis beide wieder in etwa gleichauf ritten.

„Ich hoffe dringlichst, Euer Schmuggel-Majestät, oh, König der Diebe haben nicht noch mehr Freunde von dieser Sorte! Denn dann ist es um unsere Gesundheit schlecht bestellt!", spie Mirella trocken feixend vor ihm aus.

„Also, wenn Ihr fürderhin so gut sein wolltet, mir keine weiteren, angeblichen Bundesgenossen Eures Vertrauens mehr vorzustellen? - Besonders die Sorte Rosenkreuzer, Illuminaten und Freimaurer möchte ich in Zukunft tunlichst meiden, falls Ihr Wert darauf legen solltet, weiterhin mit mir durch Nacht und Wind zu reiten!", schlug ihm Mirella burschikos vor.

Er lächelte amüsiert.

„Denn ich möchte weder noch einmal mit Rosen gekreuzt, oder von Illuminaten erleuchtet, noch von Freimaurern frei gemauert werden, ist das klar, Ihr leicht verunglückter Robin Hood von Frankreich?", fragte Mirella sarkastisch nach.

„Gut gesprochen, Madame Pompadour von der ansehnlichen Gestalt!", entgegnete ihr Verehrer da mit großer Belustigung.

„Aber Ihr müsst wirklich gestehen, meine kleine Degenfechterin, dass auch Ihr nicht unbedingt Scharfsinn und Weitblick in die Wiege gelegt bekommen habt", säuselte er ihr mit gespielter Herablassung entgegen.

„Ich möchte Euch in dieser Hinsicht lediglich auf Euer reichlich schwankendes Balance-Kunststück vor einigen Tagen in einem gewissen Boot auf der Seine erinnern", entgegnete Vidocq schnarrend.

„Die Nummer mit dem Degen war wirklich nicht unbedingt der Weisheit letzter Schluss!", brummte Vidocq.

„Und auf das folgende Bad in der Seine hätte ich getrost verzichten können!", sagte er verstimmt.

„Trotzdem seid Ihr meine ewige Flamme der Liebe!"

Als sie die Verhohnepipelung vernahm, geriet die falsche Adelige außer sich, straffte die Zügel ihres Reittieres brüsk und kurz, dass es sich aufbäumte und schnaubte.

„Wie könnt Ihr es wagen, mir solch stachelige Reden zu halten, Ihr räudiger Tagedieb? Ich immerhin entstamme noch einem gewissen Adel und habe auch reichlich Bildung genossen, war auf der Latein-Schule, habe alle Klassiker von Molière bis Goethe gelesen und spreche ein gutes Französisch und Spanisch!", erwiderte sie aufgebracht und verfiel wieder in gestreckten Galopp.

„Nanu? Was hört mein verirrtes Auge da? Französisch und Spanisch sprecht Ihr? War es gestern nicht noch Französisch und Italienisch?", fragte der Abenteuerkönig schelmisch nach.

„Das Spanische habt Ihr wohl bei Euch zu Hause auf der Spanischen Treppe gelernt?", fragte Vidocq investigativ nach.

„Pah, Spanisch oder Italienisch, wo ist da der Unterschied?", fragte Mirella zischend.

„Oh, Ihr habt ja ganz recht: Ein ganz winziger, höchstens ein so kleiner wie zwischen Regen und Wurm", höhnte Vidocq vergnügt.

„Ich wette, Ihr könnt überhaupt kein Italienisch!", stichelte Mirellas Verehrer aufsässig.

„Und ich wette, Ihr könnt mich mal!", zischte MdC noch aufsässiger zurück.

„Wie oft?", fragte der Schmuggler lachend. „Und wo?"

„Wie es Euch beliebt, oh Robinson Hood von der Lästerweide!", blitzte ihn Mirella mit gebleckten Zähnen an.

„Oh, brillant, meine gute Mireille! Ich frage mich nur, wie Ihr bei so vielen Kalauern überhaupt noch richtig reiten könnt?", fragte Vidocq lästernd.

„Eigentlich müsste Euer Pferd unter dieser angehäuften Last Eurer abgeschmackten Witzchen längst zusammengebrochen sein!", bemerkte er mit bissigem Humor.

„Mein Pferd hat eben Humor und erträgt alles mit Fassung", sagte sie schelmisch.

„Apropos Pferd!", sagte Mirella. „Ich sehe gerade eine Feldflasche am Sattelende meines Pferdes. Das ist ein Zeichen dafür, dass die Dunkelheit langsam nachlässt. Ich kann jetzt alle Gegenstände und Dinge klarer erkennen als zuvor. Ich kann Euch sagen, ich habe einen solchen Durst!", zischte Mirella in langgezogenem Klageton.

Die Dunkelheit begann in der Tat zu schwinden, der neue Morgen brach langsam an. Da sagte Mirella: „Können wir nicht irgendwo anhalten und uns kurz im Gebüsch niederlassen, damit ich in Ruhe den Inhalt der Feldflasche trinken und mich ausruhen kann? Wir müssen doch genügend Vorsprung vor unseren Feinden haben; außerdem hat sich bis jetzt keiner die Mühe gemacht, uns zu verfolgen", bemerkte sie neckisch.

„Gut, einverstanden, aber keine Ruhepause im Gebüsch, das ist zu gefährlich, da kann sich einer von hinten an uns anschleichen und uns während unserer Rast überfallen", riet Vidocq dringend. „Ich bevorzuge offeneres Gelände, da seht: Wenn wir diesen Waldweg einschlagen, dann sind wir gleich an der Seine! Man kann bereits von hier ihre Wasser rauschen hören, wenn man die Ohren spitzt, hört Ihr?", fragte ihr Gefährte sanft.

Da hielt Mirella ihr Pferd an und lauschte.

„Tatsächlich! Woher habt Ihr das gewusst?", fragte sie entzückt und setzte ihr Pferd wieder in Bewegung.

„Ich als Vagabund und König der Diebe kenne halt mein Land", sagte er bescheiden.

Kurz darauf waren sie an der Seine angelangt und saßen ab und banden ihre Pferde am Gezweig fest.

Im rauschenden Wasser wuschen sie sich Gesicht und Hände.

Mirella hatte die Feldflasche vom gestohlenen Militärpferd gelöst und stürzte die Flüssigkeit gierig in den Schlund hinab.

„Igitt!", prustete sie los.

„Was ist, Schatzgräfin?", fragte Vidocq amüsiert. „Ist wohl harter Schnaps, was?"

„Im Gegenteil, es ist nur mit reinem Wasser gefüllt, das Fläschchen, nichts Hartes, schade ... Ich hätte mir gewünscht, dass es wenigstens Aprikosenlikör enthält, oder so was Ähnliches!", sagte sie leicht verärgert.

Verwundert blickte Vidocq von seiner Hockstellung am fließenden Wasser zu ihr auf.

„Aprikosenlikör? Ihr kommt vielleicht auf Ideen, meiner Treu, habt Ihr Ansprüche! Bedenkt, wir sind hier nicht mehr in einem Eurer vornehmen Pariser Salons, dem feudalen, dekadenten Relikt aus der vorrevolutionären Zeit", bemerkte er spöttisch.

„Na ja, in der Not frisst der Teufel seinen Kot!", rezitierte Mirella lässig in ihr Schicksal ergeben und trank die ganze Flasche aus.

„Jetzt müsste man nur noch was zu essen haben!", sagte sie klagend und erhob sich, und schritt am Flussufer hin und her. Misstrauisch beäugte sie die Landschaft, ob ihnen jemand folgte. Doch in dem herrschenden Zwielicht war augenblicklich alles ruhig.

„Wir könnten ja eins unserer Pferde schlachten, dann hätten wir enorme Batzen Fleisch für die Zukunft!", schlug ihr Abenteuergefährte mit schräger Miene vor.

„Oh, seid Ihr bald fertig mit Euren gescheiten Vorschlägen?", fragte Mirella gereizt, brach einen kleinen Ast vom nächsten Baum ab und warf ihn nach dem Komiker.

Beide setzten sich wieder zusammen ans rauschende Wasser und blickten sich wehmütig ins Gesicht.

„Oh, Eugène, mein Guter, was sollen wir denn nun anfangen? – Wo sollen wir nun hin?", fragte sie seufzend.

„Nach Mailand natürlich, wie ich es vorgeschlagen habe, auf Schatzsuche!", sagte ihr Verehrer sanft und streichelte ihre Haare.

„Aber das geht doch nicht, wir sind Franzosen, Eroberer - also Feinde für die Italiener!", protestierte Mirella sanft.

„Nein, das sind wir nicht. Wir sind Befreier! Wir sind Franzosen, ja, und Napoleon macht sich jetzt in der Lombardei breit, vertreibt die Österreicher mit seinen Heeren bald aus ganz Oberitalien, und in den Augen der Italiener gilt er daher als Befreier, also auch wir – das heißt, als Franzosen werden

wir beide von den Italienern wie Freunde behandelt werden",
meinte Vidocq emphatisch. „Erst später vielleicht, ja, dann
werden vielleicht auch wir als Feinde angesehen von der
Bevölkerung, wenn der kleine Korse seine Versprechen
gebrochen hat, und von den Italienern für die Befreiung von
den Österreichern harte, geldliche Tribute fordern wird. Dann
werden auch wir zwei Franzosen gehasst werden, aber das
kann noch lange dauern, bis es soweit ist. Deswegen würde
ich Euch dringend raten, Euch in Italien unbedingt jederzeit
als Italienerin auszugeben, denn Ihr seid ja zumindest wirklich
Halbitalienerin. Und wenn Ihr angeblich tatsächlich so
fließend Italienisch sprecht, wie Ihr behauptet habt, dann
würde ich vorschlagen, reichlich davon Gebrauch zu machen.
Immer. Bei jeder Gelegenheit! Dann werdet Ihr nie gehasst,
dann stellt man Euch nicht nach als dem Feind. Gebt Euch
also nie als Französin zu erkennen, wenn es brenzlig wird,
wenn wir erst mal in Italien sind!".
„Gute Idee, daran habe ich gar nicht gedacht, ich werde tun,
was Ihr sagt!", versprach Mirella.
Vidocq nickte zufrieden.
„Jetzt jedenfalls können wir uns in Mailand bestimmt noch
lange Zeit frei bewegen und uns als patriotische Gefolgsleute
von Napoleon ausgeben, als treue Parteigänger unseres
gerechten, kleinen Korporals bei den Italienern auftreten...
Keiner wird uns hassen oder uns Steine in den Weg legen. –
Überall werden wir bewundert und unterstützt werden! - Und
unter diesem Signum könnten wir es sogar wagen, die
Italiener um Hilfe bei der Schatzsuche in der Mailänder Villa
zu bitten, weil wir ihnen einfach einreden, wir suchten den
Schatz im Auftrage unseres selbstlosen, generösen Napoleon,
der daraus die Reisespesen und den Sold für seine
„Befreiungstruppen" decken müsse", deklamierte Eugène
emphatisch.
Und er nahm ihren Kopf und umschloss ihn zärtlich mit
beiden Händen.
„Wahnsinn, Ihr seid ja sowas von gerieben, mein lieber
Eugène, das muss man Euch lassen!", sprudelte es aus der
Degenfechterin heraus. „Aber trotzdem wäre das ein großes

Risiko, die Italiener um Mithilfe bei der Schatzsuche zu bitten; sie könnten misstrauisch werden…"

Da ließ der kühne Vidocq von ihr ab und stand auf, lief ruhelos am frisch rauschenden Seinewasser hin und her.
„Ja, ich weiß, der Plan ist natürlich eigentlich ein einziger Wahnsinn, Ihr habt recht!" …
„Das Ganze könnte auch katastrophal schiefgehen, das ist natürlich immer möglich!", gestand der Abenteurer kleinlaut.
„Napoleon könnte zum Beispiel in diesem Augenblick, wo wir hier so munter drauflos palavern und unsere Fantasie spielen lassen, wild ins Kraut schießen lassen, vorab in weiser Voraussicht unserer heimlichen Ankunft in der Villa einen Trupp Soldaten und Kundschafter zu der Villa ziehen lassen, die sie bewachen. Und wenn wir dann dort aufkreuzen, werden wir vielleicht sofort verhaftet, oder sogar getötet, wenn zum Beispiel italienische Freischärler Wind von der Schatzgeschichte bekommen haben, die auch auf das Gold scharf sind, weil sie ihre Untergrundkämpfe damit finanzieren wollen, und uns dann bei unserer Ankunft abfangen und als lästige Zeugen beseitigen, dann ist sowieso alles aus!", gestand Vidocq reumütig.
„Oder sie sind ehrlich, die italienischen Freischärler und stellen uns nur vor ein Militärgericht, weil sie denken, wir wollen ihre italienischen Kunstschätze in unsere Heimat abschleppen", schränkte Vidocq lässig ein.
„In diesem Fall liefern sie die von uns geklauten Schätze ordnungsgemäß bei ihrem Hauptmann ab, der sie dann der italienischen Regierung übergibt."
Mirella grauste es gewaltig und sie klammerte sich enger an Vidocq.
„Und was passiert dann mit uns, mon amour?", fragte sie schaudernd.
„Dann erschießen sie uns oder hängen uns ganz locker auf".
„Auch Frauen?", fragte MdC eingeschüchtert und setzte ein ungläubiges Gesicht auf.
„Sie töten auch Frauen, ehrlich?"

„Vermutlich. Manchmal zumindest. Aber nur wenn sie ehrlich sind. Handelt es sich um Lumpen und Plünderer, dann vergewaltigen sie Euch vorher noch, vor der Exekution", versprach ihr der Schmugglerkönig treuherzig.

„Manchmal werfen sie die Frauen dann auch nackt ins Feuer, wenn sie sexuell nicht mehr interessant sind, klatschen in die Hände und tanzen dann lächelnd drum herum, und saufen, was das Zeug hält", erklärte Vidocq leichthin.

Mirella sah zärtlich zu ihm hin, ohne dass er das in seinem Erzähleifer bemerkte.

„Vielleicht sind die Freischärler überhaupt schon längst in der Villa gewesen und haben sie ausgeräumt, den Schatz längst gefunden und abtransportiert, wer weiß?", fragte Vidocq sich selbst zerknirscht.

„Es kann soviel passieren auf dem langen, gefahrvollen Weg nach Mailand, und wir sind noch nicht einmal aus der Umgebung von Paris herausgekommen, und haben dennoch schon so viele, halsbrecherische Abenteuer erlebt; wo wir schon ein halbes Dutzend mal hätten umkommen können, ja, ich weiß: Ich habe eigentlich kein Recht, Euch dauernd in diese garstigen Bredouillen zu verstricken", klagte Vidocq ihr sein Leid.

Ganz gegen seine sonstige Gewohnheit war er zerfahren und wirkte hilflos und kraftlos. Nichts von seinem eigentlichen, unerschütterlichen Naturell der aristokratischen Scheinselbstsicherheit war ihm in diesem Augenblick mehr verblieben.

Da erhob sich Mirella gerührt und eilte zu ihrem Verehrer ans wilde Flussufer und bremste seinen unsteten Gang mit dem fahrigen Hinundhergelaufe.

„Macht Euch keine Vorwürfe, lieber Eugène! Ich bin es doch gewesen, der Euch zu der Schatzsuche angestiftet hat, denn es ist ja mein Schatz!", sagte sie mit zauberhaftem Lächeln.

„Oder der Schatz der Freimaurer! Wie man´s nimmt!", warf er wieder lästernd ein.

„Aber einer nimmt ihn sicher, den Schatz, das steht fest!",
sagte er sarkastisch.
Als sie diese erneute Brüskierung vernahm, wies Mirella ihren
Vidocq brüsk von ihren Lippen zurück, auf die seine Zunge
sich listig vorgeschlängelt hatte.

„Ihr versteht es wirklich vortrefflich, jedes Mal aufs Neue
jeglichen Zauber, den Eure schmeichlerische Beredsamkeit
behutsam zwischen uns beiden aufgebaut hat, mit einem
Schlag wieder zu zerstören, Ihr listiger Verführer, der sich
anschließend gleich wieder als Provokateur erweist!",
schnatterte MdC los wie eine aufgescheuchte Gans und griff
mit ihrer Kampfhand mechanisch nach ihrem Degen, der
allerdings schon lange nicht mehr in seinem Futteral verstaut
war.
Vidocq belachte den vergessenen Verlust ausgiebig.
„Ihr tätet besser daran, Eure Empörung für einen späteren
Zeitpunkt aufzuheben, wenn wir endlich wieder etwas
Anständiges in den Magen bekommen haben", schlug ihr
ritterlicher Räuberhauptmann vor.
Bei der Erwähnung von fehlendem Essbarem überkam die
junge Falschgräfin wieder ein Gefühl der Mattigkeit und
Trostlosigkeit, das sich in einem tiefen Seufzer entlud.
Mutlos ließ sie sich in den Uferkies sinken und kreuzte die
Arme über ihrem zerschlissenen Rock.
„Müsst Ihr ausgerechnet in diesem Moment von Essen
reden?", fragte sie entgeistert und bemerkte das heftige
Knurren ihres ausgelaugten Magens.
„Nicht nur reden müssen wir darüber, ich gedenke uns auch
gleich etwas Essbares zu besorgen, liebe degenlose
Falschgräfin", sprach ihr Verehrer wohlgemut mit entspannter
Miene.
„Wo wollt Ihr das auftreiben, hier in der rauen, wilden
Natur?", fragte sie zweifelnd und ließ sich sanft entkräftet ins
Gras rollen. „Ich wünschte fast, wir wären jetzt noch
Gefangene Napoleons; egal, ob in der behelfsmäßigen Bastille
oder im Gefängniswagen von Fouché – dann bekämen wir
immerhin regelmäßig warme Mahlzeiten vorgesetzt und hätten

keinen Hunger zu erleiden!", sagte sie mit reuevoller Kummermiene.

„Das meint Ihr doch nicht im Ernst?", fragte Vidocq erstaunt und beugte sich zu ihr hinunter.

„Wieso nicht? Wir bräuchten dann bloß zu faulenzen und uns mit allerlei Leckereien ernähren zu lassen, welche uns die Gefängniswärter widerwillig fast aufdrängen würden", sagte Mirella schläfrig.

„Wir bräuchten dann nur noch den Mund aufzumachen, und zuzubeißen, wenn man uns etwas Köstliches gebraten in den Mund legt", säuselte sie sehnsüchtig.

Vidocqs Feingefühl trug dazu bei, dass der Feingeist indigniert zusammenzuckte.

„Meine Güte, meine verwöhnte kleine Haremsdame Mirella!", ereiferte sich der Schmugglerkönig. „Man kann nicht alles auf einmal im Leben haben: Entweder eine warme Zelle mit Verköstigung, gut, zugegeben – oder eben die schrankenlose Freiheit der wilden, duftigen Natur an der Seine, allerdings ohne Essen, das einem nach einem aufwühlenden Naturerlebnis und Liebesabenteuer am Abend dann auf einem silbernen Tablett gereicht wird", sagte er belustigt. „Da muss man sich schon selber bemühen, wenn man seinen Magen füllen will", sagte er und legte sich neben seine Geliebte ins Gras.

Sie rollte die Augen und sah ihren Vidocq schelmisch an.

„Und wie wollt Ihr nun meinen leeren Magen hier in der wilden Natur voll bekommen?", fragte sie treuherzig.

„Indem Ihr wieder vorschlagt, unsere Pferde zu essen?", fragte sie schnippisch.

„Nein. Indem ich Euch zum Beispiel ein paar Himbeeren an den Sträuchern der Seine pflücke!", sagte er und sprang hurtig wieder auf die Füße, und lief zu einem Strauch.

„Es ist schließlich Frühlingszeit, fast Mitte Mai! Und alles blüht und gedeiht: Die Bäume tragen noch nicht viel Früchte, aber die Brombeeren blühen schon.

Mirella stand auf und verzog das Gesicht.

„Bah! Wie wollt Ihr meinen Bärenhunger mit ein paar Beeren sättigen?", fragte sie launisch.

„Immerhin besser als gar nichts!"

Er war unterdessen schon eifrig damit beschäftigt, seinen Hut mit Beeren zu füllen, die er an Sträuchern abknipste. Sie lief auf ihn zu. „Hm, die duften ja wirklich süß!", rief sie entzückt und probierte einige Beeren.

Geschwind stopfte sie sich mit Beeren voll. Sie verschlang sie schneller, als Vidocq sie nachpflücken konnte.

Nach einer Weile war Mirella direkt satt. „Ah, ich hätte nie gedacht, dass Beeren so köstlich schmecken können!", rief sie verzückt aus.

Dann verfinsterte sich ihre Miene wieder, als sie ihre desolate Lage betrachtete.

„Was habt Ihr denn nun schon wieder, Mademoisellchen?", fragte er bedrückt.

„Waren die Beeren für Ihre Königliche Hoheit nicht sauber genug?", fragte er gekränkt.

„Da habe ich mir ja einen schönen Kavalier eingehandelt, der mir die Auffindung eines reichen Schatzes verspricht, und der mich dann auch noch mit so vielen fragwürdigen Figuren bekannt macht, die er erst als seine treuen Kompagnons vorstellt, die sich dann aber alle als Verräter und Räuber entpuppen!", klagte die schöne Mirella ihr Leid. „Und dann sitzen wir hier völlig verwahrlost, auf der Flucht vor Napoleon, wie zwei abgebrannte Elendsgestalten herum, fliehen wie Robin Hoods Geächtete durchs Unterholz, ohne weiterzukommen, hungrig und schmutzig", klagte Mirella in einem Fort.

„Und doch habe ich bereits ein noch lose gestricktes Informanten-Netz aufgebaut, das sich hoffentlich einst über ganz Europa erstrecken wird", verteidigte Vidocq weiterhin mit Überzeugung sein Spitzel-Konzept. „Dass es dabei noch viele gruselige Gestalten und unsichere Kantonisten gibt, die nicht standhalten und eigennützige Interessen verfolgen, und mich wegen Geldes verraten, das ihnen die Mächtigen anbieten, ist dabei ein vorhersehbares, notwendiges Übel", erklärte er selbstsicher. „Das sind so die Anfangsschwierigkeiten jedes größeren Unternehmens, das ist bei meinem wohldurchdachten Spitzel-Konzept nicht anders", erklärte Vidocq besonnen. „Ihr müsst Euch das wie eine weitverzweigte Untergrundbewegung vorstellen, die in ganz Frankreich vernetzt ist und auf meinen Befehl operiert, und durch Mittelsmänner in alle Lebensbereiche eindringt, Agenten in Klöster oder sogar die Regierung einschleust. Auch in Freimaurerkreise entsende ich Lockspitzel und Provokateure, ebenso bei Revolutionären und Räuberbanden oder Sektierern habe ich meine Leute eingeschleust, die mir von deren Umtrieben berichten, bis wir ein neues, freies Frankreich geschaffen haben werden!", ereiferte sich Vidocq. Mirella sah ihn misstrauisch an.

„Frei von Anarchie, Willkür, Fremdherrschaft, Hass, Gier, Gewalt und Aberglauben. Keine Diktatur eines einzelnen, verrückten Potentaten soll dann mehr in Frankreich oder Europa vorherrschen!", gelobte Vidocq feierlich. „ALLE Menschen sollen frei und brüderlich miteinander leben".

„Da habt Ihr Euch aber viel vorgenommen, Herr Idealist!", spottete Mirella.

„Jetzt klingt Ihr in Euren schneidigen Reden fast schon wie der gescheiterte Kommunist Babeuf", monierte sie.

„Was ist an seinem gesellschaftlichen Konzept eigentlich so schlecht?", entgegnete Vidocq streitlustig.

„Er ist schändlich, hochmütig und zerstörerisch wie Napoleon Bonaparte!", entgegnete die Degenfechterin verächtlich.

„Und gerade unser kleiner Verbündeter Bonaparte ist solch ein unsäglicher Usurpator der Macht, der sich bald zum neuen Staatschef von unserem gebeutelten Frankreich aufschwingen wird. Wenn er nicht sogar unser neuer König wird, Bonaparte der Erste!", prophezeite Mirella düster und setzte eine finstere Miene auf.

„Gerade so einer von der Sorte, die ihr Weltverbesserer so verabscheut! Sieht so etwa Euer neues Frankreich aus? Mit so einem korsischen Emporkömmling an der Spitze des Staates?", schimpfte Mirella.

„Ist das etwa Eure neue Freiheit und Gerechtigkeit eines Landes voller gleicher, freier Brüder? Ohne Willkür, Anarchie oder Diktatur?", fragte Mirella scharf und schüttelte sich mit Abscheu.

„Napoleon wird nie König von Frankreich werden, er wird vorher scheitern! Er entstammt nicht dem Adel, keiner wird ihn anerkennen! - Er ist nur eine Übergangserscheinung in diesen unruhigen Zeiten der Nach-Revolutionswirren", behauptete der Schmugglerkönig mit Verve.
„Vorher wird er seine Truppen und sich in seinen wahnsinnigen Schlachten verheizen!", prophezeite er.
„Er wird sich und seine Männer in seinen Kolossal-Schlachten sinnlos aufreiben!", sagte der Schmuggler des Weiteren voraus. „Ihr werdet sehen: Bald gibt es keinen Napoleon Bonaparte mehr! Das Volk wird bald genug von den gewaltigen Blutopfern haben und ihn mit Schimpf und Schande davonjagen!"
„Ihr könnt Euch aber auch gewaltig täuschen", widersprach MdC. „Der kleine Korsar ist bestimmt rachsüchtig, weil wir ihm entwischt sind. Und wenn er uns aufspürt, wird er uns erschießen lassen", prophezeite Mirella.
„Nein, nein. Wir werden ihn noch um Jahrzehnte überleben, den kleinen Unruhestifter, denkt an meine Worte!", sprach Vidocq mit Verve und fuhr fort, Beeren zu pflücken.
„Und Ihr, mein teurer Eugène, solltet Euch lieber vorsehen mit Eurem weitgespannten Informanten-Netz über ganz Europa!", warnte ihn Mirella nachdrücklich. „Wie leicht könnt Ihr da zwischen die Fronten geraten, bei solch einer großen Anzahl von wenig vertrauenerweckenden Gefolgsleuten, wie wir schon am eigenen Leib erfahren konnten. Denn das sind zudem auch noch alles Spione, und es herrscht nun mal gerade ein mörderischer Krieg in ganz Europa. Und wie leicht Spione in Kriegszeiten erschossen werden, wenn sie dem Feind in die Hände fallen, wisst Ihr ja selber. Und dasselbe kann auch mir passieren, wenn Ihr mich weiter in Eure Spionage- und Schmuggelabenteuer hineinzieht. Denn selbst wenn wir heil nach Mailand hineinkommen sollten, könnten auch wir beide

von den Österreichern oder Italienern jederzeit als Spione verdächtigt und sofort erschossen werden", gab MdC schaurig zu bedenken.

„Deshalb wäre es mir fast lieber, Ihr würdet mich nicht weiter mit in Euer Spionagenetz verwickeln, denn dafür ist mir das Leben zu kostbar, denn vergesst bitte nicht: Ich bin erst 22 Jahre alt!", raunzte ihn Mirella an.

„Ja, all diese Beobachtungen sind schon völlig richtig, doch auch wenn Ihr in Paris geblieben wärt, um weiterhin das verpönte Leben einer Salondame aus dem Ancien-Regime zu führen, und Euch wie eine Adelige aufführt, mit Dienern und Luxusleben, dann wärt Ihr auch konstant in Lebensgefahr, von Napoleons Soldaten erschossen zu werden, oder von den Kommunisten, sollten diese demnächst die Macht in Frankreich übernehmen", gab ihr der gute Vidocq als Warnung mit auf den Weg.

„Als schädliches, unnützes Element, als Parasit der Gesellschaft würde man Euch unter Umständen zum Tode verurteilen".

Als sie die Predigt zu Ende angehört hatte, seufzte die junge Mirella tief. „Was sollen wir also tun? Die ganze Schatzsuche aufgeben und endgültig zu den Akten legen?"

„Nein, auf keinen Fall, wir müssen in Zukunft nur behutsamer umgehen, und nicht jedem sofort vertrauen, der uns über den Weg läuft, wie wir es bisher getan haben, da habt Ihr schon recht…", sprach Vidocq sachlich und entspannt.

Da wurden beide durch scheues Wiehern ihrer am Buschwerk vertäuten Pferde aufgeschreckt.

„Eugène – hört Ihr? Was ist denn da los?"

„Still! – Da schleicht sich offenbar jemand an unsere Rösser heran!", sagte er mit schon deutlich abgesenkter Stimme und hielt Mirella den Mund zu.

Er gab Mirella eine Pistole, die zur Ausrüstung seines Pferdes gehörte und befahl ihr durch stumme Gesten, ihm zu folgen.

Er selber hatte auch eine im Anschlag und beide liefen zaghaft mit den gezückten Waffen in Richtung des Geräusches.

„Muss ich denn wirklich mitgehen, wenn Ihr versuchen wollt, den Dieb zu stellen?", fragte sie Vidocq erstaunt im Flüsterton.

„Ja, leider", flüsterte dieser zurück, „denn es könnte sich ja um mehrere Diebe handeln, die unsere Pferde stehlen wollen, und da brauche ich auch Euch. Ich hoffe, Ihr könnt auch mit einer Pistole umgehen und nicht nur mit dem Degen?", fragte er leise.

„Seid unbesorgt, beim kleinsten Widerstand bin ich bereit, sofort loszuschießen!", versicherte Mirella leise.

„Gut, gut, und ja keine Skrupel mit dem Gesindel haben, versprochen?"

„Versprochen, mein König der Spione!"

Sie aber bekamen es anscheinend nur mit einem großgewachsenen, hünenhaften, starken Mannsbild zu tun, das sich im inzwischen hell hereinbrechenden Sonnenlicht an den Pferden zu schaffen machte, nicht, ohne sich scheu umzublicken.

„Haltet ein, Meister Pferdeklau, seid Ihr sicher, dass das Eure Gäule sind?", fragte Mirella honigsüß den Blonden, und fuchtelte geschickt mit ihrer Pistole vor ihm herum. Es handelte sich um einen hünenhaften Recken, der sich erschrocken umblickte.

„Eure können es aber auch nicht sein, meine kleine Demoiselle, denn das hier sind eindeutig erkennbar Armeepferde, und ihr beiden seht mir nicht gerade danach aus, als solltet ausgerechnet ihr zwei zerlumpten Gestalten zur Armee gehören!", ereiferte sich der ertappte Pferdedieb.

Da trat die massige Gestalt aus dem Schatten. Und erstarrte, als sie Mirella erkannte: „Heiliger Antonius! Die kleine Wassernixe!", rief der Mann.

„Ihr seid das? Herrje! Der Schmutzwasserpoet!", sprach die Degenfechterin perplex.

„Die Nymphe aus der Seine!", rief der Troubadour halb erfreut, halb bedrückt aus.

„Walther von der Wasserscheide, der verkannte Troubadour, der Mann, der mich aus der Seine gerettet hat, Ihr seid der Pferdedieb?", fragte MdC belustigt.

„Was? Ist das hier etwa der Mann, der Euch vor dem Ertrinken gerettet hat?", fragte auch Vidocq mit einem sanften Lächeln. Er und Mirella ließen ihre Pistolen sinken.

„Ja, das hier ist der klampfende Wüstling, der mich beim Baden beobachtet hat", gestand Mirella grinsend.

„Ich sehe, Ihr habt viele Berufe, Ihr Meistersinger von Nürnberg: Barde, Dichter, Schwimmmeister, Aufschneider und Pferdedieb", bemerkte sie sarkastisch. „Was habt Ihr denn noch so alles auf Lager? Am liebsten wäre mir natürlich, Ihr gestündet mir augenblicklich, Ihr wäret auch ein heimlicher Meisterkoch!", rief Mirella seufzend aus.

„Bei dem Hunger, den ich augenblicklich verspüre!", röhrte Mirella und deutete auf ihren Bauch.

„Oh, ich versichere Euch, liebreizende Mademoiselle: Hätte ich auch nur im Geringsten geahnt, dass diese Pferde zuvor bereits von Euch gestohlen worden sind, und auch noch von meinen Freunden, dann hätte ich niemals gewagt, mich daran zu vergreifen", beteuerte der hünenhafte Barde. „Denn ihr beide seid wirklich die ersten, also rechtmäßigen Pferderäuber; ihr habt die Tiere ohne Zweifel vor mir gestohlen - das steht fest, da kann ich nichts machen, denn Gesetz bleibt nun mal Gesetz!", orakelte der Troubadour sarkastisch und führte die Tiere den beiden ehrerbietig am Zügel zu.

Mirella lachte und nahm die Pferde in Empfang.

„Ihr habt fürwahr eine etwas eigenwillige Rechtsauffassung, Meister Abwasser-Dichter", sagte Mirella schelmisch. „Aber ich freue mich wirklich, Euch wiederzusehen. Ihr wart übrigens damals nach meiner Rettung so schnell verschwunden. Erinnert Ihr Euch? Denn auch Ihr seid offensichtlich auf der Flucht, wie ich sehe!"

„Das ist wohl war, meine Seine-Nixe, ich bin immer auf der Flucht, vor allen möglichen Leuten", gestand er.

„Augenblicklich sind die Häscher Napoleons hinter mir her. Aber morgen kann es schon eine andere Vereinigung sein".

„Nanu, habt Ihr etwa sein Brunnenwasser mit Eurer Schutzwasser-Poesie vergiftet?", spottete Mirella.

„So ungefähr. Ich habe ein Spottgedicht auf Bonapartes Eroberungsdrang verfasst", rückte er mit der Sprache heraus.

„Aha. Und nun ist der kleine korsische Abenteurer wohl auf Rache aus?", fragte Vidocq genüsslich.

„Natürlich. In dieser Hinsicht versteht er keinen Spaß", bekräftigte der Barde heiter und gelassen.

„Ihr hättet ihn nicht reizen sollen. Es wäre angebrachter gewesen, stattdessen auf uns beide vogelfreie Gesellen hier ein Spottgedicht zu verfertigen, ein solches hätte Euch keine Verfolgung eingebracht!", schlug Mirella heiter vor.

„Das schon, aber auch keinen Ruhm!", erwiderte der Barde mit trockenem Lachen.

„Denn wer kennt Euch zwei Jux-Gestalten schon?", sagte er gespielt abwertend.

„Ach, auf Ruhm seid Ihr also auch aus, Ihr Ritter von der Traurigen Gestalt. Aber lasst mich Euch eines sagen: Ruhm ist vergänglich!", dozierte MdC aufdringlich.

„Eben. Was bleibt, ist nur die Liebe, die währet ewiglich. Ich meine natürlich die Liebe im Allgemeinen, keine einzelne, bestimmte Liebesgeschichte. Auf die könnt Ihr immer ungestraft ein Spottgedicht singen, wie es alle Troubadoure seit Jahrhunderten tun, ohne dass man ihnen was am Zeug geflickt hätte", versprühte der Schmugglerkönig seinen heiteren Spott.

„Das stimmt, aber die Liebe ist leider auch schon ein ziemlich abgegriffenes Thema, das kaum mehr einen roten Heller einbringt", meinte der Troubadour aufsässig und schüttelte sich.

„Das Thema haben schon viele Barden ausgereizt!".

„Wartet nur noch ein Weilchen, dann werden wir beide, Vidocq und ich, ein berühmtes Gaunerpärchen wie Markus Antonius und Cleopatra, dann dürft Ihr getrost und gerne, jederzeit ein Spottgedicht auf uns verfassen!", versprach ihm Mirella mit überwältigendem Charme.

„Genau. Und von uns habt Ihr dann keine Nachstellungen zu befürchten, das verspreche ich Euch. Egal, was Ihr über uns singt!", versicherte Vidocq übermütig.

„JA, egal, wie deftig die Worte auch ausfallen mögen!", ergänzte Mirella.

Der Troubadour schaute beide spitzbübisch an.

„Gut, wenn die Sache sich so günstig verhält, dann fange ich am besten gleich an mit meiner Komposition – für alle Fälle!", raffte sich der Poet zu ungeahnter Schaffenskraft auf, schnallte seine Gitarre vom Rückenpolster ab und klimperte bereits die ersten Laute.

„Oh nein, müsst Ihr wirklich … augenblicklich? Ich meine … Auf der Stelle?", fragte Mirella erschrocken.

„OH ja, man muss die Lieder erfinden, sobald sich eine Gelegenheit ergibt, und hier bei euch beiden habe ich plötzlich die ärgsten Befürchtungen, äh… Eingebungen und Visionen!", versicherte der Wasserpoet eilfertig.

„Und leider muss ich Euch zu meinem Bedauern gestehen, dass ich kein Hobby-Koch bin; - Fälscher, Dieb, Schwindler, Moritatensänger, Hochstapler, Wunderdoktor, Tinkturen-Mixer, das ja, fast alles, was Ihr wollt, aber kochen kann ich höchstens vor Wut", gab der Meistersinger bereitwillig zur Auskunft.

Schlagartig hörte der Barde zu klimpern auf.

„Aber sagt mal: Was tut ihr beiden eigentlich weiterhin hier an der Seine?", fragte er verwundert.

„Sagt bloß nicht, ihr wollt euch hier ein Haus bauen?"

„Ihr seht euch wohl schon nach einem passenden Grundstück um?", feixte er.

„Eigentlich eine tolle Idee, was meint Ihr, Eugène?", fragte Mirella entzückt.

Der Barde lachte.

„Nein, noch haben wir keine Zeit, sesshaft zu werden, denn wir sind Reisende, auf dem Weg nach Mailand, in die Lombardei", erklärte Eugène Vidocq entschieden.

„Oh, so weit soll der Ausflug gehen? Was wollt ihr guten Leutchen denn dort in der Fremde?", fragte der Barde verwundert. „Dort treiben sich doch noch die Österreicher herum, die das ganze Land fest im Griff haben", ergänzte er lachend. „Außerdem herrscht überall Krieg, das ist nicht gut für herumschnüffelnde Zivilisten. Als Ausländer werdet ihr beide dort mit Misstrauen beäugt", meinte der Barde warnend, setzte sich auf einen Baumstumpf und klimperte weiter auf seiner Klampfe.

„Ihr könnt leicht in Spionageverdacht geraten und im Gefängnis landen", warnte der Sänger.

„All das ist uns nicht entgangen, Herr Musikus", greinte Mirella schräg.

„Und dennoch wollt ihr das Wagnis auf euch nehmen, dorthin zu reisen? Warum?", fragte der Barde insistierend. „Wieso wollt Ihr alles so genau wissen?", fragte MdC ungeduldig.

„Ein Barde braucht halt immer Stoff für seine Balladen", erläuterte er munter. „Und für eine Ballade eignet sich nun einmal am besten ein junges Liebespaar, wie ihr beide hier", sagte er verschmitzt.

„Ich hoffe daher, ihr seid doch wenigstens auch schon ein Liebespaar?", fragte er neckisch.

Mirella und Vidocq sahen sich belustigt an.

„Wenn Ihr es wünscht, dann können wir uns ja gerne für Eure Dichtkunst diesen Anschein geben", sagte Vidocq ausweichend.

Da hörte der Barde auf zu klampfen.

„Ihr seid doch nicht etwa ein revolutionäres Spitzelpaar in Napoleons Diensten, das mich aushorchen soll? Wollt ihr meine politische Gesinnung prüfen?", fragte er etwas ängstlich.

„HA! Was für eine Gesinnung denn, werter Meistersänger?", versetzte Mirella mit frechem Lachen. „Wir beide haben ja selber keine", gestand die Abenteurerin freimütig und keck.

„Genau. Für ein Brot und ein halbes Huhn würden wir auf der Stelle jede x-beliebige Gesinnung eintauschen!", sagte Vidocq lachend.

„So ist es. Wir verbünden uns mal mit der einen, mal mit der anderen Gruppierung von Glaubensbrüdern, genau wie Ihr!", lästerte Mirella fröhlich.

„Ach, so ist das, dann seid ihr beiden Turteltauben vermutlich auch auf der Flucht", meinte der Troubadour trocken und erleichtert.

„Da seid ihr mir gleich schon sympathischer!"

„Ja, wir sind zwei Landstreicher, frei wie die Vögel und auch vogelfrei, wie Robin Hood und seine Bande", erklärte der Schmugglerkönig frei heraus.

„JA, und eigentlich könnten wir einen weiteren Gefährten für unsere kleine, unvollkommene Bande gebrauchen, genau wie Robin Hood seine Bande in seinem Sherwood Forest stetig vergrößert hatte", schlug Mirella keck vor.

„Ein guter Einfall, meine italienische Edeldame", lobte Vidocq. „Doch seid Ihr wirklich geneigt, so ohne Weiteres einem kuriosen Barden zu vertrauen, den keiner von uns wirklich kennt?", warnte der Schmuggler verschmitzt. „Wollt Ihr den wirklich in unsere Bande aufnehmen? Außerdem sind zwei Personen noch keine Bande", konterte er lästernd.

Der Barde lachte.

„Immerhin hat er mich selbstlos vor dem Ertrinken in der Seine gerettet! Ist das nicht genug Vertrauensbeweis?", fragte die angebliche Italienerin emphatisch. „Auch wenn er uns noch kein Essen gekocht hat, der Herr Musikus!", schob sie vorlaut nach.

Wieder lachte der Barde und fing erneut zu spielen an mit seiner Gitarre auf seinem Baumstumpf.

„Und er hat mir sogar fast alle Kleidungsstücke wiedergegeben – nach dem kalten Heilbad in der Seine", fügte die umtriebige Falschadelige juxend hinzu.

„Oh, das ist gut, ich glaube, jetzt habe ich schon genug Material für mein Freischärler-Lied!", rief der Barde entzückt aus und setzte probeweise die Töne für eine neue Melodie zusammen.

Er sang einige Töne an und klimperte dazu.

„Und wie heißt Euer obszönes Lied?", fragte MdC vergnügt.

„Die Ballade von der Jungfrau aus der Seine und ihrem Märchenprinzen aus dem fernen Atlantis!", deklamierte der Sänger übermütig ekstatisch, mit hohen, jauchzenden Tönen.

„Wäre das nicht was Passendes?"

„Aber beide müssen auch auf der Suche nach etwas sein!",
sagte der Barde streng und hörte nach einem lauten Akkord
schlagartig zu spielen auf. „Denn sonst stimmt das ganze
Liedkonzept von dem lustigen Räuberpärchen einfach nicht
mehr!" Dann lehnte er die Gitarre kurz an den Baumstumpf
und sah dem Abenteurerpaar streng ins Gesicht.

**„Auf was also seid ihr beiden auf der Suche? - Heraus mit
der Sprache, Landstreicherpaar!",** fragte er grimmig.

„In der Lombardei?"

„Oh, wir suchen unser Glück", sagte Mirella lachend.

„In der Lombardei herrscht nur Krieg! Und Napoleons
Truppen!", schmetterte ihnen der Troubadour ins Gesicht.

„Wenn ihr das Glück nennt!"

„Ah, Napoleon ist das Stichwort, meine Herrschaften, nicht
wahr?", meinte der Sänger mit erkenntnisfroher Miene. „Nun
weiß ich, was ihr dort wollt: Ihr wollt in die Lombardei, um
Napoleon zu töten!", deklamierte er selbstsicher.

„Also wird das eine Moritat, ein Mörderlied!"

„Ach was, das haben schon viele andere vor uns versucht, und
sind gescheitert", wehrte Eugène Vidocq überlegen ab. „Und
zwar bedeutend höher gestelltere Persönlichkeiten als wir
beide, die dem General wirklich sehr nahe kamen, und
trotzdem sind alle mit ihren Attentaten auf den Korsen
gescheitert", bekräftige er seine Argumentation.

„Ach, die Messer waren wohl zu stumpf?"

Der Barde lächelte hintergründig und griff sich wieder sein
Instrument. Er spielte einige Akkorde auf gut Glück. „Nein,
nein, ihr beide könnt mich nicht täuschen, ihr seid hinter
Napoleon her, da bin ich mir sicher", behauptete er unbeirrt.

„Aber nein", sagte Mirella seufzend.

„Also um ein junges Abenteuerpaar geht es in meinem Lied,
das mit dem kleinen kriegswütigen Korsen eine Rechnung
offen hat", beharrte der Musikus weiterhin auf seiner Schrulle
und lachte hämisch, als ob er selber gar
nicht an das Geschwätz glauben würde, das er so hartnäckig
verteidigte.

Mirella schüttelte lachend den Kopf.

Der Musiker probierte und changierte wieder seine Melodie, und schien jetzt auch die passenden Worte dafür gefunden zu haben:

In unserer kleinen Lombardei
dort saßen wir zwei
mit Napoleon beim Tee.
Es gab keinen schöneren Ort
Für einen verträumten, politischen Mord
An einem flauschigen See…

sang der Barde mit Inbrunst und spielte dazu seine Gitarre. Mirella und ihr Verehrer lachten ausgelassen und klatschten den Rhythmus mit den Händen mit.

„Ihr traut uns ja wirklich jede Gemeinheit zu", sagte MdC mit lachender Stimme.

„Warum steht ihr nicht auf und tanzt zu meiner Melodie?", schlug der Barde vor. „Gefällt sie euch?"

„Oh, ja, sehr lustig; sie ist nur ein bisschen zu politisch – und damit gesellschaftlich gefährlich", meinte Mirella erschrocken. „Ich glaube bloß nicht, dass Ihr dieses Lied auf einem Tanzfest im Palais des künftigen Königs, eventuell Ludwigs XVII., zu Gehör bringen könnt", meinte sie mit verschmitztem Grinsen.

„Wieso?", fragte der Barde schräg. „In meinem Lied ist ja nicht die Rede davon, dass ihr den König umbringen wollt", meinte er abgeklärt und lachte dunkel.

„Na ja, aber trotzdem; wer will es denn schon mit einem mörderischen Pärchen zu tun haben?", fragte Mirella, stand aber trotzdem auf und tanzte zu der Melodie. Sie zog Vidocq zu sich hin, der auch spontan mit ihr tanzte.

„Heißa, so ist es recht – nun geht es rund!", rief der Musikus erfreut aus, und verdoppelte seine Schlagbewegungen an der Gitarre.

Mirella aber gab das Tanzen aufgrund ihres leeren Magens bald wieder auf und ließ sich erschöpft auf dem Boden nieder. Dann ging sie wieder Beeren pflücken.

„Ihr singt und spielt wirklich vortrefflich die Laute, mein Kompliment, Meister Troubadour!", lobte Vidocq galant, und half Mirella beim Beerenpflücken. Sie blieben dabei in Hörweite des Musikers. Dieser bedankte sich für das Lob.

„Ja, aber es wäre noch vortrefflicher, wenn wir das Lied an den nächsten König von Frankreich verkaufen könnten, wenn wir in Versailles wären, und wenn es überhaupt noch einen König gäbe", sagte der Musiker seufzend. „Dann könnten wir uns nämlich was zu essen kaufen, oder uns wenigstens ein opulentes Mahl vom Königshof vorsetzen lassen! – Ach schade, die herrlichen Zeiten kommen wohl nie zurück!", sinnierte er traurig.

„Kommt und esst stattdessen ein paar Beeren mit uns, das muss für heute reichen!", schlug Mirella zum Trost vor. Vidocq war neugierig geworden und fragte den Musikus: „Habt Ihr denn jemals am Königshof von Versailles gesungen?"

„OH, besser noch: Ich war einige Zeit persönlicher Hofsänger von seiner gnädigen Majestät, Ludwig XVI.", sagte er mit nicht geringem Stolz. „Doch dann kam der Sturm auf die Bastille und mit ihm die Revolutionäre, das war schlimm! Königslob war von da an nicht mehr gefragt. Ich musste fliehen."

Nach einer Weile stand der Barde von seinem Baumstumpf auf und gesellte sich seinen Gefährten zu, um ihnen beim Beerenpflücken zu helfen.

„Ich glaube, ich komme mit euch beiden mit in die Lombardei, um euch zu helfen, diesen elenden Wicht von Napoleon Bonaparte zu töten, dann bricht endlich die ganze Verehrer-Hysterie zusammen, die seit einigen Jahren in Frankreich um diesen Emporkömmling herrscht", schlug der Barde lachend vor. „Alle behaupten ehrfürchtig, dieser Mann wäre ein Titan, ein göttliches Geschöpf. Von Gott gesandt. Und jeder erhebt ihn bereits in den Rang der Unbesiegbarkeit, das ist doch Quatsch!", ereiferte sich der Troubadour und schluckte hastig die Beeren, die er gerade gepflückt hatte.

„Napoleon hält sich für unsterblich, aber wir müssen ihn vom Gegenteil überzeugen", meinte der Barde neckisch. „Und wenn er erst einmal tot ist, dann werden die Menschen wieder nüchterner und vernünftiger. Dann muss man den Dauphin finden, und ihn als neuen König einsetzen, als Ludwig XVII. Sollte der Kronprinz nicht mehr am Leben sein, oder nicht gefunden werden, dann muss eben ein anderes Mitglied der königlichen Familie als neuer König von Frankreich gekrönt werden. Und schließlich wird endlich wieder Ordnung herrschen in Frankreich. Als nächstes werden wir die restlichen Revolutionäre um den verblichenen Napoleon herum ächten, verfolgen und einsperren oder verjagen. Danach müssen wir vor allem all die unsinnigen, teuren Kriege in Europa beenden, welche die Revolutionäre angezettelt haben. Und die Napoleons Direktorium nun weiterführt! Das wird ja auch ganz leicht geschehen können, denn ein neuer König in Frankreich wird ja dann wieder auf gleichem Fuße mit allen europäischen Monarchen stehen. Alle Herrscherhäuser werden sich wieder versöhnen und sofort Frieden schließen", meinte der Barde schwärmerisch.

„Sobald alle Revolutionäre tot sind."

„Noch einfacher wäre es, wenn die Natur nachhülfe, und wir Napoleon gar nicht selber abmurksen müssten; - daher: Möge ihn der Blitz beim Scheißen treffen!", randalierte der Sänger und sang einige gurgelnde Laute.

„Doch das wäre zu schön, um wahr zu sein!", seufzte er bedauernd.

Mirella und Vidocq lachten über den originellen Wunsch des Barden.

„Dieser äußerst legitime Wunsch trägt allerdings in keinster Weise dazu bei, unserem Reiseziel näherzukommen", meinte Mirella verdrossen. „Denn sollten wir uns entschließen, unseren freundlichen Barden in die Lombardei mitzunehmen, dann haben wir nur zwei Pferde für drei Mann", sagte sie.

„Pah, ihr beiden seid leicht, ihr könnt zusammen auf ein Pferd aufsteigen", diktierte der Barde sanft und kicherte. Alle waren mit Beerenpflücken fertig, und sie stellten die fette Beute in dem breitkrempigen Hut des Troubadours vor sich auf.

„Tja, für die Zukunft dürfte es eigentlich gerne etwas Deftigeres sein", sagte Mirella seufzend. Dann machten sich die drei über die Beeren her.

„Ihr wollt also unbedingt weiterhin in die Lombardei, ihr zwei, was?", fragte der Barde schelmisch.

„Ja, genauso, wie Ihr es in Eurer hübschen Moritat so schaurig schön beschrieben habt", sagte Mirella glucksend.

„Also sagt mir jetzt einmal ganz ehrlich, meine Freunde: Was ist der Zweck dieser merkwürdigen Reise?", fragte der Moritatensänger wieder voller Neugierde.

MdC und Vidocq bewahrten darüber weiterhin Schweigen.

„Politisches Asyl? Geld? Abenteuerlust?", drängte der Moritatensänger auf Antwort.

„Ein bisschen von allen Dreien", sagte der Schmugglerkönig vergnügt.

„Aha, nun kommen wir der Sache schon näher", lachte der Barde erleichtert.

Da berieten sich Mirella und ihr Verehrer durch stumme Blicke, was nun zu tun wäre.

„Meint Ihr nicht, meine gute Weggefährtin des Abenteuers, es wäre an der Zeit, sich einen neuen Bundesgenossen zu suchen, sodass wir ein Triumvirat bilden können für unsere weitläufige Unternehmung in Mailand?", fragte Vidocq ganz offen.

Mirella warf ihm einen geringschätzigen Blick zu.

„Oh ja, aber ich möchte Euch nur darin erinnern und Euch dringend bitten, es möge sich bitte nicht wieder um einen Bundesgenossen der Sorte Osiris oder der Marke Odin handeln", versetzte die junge Abenteurerin sarkastisch. „Denn von der Sorte habe ich genug!"

Der Barde spitzte interessiert die Ohren.

„Ihr habt angeblich überall im Lande Spitzel und Leute in Eurer Gefolgschaft, doch die haben uns jedes Mal verraten", schnarrte Mirella vorwurfsvoll.

„Was nützen uns solche Verbündete?"

„Das kann ich gut verstehen", sprach Vidocq einsichtig.

„Doch ich persönlich setze mein zukünftiges Vertrauen lieber in einen ehrlichen und reuigen Pferdedieb wie unseren humorvollen Barden hier, als in einen Freimaurer, Illuminaten, oder anderen Sektierer", bekannte er freimütig.

„Kommt schon", ermunterte der König der Diebe seine renitente Gefährtin mit wachsender Ungeduld.

„Und schließlich hat der Barde Euch ja aus der Seine gerettet, da muss man doch einfach Vertrauen zu ihm haben! - Er hat Euch gerettet und nun retten wir ihn!", sagte Vidocq humorvoll.

„Indem wir ihm erlauben, sich uns anzuschließen, bei unseren weiteren Abenteuern."

Da sah MdC den Barden schräg an.

„Dieser Musikheini könnte sich aber auch nur wieder verstellen und ein Revolutionär sein, statt ein Royalist, oder ein Kommunist, oder Freigeist – oder ein Lockspitzel", protestierte Mirella.

Wieder lachte der Barde schallend.

„In Ordnung, ihr habt gewonnen: Ich bin all das, was ihr mir unterstellt: Ein bisschen von jedem steckt in mir, wie ich euch vorhin schon gestanden habe", mokierte sich der Moritatensänger fröhlich.

Er nahm die beiden scharf ins Visier.

„Ihr beide müsst aber auch allerhand auf dem Kerbholz haben, denn ihr habt Armeepferde gestohlen. Wahrscheinlich aus einem Militärlager, aus dem ihr auch geflohen seid, nicht wahr?", fragte er triumphierend. „Schon gut: Ich will den Grund gar nicht wissen, aber wer solch ein Lebenskünstler ist, in ein Militärlager einbricht, stiehlt und wieder daraus entkommt, wer zu solchen Dingen fähig ist, der flößt mir einfach nur Respekt ein; so passt ihr beide eigentlich ausgezeichnet zu meinem Lebensstil, der bisher recht ähnlich verlaufen sein dürfte wie der eurige", deklamierte der Barde begeistert, griff zu seiner Gitarre und stimmte sie.

„Das wage ich zu bezweifeln", sagte Mirella mit trockenem Lachen.

Und sie dachte dabei an ihr luxuriöses Kinderleben in Saus und Braus mit ihrem Vater Alessandro di Cagliostro und Lorenza.

„Wie dem auch sei – ich möchte mir gar nicht vorstellen, was alles hinter Eurem unfreiwilligen Bad in der Seine steckt, liebe Demoiselle!", erinnerte der Barde sie schelmisch, lief mit hurtigen Schritten zu den Pferden und streichelte sie.

„Oh, wäre ich doch jetzt noch im Besitz meines Degens!", rief Mirella erzürnt aus, der das Bad in der Seine jetzt doch peinlich aufstieß.

„Einen Degen? Ihr könnt mit einem Degen umgehen, Demoiselle?", fragte der Troubadour erfreut. „Das ist ja großartig, wartet: Ich habe einen für Euch, ich habe ihn unterwegs auf einem Schlachtfeld gefunden. Ich selber kann zwar nicht damit umgehen, habe ihn aber trotzdem mitgenommen, weil einer von meinen Freunden ihn vielleicht brauchen kann, wie ich mir dachte", sagte der Sänger freimütig.

„Kommt mit. Ich habe ihn im Futteral meiner Gitarre versteckt", bot ihr der Mann an. Mirella strahlte.

„Ihr habt wirklich einen Degen für mich? Das ist ja einfach – wunderbar! Dann fühle ich mich gleich um ein ganzes Stückchen sicherer, und vor allem: Wehrhafter!", sprach sie entzückt und strebte mit Meister Musikus zu seiner Gitarre.

„Gerne, kommt, hier!", sagte er bereitwillig und öffnete das Futteral, reichte Mirella den Degen.

„Wie gesagt: Ich kann wenig damit anfangen, habe nie fechten gelernt, immer nur Musik gemacht", sprach der Troubadour schwungvoll. „Jetzt bin ich aber neugierig, wie Ihr die Waffe handhabt, meine kleine Sirene aus der Seine", fieberte der Musiker der Erwartung entgegen, Mirella einige Fechtbewegungen machen zu lassen.

„Ich möchte sehen, wie Ihr Euch damit anstellt", bat er ausdrücklich.

„Gerne."

Mirella ließ die Waffe an ihrem Arm durch die Luft sausen, und hantierte dabei so geschickt, als sei der Degen mit ihrem Arm verwachsen.

„Das ist ja großartig, Mademoisellchen, ganz famos! Ihr versteht Euer Handwerk, das sieht man gleich", lobte der Musikus und spendete Applaus.

Mirella aber ließ die Waffe fast unmittelbar nach dem Empfang wieder sinken. Ausgiebig betrachtete sie den Degen. „Kein Wunder. Das ist ja mein eigener Degen!", kreischte sie verzückt. „Wie kommt Ihr zu meinem Degen? Sprecht, Euer Schurkenhaftigkeit: Wo habt Ihr ihn wirklich her?", fragte sie heftig erregt, machte einen Ausfallschritt und bedrohte den Musiker mit der Degenspitze, die sie um sein Kinn zappeln ließ.

Perplex wich dieser zurück und sie setzte nach. Vidocq war alarmiert.

„Euer Degen, Mademoiselle?", fragte der Musiker irritiert. „Wie das?"

„Ihr habt uns also die ganze Zeit belauscht, und dabei habt Ihr mir meinen Degen gestohlen! - Also seid Ihr doch ein feindlicher Agent!", tobte Mirella.

Vidocq eilte herbei und hielt den Musiker fest am Kragen.

„Wieso? Ich habe doch schon eben zugegeben, dass ich den Degen gefunden habe, und zwar in einem Gebüsch." „Wo genau?", fragte Vidocq hastig.

„An der Seine, aber an einer anderen Stelle!", beeilte sich der Musiker, zu versichern, „wie ich eben schon sagte. An dieser Stelle lagen lauter Tote, es muss also ein Kampf stattgefunden haben, und da habe ich diesen Degen gefunden; ich konnte ja nicht ahnen, dass Ihr in einen Kampf verwickelt wurdet, Demoiselle."

„Das wurden wir allerdings, Ihr Unglückspoet. Aber wart Ihr etwa auch bei dieser Truppe dabei, die uns aufspüren sollte, um uns nach Paris zurückzubringen?", fragte Mirella aufgebracht. Ihre Degenspitze war immer noch an seinem Kinn.

„Nein wieso? Als ich mit meiner Gitarre an dem Ort vorüber schritt, war alles schon vorbei. Totenstille herrschte. Es war schaurig. Das waren doch aber Soldaten, die euch beide dort überfallen haben, nicht wahr?", fragte der Musiker erschrocken. „Jedenfalls schloss ich das aus den Uniformen, die einige der Toten getragen hatten. Und warum sollte ich mich Soldaten anschließen?"

Misstrauisch wurde der Sänger weiterhin von den beiden Abenteurern beäugt.

„Und hätte ich Euch wirklich überfallen und bewusst Euren Degen geraubt, dann hätte ich mich doch tunlichst davor gehütet, ihn freiwillig vor Euch zu erwähnen! Und bestimmt hätte ich ihn Euch nicht als Geschenk angeboten, wenn ich ein Schurke wäre!", ereiferte sich der Gescholtene.

„Ich versichere Euch: Ich habe nichts mit dem Hinterhalt auf Euch zu tun, Ehrenwort eines ehrlichen Gauners und Vagabunden!"

Verblüfft ließen die beiden den Troubadour los.

„Er hat recht!", sagte Vidocq nach einer Weile.

„Ihr wart also wirklich in einem Militärlager, wo Ihr die Armeepferde gestohlen habt, ihr beiden!", schloss der musikalische Abenteurer hastig. „Und dann sind euch die Soldaten nachgesetzt, um euch zu bestrafen, soweit ist alles klar. – Aber der Pferdediebstahl hat offenbar nichts mit eurem Plan zu tun, dass ihr unbedingt in die Lombardei reisen wollt, oder nur indirekt. Wollt ihr mich nicht langsam mal in alles einweihen?", fragte der Musiker mit ermunterndem Elan.

„Nicht, solange Ihr so ein merkwürdiges Spiel mit uns treibt!", widersprach MdC heftig. „Erst müssen wir sicher sein, dass Ihr kein Spitzel seid, der uns aushorchen soll!", bestätigte der Schmugglerkönig und nickte.

„Geht das schon wieder los?", fragte der Musiker enttäuscht und maulend.

„Wir sind doch alle drei Geächtete und vogelfrei! Wir sollten zusammenhalten!", beschwor der Troubadour das Pärchen.

„Stimmt!", gab nun auch Mirella zu.

„Napoleon wird uns immer misstrauen. Auch zur heimlichen Halbwelt des Pariser Adels kann ich nicht mehr zurückkehren, da ich die Tochter eines verurteilten Ketzers bin", gestand sie niedergeschlagen.

„Der in päpstlicher Haft gestorben ist, von der Inquisition verurteilt."

„Diesen Umstand wird der Papst bald herausfinden, und dann wird er auch mich mit einem Bannfluch belegen, mich exkommunizieren und in den Kerker des Vatikans überführen lassen!", sagte die falsche Adelige düster.

„Dann wird man mich foltern und zu einem Geständnis zwingen. Danach folgt mitunter meine Hinrichtung."

„Somit kann ich es mir einfach nicht leisten, mich auf italienischen Boden zu begeben. Die Lombardei ist zu gefährlich für mich."

„Müsst Ihr unbedingt so viele brisante Details aus Eurem prekären Lebenslauf vor diesem Fremden hier preisgeben?", fragte Vidocq empört.

„Was soll's? Vielleicht weiß er schon alles?", fragte Mirella mit bitterem Lächeln.

„Oder sogar noch viel mehr als wir selber?"

Erneutes bitteres Lachen von Mirella.

„Die Tochter eines Ketzers seid Ihr, sagtet Ihr, liebe Demoiselle?", fragte der Musiker unverblümt und riss vor Erstaunen die Augen weit auf.

„Habe ich das richtig verstanden?"

Der Barde kam nun langsam mit drohenden Schritten auf die Abenteurerin zu.

„Seht Ihr, was Ihr angerichtet habt?", fragte Vidocq vorwurfsvoll und schüttelte Mirella durch.

„Welches Ketzers?", fragte der Musiker scharf.

„Sagt es nicht! Schweigt! Hört Ihr?", gebot er Mirella.

„Gebt mir doch bitte noch einmal Euren Degen, verwegene Mademoiselle!", forderte der Musiker.

„Ihr wollt mich durchbohren, Herr Musikus?", fragte Mirella lachend.

„Nein, nur die Inschrift lesen, die dort stand, als ich ihn gefunden habe, die ich aber in der Eile noch nicht gelesen hatte", erklärte der Barde.

„Tut es nicht! Gebt ihm nicht den Degen!", warnte der Schmuggler.

Als Mirella zögerte, zog ihn der Musiker eigenmächtig aus der Scheide.

Den zu Mirellas Verteidigung heranstürmenden Vidocq wehrte er gleich damit ab.

„Aha. Hier: MdC!", sagte der Barde triumphierend. „Das bedeutet: Mademoiselle ... di Cagliostro!", sprach der Troubadour und jubilierte.

„Nein, Mirella di Cagliostro, nicht wahr?", korrigierte er sich selber.

„Der Schwarzkünstler Cagliostro! Und Ihr seid seine Tochter. Ich habe von Euch gehört", sagte der Barde und gab Mirella den Degen zurück.

„Und Ihr wollt nach Italien, in die Heimat Eures Vaters, um seinen Nachlass zu verwalten, seine Erbschaft wollt Ihr antreten, alles klar, ich bin im Bilde!", sagte der Barde mit Genugtuung.

„Dann wisst Ihr ja nun Bescheid", meinte Mirella gleichgültig.

„Aber hier in Frankreich seid Ihr auch nicht sicher vor den Nachstellungen der päpstlichen Inquisition", warnte der Musiker Mirella. „Der Arm der katholischen Kirche reicht weit, er holt Euch ein", sagte er.

„Auch im Ausland."

„Stimmt. Dann muss ich eben nach England fliehen, zu Napoleons Erzfeinden", sagte Mirella. „Oder gleich lieber in die Neue Welt: Ins gerade gegründete Amerika, die Vereinigten Staaten von Amerika", ergänzte MdC.

„Gute Idee, aber dann ohne Euren Schatz!", meinte Vidocq trocken.

„Dort in Amerika kann jeder Mensch neu anfangen, und nach seiner Fasson leben, ohne staatliche oder religiöse Verfolgung", beharrte Mirella.

„In Amerika wäre ich auch sicher vor Napoleon und seinen Armeen", ergänzte sie. „Und vor der Heiligen Inquisition!"

„Sicher herauskommen aus Europa müsst Ihr aber trotzdem erst einmal!", beharrte auch der Musiker auf seiner Meinung.

„Und Euch kenne ich auch von irgendwoher", sagte der Barde keck zu Vidocq.

„Eugene Vidocq: Dieb, Schmuggler und Lebenskünstler, Geheimbündler, Lockspitzel, Frauenverehrer und noch einiges mehr – zu Euren Diensten!", sagte er und streckte dem Troubadour mokant die Hand entgegen.

„Wer? Wusste ich´s doch, dass ich Euch nicht kenne!", sagte der Sänger vergnügt und nahm seine Hand.

„Und was Euren Napoleon betrifft: Der muss wahrscheinlich bald selber nach Amerika flüchten, sobald er hier in Europa abgewirtschaftet hat und seine erste Schlacht verliert!", meinte der Musiker keck.

„Möglich, aber bestimmt erst nach langer Zeit!", prophezeite Mirella verklärt.

„Unterschätzt mir diesen Mann nicht: Der ist zu groß für Euch, für uns alle - denkt an meine Worte!", wiederholte Mirella ihre einstige Mahnung.

„Vielleicht fliehen wir drei bald sogar zusammen mit Napoleon nach Amerika und bauen uns eine neue Existenz auf, was meint ihr?", fragte der Musiker albern.

„Der Korse erobert dann Amerika und wir machen die Musik dazu!", schlug er vor.

„Alles ist möglich!", meinte Mirella lapidar.

„Und Euer Name?", fragte Vidocq den Barden.

„Clément Thierry Bardou, Volkssänger, Bettler und Rebell; zu Euren Diensten!", stellte sich der Barde vor.

„Na fein, dann ist ja alles klar!", meinte Mirella und seufzte.

„Und vor wem fliehen wir jetzt als nächstes?", fragte sie vorwitzig die Männer.

„Vor allen, die nicht so sind wie wir, würde ich sagen!", schlug der Barde vor.

„Gut, einverstanden!", sagte Mirella keck.

Die drei packten ihre Sachen zusammen und stiegen auf die zwei Pferde auf.

Sie kamen bald nirgendwo an und hielten sich deshalb auch dort nicht lange auf.

Sie ritten weiter.

Tag und Nacht. Hungrig und frierend. Immer auf der Lauer, dass sie nicht verfolgt würden.

Mirella und Vidocq weihten ihren Bardenfreund schließlich doch noch in alle ihre Pläne ein, trotz der großen Bedenken, die sie immer noch gegen ihn hegten. Jetzt wusste der Musiker alles über den angeblichen Schatz in der Mailänder Villa. Man einigte sich, trotz der großen Gefahr, sich gemeinsam bis in die Lombardei durchzuschlagen, und vorerst nicht nach England oder Amerika auszuwandern.

„Danach, falls wir den Schatz finden und uns mit Reichtum eindecken können, dann können wir immer noch überlegen, ob wir drei in England ein neues Leben anfangen sollten", meinte Mirella wieder etwas hoffnungsvoller.

Die beiden Männer waren derselben Meinung, und alle drei hatten nach langer Reise Unterschlupf in einem Gasthof in Dijon gefunden, dessen Wirt angeblich ein „lieber Vertrauter" des Schmugglerkönigs war.

Bis Dijon immerhin waren die drei gekommen, ohne entdeckt oder verhaftet zu werden!

„Aber unsere Schatzsuche dürfte nun leider ein ganzes Stück schwieriger werden, da ja keiner von uns mehr über eine Kopie der Schatzkarte verfügt, die uns dieser Schurke von Fouché ja alle abgenommen hat", meinte MdC mit Kummermiene.

„Ja, das ist allerdings wahr", stimmte ihr verlegen ihr Gefährte Eugène zu.

„Und Ihr habt wirklich keine Kopie von der Karte mehr irgendwo in Eurer Kleidung versteckt?", fragte Mirella sehnsuchtsvoll.

„Nein, leider; diesmal ist mir kein Kunstgriff mehr gelungen, noch irgendwo eine Karte in Reserve zu halten. Die Soldateska um Marschall Fouché hat mich zu gründlich gefilzt", erklärte er mit Kummermiene.

Als er das hörte, da hellte sich auf einmal das Gesicht des Barden auf.

„Wartet einmal, meine Freunde; sprecht ihr etwa von einem solchen Lappen wie diesem hier?", fragte er voller Freude und innerer Anteilnahme, griff in seine Rocktasche und förderte daraus einen Plan hervor.

Er warf den Plan mitten auf den trüben Gasthaustisch, direkt vor die Augen des Abenteurerpaars.

Die beiden machten große Augen und griffen gleichzeitig nach dem Plan.

„Das ist ja ... eine Kopie von meinem Schatzplan – tatsächlich!", rief Mirella freudig.

„Wo habt Ihr die nun schon wieder her, sagt bloß - Ihr Teufelskerl?", fragte sie erregt.

„Gefunden, beinahe an demselben Platz, wo ich auch Euren Degen aufgegriffen habe", erklärte der Troubadour.

„Ich war erst gar nicht recht schlau aus diesem Rebus geworden. Ich dachte, das wäre ein Rätselspiel für Kinder, oder so etwas Ähnliches. Und nun stellt Euch vor: Beinahe hätte ich es wieder weggeworfen! Gut, dass ich es nicht getan habe", meinte der Barde euphorisch.

„Und das ist also wirklich euer Schatzplan? Seid Ihr da auch sicher? Führt uns der wirklich in die besagte, geheimnisvolle Mailänder Villa?", fragte der Sänger erwartungsvoll, indem er zur Freude von Mirella hastig die Stimme abgesenkt hatte.

„Ja, natürlich, ich erkenne alles wieder; meine Markierungen und die Anmerkungen des schurkischen Logenbruders von den Freimaurern!", rief Mirella strahlend aus.

„Leise, nicht so laut, hier haben die Wände Ohren!", warnte der Schmuggler Vidocq und blickte sich verstohlen in der Kaschemme um. Doch niemand schien auf sie achtzugeben.

Auch Vidocq betrachtete sich noch einmal eingehend die Karte und war von ihrer Echtheit überzeugt.

„Diese eine Kopie müssen die schurkischen Bonapartisten bei ihrem überstürzten Aufbruch verloren haben", sagte der Schmugglerkönig erfreut.

„Genau wie ich auch meinen Degen!", ergänzte Mirella.

Vidocq nickte.

„Wir müssen nun sorgfältig überlegen, wie wir unsere weitere Reiseroute gestalten werden", sagte er flüsternd zu seinen Kameraden.

„Wie meint Ihr das, mein lieber Freund?", fragte Mirella verliebt.

„Ob wir demnächst die Schweizer Grenze überschreiten sollen, meine ich, und uns erst mal nach Genf absetzen, und dann die Westalpen überschreiten. Schließlich könnten wir danach gleich versuchen, direkt nach Mailand zu gelangen", schlug Vidocq keck vor.

„Verzeihung, mein Freund: Seid Ihr verrückt geworden, werter Herr Taschendieb?", fragte der Troubadour erschrocken.

„Die Grenze zur Schweiz ist doch viel zu stark bewacht, jetzt, wo seit Jahren der Koalitionskrieg zwischen Frankreich und dem übrigen Europa tobt! Nie kommen wir da heil rüber, bei all den schrundigen Pässen und Abgründen!", prophezeite der Barde mit Überzeugung.

„Und selbst wenn wir es bis nach Genf schaffen, dann ist es viel zu anstrengend, die Westalpen zu überschreiten. Niemals kommen wir da mit den Pferden rüber! Außerdem sitzen dort die Österreicher, haben Soldaten und Außenposten an allen Pässen und Grenzen, überall im Gebirge lauern uns die Gebirgsjäger auf. Da fallen wir zu sehr auf!", meinte der Barde.

„Clément hat recht!", stimmte Mirella zu.

„Wir müssen die Schweiz umgehen und direkt von Frankreich nach Italien einreisen. Also am besten erst mal weiter nach Lyon. Dann nach Grenoble und schließlich nach Turin."

„Aber dann müssen wir ja wieder über die Westalpen!", protestierte der Barde.

„Aber wir ersparen uns damit wenigstens die schwierige Grenzüberschreitung zur Schweiz", sagte Mirella gelassen.

„Ihr selber habt ja richtig bemerkt, dass die Grenzen zur Schweiz zu stark bewacht sind", erläuterte sie.

„Dann machen wir uns hier von Dijon also besser auf zur Saône, organisieren uns ein Boot, fahren den Fluss hinab bis nach Lyon", sagte Mirella. „Von Lyon reiten wir nach Grenoble, und dann müssen wir irgendwie illegal nach Italien einreisen."

„Auch zu umständlich – und zu gefährlich!", winkte Vidocq ab.

„Dann bleiben wir lieber in Lyon auf dem Boot und schippern die Rhone hinab, bis wir das Meer erreicht haben. Danach müssen wir nur noch ein kurzes Stück bis nach Marseille zurücklegen. Dort in dem unüberschaubaren Gewimmel der Hafenstadt schleichen wir uns auf ein Schiff, oder heuern ganz regulär auf einem an und schiffen uns gleich bis nach Genua ein. Dann sind wir direkt in Italien", schlug er vor.

Der Barde blickte ihn skeptisch an.

„Marseille ist voller Spitzel, und die Stadt wird streng von Napoleons Truppen bewacht. Niemand kommt da so leicht auf ein Schiff! Und wir werden ja vermutlich schon von Napoleons Geheimpolizei gesucht, bedenkt das bitte, meine lieben, verträumten Freunde!", sagte er scharf.

„Oooooh, Clément hat ja so was von recht, Eugène!", rief Mirella hellsichtig aus, und fasste sich stöhnend an den Kopf.

„Oder wir machen es noch anders!", sagte Vidocq mit einem plötzlichen Geistesblitz.

„Wir versuchen, uns bis zum Fürstentum Monaco durchzuschlagen. Ich bin mit dem Großfürsten befreundet, habe ihm einmal das Leben gerettet", behauptete der Schmugglerkönig.

Mirella und der Barde sahen sich ungläubig an, als sie diese kühne Behauptung von Vidocq vernommen hatten.

„Ich bitte dann den Fürsten, er möge uns über die Grenze nach Italien schmuggeln, indem er uns seine Montgolfière zur Verfügung stellt. Dann steigen wir von seinem neutralen Fürstentum mit dem Ballon auf und sind in ein paar Minuten auf der anderen Seite, in Italien!", sagte er beschwingt.

„Das ist doch wohl nicht Euer Ernst?", fragte der Troubadour und lachte feixend.

„Selbst wenn das alles wahr sein sollte, was Ihr da so leichthin daherschwätzt: Ich kenne solche Ballons sehr gut: Dieses primitive Fluggerät ist doch technisch noch gar nicht ausgereift. Das ist gut für eine Jahrmarktsattraktion, für einen kurzen Aufstieg in die Lüfte, bei windstillem Wetter, mit einigen ausgewählten Fluggästen, aber doch nicht für eine kühne Flucht bestimmt!", tadelte der Barde lachend.

Auch Mirella grinste.

„Verfügt der Fürst von Monaco tatsächlich über einen solchen Ballon?", fragte sie zweifelnd.

„Aber ja, er hat ihn mir ja selber gezeigt!", behauptete der Schmugglerchef eisern ohne Unterlass.

„Dann soll der Fürst uns lieber gleich so über die Grenze schmuggeln, zu Fuß; von Monaco nach Italien!", schlug Mirella vor.

„Ja, genau, das wäre doch viel einfacher!", bestätigte auch der Barde.

Dieser sachlichen Argumentation seiner Freunde gab sich Vidocq schließlich geschlagen.

„Ihr habt wohl recht, meine Freunde: Außerdem glaube ich jetzt eigentlich doch nicht mehr so recht daran, dass der Fürst von Monaco noch frei über sein Fürstentum verfügen kann, wenn ich mir die Sache jetzt eingehender betrachte", gab der Schmuggler zu. „Denn Napoleons Truppen sind wahrscheinlich längst auch schon in Monaco eingefallen und halten das Fürstentum besetzt", fürchtete er.

„Stimmt, daran habe ich noch gar nicht gedacht", sagte Mirella.

„Na, seht ihr?", fragte der Barde bestätigend.

„Meine Güte, das Problem ist unlösbar", sagte Mirella mit tiefer Resignation.

„Überall, wo wir hinkommen, wie wir es auch anstellen mit unserer Reise, überall können wir sofort aufgegriffen und als Spione erschossen werden!", sagte sie verbittert.

„Nur Mut", beschwichtigte der Schmugglerkönig, „bis nach Dijon haben wir es immerhin schon geschafft", rief er seinen Kameraden in Erinnerung.

„Ja, aber nur, weil wir bisher noch keine fremde Staatsgrenze überwinden mussten, meine lieben Freunde!", nörgelte der Troubadour.

„Und nun steckt mir doch endlich wieder die Schatzkarte weg, sonst wird noch jemand auf den Wisch aufmerksam in dieser Kaschemme", forderte er mit Nachdruck. „Dann geht´s uns nämlich dreckig, wenn wir auch noch Wegelagerer und Räuber auf unseren Fersen haben."

„Ja, Ihr habt wieder recht, Kamerad Musikus", gab Vidocq zu und ließ den Plan im Inneren seiner Jacke verschwinden.

„Was also sollen wir noch tun, um in die Lombardei zu gelangen, Leute?", fragte Mirella müde und mutlos.

„Oder aufgeben? – Und jetzt sofort nach England flüchten? Und dort ein neues Leben anfangen?"

„Dann müssten wir aber auf den Schatz des Cagliostro verzichten. Keine schöne Aussicht", sprach der Barde.

„Welcher Schatz eigentlich?", fragte Mirella aufgebracht.

„Die ganze Karte kann schließlich auch ein einziger Schwindel sein, das haben wir doch schon einmal besprochen!", höhnte Mirella um sich.

„Das Thema hatten wir doch schon mal: Vielleicht ist die Villa in Mailand ja tatsächlich so leer wie Napoleons Kriegskasse!", spottete MdC.

„Oder aber: Die Schatztruhe der englischen Freimaurer befand sich tatsächlich darin, doch sie wurde bereits von Plünderern oder Deserteuren gefunden und abtransportiert."

„Dann könntet Ihr aber immerhin die Villa Eures Vaters für Euch in Anspruch nehmen, darauf bestehen, sie legal zu erben, als die Tochter des Grafen Cagliostro", meinte Vidocq.

„JA, allein diese Villa hat doch bestimmt auch schon einen großen Wert!", pflichtete der Troubadour dem Schmugglerkönig bei. „Sicherlich ist dort alles aus Marmor, und voller Silber und Gold!", schwärmte er.

„Oh, woher soll man das so einfach wissen?", fragte MdC indigniert.

„Vielleicht ist das Haus ja auch ganz schlicht eingerichtet, ihr ewigen Träumer…"

Der Schmugglerkönig gab Zeichen der deutlichen Entnervung von sich.

„Fest steht jedenfalls: Ob mit oder ohne Schatz, wir drei werden gesucht von vielerlei Schergen: Wir werden gejagt von Napoleon, von Polizei und Militär. Daher müssen wir auf jeden Fall fliehen aus Frankreich", sagte Vidocq. „Am besten nach England, und wer weiß: Vielleicht befindet sich der angebliche Schatz des Cagliostro ja sogar noch in London? In der berüchtigten Freimaurerloge „La bonne espérance"? - Seine angebliche Verlagerung nach Mailand könnte eine Finte von Cagliostro sein, ein Gerücht, das er selber gestreut hat, um seine Gläubiger und die Staatspolizei, die hinter ihm her waren, in die Irre zu führen? Was sagt ihr dazu, meine Freunde?", fragte der König der Schmuggler triumphierend.

„Das ist jetzt aber wirklich sehr weit hergeholt, was Ihr da aus einer Augenblickslaune heraus gefolgert habt!", beschwerte sich Mirella lautstark.

„Welche vernünftigen Gründe könnt Ihr für diese abstruse Behauptung anführen?", fragte sie aufsässig.

„Immerhin habe ich die Karte meines Vaters. Er würde es mir niemals antun, mich derart zu düpieren, mir solch einen Streich zu spielen."

„Ich meine, dass dann letztendlich überhaupt gar kein Schatz da ist – nirgendwo!", sagte sie gedehnt, voller Wehmut an ihren Vater.

„Vielleicht ist aber die erste Angabe auf der Karte mit dem Standort des Schatzes in Mailand zumindest doch eine Finte?", konterte Vidocq hintergründig.

„Und es gibt eventuell noch eine andere, verschlüsselte Anweisung darauf, wie und wo der echte Schatz zu heben ist? Und der könnte tatsächlich noch in London sein", meinte der Schmugglerkönig.

„Jetzt macht aber mal einen Punkt!", verlangte auch der Troubadour von Vidocq.

„JA, jetzt habt ihr beide mich völlig verwirrt und alles zerredet", beschwerte sich Mirella und seufzte so tief, wie ihre Stimme es zuließ.

„Wir müssen die Schatzkarte noch einmal eingehend studieren", sagte Vidocq flüsternd in der schummerigen Taverne, und blickte sich wieder nach etwaigen Lauschern um.

„Ja, aber erst einmal müssen wir aus Frankreich raus, weil wir hier auf dem Präsentierteller sitzen, hier werden wir tatsächlich am meisten gesucht", wiederholte der Barde.

„England ist zu weit weg von Dijon, wo wir jetzt sind. Zu gefährlich wäre der Weg dorthin. Von hier zur italienischen Grenze ist es immerhin viel näher. Und dann wären wir in Italien immerhin erst einmal dem Zugriff der französischen Polizei entzogen! Die Kriegswirren dort schützen uns, in diesen können wir erst mal geschmeidig untertauchen", schwärmte der Musiker seinen Freunden die Ohren voll.

„Er hat recht", meinte Vidocq.

Er ließ entschlossen seinen Freund kommen, den Wirt der Taverne, um ihn über eine Fluchtmöglichkeit über die italienische Grenze zu konsultieren.

„Am besten mischt ihr drei umtriebigen Figuren euch unter eine Zirkustruppe, die erst hier in Dijon, dann in Turin gastiert", schlug der dicke Gastwirt schelmisch vor.

„Dann seid ihr automatisch in Italien. Ich kenne eine solche Truppe, die morgen hier in Dijon aufspielt. Und deren nächste Station nach Turin heißt: Mailand! – Merkt ihr was?", fragte der Wirt neckisch.

Mirella sah den Wirt mit großen Augen an.

„Mensch, das wäre ja fantastisch, was Sie da vorschlagen!", schwärmte sie.

„JA, gar nicht schlecht, der Vorschlag; denn eine Zirkustruppe kommt überall durch, wir könnten dort als Hilfsarbeiter anheuern, und dann ziehen wir zum Beispiel einfach mit den Artisten direkt bis nach Mailand, und dann zur Villa!", sagte der Troubadour voller Tatendrang.

Vidocq überlegte.

„Ja, das könnte tatsächlich die Lösung sein", meinte er. „Aber warum sollten wir uns eigentlich nur mit Handlangerdiensten im Zirkusgeschehen begnügen?", fragte er verschmitzt.

„Wie meint Ihr das, mein guter Verwandlungskünstler?",
fragte Mirella, schon wieder voller Anspannung über die
nächste Exzentrizität ihres Gammlerfreundes.

„Ja, das ist es ja eben, was ich meine, meine gute Mirella:
Verwandlungskünstler! - Mit unseren artistischen Fähigkeiten,
die wir drei besitzen, könnten wir doch versuchen, gleich ein
integraler Bestandteil der Zirkus-Crew zu werden; denn wir
sind ja gewissermaßen auch Künstler: Ich könnte also meine
Verkleidungskunst als Zirkusnummer darbieten, indem ich
mich in Sekundenschnelle in verschiedene Personen
verwandele, immer ein anderes Aussehen annehme. Dieser
Trick könnte hinter einem Paravent oder einer spanischen
Wand vorgeführt werden", meinte der Schmuggler.

„Dann habe ich ja auch noch meine zahlreichen
Stimmenimitationen als As im Ärmel", ergänzte Vidocq
schneidig und selbstsicher.

„Unsere Freundin Mirella hingegen könnte mit ihrer
Degenfechtkunst tolle Kunststücke vorführen, die das
Publikum in Begeisterung versetzen; und unser wackerer
Troubadour mit seiner Klampfe und seiner tollen Singstimme
wäre ein origineller Musikclown, was meint ihr, meine
Freunde? Er als Bänkelsänger sollte deftige Spottverse auf die
Obrigkeit zum Vortrage bringen. – Und schon wären wir
Mitglieder des pittoresken Zirkus-Ensembles", schlug Vidocq
allen Ernstes vor.

Mirella sah ihn mit scheelem Blick an.

„Aber glaubt Ihr wirklich, man wird uns so ohne Weiteres ins
Ensemble aufnehmen?", fragte sie skeptisch.

„Und wer braucht schon eine Fechterin im Zirkus? Davon
habe ich noch nie gehört. Dazu bräuchte ich schon einen
begabten Fechtpartner, um ihn in ein frappierendes,
kunstvolles Schau-Duell zu verwickeln, das die Zuschauer in
den Bann zieht", meinte sie verlegen. Sie sah schräg zu
Vidocq auf.

„Das erfordert Arbeit und enorm viel Übung, bis man so eine Fechtnummer dem Publikum präsentieren kann", gab Mirella zu bedenken.

„Aber ich stelle mich doch gerne mit dem größten Vergnügen als Euer Fechtpartner zur Verfügung", erriet er lachend ihren Blick. „Wir wollten doch sowieso längst endlich einmal unsere Klingen kreuzen", rief ihr der Schmugglerkönig in Erinnerung.

„Ach ja, das würde bestimmt ein schönes Spektakel abgeben", sagte sie seufzend. „Aber dann hätten wir das ja schon lange vorher einüben sollen."

„Aber sagt mal, was soll denn das eigentlich sein, ein „Musik-Clown", oder wie Ihr das eben genannt habt, den ich spielen soll?", fragte der Troubadour Bardou verlegen dazwischen. Da drehte sich Vidocq hastig zu ihm hin.

„Oh, eine neue Berufsbezeichnung, die ich gerade erfunden habe, mein lieber Musikkünstler", sagte er lächelnd. „Ihr macht einfach Eure Musik und macht Faxen dazu wie ein Clown, kapiert?", fragte der Schmugglerkönig.

Bardou sah seinen Freund zweifelnd an.

„Na, wenn das mal gut geht. Die Zirkusleute werden uns bestimmt mit viel Misstrauen begegnen, wenn wir ihnen mit so vielen Extravaganzen kommen; so nimmt uns bestimmt keiner von ihnen ins Ensemble auf", prophezeite der Barde düster.

Da mischte sich wieder der Wirt, der den Gefährten aufmerksam zugehört hatte, in das Gespräch ein:

„Da kann ich die Herrschaften beruhigen, denn ihr müsst wissen, dass es mit besagtem Zirkus eine besondere Bewandtnis hat: Er besteht nämlich nur aus Außenseitern, Verstoßenen, verlorenen Seelen, die von der Gesellschaft ausgeschlossen wurden; Spione, gefallene Mädchen, Deserteure, Taschenspieler, Magiere, Schmuggler und untergetauchte Adelige. Die Zirkusnummern, die sie aufführen, dienen daher auch nur zur Tarnung. Der eigentliche Zweck dieser Akrobatentruppe ist auch die ständige Beweglichkeit, ihre Mobilität quer durch Europa, mit dem

Zweck, Nachrichten und Personen ins Ausland zu schmuggeln oder ihnen zu helfen, einfach nur in der Menge unterzutauchen. Daher nennt sich diese Truppe auch listigerweise: „Die Mogleure", gut, was, die Assoziation?", fragte der Wirt mit Gekicher.

„Und ich glaube, mit meiner Fürsprache seid ihr drei dort gut aufgehoben!", ergänzte er kraftstrotzend vor Selbstbewusstsein.

„Schön und gut. Aber hier in Dijon möchte ich mit der Truppe noch nicht auftreten", sagte der Barde missmutig, „denn dann werden wir womöglich von der französischen Geheimpolizei erkannt und verhaftet. Und dann ist es Essig mit der Weiterfahrt nach Turin und Mailand."

„Natürlich werde ich es so einrichten mit dem Zirkuschef, dass ihr drei erst in Mailand auftreten werdet, wenn überhaupt!", versicherte der Wirt den drei Gefährten nachdrücklich.

Mirella schaute beglückt vom Tisch zu ihm auf.

„Geht denn das? Können wir der Zirkustruppe beitreten, ohne bis Mailand auch nur einmal als Künstler aufzutreten?", fragte sie begierig.

„Ohne Weiteres. Ich denke, das wird sich machen lassen", meinte der Wirt lässig.

„Wenn jemand besonders gefährdet ist, dann ist der Zirkuschef fast immer bereit, diese Personen unter seinen Artisten aufzunehmen, ohne sie auftreten zu lassen. Er gibt sie dann lediglich als seine Artisten aus, wenn unvermutet Polizeikontrolleure im Zirkus auftauchen und die Papiere der Artisten verlangen. Dann schmuggelt er sie einfach über die französisch-italienische Grenze, und später lässt er sie frei ihres Weges ziehen. Und ihr drei seid ja wirklich gefährdete Personen, die überall gesucht werden! Wenn ihr zum Beispiel sicher in Turin angekommen seid, könnt ihr bestimmt auf eigene Faust nach Mailand weiterreisen", meinte der Wirt zuversichtlich.

„Aber Napoleons Spitzel sind überall. Auch wenn wir problemlos über die Grenze nach Italien kommen, und dann auf der Zirkusbühne in Turin mitspielen, können wir erkannt und verhaftet werden", meinte Mirella wieder schreckhafter.

„Sicherlich sind auch französische Geheimpolizisten als Zuschauer getarnt im italienischen Publikum platziert, wenn wir unsere Artistenrollen spielen", quengelte Mirella jetzt.

„Denn es sind schon so viele Napoleonische Heere in der Lombardei, und die Österreicher sind uns ja auch nicht freundlich gesonnen. Man wird uns auf der Bühne erkennen und verhaften."

Vidocq lächelte Mirellas Einwand weg.

„Nicht, wenn wir gut verkleidet sind. Und dafür werden wir schon sorgen, dass wir so maskiert und kostümiert sind, dass uns keiner als Vidocq, Mirella und den Troubadour erkennt", meinte der Schmugglerkönig zuversichtlich.

„Nicht schlecht ausgedacht", überlegte Mirella zaghaft, war aber doch nicht ganz überzeugt von der Maskerade. „Aber trotzdem…"

Da schaltete sich der durchtriebene Wirt wieder munter in die Fachsimpelei der Möchtegern-Künstler ein:

„Aber nein. Ich würde euch im Gegenteil überhaupt keine Verkleidung empfehlen, solltet ihr je auftreten müssen. Oder nur eine ganz geringe Verkleidung. Spielt einfach ganz dreist euch selber, eure eigenen Rollen! Keinen Harlekin oder Columbine, das ist überholt. Ihr drei seid durch eure Eskapaden in Frankreich bereits so bekannt und beliebt im Volke, wie Robin Hoods edle Bande, dass es das Publikum gedürstet, euch als Charakterköpfe auf der Bühne und im Varieté zu bewundern. Das Publikum verlangt nachgerade drei Schauspieler, die Eugène de Vidocq, Mirella di Cagliostro, und den kritischen, spritzigen, durch die Lande ziehenden Troubadour Bardou auf den Bühnen Europas verkörpern. Und da spielt ihr drei euch listigerweise am besten gleich selber, aber ihr verkleidet euch nur in Maßen, dass die Zuschauer glauben, die drei Schauspieler versuchen ihr Äußeres so authentisch wie möglich den realen Geächteten anzupassen, anzugleichen, die sie möglichst naturgetreu darstellen wollen, und das kann ja nie ganz hundertprozentig gelingen! – Na, was sagt ihr dazu, meine lieben Gauklerfreunde?", fragte der Wirt mit Verve.

„Und verstellt eure Stimmen nur ganz leicht, dass man glaubt, ihr versucht, möglichst echt wie das flüchtige, politische Trio aus Paris zu sprechen."

Als er diese wundersame, unerwartete Tirade des Gastwirtes vernahm, war Vidocq ganz hingerissen vor Bewunderung für den so gar nicht tumben Wirt.

„Meine Güte, mein guter Gérard, Ihr seid ja noch viel geriebener als ich!", staunte er nicht schlecht.

Doch Mirella und der Troubadour teilten die Begeisterung ihres Gefährten für die vom Wirt geplante Scharade überhaupt nicht.

„Oh nein, das kann doch nicht Euer Ernst sein, mein guter Geselle", sagte sie mit Schaudern in der Stimme.

„Ich glaube eher: Wenn wir diese Scharade wirklich so durchziehen, wie Ihr das für uns drei vorschlagt, dann werden wir von den Polizeiagenten umso eher erkannt und abgeführt", sagte sie mit fester Überzeugung.

„Denkt nur einmal an Folgendes: Sollte sich jemand unter den Zuschauern befinden, der einen von uns oder uns alle schon mal in der Vergangenheit persönlich kennengelernt hat, dann wird er uns doch sofort wiedererkennen. Zum Beispiel ein ehemaliger Graf oder ein Zivilist. Vor allem, wenn wir nur sehr wenig verkleidet sind, wie Ihr vorschlagt", protestierte Mirella heftig.

„Ja", sagte auch der Barde mit großem Unbehagen über dieses mögliche Szenario, „dann werden plötzlich schrille Rufe aus dem Publikum erschallen, wie: „He, die drei kenne ich doch? Die Schauspieler sehen aber enorm echt aus, meine Güte, vor allem die Mirella di Cagliostro-Darstellerin sieht der echten Degenkünstlerin wie aus dem Gesicht geschnitten aus!"", zitierte der Barde Bardou mit zitternder Stimme eine mögliche Begegnung auf der Bühne in Mailand.

„Und auch der Troubadour klingt wie der reale Sänger, der schon einmal auf meinem Bankett gesungen hat", „könnte ein

Besucher über mich sagen – was dann?", äußerte der Sänger
sein Unbehagen.

Doch der Gastwirt ließ diesen Einwand nicht gelten. Heftig
wischte er ihn beiseite, indem er argumentierte: „Nein, meine
Guten", sagte der Wirt überlegen.

„Passt jetzt mal genau auf, lasst es mich euch noch einmal
ausführlich erklären", bat der Wirt den hünenhaften Barden
und fasste ihn freundschaftlich beim Arm und nahm ihn
beiseite.

„Wenn also ein Zuschauer rufen sollte: Die drei sehen ja aus
wie die echten Betrüger und Aufwiegler!", dann muss einer
von euch dreien geistesgegenwärtig ins Publikum rufen:
„Natürlich! Kein Wunder, weil wir ja auch die echte Mirella,
der echte Vidocq und der echte Troubadour sind! Wir sind
doch keine Schauspieler, liebe Leute! Wir sind heute zu euch
in eigener Person gekommen, um euch mit unseren echten,
gesellschaftlichen Anliegen zu unterhalten! Aber nicht nur
das, liebes Publikum: Dies hier ist zwar eine Komödie, aber
ihr sollt hier nicht nur unbeschwert und heiter lachen, euch
ungehemmt eurem Frohsinn hingeben, sondern auch ein wenig
nachdenken! Und zwar über einige gesellschaftliche
Missstände, die wir mit unserer Fechtkunst, Mimik und
Gesangeskunst aufzeigen wollen! – Was haltet ihr zum
Beispiel von unserem wunderbaren Retter Napoleon
Bonaparte, unserem französischen Landsmann, der euch
Italiener so nobel vom Joch der österreichischen Besatzer
befreien will? Ist er nicht ein strahlender Held, ein
Menschenfreund, der euren uneingeschränkten Dank verdient?
Schließlich hat er schon viele Schlachten gegen die
Österreicher gewonnen, und bald wird er die gesamte
Lombardei befreit haben von den österreichischen Truppen!
Also, einen heftigen Applaus auf Napoleon!", rezitierte der
Wirt emphatisch und reckte die Arme empor.

„Dann sind die eventuellen französischen Spitzel befriedigt,
wenn sie euch so Partei für Napoleon ergreifen hören, dass
keiner euch mehr verhaften will."

„Um Gottes Willen: Wenn wir so etwas auf der Bühne in
Turin oder in Mailand vom Stapel lassen, indem wir die
Komödie ins Politische ziehen, ungeniert Propaganda für
Napoleon machen, dann gibt es einen Aufstand, und die
Bühne wird von den österreichischen Spitzeln und Soldaten
gestürmt, und wir werden alle massakriert, lange noch, bevor
wir Napoleon unseren Dank abstatten können, Ihr Chaot, Ihr
seid verrückt, verdreht, unverantwortlich!", schimpfte MdC
indigniert.
„Ja, Ihr wollt uns doch nur eine weitere Falle stellen, Ihr
angeblicher Freund und Verbündeter von Vidocq!", bellte der
Troubadour los. „Um uns gleich auffliegen zu lassen, Ihr
steckt mit unseren Feinden im Bunde, gebt es zu, Ihr seid ein
Provokateur!", rief der Sänger entrüstet und packte den
erschrockenen Gastwirt am Kragen.
„Ruhe, die Gäste hier werden schon auf uns aufmerksam!",
warnte der Schmugglerkönig den Barden scharf.
„Aber meine Freunde, das stimmt doch nicht!", japste der Wirt
verzweifelt.
„Ich will doch nur euer Bestes!", betonte er nachdrücklich,
wurde aber von Clement Thierry Bardou zu Boden befördert.
„Ja, und genau das kriegst du nicht, du Erzgauner!", röhrte
ihm der über ihm thronende Barde zu.
Gelächter in der Taverne erschallte von allen Seiten.

Der Wirt rappelte sich missverstanden und streitlustig wieder
auf, schüttelte seinen Peiniger ab und baute sich vor ihm auf,
mit in die Hüften gestemmten Armen:
„Also gut, dann macht also keine politische Propaganda auf
der Bühne. Aber wenn die Zuschauer behaupten, die drei
Schauspieler sähen aus wie das echte Räuber-Trio, dann müsst
ihr die Nerven behalten und wenigstens selbstbewusst
entgegen, natürlich wärt ihr echt!", verteidigte der Wirt noch
einmal seine vorige Argumentation.
„Und dann lachen die Zuschauer, wenn ihr das behauptet, weil
jeder glaubt, ihr hättet einen Witz gemacht. Keiner im
Publikum wird dann auf den hintergründigen Gedanken
kommen, dass ihr in Wirklichkeit die Wahrheit gesagt habt.

Und folglich verdächtigt euch keiner mehr; glaubt mir, ich kenne die menschliche Psyche!", beharrte der Gastwirt.

„Blödsinn!", giftete Mirella.

„Aber nein!", insistierte der Wirt.

„Die Zuschauer werden euch vielleicht noch kurz verhöhnen und euch entgegen rufen: „Was? Ihr wollt der echte Vidocq sein? Und die Schlampe da die wahre Mirella di Cagliostro? Pah, was für eine Arroganz! Was bildet ihr euch ein, ihr drei Schmierenkomödianten? Dazu fehlt es euch noch ganz entscheidend an gesellschaftlicher Eleganz und geschliffener Rhetorik, ihr drittklassigen Hinterhofartisten!", werden die Zuschauer euch auspfeifen", meinte der Wirt selbstgefällig.

„Und niemand wird euch mehr behelligen, ihr habt alle hinter das Licht geführt."

„Die echte Cagliostro kann fechten wie eine Weltmeisterin, diese dürre Ziege da oben ist ja zu schwach, um ihr Florett ganz auszufahren!", werden die Leute unken oder so ähnlich", meinte der Wirt.

„Und zu unserem Barden hier könnten sie sagen: „Meine Güte, was dieser Möchtegern-Troubadour da sangesmäßig abliefert, ist ja zum Heulen, kein Vergleich mit dem echten, berühmten Barden Clement Thierry Bardou!"", rezitierte der Wirt gefällig.

„Und wie dieser Snob seine Gitarre malträtiert, das ist ja ganz furchtbar!"

Vidocq lachte in sich hinein.

„Pah, was für einen Unsinn Ihr da verzapft!", verbat sich Mirella indigniert und wandte sich von ihm ab.

„Ja, aber wer garantiert uns, dass ein superintelligenter Zuschauer unsere doppelte Scharade nicht doch durchschaut, und ins Publikum ruft: Und wenn die drei Schelme doch das echte, gesuchte Gaunertrio sind?", fragte der Barde den Wirt mit drohendem Zeigefinger.

„Dann wären wir verloren, mein lieber Schwan!"

Der Wirt sah ihm furchtsam ins Gesicht.

„JA, also … Sollte das geschehen, wider aller Erwartung und aller Lebenserfahrung und gegen alle Vernunft…", begann der

Wirt sich gedanklich zu winden, „da würde ich euch raten, schleunigst die Bühne zu verlassen, heftig Fersengeld zu geben, denn sonst steckt ihr echt in der Patsche, meine Freunde; dann habt ihr echt ein Problem!", stotterte der wackere Gastwirt, weil ihm die Knie zitterten.

„Seht Ihr? Ich freue mich, dass Ihr wenigstens in dieser Hinsicht meiner Meinung seid!", schnarrte der Troubadour den Wirt an und zog ihn am linken Ohr.

„Aber wieso verlieren wir uns hier eigentlich in diesem endlosen, hypothetischen Palaver?", fragte Mirella entgeistert. Und zum Wirt gewandt, sagte sie erregt: „Wo Ihr doch noch selber vor ein paar Minuten gesagt habt, es wäre überhaupt nicht notwendig, dass wir als Spaßmacher auf der Bühne auftreten! Der Chef der Theatertruppe wäre doch angeblich ohnehin bereit, uns lediglich als Verfolgte mit seinem Ensemble ins Ausland mitzunehmen? Einzig und allein, um uns nach Italien zu schmuggeln?"

„Das wird er auch tun, wenn ich ihn darum bitte, werte Demoiselle", sagte der Wirt gleichmütig, „er schuldet mir eh noch einen Gefallen."

„Doch ich habe mir Folgendes dabei gedacht: Ihr wärt auf jeden Fall besser dran, immer munter mit dieser Theatertruppe mitzuziehen, in ihrer Obhut zu verbleiben. Denn sie genießt den Schutz der Regierung. Und ihr könnt dann bei jeder Etappe, die der Zirkus einlegt, immer wieder mal ausscheren und eurer eigenen Wege gehen, wenn ihr was Wichtiges in Italien zu erledigen habt. Werdet ihr erkannt und müsst Hals über Kopf vor den Soldaten oder der Polizei fliehen, dann begebt ihr euch so schnell wie möglich zum Zirkus zurück, legt wieder eure Rollenkostüme an und spielt die Harmlosen, hört ihr?", sagte der Gastwirt abgeklärt.

„Keiner wird dann behaupten können, er hätte euch erkannt. Na, was sagt ihr dazu?"

Die drei überlegten sich den Vorschlag verblüfft.

„Hm, ja", meinte Francois Vidocq nach einer Weile.

„Sicher, das hat schon was für sich, wenn man plötzlich fliehen muss, und dann könnten wir immerhin eine sichere Fluchtburg ansteuern, mit dem Zirkus."

„Ja, aber wird der Zirkusdirektor damit einverstanden sein, wenn wir uns solche Mätzchen leisten?", fragte MdC mit bangen Zweifeln.

„Eben. Werden wir dadurch nicht seinem Ensemble schaden? Die echten Artisten könnten unseretwegen bestraft werden", konterte auch der Barde.

„Aber die meisten Artisten sind doch gar nicht echt, das sind in der Mehrzahl alles Agenten und Spione, das habe ich euch doch schon auseinandergesetzt!", sagte der Wirt kopfschüttelnd.

„Die „Mogleure" sind ja eigentlich gar kein richtiger Zirkus, eher ein falscher Zirkus, ein Pseudo-Zirkus", sagte der Wirt. „Es handelt sich bei ihnen eher um eine Geheimorganisation, eine Vereinigung zum Schutz einer verfolgten Minderheit".

„Natürlich beherrscht jeder von den Mitgliedern auch ein Kunststück, genau wie ihr drei zum Beispiel, damit die Zuschauer keinen Verdacht schöpfen, und merken, dass sich in diesem Zirkus nur Nieten herumtreiben", erläuterte der Wirt.

„Sind bei diesem Haufen etwa auch Illuminaten und Freimaurer dabei?", fragte jetzt Mirella mit wenig Begeisterung.

„Ja, natürlich, und auch Revolutionäre, Schmuggler und Sektierer, auch Rosenkreuzer und in Ungnade gefallene Geistliche!", erläuterte der Wirt vehement.

„Nein danke, nichts für mich!", zischte Mirella wie eine Schlange und wand sich in aufsässigen Zuckungen.

„Und auch viele nette Herren Spitzel werden natürlich in diesem Zirkus eine gemütliche Rolle spielen, bis sie unsere Maskerade erkennen und uns gleich als Ketzer dem Papst ausliefern, direkt auf italienischem Boden, in der Falle, wo die Inquisition das Sagen hat, nein danke!", erwiderte die Degenfechterin giftig.

„Italien ist demnach doch zu gefährlich für uns Gesuchte, da sollten wir lieber nicht hingehen", meinte sie.

„Besser also doch gleich ins liberale England, ohne Napoleon und römische Inquisition!"

„Aber Napoleon Bonaparte erobert doch in Kürze ganz Italien, und danach wird er den Papst in seine Schranken weisen. Vielleicht setzt er ihn auch gleich ganz ab. Mitunter muss der Papst dann wieder nach Avignon fliehen. Er hat dann keine Gewalt mehr über euch. Und Napoleon wird es nicht wagen, euch im Ausland, in Italien unter Anklage zu stellen", argumentierte der Wirt.

„Da sind aber sehr viele Unsicherheitsfaktoren dabei, bei eurer krausen Argumentation", sagte Mirella mit bitterem Lachen. Auch Vidocq grinste.
„Wie dem auch sei, wir werden ab jetzt immer in hechelnder Gehetztheit unterwegs sein", meinte der Schmugglerkönig.
„Ganz gleich, ob wir hier in der Heimat bleiben, in Frankreich, oder uns nach Italien aufmachen, oder nach England. Denn auch dort können uns jederzeit revolutionäre Spitzel nachsetzen, oder königliche Spione, oder Geheimbünde."
„Ja, leicht wird es auch dort nicht werden", bekannte Mirella.
„Vor allem, wenn wir den Schatz in London suchen."
„Stimmt. Was also sollen wir tun?", fragte Clement Bardou missmutig.
„Esst jetzt erst mal tüchtig von meinem Obst, das rundet die Mahlzeit ab", schlug der Wirt emsig vor.
„Gleich werde ich es euch auftischen lassen, danach könnt ihr besser eure Entscheidung treffen, in welches Land ihr gehen wollt", sagte er.
Und schon erschien eine Kellnerin mit einem großen Obstkorb, den sie auf dem Tisch der Gefährten abstellte.
Herzhaft griffen Mirella, Vidocq und der Barde zu. Denn sie waren nach der langen Irrfahrt wie ausgehungert.
Sie konnten gar nicht mehr aufhören zu essen.
„Ja, das ist ein guter Vorschlag", stimmte Vidocq begeistert zu. „Frisches Obst hat viele Vitamine, die helfen uns bei der Entscheidungsfindung, Obst ist gut für die Nerven und die Regeneration des Verstandes", sagte er.

„Gute Idee, Freunde", stimmte auch der Barde zu.
„Machen wir also gute Vitamine zum bösen Spiel", sagte er lachend und griff sich einen Apfel.
Die drei lachten.

Später, nach einem opulenten Mahl, zogen die drei Abenteurer sich auf ihre Zimmer zurück. Sie übernachteten in der Kaschemme des originellen Wirtes, die auch als Hotel fungierte.
Mirella hatte ein kleines Zimmer für sich alleine, während Vidocq und der Barde sich ein größeres teilten. Beide Zimmer lagen im ersten Stock und grenzten aneinander.
Mirella war sofort eingeschlafen, während die beiden Männer noch lange in ihrem Bette wach lagen und ihre unsichere Lage besprachen.
„Passt mir diesmal ja gut auf den Plan auf, den Ihr in Eurem Wams verstaut habt", riet der Barde.
Vidocq drehte sich langsam mit dem Gesicht zum Bett seines Gefährten hin, der zu leisen Klängen seiner Gitarre aufrecht im Schlafrock auf dem Bett saß und sinnierte.
„Ihr meint damit wohl, dass heute Nacht jemand hier in unser Zimmer eindringen könnte, um nach dem Wisch zu suchen?", fragte er interessiert.
Der Barde hörte auf zu spielen.
„Möglich wäre es doch, mein guter Eugène", sprach er versonnen. „Denn ich fürchte, dass wir vorhin im Speiseraum teilweise zu laut gesprochen haben. Und ich habe auch viele neugierige Blicke von allerlei Gesindel auf uns gespürt. Es war einfach dumm von uns, so lange dort zu bleiben! Wir hätten uns viel früher in unsere Zimmer zurückziehen sollen, um unseren Reiseplan mit dem Wirt zu erörtern. Es war nicht richtig, das alles in aller Öffentlichkeit zu besprechen", meinte er verärgert.
„Und dieser neugierige Wirt gefällt mir auch nicht so recht. Seid Ihr wirklich sicher, dass er vertrauenswürdig ist?", fragte der Troubadour unsicher, als Vidocq beharrlich schwieg.

„Unbedingt. Er hat mich noch nie enttäuscht und war immer wie ein Vater zu mir", sagte der Schmugglerkönig geradeheraus.

„Ihr meint also tatsächlich, auch dieser herzensgute Mann könnte zum Verräter werden und uns jemanden auf den Hals hetzen, der uns heute Nacht überfällt, um den Plan zu rauben?", fragte er amüsiert, aber nicht alarmiert, wie der Barde wohl im Stillen hoffte.

„Wieso nicht? Wem kann man heutzutage noch trauen?", fragte der Musiker indigniert.

„Jetzt übertreibt mir mal nicht! Der Wirt ahnt ja nicht mal was von der Existenz des Schatzplans, der ja auch noch nicht mit letzter Sicherheit ein Schatzplan ist!", schimpfte Vidocq, erhob sich schwungvoll aus dem Bett und lief unruhig im Zimmer umher.

„Und gerade das glaube ich nicht so recht! Seid Ihr da wirklich sicher, dass der Wirt nicht doch einen verdeckten Hinweis durch seine Spitzel bekommen haben kann, was unsere Schatzsuche angeht?", fragte der Barde schadenfroh.

Da unterbrach der junge Schmugglerkönig seine Lauferei und sah Clement Bardou im fahlen Licht einer Laterne scharf ins Gesicht.

Aber er sprach nichts, machte nur ein ratlos Gesicht. Verharrte auf der Stelle wie eine Statue und zog die Stirn kraus.

„Aha, immerhin registriere ich nunmehr mit einigem Unbehagen, dass ich Zweifel in Euer ansonsten so resolutes Gemüt gesät habe!", bemerkte der Sänger grimmig. „Und das erfüllt mich nun keinesfalls mit Schadenfreude, falls Ihr das von mir denkt: Denn das ist für mich im Gegenteil eine ernste Sorge, wenn Ihr nun so ratlos und zerfahren vor mir steht wie ein windschiefer Baum, der jeden Moment zu fallen droht. Daher meine ich: Die einzige Möglichkeit, um zu verhindern, dass Euer intelligenter Gastwirt uns verrät, oder uns einen anderen üblen Streich spielt, besteht darin, ihn in unsere Bande aufzunehmen und mit ihm nach Mailand zu reisen", sagte der hünenhafte, breitschultrige Sänger, der mit seiner wallenden Blondmähne und seinem hohen Wuchs wie das getreue Abbild des Sagenhelden Siegfried aussah.

Der Schmugglerkönig sah den Barden erstaunt an.

„Und der Wirt soll sich am besten auch gleich selber unserer Schaustellertruppe anschließen, dann haben wir ihn immer unter Kontrolle!", schlug der ungefähr dreißigjährige Riese vor.

„Das wird sich nicht machen lassen; Julien kann nicht mit uns auf Reisen gehen, dazu wird er hier viel zu sehr gebraucht, denn er erfüllt noch andere Zwecke als das Gastwirtsdasein, er ist nämlich ein wichtiger Verbindungsmann in meinem Agentennetzwerk in Dijon", erklärte Eugène Vidocq hastig.

„Aha, so ist das also, Julien heißt er also", murrte Bardou leise in seiner Bettecke.

„Erklärt mir jetzt bitte endlich Euren tieferen Ingrimm!", forderte Vidocq scharf.

Der Barde zuckte seufzend die Schultern.

„Es ist halt so, dass mir Mademoiselle di Cagliostro vorhin auf dem Gang zu unseren Zimmern anvertraut hat, Ihr wärt auf Eurer gemeinsamen Reise schon zweimal von zweifelhaften Freunden hintergangen worden und durch diese in Lebensgefahr geraten, stimmt das?", fragte er süffisant.

Vidocq wandte sich vom Bett des Freundes ab und fing erneut an, im Zimmer umherzulaufen, doch diesmal ganz langsam.

„Ja, Bruder Osiris der Illuminat und Bruder Odin von den Freimaurern waren in der Tat Verräter und haben ihr verdientes Ende gefunden", sprach der Schmugglerkönig bedächtig.

„Interessant", schnarrte der Sänger.

„Und Babeuf war natürlich auch ein mieser Verräter, das stimmt. Napoleon Bonaparte und Fouché sowieso!", klagte Vidocq. „Aber nicht mein guter Julien, auf den ist Verlass! Den kenne ich zu gut. Er hat mir einst das Leben gerettet, als ich noch ein kleiner Junge war. Da hat er mich aus einem tosenden Bach gezogen, in den ich hineinfiel."

„Das hat doch gar nichts zu sagen", winkte der Barde müde ab. „Menschen ändern sich mit der Zeit. Oft enorm und auf ungeahnte Weise", sinnierte der Musikus abfällig.

Da blieb der Schmuggler wieder abrupt stehen und wandte sich seinem Gefährten zu.

„Aber wie sollte Julien von dem Schatz des Cagliostro erfahren haben? Und durch wen?", fragte Vidocq ungehalten und grübelnd.

„Und selbst wenn er davon Wind bekommen hätte, dann hätte er mich bestimmt ehrlich darauf angesprochen! Weil er genau weiß, dass ich ihm einen Anteil davon abgegeben hätte", verteidigte er seinen väterlichen Freund. „Von Euch? Ich dachte, der Schatz gehörte Mademoiselle Mirella?", fragte der Troubadour listig.

„Jetzt fangt nur noch an, mir auch noch spitzfindig daherzukommen, Ihr vermaledeiter Blödelbarde! Ihr wisst genau, was ich meine!", sprach Vidocq schneidend.

„Ja, aber weiß auch Mademoiselle, was Ihr meint? Und was meint sie selber dazu?", stichelte Clement Bardou weiter.

„Das ist doch die Höhe! Hört sofort mit Euren Unverschämtheiten auf, sonst…!", tobte Eugène.

„Schon gut, entschuldigt, regt Euch ab, es tut mir Leid, Euch so aufgezogen zu haben, ich weiß, das war nicht richtig von mir", gestand Bardou kleinlaut, legte seine Gitarre weg, erhob sich von seinem Bett und lief auf seinen Gefährten zu. Begütigend nahm er ihn in den Arm und tröstete ihn.

„Jetzt habt Ihr es doch tatsächlich geschafft, mich in meiner Menschenkenntnis zu verunsichern, wie Ihr mich vorhin schon erkannt habt; zum ersten Mal in meinem Leben … Das gebe ich offen zu, und ich sehe, wie töricht ich mich zuweilen in der Wahl meiner Freunde verhalten habe, es ist so ein schreckliches Gefühl, mein guter Clement Thierry!", gestand der Schmuggler zerknirscht.

„Denn wenn es um Geld und Macht geht, um Ansehen und … Dann hat man so gut wie keine Freunde mehr", erkannte Vidocq und löste sich von dem Sänger.

„Aber die größere Gefahr geht im Augenblick eigentlich für Eure Freundin, Mademoiselle di Cagliostro aus!", gab der Barde zu bedenken.

„Wieso denn das?", fragte Vidocq verblüfft.

„Nun, wenn ein Schurke hinter Mirellas Schatz her ist, dann wird er doch selbstverständlich auch annehmen, dass s i e den Plan dazu hat, und nicht Ihr", sagte der Musikus hellsichtig.

„Also könnte er heute Nacht versuchen, in i h r Zimmer einzudringen, und nicht in unseres."

„Es könnten natürlich auch mehrere Schurken sein!", sagte der Troubadour.

„Teufel, Ihr habt recht, mein guter Clement!", sagte Vidocq in fiebriger Erregung.

„Dass ich daran nicht gedacht habe! Ihr seid wirklich auf Draht! – Ich werde wirklich langsam unvorsichtig in meinen Handlungen", gab der Schmugglerkönig zu und fuhr sich mit seinen starken Händen über sein ermüdetes Gesicht.

„Es ist mir übrigens auch viel zu ruhig in ihrem Zimmer, ich werde gleich mal das verabredete Klopfzeichen geben", erwiderte Vidocq erregt. „Das ist schon lange überfällig."

„Was? Aber das hat doch zu dieser vorgerückten Stunde keinen Zweck mehr, Demoiselle wird schon in tiefem Schlummer begriffen sein, daher haben wir solange kein Geräusch mehr aus ihrem Zimmer vernommen", sagte Bardou verschlafen.

„Und ich glaube, für uns ist es langsam auch an der Zeit, uns endlich zur Ruhe zu begeben", schlug der Sänger vor und gähnte.

„Ihr habt recht, aber vorher probiere ich doch noch mal das Klopfzeichen, sicher ist sicher", meinte Vidocq und klopfte in unregelmäßigen Intervallen an die Wand.

Doch er bekam keine Antwort.

„Seht Ihr? Ich habe es Euch doch gesagt: Mademoiselle Mirella schläft", sagte der Barde.

„Und wenn tatsächlich jemand in ihr Zimmer eindringt, dann hören wir doch sofort den Lärm, und sind im Nu bei ihr drüben", tröstete der Barde den Meisterdieb.

„Möglich. Aber der Gedanke widerstrebt mir plötzlich, diese junge Dame dort drüben heute Nacht alleine in ihrem Zimmer schlafen zu lassen, ich habe so ein ungutes Gefühl, dass heute Nacht etwas passiert", äußerte Vidocq mit mulmigem Gefühl.

Der Troubadour ließ sich den Gedanken durch den Kopf gehen.

„Ich kann Euch gut verstehen: Der Gedanke an eine unangenehme Überraschung in dieser Räuberhöhle hier heute Nacht ist wirklich nicht von der Hand zu weisen, mein Freund", bestätigte der Barde.

„Wisst Ihr was? Ich schlage Euch Folgendes vor: Statt zu schlafen mache ich heute Nacht lieber eine kleine Runde vor der Tür Eurer Reisegefährtin. Ich halte versteckt für einige Stunden Wache in einem dunklen Winkel des Ganges. Dann kann ich gleich eingreifen, falls sich eine verdächtige Gestalt auch nur Mademoiselles Tür nähern sollte. Ihr ruht Euch derweil aus, nach ein paar Stunden Schlaf könnt Ihr mich ja dann ablösen", schlug er gutmütig vor.

„Vielleicht halte ich ja auch bis morgen früh durch. Dann störe ich Euch erst gar nicht in Eurem Schlaf."

Als er das hörte, war der Schmuggler gerührt.

„Ich freue mich wirklich sehr über Euren großherzigen Freundschaftsdienst, den Ihr meiner Mirella erweisen wollt, lieber Clement. Die Idee mit der nächtlichen Wache ist gut, aber umsetzen muss ich sie schon selber, da es sich ja schließlich um meine Freundin handelt. Ich danke Euch recht herzlich. Doch geht nur getrost schlafen, lieber Freund, ich sehe, der Schlaf übermannt Euch weitaus stärker als mich. Ich fühle mich noch frisch, und so werde also folglich ich in solch einem dunklen Winkel auf dem Gang Posten beziehen und genauso vorgehen, wie Ihr es für Euch vorgeschlagen habt, falls jemand Verdächtiges auftaucht", sprach der Schmugglerkönig und schnellte mit jugendlichem Elan von seinem Stuhl hoch und setzte sich in Bewegung nach draußen.

„Nehmt aber Eure Pistole mit, Eugène", schärfte ihm der Barde ein. „Und wenn es irgendwie Zoff gibt, dann komme ich Euch sofort zu Hilfe. Aber weckt mich bitte wirklich, falls Ihr zu müde werden solltet, dann löse ich Euch gerne ab – für den Rest der Nacht!", erbot er sich.

„Ich werde im Bedarfsfall daran denken", sagte der Abenteurer und schloss die Tür hinter sich.

Draußen auf dem schmuddeligen Gang war es stockfinster. Nur ein einziges Fenster besaß dieser Gang mit den vermoderten Wänden, und das befand sich an der Stirnseite und war winzig. Da konnte also kein Einbrecher hereinklettern, dachte Vidocq erleichtert. Wahrscheinlich nicht mal ein Kind. Er machte ein paar Schritte ins Dunkel und kam an nur wenigen Zimmern vorbei.

Es herrschte eine Totenstille in dem Haus, ungewöhnlich für solch ein verrufenes Gasthaus. Ob die anderen Zimmer überhaupt belegt waren?

Vidocq kam beim fahlen Lichtschein des Fensters mit den blinden Scheiben an, der herein schien.

Daneben fand er tatsächlich eine verlassene Nische, in der er versuchte, sich zu verkriechen.

Ganz schön ungemütlich für einen hochgewachsenen Menschen, dachte er belustigt. Die Pistole hielt er griffbereit direkt in der Hand, man konnte ja nie wissen…

Da ergriff plötzlich ein neuer, beunruhigender Gedanke von ihm Besitz: War seine lebenslustige, falsche Adelige überhaupt noch in ihrem Zimmer?

„Ja, eben, das ist doch überhaupt die wichtigste Frage!", dachte Vidocq mit Schrecken.

„Und keiner von uns hat daran gedacht, das mal nachzuprüfen! - Eine unglaubliche Fahrlässigkeit!", schalt er sich. Vidocq dachte nach:

Während der Unterredung mit seinem Barden-Freund hatte Vidocq kein einziges Geräusch durch die Wand vernommen. Nicht einmal der leiseste Pieps drang durch die Wand.

Selbst wenn sie fest schlief, musste sich Mirella dennoch einmal im Schlaf umgedreht haben, und sowas verursacht doch Geräusche, dachte Vidocq bitter. Denn wir waren direkt im Nebenzimmer und die Wände sind sehr dünn…

Wenn auch nur ganz leise Geräusche…

Ein schrecklicher Verdacht beschlich ihn: Vielleicht war Mirella inzwischen heimlich von einer Diebesbande aus ihrem Zimmer entführt worden?

Aber nein! Das hätte man doch erst recht nicht überhören können, dachte er.

„Das geht doch nun wirklich nicht ohne unsanfte Geräusche ab…"

Trotzdem verließ er verrenkt sofort die Nische und pirschte mit der Pistole im Anschlag zurück zu Mirellas Zimmertür. Vor der Tür blieb er stehen und spähte durchs Schlüsselloch. Im Zimmer war es so dunkel wie auf dem Gang. Man konnte absolut nichts erkennen, keinen Schatten und kein Schemen. Er hantierte erst einmal verlegen ohne ernste Öffnungsabsichten nervös am Türknauf, da gab die Tür zu seiner Verblüffung nach. Knarrend ließ sie sich öffnen.

„Das gibt es doch nicht, Mirella hat gar nicht abgeschlossen!", sagte er halblaut vor sich hin.

Alarmiert stürmte er in das enge Zimmer, zündete hastig die Petroleumlampe an. Dann durchsuchte er jeden Winkel des kargen Raumes: Keine Spur von Mirella, sie war verschwunden!

Sie war weder im Schrank noch unter dem Bett!

Moment! Vielleicht hatte sich Vidocq in der Eile nur in der Tür geirrt?

Nein! Denn im nächsten, anliegenden Zimmer fand er natürlich nur seinen Kameraden Clement Bardou vor, der durch Vidocqs Gepolter wach geworden war. Er spürte sofort, dass etwas nicht stimmte und rannte zu Vidocq hin.

„Was ist los, mein guter Eugène? Los, redet schon!", drang er in den Freund, der hastig atmete, nervös herumzappelte und vor Aufregung kein Wort herausbekam.

„Mirella … ist weg! Einfach weg!", stammelte er entsetzt.

„Was sagt Ihr? Wie das? Ihr wart in ihrem Zimmer?"

„Ja, kommt, wir müssen sie suchen, ich wusste doch, dass heute so etwas passiert!", rief Vidocq aufgeregt.

„Aber vielleicht hat … Mademoiselle nur das Zimmer nicht zugesagt, oder sie ist einfach nur mal kurz nach draußen gegangen, um frische Luft zu schnappen, und dann ist sie vielleicht schlaftrunken in ein falsches Zimmer zurückgetorkelt?", fragte der Barde.

„Denn Ihr habt doch auch mitbekommen, dass die meisten Zimmer in dieser Kaschemme hier offenbar gar nicht belegt sind?", fragte der Barde scharf.

Vidocq überlegte.

„Gute Idee, wir müssen zuerst die anderen Zimmer überprüfen! Kommt!"

Bardou nickte und versäumte es nicht, seine Pistole mitzunehmen. Sie brachen auf, auf den Gang hinaus.

Vidocq hastete zunächst in Mirellas Zimmer zurück, um sich der gerade vorhin erst angezündeten Petroleumlampe zu bemächtigen, die er nun zur Wiederauffindung Mirellas auf den Gang hinausschleppte.

Mit Licht und Pistolen ausgerüstet, probierten die beiden Männer überstürzt alle umliegenden Türknäufe aus, doch keine Tür ließ sich zu ihrem gegenseitigen Verdruss öffnen.

„Es kommt mir alles Geschehen hier auf einmal so seltsam vor", sprach der Troubadour etwas weltentrückt. „Sind wir überhaupt noch im richtigen Haus?", fragte er verquast.

„Wollt Ihr wohl jetzt mit diesem geisterhaft verbrämten Unsinn aufhören?", erbat sich der Schmugglerkönig ungehalten von seinem Gefährten. „Das hier ist kein Fall von fiebriger Nachtmahr, auch wenn es wirklich im Augenblick so scheinen mag, das hier ist die Wirklichkeit, und wir müssen mit ihr fertig werden!", wies er seinen leicht widerspenstigen Gefährten zurecht.

„Einer von uns beiden sollte sich anders orientieren, wenn wir Mirella wiederfinden wollen", sprach Vidocq hastig und besorgt.

„Ihr sprecht wieder mal in Rätseln, könnt Ihr Euch nicht klarer ausdrücken, was Ihr meint, mein Freund?", fragte der Sänger unglücklich.

„Verzeiht mir, Clement: Mein augenblickliches Geschwafel ist wohl ein Produkt meiner Aufregung und meiner Besorgnis um unser fechtendes Adelsfräulein", entschuldigte sich der Schmuggler und ergriff mit scheuem Lächeln den Arm seines Gefährten.

„Ich kenne die Topografie dieser Spelunke ganz genau: Hinter dem Haus ist ein kleiner verwilderter Obstgarten.
Vielleicht hat sich Mirella dorthin begeben, weil ihr in ihrem dumpfen, feuchten Zimmer schlecht geworden ist? Und daher wollte sie sich dort eventuell erholen – in der Frische der Abendluft", meinte Vidocq mit hastiger Atmung.
„Denn Ihr müsst bedenken, dass unser Edel-Fräulein nur wohnlichen Luxus gewohnt ist, solch eine Kaschemme ist Gift für ihren zarten Teint", sagte der Meisterdieb.
„Würde es Euch daher was ausmachen, mal geschwind im Garten nachzusehen, ob sie da ist? Während ich hier weiter an allen Türen rüttle und alle Nischen absuche?"
„Nicht im Geringsten, mein Bester, daran hätte ich auch schon lange denken sollen", erwiderte Clement Bardou dienstbeflissen und entschwand schon im Laufschritt nach unten.
„Folgt mir dann aber lieber gleich nach unten nach, falls Ihr keine heiße Spur findet", rief der Barde Vidocq vom Erdgeschoss zu. Vidocq versprach es.

Währenddessen machte sich der findige Abenteurer Vidocq daran, alle übrigen dunklen Nischen abzuleuchten und auszuforschen.
„Mirella, wo seid Ihr, mein wertvoller Schatz?", fragte er erst flüsternd, dann lauter, als er merkte, dass doch kein Mensch in der Nähe war.
Als er einsah, dass diese Arbeit sinnlos war, rief Vidocq nach unten: „Wartet, ich begleite Euch doch lieber gleich auf Eurem Erkundungsgang."
„Hier oben sind ehe alle Türen verschlossen."
Da lachte er auf einmal bitter über seine Unbesonnenheit, weil sein Gefährte schon vor geraumer Zeit verschwunden war, und daher nicht mehr hören konnte, was man ihm zurief.
Irgendwie wand sich Vidocq die dunkle Treppe herunter bis zum ominösen Garten, der verwildert vor sich hin wuchs.
Aus der Gaststätte erklang noch dröhnende Feiermusik und lärmender Trubel, wenn man es hier im Garten auch schon gedämpfter vernahm. Vidocq hielt die Petroleumlampe wie

einen Schutzschild vor sich her und stieß mit dem Kopf gegen
fletschende Zweige und rammte einige Bäume.

„Verflixt, wo seid Ihr, Clement, mein klampfender Unsinns-
Barde?", fragte er flüsternd in den Garten hinein.

„Mein unruhiger Geist könnte ruhig ein bisschen
aufmunternde Musik gebrauchen", sagte er juxend.

„Mirella, seid Ihr wenigstens hier? Irgendwo?", rief er jetzt
vor lauter Sorge etwas lauter.

„Clement? Mirella?", rief er nun noch lauter. „Wo seid ihr?
Antwortet doch!"

Es ärgerte ihn nun doch gewaltig, dass er plötzlich beide
Reisegefährten aus den Augen verloren hatte. Vielleicht für
immer verloren hatte!, dachte er mit Schaudern.

„Wir hätten zusammenbleiben müssen, es war ein großer
Fehler von mir, vorzuschlagen, wir sollten uns auf der Suche
nach Mirella besser trennen", tadelte sich Vidocq laut.

Er rief wieder nach den beiden Verschwundenen, doch er
erhielt keinerlei Antwort.

Dann glaubte er mit einer blitzartigen Erkenntnis, Mirella und
der Troubadour hätten sich in einer Augenblicksentscheidung
verschworen und wären zusammen mit der Schatzkarte
durchgebrannt, denn sie brauchten ihn ja jetzt eigentlich nicht
mehr! …

Waren die beiden etwa schon seit Längerem heimlich
ineinander verliebt? Und hatten sich über den angeblich
durchtriebenen Schmugglerkönig lustig gemacht, ihn die
ganze Zeit an der Nase herumgeführt? Dieser schreckliche
Verdacht keimte mit unerbittlicher Härte in Vidocqs
zerrüttetem Geist auf. Jetzt war er selber nicht mehr Herr
seiner Sinne.

„Ich Narr! Was habe ich mir da für ein betrügerisches Pärchen
aufgehalst?", fragte er sich verbittert und stellte alle bisher
erbrachten Freundschaftsbeweise seiner Reisegefährten in
Frage, in diesem Augenblick der scheinbaren, moralischen
und amourösen Niederlage.

Hilflos tappte der wahnhaft Besessene mit seiner Lampe hin
und her.

Vom Schicksal genarrt und verlassen, betrogen und erniedrigt von seinen beiden besten Freunden, darunter der Frau, die er liebte, kam er sich vor.

Was war denn nur geschehen?

Wo waren Mirella und der Barde sonst abgeblieben?

Da stolperte der junge Abenteurer über ein quer liegendes Hindernis auf dem Grasboden. Er bückte sich. Es war ein menschlicher Körper, der ihn beinahe zu Fall gebracht hätte. Beim Beleuchten der Gestalt stellte er erschrocken fest, dass es sich um den langen Troubadour handelte. Er war ohne Bewusstsein und atmete schwer.

„Clement! Um Himmels Willen! Mein guter Clement, was ist mit Euch geschehen?", fragte er besorgt, ging in die Hocke und befühlte seinen langen Körper.

In diesem Augenblick murmelte der Sänger irgendetwas Unverständliches und rieb sich, noch halb liegend, den Kopf.

„Ein Glück, Ihr seid in Ordnung, Ihr habt mich nicht verraten und betrogen", strahlte Vidocq vor Glückseligkeit und half dem Hünen mit freudigem Lächeln hoch. Obwohl auch der Schmugglerkönig von athletischem Wuchs war und vor Kraft strotzte, hatte er große Mühe, den Riesen hoch zu hieven. Schließlich gelang es ihm leidlich und er legte einen von Bardous kräftigen Armen um seine eigene Schulter, um den Freund besser zu stützen. „Was ist denn passiert, seid Ihr verletzt? Und wo ist unsere arme Mademoiselle Mirella?", fragte er voller Ungeduld.

Der Hüne öffnete die Augen und erkannte Vidocq.

„Ah, gut, dass … Ihr kommt, mein Guter", sagte der Troubadour mit matter Stimme.

„Habt Ihr Mademoiselle Mirella gefunden?", fragte er und richtete sich steifbeinig auf.

„Sagt doch was!!!"

„Nein, ist sie nicht bei Euch?", fragte sein Gefährte mit enttäuschter Miene und ließ ihn los.

Der Barde schüttelte den Kopf.

„Aber warum seid Ihr hingefallen? Seid Ihr gestrauchelt?", fragte Vidocq vehement.

„Nein, mehrere Personen haben mich von hinten angegriffen, als ich auf der Suche nach Mirella war", erläuterte Clement Bardou.

„Was? Ehrlich? Wer?", fragte Vidocq begierig.

„Keine Ahnung, es waren mehrere Gestalten mit Knüppeln, die sie mir auf den Kopf geschlagen haben, es ging alles so schnell, dass ich gar nicht mehr reagieren konnte", sagte der Sänger. „Bestimmt dachten sie, ich hätte die Schatzkarte bei mir, daher haben sie mich angegriffen", vermutete er.

„Es können aber auch betrunkene Zecher aus dieser verrufenen Schänke gewesen sein, die einfach nur an Eure Dukaten wollten, um noch mehr zu saufen zu bekommen", sagte der Schmugglerkönig zweifelnd.

„Ihr habt recht!", gestand der Barde matt.

„Aber ich besitze doch überhaupt keinen roten Heller mehr!", sprach der Barde kopfschüttelnd und drehte seine Taschen um.

„Ich habe mein letztes Geld für das üppige Mahl beim Wirt hinterlassen", gestand er lachend.

„Aber das konnten meine Angreifer ja nicht wissen", sagte er sachlich.

„Wie dem auch sei, wir müssen uns jetzt auf die Suche nach Mirella machen", drängte Vidocq den Freund.

„Ein Glück schon einmal, dass ich Euch wiedergefunden habe", sagte er erfreut. „Aber vielleicht ist Mirella auch hier im Garten, und dann wurde eventuell auch sie von denselben Männern überfallen, die Euch ausrauben wollten", mutmaßte er.

„Mirella, wo seid Ihr, antwortet doch!!!", rief der Schmuggler nach allen Seiten.

„Oder sie haben ihr noch Schlimmeres angetan!", äußerte der Musiker nun die wilde Befürchtung.

„Vielleicht hat die Bande sie weggeschleppt und verlangt dann Lösegeld von uns?", fragte der Barde voller Furcht.

„Teufel auch! Wehe diesen Schurken, wenn dem so sein sollte!", rief Vidocq erbost und sie suchten beide in allen Büschen nach der Verschwundenen.

Endlich fanden sie tatsächlich Mirellas Körper in verrenkter Schieflage, hinter einem mächtigen Baum.

Sie hoben sie rasch auf. Am Kopf hatte sie zwei mächtige Beulen.

„O Weh, auch sie ist überfallen worden!", lamentierte Vidocq geräuschvoll.

„Ja, die Räuber haben es wohl tatsächlich auf die Schatzkarte abgesehen", meinte der Barde betrübt. „Daher haben sie natürlich geglaubt, sie habe den Plan bei sich, irgendwo am Körper."

„Scheint so. Denn die Briganten haben ihre ganze Kleidung zerwühlt", stellte Vidocq fest. „Alles ist angerissen und verschmutzt."

„Ist Mirella schwer verletzt, hat sie irgendwelche Wunden – was meint Ihr?", fragte Clement Bardou mit schlotternden Knien.

„Nein, ich glaube, sie wird nur einen riesigen Brummschädel haben, wenn sie aufwacht", meinte Vidocq.

„Zum Glück kann ich nirgendwo Blut an ihrer Kleidung entdecken, sie scheint keine Wunden zu haben, aber das muss noch nichts heißen. Bringen wir sie in die Gaststätte, los!", befahl er.

„Was denn, da hinein in diese Räuberhöhle?", fragte der Barde zweifelnd. „Dort verkehren doch noch zu viele Leute von zweifelhaftem Ruf um diese Zeit", sagte er mit leichtem Protest.

„Wenn wir Mirella da hineinwuchten, dann erregen wir doch nur unnötiges Aufsehen unter diesen wüsten Zechern", sagte Clement. „Und vielleicht haben gerade einige von denen was mit dem Überfall auf Mademoiselle zu tun!", warnte er seinen Freund.

Vidocq horchte auf.

„Ihr meint…?"

„Ja, ich meine!", sagte er streng mit grimmiger Miene.

„Meine Güte, Ihr habt wahrscheinlich schon wieder mal recht. Ja. Wo sonst sollte man Mirellas Angreifer suchen, wenn nicht in unmittelbarer Nähe? – Aber wenn die Bande wirklich aus dem Gasthaus gekommen sein sollte, Mirella durchsucht und niedergeschlagen hat, dann werden die Täter ja wohl nicht anschließend wieder in die Spelunke zurückgekehrt sein", schränkte er ein.

Der Barde überlegte.

„Vermutlich nicht. Ja, da habt Ihr wohl wieder mal recht: Zu gefährlich. Dort würden die Gendarmen zuerst nach den Tätern suchen, so dumm sind die nicht", schlussfolgerte der Troubadour.

Beide hielten die bewusstlose Lebedame immer noch unschlüssig in ihren Armen.

„Was schlagt Ihr also vor? Wohin mit ihr?", fragte Clement Bardou.

„Erst einmal zurück auf ihr Zimmer mit ihr, würde ich sagen", entgegnete der Schmugglerkönig energisch.

„Dann lassen wir den Wirt kommen, um ihn zu verhören, was er zu diesem ganzen brutalen Durcheinander in seiner Kaschemme zu sagen hat; - und eventuell muss er uns noch einen Arzt besorgen", schlug Vidocq abschließend vor.

„Das hört sich schon besser an, was Ihr da vorschlagt", meinte der Barde und seine starre Miene lockerte sich spürbar auf.

„Dann wird nicht gleich die ganze Meute in der Taverne zu Zeugen von dieser Tragödie", sagte er befriedigt.

„Ihr habt es erfasst, mein guter Clement", sagte Vidocq. „Also los!"

Heimlich schleppten sie die Bewusstlose also wieder die Treppen zum Zimmertrakt des Gasthauses hinauf.

Sie erreichten den unbeleuchteten Gang mit ihrem menschlichen Bündel und tasteten sich ohne die Petroleumlampe im Finstern vor.

Endlich erreichten sie das Zimmer von Mirella, und Vidocq probierte den Türknauf.

Vorerst klemmte er.

„Ihr würdet nun also auch in Betracht ziehen, der von Euch so geschätzte Wirt ist vielleicht doch nicht so koscher, wie Ihr annahmt?", fragte der Barde neugierig, der Mirella allein in den Armen hielt, damit sich sein Kompagnon erfolgreich an der Tür zu schaffen machen konnte.

„Ob er was mit dem Überfall auf Mirella zu tun hat, und diese unbekannte Bande sogar befehligte; was ist Eure Meinung?", fragte Bardou ungeduldig.

„Also, völlig ausschließen möchte ich es keineswegs mehr, nach allem, was wir für unangenehme Überraschungen erlebt haben", gestand der Schmugglerkönig zerknirscht.

Er rüttelte an dem Knauf. Die Tür ließ sich nicht öffnen.

„Meine Menschenkenntnis ist wohl doch noch nicht so felsenfest und untrüglich, wie ich sie so hochnäsig gerühmt habe!", gab er kleinlaut zu.

„Was ist denn auf einmal mit der Tür?", fragte Clement.

„Seltsam: Sie ist von innen verschlossen!", sagte Vidocq alarmiert.

„Was denn? Da ist jetzt also jemand drin?", fragte der Sänger konsterniert. „Aber wer?"

„Das werden wir hoffentlich gleich feststellen", meinte Vidocq entschlossen und pochte an die Tür. Mit der anderen Hand führte er kunstvoll seine Pistole vor der geschlossenen Tür hin und her. Auf und nieder.

Man konnte ja schließlich nie sicher sein, welche Überraschung sich hinter der Tür verbarg.

„Was geht hier vor in diesem Tollhaus?", fragte Vidocq konsterniert.

„Aufmachen, aber bitte sofort, wer auch immer Sie sein mögen, da drinnen in Ihrer Festung!", rief Vidocq energisch, und pochte wieder an die Tür, stärker diesmal.

„Meint Ihr etwa, da drinnen hause der Gastwirt, Euer guter Freund, und Ersatzvater, der sich nun vor Euch verbarrikadiert und Euch Übel will?", fragte der Troubadour doch nun in einem erschrockenen Maße.

„Oh, da fragt Ihr mich zuviel, es ist schon so viel Unglaubliches geschehen, da…"

Doch als Vidocq nun noch einmal am Türknauf rüttelte, da sprang die Tür wie von Geisterhand von selber auf.

Mit Erstaunen hasteten die beiden Männer ins Zimmer, sie machten Licht – und es war leer.

Jedenfalls menschenleer, soviel stand fest.

Beide lachten jetzt über ihre albtraumhaften Verirrungen, die sich allerdings im geistigen Wachzustand eingestellt hatten.

„Wir haben wohl doch zuviel Gespenster gesehen, haben weit über das erlaubte Maß hinaus spintisiert, mein Freund", sagte der hünenhafte Sänger schnaufend, der endlich die ersehnte Möglichkeit fand, die bewusstlose Mirella auf dem kärglichen Bett abzulegen.

„Ihr habt recht, mein guter Sängerfürst, es war nur die Tür, die geklemmt hat", stimmte Vidocq heiter zu, denn er freute sich, dass sein Freund, der Gastwirt, offenbar nicht versucht hatte, ein Komplott gegen ihn zu schmieden.

„Eine widerspenstige Tür, das war alles, und wir haben uns wer weiß was für ein Verbrechen ausgemalt", sagte der Schmugglerkönig lachend.

Da hörten sie heftig polternde Schritte, die sich von unten den Weg über die Treppe bahnten.

Beide zogen wieder ihre Pistolen.

„Da hat es aber einer eilig", bemerkte der Barde.

„Nicht mehr lange, fürchte ich", meinte sein Kompagnon spitz. „Hier oben ist erst mal Schluss."

„Wahrscheinlich wieder einer, der es auf unsere Schatzkarte abgesehen hat", vermutete Vidocq.

„Was ist hier los, antwortet!", rief die Gestalt abgehackt und schnaufend von unten herauf.

Es war der dicke Wirt, der atemlos der Lichtquelle gefolgt war und geradewegs in Mirellas Zimmer hineinlief.

Sein buschiger Schnauzbart schwitzte große Schweißtropfen aus.

„Da seid ihr ja, meine Freunde!", rief er wirklich erleichtert und sein Gesicht strahlte in gutmütiger Aufrichtigkeit.

„Julien!", rief Vidocq erstaunt.

„Wo kommst du denn her, mein Freund? Hier ist einiges vorgefallen, von dem ich dir unbedingt erzählen muss, das sage ich dir", meinte Vidocq in Gesprächslaune.

„Hier in diesem Spukhaus geschehen zurzeit merkwürdige Dinge", sagte der Barde zum Wirt mit erhobenem Zeigefinger.

„Ich weiß schon, Eugène, mein Guter", sagte der Wirt hastig. „Einige meiner Gäste haben mir erzählt, ihr wärt im Garten überfallen worden, stimmt das?", fragte er und erblickte die erwachende Mirella, die gerade auf ihrem Bett stöhnte und die Augen aufschlug.

„Ja, das ist richtig, und auch Mirella di Cagliostro zählt zu den Opfern", sagte der Schmuggler und eilte zu ihr hin.

„Bist du in Ordnung, mein liebster Schatz, tun dir die Beulen weh? Sag doch, was ist geschehen?", fragte Vidocq voller Spannung.

„Oh, ich habe … Au! Wo bin ich? Ah, unter Freunden, das ist schon mal gut", sagte die Schatzgräfin zitternd.

„Seid Ihr verletzt, werte Demoiselle?", fragte Julien mitfühlend und beugte sich über sie.

„Oh, ja, man hat mir einen Schlag versetzt, als ich der Bande sagte, ich hätte gar keinen Schatzplan", sagte Mirella stöhnend. „Dabei habe ich die Wahrheit gesagt."

„Das müssen dieselben Kerle gewesen sein, die auch mich nach dem Plan durchsuchten!", sprach der Barde erregt. „Und mich niederschlugen".

„Was, Ihr auch?", fragte Mirella mit Schmerzen. „Wart Ihr etwa auch in dem Garten?", fragte sie schläfrig.

„Ja, um Euch zu suchen, Mademoiselle, weil Ihr plötzlich nicht mehr in Eurem Zimmer wart", sagte Clement Thierry erregt.

„Du bist also tatsächlich zur Entspannung in den Garten gegangen, weil du nicht schlafen konntest, meine kleine Degenfrau?", fragte Vidocq zärtlich und streichelte ihre Beulen.

„Ja, es war so scheußlich muffig in dem Raum, da bin ich auf den Gang hinausgegangen, ganz leise, um dich nicht zu beunruhigen, Eugène, mein Schatz", sagte Mirella tranceartig.

„Doch dort war die Luft ebenso abgestanden, kein Fenster ließ sich öffnen, so ging ich nach unten bis in die Kühle des Gartens, den ich wie in einem Traum gefunden habe", sagte Mirella.

„Doch bald schon wurde ich von den unbekannten Männern umringt. Sie wussten genau, was sie wollten. Sie verlangten sogleich barsch den Schatzplan. Doch ich hatte ihnen vergeblich beteuert, du hättest ihn, Eugène. Sie haben mir nicht geglaubt und fingen an, mich zu durchsuchen. Als ich mich wehrte, schlugen sie mich nieder", sagte Mirella zerbrochen.

„Das haben wir nun davon! Wir hätten nicht so laut sprechen sollen in der Taverne, wie unaussprechlich dumm von uns!", tadelte der Barde sich selber auf das Schärfste.

„Ihr sagt es", meinte Vidocq versonnen.

„Was ist das eigentlich die ganze Zeit über für ein Gerede von einem Schatzplan?", fragte der Wirt Julien mit fragendem Gesicht.

„Seid ihr etwa auf irgendeiner Schatzsuche?", fragte er unbedarft und verständnislos, ohne Scheu oder Hinterlist, wie es schien.

„Dann wäre es ja kein Wunder, wenn die Unterwelt hinter euch her wäre!", schnarrte der Wirt kopfschüttelnd.

„Und dann habt ihr drei auch noch so unbedarft und laut in der Taverne darüber diskutiert!", meinte der Wirt missbilligend.

„Und in meinem Gasthaus verkehren leider nicht immer die besten Leute", gestand er zerknirscht.

„Aber das wisst ihr ja selber!", tadelte er seine Freunde.

Vidocq war froh, dass der Wirt den Schatzplan nicht einfach im nun klärenden Gespräch heimlich übergangen hatte. So wusste er, dass er wohl eher kein Verschwörer war, der den Schatz später mit seinen Komplizen unter der Hand selber aufspüren wollte.

Der Wirt gewahrte plötzlich, dass nun alle Blicke auf ihn gerichtet waren.

„Oh, Verzeihung, ich wollte mich ja nicht in eure Angelegenheiten einmischen, Freunde. Es liegt mir fern, euch auszuspionieren. Jedenfalls bin ich froh, dass keiner von euch ernsthaft verletzt ist. Ich will nicht weiter indiskret sein, und lasse euch jetzt besser alleine. Damit ihr alles in Ruhe besprechen könnt. Falls ihr mich braucht, dann helfe ich euch natürlich gerne", sagte er zum Abschied und zog ab.

Vidocq hielt ihn jedoch zurück.

„Danke, das ist sehr rücksichtsvoll von dir, mein guter Julien. Doch bleib ruhig hier, denn ich glaube, wir schulden dir eine Erklärung", sagte Vidocq reumütig.

„Ja, schließlich ist die Geschichte mit der Schatzkarte in seinem Haus passiert", stimmte Mirella ihrem geliebten Räuberhauptmann zu, und schaute betreten auf den Gastwirt.

„Ich will nicht, dass sein Haus dadurch in Verruf gerät, weil ja hier durch unsere Schuld ein Überfall stattgefunden hat", bemerkte sie zerknirscht.

„Macht euch keine Sorgen, kleine Mademoiselle, mein Gasthaus kann gar nicht mehr in Verruf geraten, es ist schon längst zu Recht als Räuberhöhle verschrien", gestand der Wirt lächelnd.

„Und von Schuld kann keine Rede sein, Ihr und Eure Freunde habt ja nichts Unrechtes getan", versicherte der Wirt eilfertig und verbeugte sich.

„Vielmehr habe ich mich für den Überfall in meinem Hause zu entschuldigen, schon viel zu lange habe ich zu viel Gesindel hineingelassen", rechtfertigte sich der Wirt.

„Übrigens: Schon morgen gastieren die „Mogleure" hier in der Stadt, auf dem Marktplatz von Dijon. Ich werde dann mit dem Theaterchef alles besprechen, damit ihr euch problemlos unter die Truppe mischen könnt. Wie versprochen", sagte der Wirt freudestrahlend.

Die drei, Mirella, Vidocq und der Barde bedankten sich beim Wirt und weihten ihn schließlich in alle ihre Pläne ein, erklärten ihm auch lang und breit den Sinn der ganzen Schatzsuche.

Der Wirt staunte nicht schlecht und riet den dreien, diese Nacht ihre Zimmertüren fest verschlossen zu halten.

Sie versprachen es und hielten sich auch daran.

Vor allem ließ Vidocq seine Mirella nicht mehr alleine in einem Raum übernachten. Diesmal nahm er sie mit auf sein Zimmer. Für alle Fälle.

Die „Mogleure", die verschwörerische Pseudo-Zirkustruppe, besaßen den Vorzug, sich überall im Leben durchzumogeln, durch alle Fährnisse zu driften, daher trugen sie den Namen „Mogleure". Die ersten Mitglieder waren fast alle Deutsche, daher nannten sie sich erst „Die Mogler". Aber dann kamen sie eines Tages zum ersten Mal nach Paris und da fanden sie den Namen „Mogleure" angebrachter: Das gab ihrer Truppe mehr Flair und Internationalität. Es war zunächst nur ein Spitzname, der sich bald zu ihrer endgültigen Berufsbezeichnung verfestigte.

Sie hatten ihren Zirkusnamen also einfach in falschem, Pseudo-Französisch abgeändert, den ohne nähere Erklärung keiner verstand.

Die drei französischen Abenteurer Vidocq, seine Mirella und ihr gemeinsamer Freund Clement Thierry Bardou besuchten am nächsten Morgen schon recht früh den politischen Zirkus; übrigens im Beisein des Wirtes Julien, der sie freundlicherweise begleitete und dem Zirkusleiter vorstellte: Einem großen, vierschrötigen Manne mit eisgrauem Bart und dem typischen Zylinderhut. Verschwörerisch tratschten die beiden Männer, der Zirkuschef und der Wirt, kurze Zeit später etwas abseits vom Geschehen miteinander.

Der Zirkus befand sich noch am Stadtrand, in großen Zelten bereitete man sich aber schon fieberhaft auf den Auftritt auf dem Marktplatz von Dijon vor. Noch nichts war aufgebaut, alles rannte kunterbunt durcheinander.

Dann trat der Zirkusleiter wieder zu den drei Abenteurern hin, und unterhielt sich freundlich mit ihnen.

„Ich bin Rodolfo Corvini della Cartuccia alla Parmegiano del Broccoli, zu Euren Diensten", sagte er fröhlich.

„Der Name ist nicht echt, aber er klingt gut, nicht wahr?", fragte der Direktor mit herausforderndem Lachen.

„Er macht vor allem hungrig", meinte Mirella kess und senkte betrübt den Kopf.

Der Direktor lachte entzückt, trat vor Mirella und kraulte ihr das Kinn.

„Ha, sehr gut, Lockenköpfchen, die Bemerkung. Gefällt mir irgendwie. Es gibt aber gleich was richtig Schönes zu essen, Mademoiselle di Cagliostro", versprach er großspurig.

„Eure Mahlzeiten sind fast so köstlich und nahrhaft wie das Essen meiner Zirkustiere", sagte der gedrungene Mann mit dem massigen Kopf mit rustikalem Brachialhumor und lachte dröhnend.

„Tatsächlich? – Na, großartig!", sagte Mirella mit trübem Blick und lächelte jetzt dazu etwas zaghaft.

„Wir Gaukler stehen also noch unter den Tieren", sagte MdC empört.

„Ja nun – Ihr müsst immerhin bedenken, junge Mademoiselle de la Florette, dass meine Tiere viel anstrengender arbeiten als die meisten Menschen hier, die brauchen schon gesunde Kraftnahrung, weil sie so viel leisten müssen. Trotzdem ist mir gestern ein Elefant zusammengebrochen, was für eine Tragödie, stellt euch das mal vor!", sagte der Direktor mit groß angelegtem, jammernden Seufzen.

„Ist ja furchtbar, was hatte er denn, der arme Dickhäuter?", fragte MdC scheinheilig betrübt.

„Hat sich an meiner Unkrautsammlung vor dem Zelt überfressen, als ich nicht ausgepafft habe, äh, aufgepasst habe: - nun hat er Magenverstimmung, kann nicht mehr richtig zählen, für das Publikum, meine ich; seine Nummer ist dahin - der Arme", klagte der Direktor, nahm seinen Zylinderhut ab und wischte sich den Schweiß von der massigen Stirn.

„Außerdem scheißt mir das massige Vieh nun sein ganzes Gehege voll, seit Stunden schon, schwarzgrün ist seine neue Lieblingsfarbe, meine Freunde, und … oooooh! Es stinkt jetzt überall so sehr an fast allen Stellen, als hätten tausend Kojoten gekotzt, und gleichzeitig geschissen - grässlich, sage ich euch!!!", jammerte Signore Rodolfo.

Der Barde Bardou und Vidocq lachten.

„Oh, ich melde mich gerne freiwillig als Ersatz, ich kann auch zählen", sagte Mirella vorwitzig und zeigte auf.

„Das brauchen Sie gar nicht, meine Demoiselle von der fraurigen Gestalt", meinte der Direktor juxend.

„Ich hörte, Sie verstünden sich so vortrefflich auf die Fechtkunst? Die kann ich eher gebrauchen, wenn einer meiner Akrobaten zu dreist wird, oder ein Clown wieder einmal während seiner Nummer zu ausgelassen wird, und außerplanmäßig in die Zuschauerränge purzelt, um einer Dame unter den Rock zu greifen", sagte der Direktor sarkastisch.

„Dann kommen Sie zum Einsatz."

„Dann müssen Sie ihn etwas mit Ihrem Degen pieksen, damit er seine Contenance zurückgewinnt."

„Und das gibt zusätzliche, dankbare Lacher vom Publikum, das denkt, die Nummer gehört zum Programm, hahaha", feixte der Dicke ordinär.

„Oh, das sind ja herrliche Aussichten, Signore di Broccoli", sagte Mirella belustigt.

„Oh, nennen Sie mich einfach Rodolfo, das ist kürzer. Wie gesagt: Ist auch nur ein Tarnname, wie der ganze Zirkus", meinte der Leiter verschmitzt.

„Sagen Sie mal: Sind Sie eigentlich Italiener, Signor Rodolfo?", fragte Mirella interessiert.

„Ja, auch … Dann und wann – wenn es die Umstände gerade erfordern", sagte der Hüne beschwingt.

Bardou und Vidocq verzogen das Gesicht zu einer fröhlichen Grimasse.

„Na, ich glaube, hier sind wir richtig", meinte der Barde flüsternd.

„Ja, hier erleben wir bestimmt tolle, lustige Sachen", pflichtete ihm der Schmuggler bei.

„Und Sie zum Beispiel können sich für unsere Zuschauer als Napoleon Bonaparte verkleiden, junger Mann", wandte sich Rodolfo an Vidocq. „Bringen Sie das eventuell zusammen?", fragte er fröhlich.

„Nicht nur eventuell!", versprach der Schmugglerkönig wohlgemut.

„Na großartig, aber damit wir unseren großen Revolutionsgeneral nicht beleidigen, oder in seiner Würde herabsetzen, daher nennen Sie sich bitte „Bapoleon Nonaparte", einverstanden?", fragte der Witzbold von Direktor.

„Denn die klangliche Verfemdung können wir im Ernstfall immer noch als eine andere Person ausgeben."

„Gern. Ein origineller Einfall, Meister Rodolfo", lobte Vidocq.

„Ehrlich: „Nonaparte" ist einfach süperb ausgedrückt; kann sowohl „der neunte Teil" bedeuten, als auch ein verballhorntes „Nirgendwo"; oder noch besser: „Nicht apart", haha!", scherzte Vidocq zufrieden.

„Freut mich, dass es Ihnen gefällt", sagte der Zirkusdirektor dankbar.

„Und für Sie bauen wir auch eine originelle Musiknummer ins Zirkusprogramm ein, mein lieber Clement Thierry", sagte der Direktor frivol zum Barden. „Ich sehe, Sie spielen die Klampfe? Ich gebe Ihnen eine Mandoline; kennen Sie sich auch auf diesem Instrument aus?", fragte er begierig.

„Aber sicher, die beiden Instrumente, die Gitarre und die Mandoline sind so eng miteinander verwandt und passen so gut zusammen wie Hund und Katze", sabbelte der blonde Riese mit der Löwenmähne treuherzig.

Da lachte der Direktor wieder laut und herzhaft.

„Na prächtig, Ihr drei habt goldigen Humor und sprühenden Witz samt regem Verstand! Genau das brauch ich für meine Alibinummern in diesem Affenzirkus", sagte Signor Rodolfo strahlend.

Und zu Bardou gewandt ergänzte er: „Sie kriegen also Ihre Mandoline und Ihre heiße Nummer dazu heißt: „Und nun unser Meistersinger Clement Thierry Bardou für Sie, verehrtes Publikum: Heute noch an der Mandoline – Und morgen vielleicht schon auf der Guillotine!", schnatterte der Zirkusdirektor munter los.

„Haha, eine dolle Lachnummer machen wir daraus, was halten Sie davon?", fragte der Zylindermann mit dröhnendem Gelächter.

Erschrocken wich Mirella etwas zurück.

„Oje, ich hoffe, diese Nummer ist nicht allzu wörtlich gemeint, Herr Rodolfo!", sagte der Barde mit schrägem Lachen.

„Ja genau: Nicht, dass Sie ihm etwa auch noch dazu eine echte Guillotine zur Gesangsnummer vor unserem Musikus auf der Zirkusplattform aufbauen lassen", sagte Vidocq verhalten.

Der Zirkusmann lachte.

„Oh, wir bauen listigerweise schon eine vor dem Publikum auf, während der Barde seine Ballade über die Revolution singt", antwortete Rodolfo lachend. „Aber das ist natürlich nur eine Attrappe aus Pappe. Keine echte Guillotine, garantiert nicht", versicherte er schmunzelnd.

„Aber jetzt kommt erst einmal mit zu eurem Essen, Freunde!", schlug der Direktor endlich vor.

„In mein Zelt, das Direktorenzelt", präzisierte er.

„Da wird geschmaust wie in Abrahams Schloss", sagte er lachend.

„Mademoiselle Mirella kann es kaum noch aushalten, wie ich sehe", sagte er grinsend.

„Danach könnt ihr mir eure Zauberkunststückchen zeigen."

„Oh, danke, gerne, Herr Direktor!", sagte Mirella und lief als erste los.

Das Zelt des Direktors war prächtig ausgestattet.

Aber überall regierte verschwenderischer Kitsch und unbrauchbares, unpraktisches Zeug, das eigentlich gar nicht zu einem Zirkus passte: Silberne Leuchter und Porzellan wie in einem Schloss; es war verwunderlich, dass so etwas hier zu finden war, dachte Vidocq erstaunt. Sogar wertvolle Bücher, antike Folianten machte Mirella mit ihren erstaunten Augen aus, die in einer Bücherwand fein säuberlich aufgereiht steckten.

Beide teilten sich flüsternd ihre Beobachtungen mit, als der Zeltherr zu Tisch bat.

„Wahrscheinlich hat unser kunstunsinniger Zirkusdirektor all diese Kostbarkeiten während seiner zahlreichen Tourneen irgendwo aufgelesen, abgestaubt?", mutmaßte Vidocq.

„Abgestaubt? Du meinst also, gestohlen, mitgehen lassen, ist das dein Ernst, Eugène?", fragte Mademoiselle belustigt, senkte schamhaft die Stimme und den Blick bei diesem ketzerischen Gedanken, als sich beide gerade bei Tisch niedergelassen hatten.

„Ui, eine schicke Bude habt Ihr hier!", lobte Clement Bardou ganz ungeniert.

„Das würde man bei einem Zirkus gar nicht erwarten, so viel Luxus", meinte er verschämt.

„Nicht wahr? Das ist schon beinahe ein kleines Stück Museum, das ich mir hier eingerichtet habe", erläuterte der massige Direktor erfreut.

„All diese Dinge hier drinnen stammen von Mäzenen und dankbaren Gönnern und Unterstützern meiner Zirkuskunst", sagte der Dicke mit impertinent aufdringlichem Besitzerstolz.

„Ich habe Verehrer aus allen Regierungsformen, von Ludwig dem Sechzehnten über Robespierre, Danton, Marat bis Napoleon Bonaparte höchstpersönlich", sagte der Direktor lachend. „Alle Genannten waren schon hier in meinem Zirkus und haben meine Darbietungen und deftigen, politischen Vorträge bewundert", brüstete sich der Dicke dreist.

„Na großartig, von nun an werden wir drei es sein, die Ihre Zirkusnummern bewundern", sagte Mirella seufzend und mit ironischem Unterton.

„Wirklich? Ehrensache? Das würden Sie wirklich für mich tun?", fragte Signore Rodolfo lachend.

„Was bleibt uns anderes übrig?", sagte Mirella mit gespielter Herablassung.

Der stämmige Direktor und seine beiden männlichen Gäste lachten.

„Hach, das war schon wieder eine gute Pointe, Mademoiselle Degenschwingerin!", sagte Rodolfo lobend.

„Ich weiß was: Diese eben geführte Unterhaltung werden wir Vier gleich morgen als Programmnummer in die Vorstellung einbauen, das ist doch eine gute Idee, findet ihr nicht?", fragte er und schmatzte laut über seinem Gericht los.

„Was, morgen schon soll es losgehen, ist das nicht ein bisschen voreilig?", fragte Mirella erschrocken und ließ ihre Gabel auf den Teller klirren.

„Bis dahin habe ich ja noch nicht einmal mein Florett blank geputzt, bei sowenig Zeit", klagte die falsche Adelige.

„Aber nein: Man kann nicht früh genug mit der Tarnung anfangen", belehrte sie der proletenhafte Fresser freundlich und kicherte.

„Also keine falsche Bescheidenheit, mein Degen-Mäuschen", gebot der dicke Zirkuschef.

„Und keine Angst: Noch improvisieren wir ja dabei nur vor ausgesuchtem, freundschaftlichem Publikum - morgen, kleine Demoiselle de la Croix", witzelte der Zirkuschef und schwenkte die Gabel nach ihr, als wolle er sie damit zu einem Fechtduell auffordern.

„Das heißt: Alle Leute, die uns zuschauen, sind meine persönlichen Freunde und Bekannte. Die sehen mit Großmut und Tapferkeit darüber hinweg, falls die Vorführung noch nicht einwandfrei klappen sollte", erklärte er, indem er die Ängste der jungen Demoiselle beschwichtigte.

„Sodass das Ganze morgen praktisch nur eine Theaterprobe sein wird", spielte er die ganze Angelegenheit lässig herunter.

„Die Zuschauer werden sich über euch drei Vollblut-Komiker schieflachen!", prophezeite der dicke Direktor selbstsicher und ungeniert.

„Egal, was ihr auch anstellt, das ahne ich jetzt schon."

„Und wenn aber nicht, was machen wir dann?", fragte Mademoiselle di Cagliostro zur Vorsicht doch noch mal rotzfrech zurück.

Der Dicke legte kurzzeitig das Besteck weg und kratzte sich reflektierend am massigen Schädel.

„Oh, in diesem Falle eines Falles…", begann er sinnierend.

„Dann kommen Sie eben gleich verdientermaßen zu Ihrem ersten, burlesken, artistischen Einsatz, meine teure Demoiselle di Cagliostro", sagte der dicke Direktor mit hämisch gestreckter Stimme. „Wenn einige gemieteten Zuschauer partout nicht in fröhliches Gelächter ausbrechen wollen, ziehen Sie flugs Ihr Florett, stürmen die Ränge hoch und pieksen die Spielverderber irgendwohin – wie ein Pikador, oder wie ein Picaro, hähä! In welchen Körperteil, überlasse ich Ihnen! – Ist doch großzügig von mir, was?", fragte der Zirkusdirektor mit bewusst ordinärem Gelache.

Da blickte sich die junge Degenfechterin im Kreise ihrer Freunde um.

„He, das ist doch endlich mal was. Das könnte sogar mir Spaß machen, ja, darauf freue ich mich riesig!", versetzte sie mit schallendem Lachen.

„Ja, bloß, hoffentlich kriegen wir mit dieser gewagten Nummer in Zukunft mal keinen Ärger, sollte Mademoiselle di Cagliostro mal zufälligerweise einen Polizisten oder Magistraten in einen empfindlichen Körperteil pieksen", bemerkte der Troubadour mit Befremden.

Der Zirkusdirektor lachte und machte eine wegwerfende Handbewegung.

„Aber was denn? – Ich gebe Mademoiselle Mirabella natürlich zu diesem Behufe einen Gummidegen, alles andere könnte ja tragisch enden! Und ich bin ja kein Aufrührer, kein heimlicher Revoluzzer!", krähte er entrüstet wie ein Hahn.

„Uff, bei meiner Mandoline - ich bin froh, dass Ihr die Sache so seht!", sagte der Barde.

„Aha, ich meine, nun endlich anzufangen, Eure gesellschaftliche Attitüde zu begreifen, Euren krausen Geist zu verstehen, Eure Denkweise zu durchdringen", erdreistete sich Mirella di Cagliostro, an den weisen Zirkusdirektor in dieser plumpen Manier das Wort zu richten.

„Ihr kritisiert und persifliert und parodiert die Mächtigen unserer Epoche, gleichzeitig paktiert Ihr aber gut mit ihnen", sagte sie lächelnd.

„Genau verstanden, werte matte Moiselle, damit ich mir nicht völlig ihr Wohlwollen verscherze, ist meine doppelbödige Handlungsweise ein probates Mittel, mir die Mächtigen gewogen zu halten, wenn sie hier dann und wann aufkreuzen und misstrauisch meine Darbietungen beäugen... Und meine haltlose Lästerzunge wahrnehmen müssen, beziehungsweise

die meiner Clowns und Spaßmacher; das stimmt!", erklärte
der Direktor schelmisch.

„Ich halte immer die Balance, den Mittelweg von
Unverschämtheit und Untertanengeist ein. So einfach
funktioniert das Ganze. So kann mir keiner was recht am Zeug
flicken, mir einen Stilbruch, politischen Verrat vorwerfen,
oder staatsfeindliche Hetze gegen die Regierenden."
Mirella blickte sich nochmals lächelnd in diesem Refugium
der Eintracht und des Kunstverstandes um.

„Und dafür, für Eure „Teile- und Herrsche-Haltung", für mich
aber eher „Verarsche-Haltung" lassen Euch die Mächtigen
allerlei Nippes und Kleinodien der Bestechung und fürstlichen
Belohnung da", wie ich sehe.

„Sehr richtig erkannt – für einen Frauenverstand!", schnarrte
Signore Rodolfo und lachte hämisch.

„Hahaha – reimt sich sogar, gut, was?", fragte der Potenzaffe
süffisant.

„Ohne Euch nicht beleidigen zu wollen!", schränkte der
Proletendarsteller, als einfacher Mann aus dem Volke,
verschmitzt ein, und ließ wieder ein dröhnendes Gelächter
erschallen.

„Natürlich nicht", erwiderte MdC lachend.

„Und auch ich werde einst manch kostbaren Schatz bei Euch,
in eurem kleinen Privatmuseum als Belohnung hinterlassen,
wenn Ihr mir helft, meine Mission zu erfüllen, die Euch
sicherlich längst hinreichend bekannt sein dürfte, mein
verehrter Herr Elefantenführer", versprach die Degenfechterin
schelmisch. „Bringt meine zwei Gefährten und mich sicher
nach Mailand, und verschafft mir Zugang zur Villa des
Alessandro di Cagliostro, um gemeinsam den Schatz zu
finden, dann werde ich Euch mit Reichtum überhäufen",
verkündete sie schwärmerisch, mit ironischem Unterton.
„Natürlich werden Sie das, meine kleine Goldnixe, denn ich
gehe immerhin ein beträchtliches Risiko ein, wenn ich euch
drei Figuren in diesen Kriegszeiten über eine scharf bewachte
Grenze ins feindliche Ausland schmuggle", bekannte der
Zirkusmensch behäbig und schlug einen tonlosen Tonfall an.

„Doch bin ich froh, dass Sie von selber, freiwillig darauf zu sprechen kamen, und edelmütige Bereitschaft gezeigt haben, mir einen kleinen Anteil an dem Schatz des Cagliostro zu überlassen", frohlockte der Zirkusmann zufrieden. „Ohne sich zu zieren und sich lange bitten zu lassen."

„Natürlich bin ich in alles eingeweiht, und ich freue mich über unsere Zusammenarbeit, wir werden gemeinsam in Mailand auftreten und die Sache schon deichseln", behauptete Signor Rodolfo kühn.

„Ich möchte Ihnen aber auch nicht verhehlen, verehrter Herr Affenführer, dass die Geschichte mit dem Schatz sich allerdings auch als grotesker Schwindel entpuppen könnte, was dann?", fragte Mirella und lachte in sich hinein.

„Ich meine, was ist, wenn wir herausfinden, dass gar kein Schatz mehr da ist, in besagter Villa? Oder überhaupt nie dort versteckt lag?"

„Nun, in diesem Fall könnt ihr drei Pechvögel immerhin noch für mich arbeiten, Eure Schulden bei mir im Zirkus abarbeiten; ihr könntet dann einige Jahre umsonst für mich auftreten, oder spionieren; - wär das nichts?", fragte der Direktor schmatzend.

„Oder meinen Elefanten den Hintern säubern, wenn sie wieder mal Durchfall haben", feixte er.

„Ein faires Angebot, kann man nichts dagegen sagen!", meinte der Barde und grinste.

„Sehr verlockende Aussicht, Meister Elefantus, einverstanden!", juxte auch Vidocq heiter los.

Mirella aber blickte ihre beiden Freunde verständnislos an: „Wie könnt ihr beide die Sache nur so leicht nehmen?", fragte sie entgeistert.

„Es liegt doch wirklich im Bereich des Möglichen, dass wir aus der Mailänder Villa mit leeren Händen zurückkehren, und dann sitzen wir da mit ewiger Fronarbeit", klagte sie, nun plötzlich ernster geworden.

„Oder überhaupt nicht mehr zurückkehren!", präzisierte der muntere Signore Rodolfo gemütlich. „Werden wir nämlich von Napoleon und seinen Truppen gefangen genommen, dann sind wir den Schatz los, und werden obendrein nur noch für

Bonaparte im Gefängniszirkus auftreten dürfen, in der neuen Bastille von Paris", sagte der massige Riese mit abgeklärtem Gefühl.

„Oh, dann wird das Engagement aber schnell ein bisschen einseitig", klagte der Troubadour kichernd.

„Allerdings", meinte der Theaterchef, „aber macht mal halblang, meine Freunde: Ihr dürft mich nicht immer so wörtlich nehmen, wenn ich euch was androhe; ihr müsst bedenken, auch ich bin ein Spaßmacher, eine Frohnatur, ein Clown, ich bin immer im Dienst, probiere dauernd neue Wortspiele, Sketche; auch billige Kalauer, auch im Gespräch mit meinen Angestellten und Freunden", deklarierte er munter.

„Daraus machen wir dann gewöhnlich ein heiteres Improvisationsprogramm für die bekloppten Zuschauer", juxte Signore Rodolfo.

„So, und nun wollen wir aber erst einmal in Ruhe zu Ende essen", schlug der Riese apodiktisch vor und alle folgten erst einmal seinem Beispiel.

„Sollte aber die Beute aus meinem Schatz ergiebig sein, dann könnt Ihr Euch von Eurem Anteil jede Menge neue Elefanten kaufen", sagte Mirella lachend zum Zirkuschef.

„Welche, die robuster und gesünder sind, und nicht immer zur Unzeit alles voll kacken", grinste die Fechterin vergnügt. Alle lachten.

Später dann am Abend erhielten die drei Marionettenschauspieler sogar drei echte Betten als Schlafstätte: In einem angrenzenden, kleinen Zelt in der Nähe des Direktorzeltes.

Denn Direktor Rodolfo wollte seine intellektuellen Vorzeigekünstler bei sich in der Nähe haben.

Damit sie ihm in der ersten Nacht nicht schon etwa vor lauter Aufregung durchgingen und eine ganz andere, unbeabsichtigte Richtung ins Ausland einschlugen, ließ er die drei Flüchtlinge vorsorglich mit Riemen an ihren Betten festschnallen.

„Macht nicht so ein Gesicht, immerhin sind das echte, flauschige Betten, nicht solche Juxbetten, die gleich

zusammenklappen, wenn ein Clown sich drauflegt, in so einer Lachnummer", schmunzelte Signore Rodolfo, als er die wilden, wütenden Proteste der drei Ersatzkünstler über sich ergehen lassen musste.
Als der Direktor sich das Geschrei nicht länger mit anhören konnte, ging er einfach hinaus an die frische Luft.
Und kam natürlich nicht wieder.

Am nächsten Morgen schon gab der Herr Direktor persönlich den dreien in der Manege des noch behelfsmäßigen Zirkus Unterricht in Mimik, Bewegung, Pantomime, Ausdruck und in der figürlichen Darstellung eines Charakters. Dazu brachte er ihnen auch rudimentäre Elemente der Schauspielkunst näher, denn jeder Zirkusartist muss auch gleichzeitig irgendwie Schauspieler sein, erklärte Signore Rodolfo.
Das hieße, er müsse sich beim Publikum so gut wie möglich verkaufen.
„Gesang und Rezitation plus Musik beherrscht Ihr drei ja bereits vortrefflich", meinte Rodolfo aufgeräumt zum Barden.
Der nickte dankbar.
Mirella war noch mürrisch wegen der unbequemen Nacht, aber auch schon mit ihrem echten Degen bewaffnet und wurde von Rodolfo ihrem Gefährten Vidocq gegenübergestellt.
Beide verharrten bewegungslos mit gezogenem Degen wie Statuen und kreuzten die Klingen.
„Jetzt könnt ihr beide viel über euren Körper lernen", sagte der Zirkusdirektor mit feierlichem Unterton. „Denn der Körper erzählt oft mehr als das abstrakte System des gesprochenen Wortes. Er gibt auf subtile Weise Auskunft über verborgene Gedanken und Gefühle, offenbart Erschütterungen im sozialen Leben und repräsentiert dabei immer geschlechtliche Identitäten", referierte Rodolfo aus seinem weitläufigen Schauspiellehrer-Repertoire.
„Wenn ihr beide durch die Verschlingung eurer Degen miteinander verbunden seid, verschmelzt ihr augenblicklich zu einem einzigen Körper – dann repräsentiert ihr gleichzeitig das Miteinander und Gegeneinander der menschlichen

Gesellschaft, seid euch darüber bitte immer im Klaren, auch wenn ihr uns und dem Publikum immer nur eine Zirkusnummer vorspielt", sagte Rodolfo und lächelte.

„Denn: Es wird nie ernst zwischen euch beiden, eure Fechtnummer bleibt immer nur ein Spiel, doch bedenkt, dass das Publikum automatisch trotzdem Partei für einen von euch ergreift, es leidet und lacht über einen von euch mit, das Publikum richtet seinen forschenden Blick auf das alltägliche Geschlechter-Spektrum. Einen von euch möchte es gedemütigt sehen und am Ende fallen; sei es auch nur zum Scherz. Eure Scherznummer bildet trotzdem das Leben ab, eben den täglichen Geschlechterkampf zwischen Mann und Frau. Ihr sollt ausloten, wie nah sich Mann und Frau im Leben kommen dürfen, und die Clowns und Clements Gesang untermalen das Ganze dann noch musikalisch und artistisch", erklärte Rodolfo ernst.

„Ihr seht, ich habe allerhand mit euch vor, um euch glaubhaft in Szene zu setzen. Mimisch sollt ihr Möglichkeiten und Grenzen des Männlichen und Weiblichen aufzeigen, denn Robespierres Revolution hat eine neue Ordnung zwischen den Menschen geschaffen, auch Marat und Danton haben die Rolle der Frau revolutioniert; sie sind politisch gescheitert, doch die herausragende Bedeutung der Rolle der Frau in der neuen Gesellschaftsordnung wirkt trotzdem fort, das ist eine bleibende Errungenschaft der Revolutionäre; auch und gerade in der offenen, napoleonischen Ära, die nun gerade anbricht", sagte Rodolfo emphatisch.

„Die Gleichberechtigung von Mann und Frau soll und muss unbedingt erreicht werden, du bist bereits auf der Spur der neuen, selbstbewussten Frau der Zukunft, Mirella: Mit deinem männlichen Beruf des Degenfechters, den du besser beherrscht als die meisten Männer. Du bist die Vorkämpferin der neuen, starken Frau der Zukunft, die selbstständig ist, und sich von keinem Mann mehr unterjochen lässt", referierte Rodolfo fanatisch und eisern in der inneren Überzeugung.

„Unser erzieherischer, lehrreicher Zirkus unterstützt die Förderung der neuen Frauenrolle in der Gesellschaft durch

Abbildung des bewegten Beziehungsgeflechts zwischen Mann und Frau, das wir unterschwellig dem Publikum vermitteln. Es soll begreifen, dass die Rolle der Frau fürderhin nicht mehr statisch ist, gottgegeben gehorsam dem Manne gegenüber. Mein Frauentyp ist kämpferisch, Mirella di Cagliostro ist nicht schwach und kann sich selber verteidigen, wenn ein Mann sie beleidigt und in ihrer Würde herabsetzt", sagte er mit Wohlwollen und Genugtuung und deutete auf die wie ein Bild eingefrorene Mirella.

„Sie braucht keinen Mann, um sich Genugtuung zu verschaffen, sie muss nicht weinend zu ihrem Gatten rennen, um ihn zu bitten, ihre verletzte Ehre mit dem Schwert zu rächen! Das Unrecht schafft sie spontan selber mit dem Degen aus der Welt", deklamierte er feierlich und ließ die beiden wie in einem Eisblock Eingefrorenen die unbequeme Verschlingung durch die Degen beenden.

Mirella und Vidocq räkelten sich und streckten erst einmal ihre Glieder.

„Bei unseren Fechtszenen zwischen Mirella und Vidocq soll deutlich werden: Im Spannungsfeld zwischen Miteinander und Gegeneinander von Mann und Frau werden in dieser artistischen, inszenierten Körperarbeit die kleinsten Schwingungen menschlichen Daseins ausgelotet. Wir Franzosen werden die Vorreiter dieser führenden Rolle der Frau der Zukunft in Europa sein, alle Länder werden uns folgen", schloss Signore Rodolfo, begeistert seinen Vortrag und eilte zu Mirella hin, verbeugte sich vor ihr und küsste ihr die Hand.

„Die Frau ist ab heute mehr als nur ein erotisches Objekt; sie wird zur gefürchteten Kämpferin für Freiheit und Gerechtigkeit!", sagte Rodolfo sanft.

„Ich kann es gar nicht glauben, wie galant und fortschrittlich du bist, lieber Rodolfo", antwortete Mirella di Cagliostro entzückt und voller verwunderter Freude.

„Bisher glaubte ich, du wärst ein grober Klotz und Frauenfeind, wegen deiner bizarren Wortspiele und

Anekdoten; aber ich bin nun einfach hingerissen von deiner Argumentation und von deinem fundamentalen Fachwissen", sagte sie beeindruckt.

„Ich auch. Und man sieht deutlich, dass du mehr als ein gewöhnlicher Zirkusdirektor bist", sagte Vidocq mit vorsichtiger Argumentation.

„Aber sag mal, mein lieber Freund: Du sagtest, dass du weiterhin für die fortschrittlichen Gedanken von Napoleon Bonaparte empfänglich seiest", fragte der Barde Clement Thierry Bardou jetzt mit einigem Unbehagen. „Wir aber stehen mit Napoleon auf Kriegsfuß, auch das dürfte dir dennoch bekannt sein, und sollten wir ihm je wieder begegnen…"

„Oh, ich weiß, dass deine zwei Freunde hier einen Pakt mit ihm geschlossen haben, den er aber verraten hat, meine Freunde", beschwichtigte Signore Rodolfo lächelnd. „Mirella und Eugène sind dem großen Korsen aus der Bibliothek von Paris entwischt, in der er sie einst eingesperrt hat, der listige Fuchs. Doch das wird er verschmerzen, billige Rache ist nicht die Sache eines großen Mannes wie Napoleon, das ist nicht sein Stil – er hat im Augenblick auch viel Wichtigeres zu tun: In der Lombardei!", erinnerte er sie.

„Doch sollte er uns einst in Mailand in einer Zirkusnummer sehen, dann wird Bonaparte verschmitzt lächeln und euch applaudieren. Höchstens wird er seinen Teil des Schatzes einfordern, auch wenn er gar nichts zu seiner Hebung beigetragen hat. Aber er kann euch nichts tun im Ausland, denn ihr drei steht in der Obhut meines Spitzel- und Nachrichten-Zirkus, daran kann auch ein großer, siegreicher Bonaparte nicht rütteln. Er braucht meine Spitzel- und Kurierdienste, ist vollständig von mir abhängig", behauptete Signore Rodolfo mit abgeklärter Miene. „Verfolgte er also meine Schausteller und Artisten, dann schnitte er sich über kurz oder lang ins eigene Fleisch", sagte er selbstsicher, aber ohne Hochmut.

„Aber auch wir Zirkusleute werden unter Umständen einen über die Lombardei siegreichen Bonaparte benötigen, uns seiner Dienste versichern müssen, um die von den

Österreichern beschlagnahmte Villa deines Vaters betreten zu dürfen", erklärte Rodolfo seinen gewagten Plan.

„Was? Ist das denn wirklich nötig?", fragte MdC erschrocken.

„Tja, ohne diesen Napoleon Bonaparte geht heutzutage gar nichts mehr in Europa", sagte der hünenhafte Zirkuschef und lachte dröhnend. „Findet euch damit ab, meine Freunde: Napoleon Bonaparte ist der Schlüssel zum Erfolg – für jedes Unternehmen!"

„Das bevorstehende, neue Jahrhundert wird nun einmal das Zeitalter Napoleons", prophezeite Rodolfo schicksalergeben.

„Besser, wir arbeiten mit ihm, als heimlich gegen ihn", bekräftigte der Direktor noch einmal.

„Gut, zugegeben: Kann ja sein, dass wir den Schatz in der Villa sogar ohne Napoleon finden, und ihn dann auch glücklich abtransportieren, aber was passiert, wenn der junge Revolutionsgeneral uns an den Grenzen seines Reiches erwischt? Mit den Reichtümern? Dann geht es uns wirklich schlecht, das garantiere ich euch, meine Freunde! ... Solch einen Affront würde uns Bonaparte diesmal nicht verzeihen! Geschweige denn, ihn uns durchgehen lassen! - Das hieße: Schafott oder Galgen für uns alle! Auf dem Marktplatz seines ultimativen Triumphes: In Mailand! Das wäre dann unsere endgültige Abschiedsvorstellung, Adieu Schatz und bunter Zirkusreigen! - Verbünden wir uns jedoch wieder mit dem großen Korsen, dann können uns allein seine Truppen wieder aus Italien herausführen. Und uns vor anderen Schatzräubern beschützen! Es ist also doch besser, sich so bald wie möglich mit Napoleon zu einigen, glaubt mir, das ist wirklich das Beste!", schärfte ihnen ihr neuer, mächtiger Freund unmissverständlich ein.

Er holte tief Luft und wartete gespannt die Reaktion seiner Gefährten und Freunde ab.

„Der Chef hat recht, Freunde!", sagte schließlich Vidocq und lächelte. Auch der Chef.

„Aber woher weißt du so genau, Rodolfo, dass die Österreicher die Mailänder Villa meines Vaters beschlagnahmt haben?", fragte Mirella erstaunt.

„Ich habe halt auch überall meine Kuriere, die mir so einiges hintertragen, meine liebe Mirella", antwortete der Zirkuschef achselzuckend. „Aber es kann natürlich längst der Fall sein, dass die Ereignisse in Mailand sich überstürzt haben, und diese letzte Meldung schon wieder veraltet ist: Vielleicht hat Bonaparte inzwischen schon die Österreicher ganz aus der Lombardei vertrieben? In diesem Fall könnte er jetzt die Hand auf der Mailänder Villa haben, und die Konfiszierung des Gründstückes ist nun von ihm weitergeführt worden? In diesem Fall müssten wir sowieso mit Napoleon verhandeln, wenn wir die Villa nach dem Schatz durchsuchen wollen", sagte Rodolfo. „Wie ich euch schon gesagt habe: An Bonaparte führt kein Weg vorbei".

„Ich verstehe", sagte Mirella missmutig.

„Aber du solltest eigentlich darüber froh sein, dass die Villa überhaupt noch steht!", mahnte Signor Rodolfo Mirella mit mildem Tadel.

„Wie meinst du das, Rodolfo?", fragte sie erschrocken.

„Ich habe von meinen Kurieren nämlich erfahren, dass die Österreicher auf ihren Rückzugsgefechten gegen die siegreich vorrückenden französischen Truppen in ganz Oberitalien aus Rache für ihre sich abzeichnende Niederlage durch das Land marodieren. Und dabei brennen sie oft und gerne Häuser und Schlösser nieder, nachdem sie die Stätten geplündert haben", erklärte der Zirkusdirektor. „Du solltest also froh sein, dass die Villa deines Vaters nach den letzten Meldungen von der österreichischen Soldateska noch nicht in Schutt und Asche gelegt worden ist", sagte er.

„O weh, was aber, wenn Bonaparte uns wieder hintergeht, und trotzdem gefangen nimmt, wenn wir in Mailand ankommen?", fragte Mirella wehleidig. „Dann ist es vielleicht doch besser, ich verzichte gleich ganz auf den Schatz, und fliehe mit Eugène und Clement lieber nach England, denn dort hat Napoleon keinen Einfluss", sagte sie seufzend.

„Das kann aber auch ganz schnell erobert werden, wenn Napoleon im Handumdrehen mit seinen Truppen die Insel besetzt", widersprach Signore Rodolfo. „Da müsst ihr schon nach Amerika fliehen, oder nach Russland, wenn ihr Napoleon entgehen wollt, meine Freunde. Denn Amerika und Russland wird Napoleon nie angreifen, da kann er unmöglich siegen, das weiß er."

„Und ihr wollt doch bestimmt nicht ewig in der Verbannung leben, in der unsicheren Neuen Welt, die da Amerika genannt wird und noch voller Wilder ist, oder im kalten Russland? Wahrscheinlich müsstet ihr euer ganzes Leben dort verbringen, denn es ist gut möglich, dass Napoleon Bonaparte die nächsten 5O Jahre in Frankreich regiert, oder sehr wahrscheinlich sogar über ganz Europa", prophezeite der Direktor. „Dann wäre er 77 Jahre alt, so alt wie Ludwig der Vierzehnte, als er starb, und dann hätte der große Korse ebenso lange über Frankreich regiert wie einst Ludwig."

„Und ihr beide wärt dann auch schon um die siebzig Jahre alt, und dann lohnt es sich nicht mehr, in die Heimat zurückzukehren, nach Frankreich", deklamierte Rodolfo düster.

„Ihr wollt euer junges Leben doch wohl lieber weiterhin in der französischen Heimat verbringen, nicht wahr? Oder zumindest in Italien, nicht wahr, Mirella?", fragte Rodolfo. „Und dann lieber im Einvernehmen mit Bonaparte?"

„Na, das sind ja wieder mal schöne Aussichten, die du uns da anbietest, mein werter Zirkusdirektor", sagte Mirella und lachte bitter.

„Aber Rodolfo hat doch recht, mit dem, was er da vorgetragen hat, mein Herzblatt", sprach da Vidocq und sah ihr in die Augen.

„Du musst bedenken: Bonaparte ist gesund und kräftig, erst 27 Jahre alt, robust, extrem belastbar und hochintelligent und unerschrocken: Der geborene Herrscher! Ein technisches Genie außerdem noch. Glänzender Kanonier und selber ein tapferer Soldat. Ein Vorbild in jeder Hinsicht für unser französisches Volk. Für uns alle. Exzellenter Verwaltungsfachmann. Hochbefähigter Feldherr. Charismatischer Redner. Gebildet. Geliebt vom französischen Volke und von seinen Soldaten wie schon lange kein Herrscher mehr. Halb Europa jubelt ihm zudem auch schon zu. Er kann also durchaus noch gut bis zum Jahre 1846 über unser Frankreich herrschen. Und solange möchte ich wirklich nicht im Exil leben!", sagte der Schmugglerkönig mit Entschiedenheit.

„Da ist was Wahres dran, Freunde. Ich denke genauso", sagte der Troubadour.

„Ja, der Mann ist zu groß für uns, das habe ich ja selber schon mal gesagt, also ziehen wir weiter nach Mailand und verbünden uns halt möglichst schnell wieder mit unserem großen Revolutionsgeneral", sagte Mirella emphatisch und schlug zitternd die Hände vor die Augen.

„Seid ihr einverstanden?", fragte sie Eugène und Clement.

„Ja, geben wir Kamerad Napoleon noch eine Chance", meinte Vidocq verspielt.

„Und ich bin auch dafür. Ich wollte immer schon mal nach Italien, ins Land des Harlekin und der Kolombine", sagte der Barde eifrig. „Vielleicht können wir diese Figuren der Commedia dell´Arte ja auch mal auf der Bühne spielen. Wenn auch nur ganz dilettantisch."

„Durchaus", sagte der Zirkusdirektor mit Zuversicht.

„Eine sehr gute Idee übrigens."

„Ich werde euch in jeder Hinsicht unterstützen, wenn ihr meine Schauspiel- und Zirkustruppe durch eure Anwesenheit und durch eure Künste bereichert", versprach der Direktor der „Mogleure" feierlich.

„Gut, der Pakt ist damit also besiegelt", sagte MdC emotional stark aufgewühlt.

Am nächsten Tag gab der Zirkuschef den Dreien wieder Schauspielunterricht.

„Und eins müsst ihr immer bedenken, wenn ihr Drei mal auf einer Bühne steht, wenn auch nur als Statisten oder als Komparsen", schärfte der Hüne ihnen ein. „Niemals dürft ihr eure wahren Gefühle zeigen, wenn ihr was vorführt; ihr müsst immer eine Rolle spielen, keinerlei Unsicherheit dürft ihr in eurer Mimik zulassen, nie aus der Rolle zu fallen ist das A und O jeder Vorstellung", erklärte Signore Rodolfo.

„Das gilt natürlich auch für alle Situationen im wirklichen Leben, die ihr demnächst in der Fremde durchlebt, in Italien. Vergesst nie, dass wir alle Abenteurer sind, die ganz leicht mit dem Gesetz in Konflikt geraten können, und das muss möglichst vermieden werden, klar?"

Mirella stöhnte laut.

„Ich habe immerhin schon einen Menschen getötet - mit meinem Degen!", klagte Mirella plötzlich unsicher.

„Den Logenmeister von den Freimaurern, ich weiß", sagte Rodolfo.

„Da ist es doch eigentlich ein Wahnsinn von mir, nach Italien zu reisen, denn nach mir sucht man deswegen dort bestimmt zuerst!", sagte sie beklommen. „Denn die Freimaurer halten in allen Ländern Europas zusammen!"

„Aber es war doch eindeutig eine Notwehr, und ich glaube dir", wiegelte der Zirkuschef ab. „Und keiner hat dich gesehen, oder wie es zu dem Todesfall kam", sagte er.

„Napoleon und Fouché wissen es, auch Babeuf", sagte Mirella betrübt.

„Ich hätte ihnen nichts davon erzählen sollen – ich Kamel!", schloss sie und ärgerte sich.

„Fouché hat mich sowieso auf dem Kieker, wegen meiner verruchten Lebensweise als Lebedame", sagte sie schaudernd und zitterte.

„Das wird er alles vergessen haben, sobald sein neuer Kaiser Napoleon ganz Europa unter seiner Herrschaft haben wird", meinte Signore Rodolfo zum Trost der geschockten Mirella.

„Dann ist er milder gestimmt. Und die Freimaurer werden auch nichts gegen dich unternehmen, die werden gerade in ganz Europa gejagt, von jeder Monarchie geächtet. Die sind genug mit sich selbst beschäftigt", sagte er selbstsicher.

„Und Napoleon selber ist sowieso heftig gegen die Freimaurer eingenommen. Der schert sich nicht um einen toten Logenbruder. Und Fouché ist total von Bonaparte abhängig."

Mirella lächelte und zog ihren Degen, und ließ sich von Rodolfo Regieanweisungen für ihren Auftritt geben.

„Immerhin verdanken wir Frauen es dir und dem neuen Zeitgeist, dass wir jetzt gesellschaftlich aufgewertet werden sollen", sagte sie lächelnd. „Und natürlich auch Napoleon und seinen fortschrittlichen Idealen, immerhin: Zum ersten Mal im Leben kann ich mich nun richtig bedeutend fühlen", sagte sie und lachte dreckig und ließ die Klinge ihres Degens mehrere Male durch die Luft schwirren.

„Übertreib es aber nicht zu sehr mit dieser neuen Frauenmasche, denn das kann ungesund für uns Männer werden, wenn wir damit auf der Bühne zu sehr auffallen", riet ihr Vidocq spöttisch.

Der Troubadour lachte.

„Auf jeden Fall freue ich mich schon auf unser großes Italien-Abenteuer, ganz gleich, wie es auch ausgehen mag", sagte Mirella feierlich und machte einen Luftsprung.

„He, das sah gut aus, schneidig und abenteuerlustig! So ist es recht, ein echter Komödiant fürchtet weder Tod noch Teufel", sagte der Zirkusdirektor erfreut.

„In ein paar Tagen spielen wir schon hier in Dijon unser erstes Stück; es heißt: „Improvisationstheater der Zukunft"; danach geht es damit nach Lyon, und die nächste Station heißt schon Mailand", kündigte Signore Rodolfo mit fester Stimme an.

„Ausgezeichnet!", freute sich der Barde Clement Bardou.

„Sag mal: Wie gut beherrscht du eigentlich wirklich die italienische Sprache, mein Mirella-Schätzchen?", wollte der Direktor wissen.

„Oh, fast so gut wie das Französische; du musst dir ja vor Augen führen, dass mein Vater Sizilianer war und immer nur Italienisch mit mir gesprochen hat", sagte sie stolz.

„Oh, das ist gut, dann kannst du auch sofort Sprechtheater machen in Mailand, zu den Faxen auch noch Italienisch zum Publikum reden, das verdoppelt gleich deinen Wert!", sprach der Zirkuschef anerkennend.

Dann schwenkte der Direktor seinen gedrungenen Körper abrupt zu den beiden Männern hin:

„Und wie ist euer Italienisch? Eugène? Clement?", fragte Rodolfo erwartungsvoll.

„Enttäuschend, ich kann kaum etwas sprechen", gestand
Vidocq bedauernd.
„Ich kann auch nur ein paar kurze Sätze", sagte der
Troubadour mit verkniffener Miene.
„Gut, egal! Dann spielt ihr halt stumme Rollen", entschied der
Zirkusdirektor.
„Oder wir lernen unseren Text auswendig", schlug der
Schmuggler vor.
„Ohne ihn auf Italienisch zu verstehen", schränkte er ein.
„Ja, auch das ist eine Möglichkeit", meinte Signor Rodolfo
anerkennend.
„Juhuuh, wir spielen für Napoleon Bonaparte, für die neue
Weltrevolution!", trötete Mirella und ließ sich zu nationaler
Begeisterung hinreißen.
„Tod allen Spießern!"
„Tod allen Royalisten, Napoleon, wir huldigen dir! – Nur dir
allein!", schrie Mirella vehement durch die Luft und ließ ihren
Degen schwingen.
„Europa wird von Bonapartes Revolutionsheeren durch
Pulverdampf und Blei erobert, und auf der Bühne von seinen
Schauspielern!", deklamierte MdC vehement.
„Wahnsinn – das ist die geborene Schauspielerin!", rief
Rodolfo voller Entzücken.
Alle applaudierten Mirella.

Die Sehnsucht nach der Ferne hatte sich bei Mirella, Vidocq
und Clement bereits eingenistet.
„Hoffentlich werden wir in Italien nicht gleich von der
päpstlichen Inquisition exkommuniziert", sagte Mirella mit
Galgenhumor.
„Sind wir schon. Alle Schauspieler werden automatisch von
der katholischen Kirche exkommuniziert", antwortete Vidocq
voll von verhaltenem Lachen. „Doch das bleibt uns erspart,
denn wir drei, Clement, ich und du, sind schon längst durch
unseren landstreicherähnlichen Lebenswandel ausgeschlossen
von der Gnade der Kirche und allen ihren Institutionen. Ein
Fahrender Sänger wie Clement, das ist schlimmer als ein
Tagedieb wie ich, in den Augen der Gesellschaft, des Klerus

und der braven Bürger. Und du giltst als genusssüchtige Salondame und Gauklerin; durch deine Fechtkünste hast du denselben verpönten Status inne wie eine Komödiantin, eine Schauspielerin, mach dir also keine Sorgen um dein Seelenheil. Du bekommst in dieser Gesellschaft eines Tages vielleicht kein christliches Begräbnis", raubte ihr der muntere Schmugglerkönig die Illusionen.

„Ich dachte, Napoleons Herrschaft würde das ändern, seine fortschrittlichen Gedanken würden alle Menschen gleich machen, ob Edelmann oder Schauspielerin, hat Rodolfo doch gesagt, oder?", fragte MdC quengelig.

„Und das wird sich eines Tages auch durchsetzen, ihr werdet es sehen, ein neues Zeitalter bricht an, das Zeitalter der endgültigen Vernunft", deklamierte Signore Rodolfo.

„Tja, wir werden ja in Kürze sehen, wie gleich wir drei wirklich werden", meinte Vidocq gelassen.

Und schließlich standen die drei Abenteurer tatsächlich eines Abends auf der Bühne von Dijon, unter freiem Himmel auf dem Marktplatz, und spielten ihr „Improvisationstheater der Zukunft".

Es war zunächst einmal nur ein Stehgreifstück, alle Sätze und Situationen waren erlaubt.

Der Text wurde von den Darstellern spontan erfunden und durch deren Geistesblitze erweitert, ständig wurde eine absurde Situation von der nächsten abgelöst.

Die einheimischen Zuschauer standen und saßen zum Teil auf Bänken um die Schauspieler herum und starrten neugierig.

Signore Roldolfo, der Theaterchef, war unter den Akteuren und spielte mit.

Noch war kein Zelt aufgebaut, gab es keine herkömmliche Zirkusveranstaltung mit Clownsnummern und Tieren, was viele Einwohner von Dijon eigentlich erwarteten und vermissten.

Es stimmte schon: Die Zuschauer bekamen diesmal Unsicheres geboten, dafür zahlten sie aber auch keinen Sou für die Vorstellung.

Mirella war es gleich zu Anfang unbehaglich zumute. Mantel und Degen hatte sie zwar ritterlich und tatkräftig angelegt und umgeschnallt, aber sie wusste nichts damit anzufangen. Nicht in dieser sicheren Situation, wo keine Gefahr für Leib und Leben bestand. Ebenso war ihr Freund und Beschützer Vidocq ausstaffiert, aber er schaute nicht so trübsinnig drein. Beide spielten mit Gesichtsmaske, und der Barde Bardou stimmte seine Mandoline, an die er sich von nun an gewöhnen durfte. Die Zuschauer machten längst ratlose, und einige missmutige Gesichter, da ergriff Mirella beherzt das Wort, schritt mit gezogenem Degen auf Vidocq zu und sagte keck zu ihm: „Wisst Ihr eigentlich, Graf Vidocq de la Verstock, beziehungsweise, habe ich Euch schon mal erzählt, dass ich einmal, bevor wir uns kennenlernten, Robespierres Geliebte war?", fragte sie und piekste ihn leicht mit ihrem Florett in die Hüfte.

„Wart Ihr wirklich?", fragte er spöttisch. „War er es, der Euch zur großen Salonhure von Paris gemacht hat?", fragte er drastisch.

„Nein, das war ich schon längst vorher", antwortete Mirella di Cagliostro, ohne mit der Wimper zu zucken.

Das Publikum lachte endlich einmal ein bisschen.

Der Troubadour nahm diese schamlose Aussage wie ein Stichwort auf, und begann auf seiner Mandoline eine dazu passende Melodie zu improvisieren: „ Und war sie auch kein dralles Weib, der Robespierre, der schätzte trotzdem ihren zarten Leib, Mirella liebte ihn so revolutionär, da fiel dem brutalen Robespierre … die Schreckensherrschaft nicht mehr schwer… Und schon verwandelte sich Paris gar schrecklich sehr… In ein Meer von Märtyrerblut, da packte die junge Demoiselle die Wut, und verließ den Tyrannen schnell und nahm flugs ihren Hut… Daidaidadadaaa…", sang der Barde munter los, voller Spielfreude und Improvisationstalent. Das Publikum lachte endlich richtig befreit auf und klatschte heftig Beifall, und Mirella und Vidocq verbeugten sich grinsend.

„Der Robespierre, der Robespierre, ja, der hatte bald nicht mehr sein Heer,

Denn die schönen Damen lockten ihn zu sehr, da fiel ihm das Kämpfen schwer.
In sein Amt passte er bald nicht mehr, da verhaftete ihn sein eignes Militär...
Und bald schon lebte er nicht mehr, der arme Robespierre, sein Kopf wurde ihm so schwer... Dideldumdei, eieieieiei..."

sang der Barde lächelnd weiter und grinste dazu.
„Mirella war jetzt ohne Mann, und das ist etwas, das sie gar nicht leiden kann", schloss der schlüpfrige Barde seine Moritat und das Publikum spendete wieder Applaus.

Signore Rodolfo, der als dicker Geistlicher verkleidet abseits stand und die Drei im Auge behielt, zollte seinen improvisierenden Komödianten mit vielsagender Mimik Respekt und raunte ihnen leise zu: „Weiter so, bravo!"
Da ließ Mirella keck mit ihrem Degen von Vidocq ab, und führte ihn mit gewandten Schwüngen zum Bauch des Troubadours, der auf seinem Schemel hockte, piekste ihn in den Bauchnabel: „Jetzt haltet Euren Rand, Ihr verunglückter Musikant von der Waterkant! Nehmt Eure Mandoline und betört damit eine andere Konkubine", rief sie ihm zu.
„Also schön, wenn ihr beiden Turteltäubchen lieber selber Musik machen wollt mit euren schlanken Eiseninstrumenten in den Händen, dann soll es mir recht sein, dann will ich mich gerne zurückziehen von der Musikfront", sagte er ergeben und verbeugte sich ironisch.
„Wollen wir!", antwortete Mirella, drehte sich geschwind um und ließ ihren Degen gegen den von Vidocq klirren. „Das gibt jetzt ein flottes Fechtduett, äh, Fechtduell", sagte Mirella beschwingt und beide kreuzten die Klingen.
Das Publikum lachte wieder und schien sich hinreichend zu amüsieren.

„Robespierre aber liebte die Revolution bald mehr als mich, ich wurde ihm zu langweilig und zu lasterhaft", gestand Mirella kokett und lieferte sich mit Vidocq ein rhythmisches Duell. Ein Wortduell und ein Fechtduell. „Mit 19 Jahren war ich allerdings vorher schon, um 1793, zur Lieblings-Mätresse von König Ludwig dem Sechzehnten avanciert, das war mein erster großer Triumph, höher ging es eigentlich gar nicht mehr", rühmte sich die durchtriebene Degenfechterin.

„Was wart Ihr?", hinterfragte Vidocq diese kühne Behauptung mit großer Skepsis.

Wieder klirrten die Schwerter der beiden Fechter aneinander.

„Der König Ludwig war doch viel mehr an seinen Uhren interessiert als an Mätressen; jede freie Minute widmete er sich seinem Lieblingshobby, der Reparatur von Uhren", sagte der Schmugglerkönig schmunzelnd.

„Ludwig war ein Uhrennarr, jeder im Lande weiß das!"

„Das stimmt – deswegen hat er mich ja auch bald verstoßen", behauptete Mirella kühn.

„Meine innere Uhr passte ihm offensichtlich nicht." Gelächter beim Publikum.

„Außerdem war der Ärmste ja impotent. Deswegen bat er mich eines Tages, ihm in eine Sanduhr zu pissen, aus der er zuvor den Sand entfernt hatte", erklärte Mirella ungeniert.

„Ich gehorchte umgehend."

„„Jetzt wollen wir doch mal testen, meine liebreizende Demoiselle de la Urine, ob Eure innere, sexuelle Uhr im selben Takt wie meine mechanischen Uhren hier in diesem Gemache schlägt!", fragte der König mit großmäuliger und grobschlächtiger Erwartung in sein geräumiges Schlafzimmer hinein", erklärte Mirella unverdrossen.

Die Zuschauer kicherten.

„Als die eine Hälfte der Uhr voll war mit meinem Urin, da kippte der König die Sanduhr um, und ließ meine Pisse in das untere Glasgefäß rinnen. Dazu musste ich mich nackt ausziehen, vor den König hinstellen, und er bat mich, meinen Zeigefinger ständig um meinen linken Busen herumkreisen zu lassen, wie einen Uhrenzeiger.

Alles im Leben hatte für den König nur im Rhythmus einer Uhr abzulaufen. Auch der Sex."

„Und achtet dabei bitte darauf, Euren Finger immer streng genau im Uhrzeigersinn kreiseln zu lassen", bat mich der König, worauf er abwechselnd auf mich, seine menschliche

Uhr schaute, und dann auf die rinnende Pisse in der Urin-Uhr. Das war seine ganze sexuelle Befriedigung, derer er mit Frauen fähig war, und die er in vollen Zügen genoss", erklärte Mirella mit schlüpfriger Mimik.

„Damit habe ich den König regelmäßig zum sexuellen Höhepunkt gebracht; das war die einzige Methode, mit der er es bewerkstelligte, dass sich „sein Zeiger ständig weiter streckte und seine volle Länge und Umdrehung erreichte"", erklärte Mirella feixend dem erschrockenen Publikum, das zu pfeifen anfing, aber auch, schlüpfrig und ausgelassen zu lachen.

Vidocq verzog erschrocken das Gesicht und schlug Mirella den Degen aus der Hand.
Jetzt war er wirklich erzürnt über Mirellas ausgelassene Schlüpfrigkeit.
Auch Signore Rodolfo, der ja als Geistlicher verkleidet war, hielt sich nicht länger im Abseits auf und eilte auf die alle guten Sitten sprengende Mirella zu. Nun musste er notgedrungen auch eine Rolle in diesem Stegreifstück spielen.
Das Publikum raste vor Begeisterung und gab ein zischendes Gelächter von sich. Einige Zuschauer hielten den Daumen nach unten.
„Haltet ein, meine kleine, lasterhafte Demoiselle! Solch ein schlüpfriger Vortrag ist ja nicht mal in der Karnevalszeit angebracht!", tadelte der Papstdarsteller die sittenlose Komödiantin und packte sie am Kragen. Man wusste unmöglich, ob er im Scherz sprach, seine Stegreifrolle spielte, oder im heiligen Ernst tadelte und innerlich entsetzt war wegen Mirellas Entgleisung.
Vidocq packte Mirella am Arm und zwickte sie dann am Nacken.
Das Publikum tobte vor Vergnügen.
„JA, so war es aber, liebes Publikum, ob ihr es glaubt oder nicht!", deklamierte Mirella lautstark und versuchte, sich von ihren Unterdrückern los zu machen.
„Der König hat damals somit die Piss-Uhr erfunden, die erste und einzige ihrer Art; und er stöhnte nur dann vor Wollust,

wenn meine Pisse lautstark durch die beiden Glaskolben der ehemaligen Sanduhr tröpfelte, die er immer wieder mit Schwung umdrehte, wenn der Urin im unteren Gefäß versickert war; dann war er im siebenten Himmel und lobte meine unheimliche, starke erotische Ausstrahlung", brüllte MdC dem Publikum zu.

„Und immerzu drehte sich mein Zeiger-Finger dazu um meine linke Brust, immer schneller, wie ein Symbol für die verrinnende, unwiederbringlich dahin fließende Zeit und des Todes."

Die Zuschauer johlten weiter und lachten dreckig, während Signore Rodolfo als sittenstrenger Papst-Darsteller versuchte, der entfesselten Mirella den Mund zuzuhalten.

Da biss sie ihm in den Finger.

„Es ist aber alles die Wahrheit, verehrtes Publikum, kein Theater-Vortrag, alles hat sich so in realiter zugetragen, ich schwöre es!", schrie sich Mirella durch den Lärm der tobenden Zuschauermenge.

Man wusste nicht mehr, was echt war, oder was gespielt.

„Der König nannte mich dann von diesem Tag an zärtlich „Meine kleine Urina"; das war dann sein ständiger Spitzname für mich", brüllte sie mit Gelächter.

„Ist ja gut, jetzt übertreib aber bitte nicht, du kleines Ungeheuer!", flüsterte ihr Signore Rodolfo zu.

Beide drängten sie, Rodolfo und Vidocq, die entfesselte Mirella di Cagliostro von der Bühne.

„Halt! - Da fällt mir gerade noch ein, Leute: … Ludwig hat damals vergessen, das Patent auf die Piss-Uhr anzumelden, das kann ich doch jetzt für mich beanspruchen! Oder etwa nicht? Er selber hat ja nichts mehr davon. Ich muss sofort zum nächsten Patentamt!", krähte Mirella fröhlich entfesselt los.

„Ruft mir sofort eine Kutsche, die mich zum nächsten Patentamt bringt!", lallte Mirella ungezügelt wie betrunken los.

Die Zuschauer tobten wilder denn je vor Lachen.

Der Barde mit der Mandoline erschien wieder auf der Bildfläche und untermalte das Chaos und die Auflösung des lärmenden Durcheinanders mit lauten Klängen der Mandoline und übertönte Mirellas Obszönitäten mit lauten Gesängen.

Ein Clown der „Mogleure" stürmte zur Ablenkung des Publikums auf die Freibühne, hob Mirellas weggeschlagenen Degen vom Boden auf und tänzelte damit herum.

Doch kaum jemand beachtete den Spaßmacher, fast jeder wollte Mirella zurückhaben.

„Her mit der Piss-Uhr, los, geh nach Hause und hol deine Piss-Uhr hierher, wir wollen sie sehen!", deklamierten einige Wüstlinge feixend, und untere Volksschichten klatschten dazu in die Hände.

„Ja, her mit der Uhr, zeig uns deine erotische Uhr!", tönte es von einer Seite.

„Ja, wir sind ganz Uhr!", rief ein Witzbold von den Zuschauerrängen und stand auf.

Die Bemerkung wurde vom Publikum heftig belacht.

„Wir haben später noch ein Wörtchen miteinander zu reden, du Skandal-Prinzessin!", zischte Signore Rodolfo seinem schlüpfrigen Sternchen zu.

Der Schmuggler Vidocq versuchte unablässig, Mirella zum Schweigen zu bringen.

Viele der Zuschauer waren aber offensichtlich mit der Vorstellung der Schauspiel-Debütantin zufrieden, denn Mirellas unfreiwilliger Abgang von der Bühne wurde ausgiebig beklatscht: „Bravo, Demoiselle, Dakapo!", brüllten viele und trampelten mit den Füßen.

Sie wollten die wilde, sexuell angeblich ungehemmt entfesselte Wortkünstlerin gar nicht mehr von der Bühne lassen.

„Grandiose Vorstellung! Nieder mit dem geilen Lümmel von Ludwig, diesem Weichling von einem Operetten-König!", brüllte einer.

Andere schlossen sich hemmungslos an:

„Ja, und auch zum Teufel mit Robespierre, diesem galanten Tugendmenschen, der nicht mal die nackten Waden einer schönen Frau ertragen konnte, aber ganz Frankreich in ein

Meer von Blut tauchte!", rief eine andere Frau aus dem Publikum.

„Ludwig, der senile Dickwanst, dieser Uhrentrottel, und der Musterschüler Robespierre: Beide haben sie bekommen, was sie verdient haben!", lachte ein anderer.

Viele stimmten in das Gelächter ein.

„Bravo, Mirella: Beide hast du mit Recht zu Fall gebracht!", lobte das Publikum aufsässig.

Am Abend nahm sich Signore Rodolfo die widerspenstige Mirella di Cagliostro in seinem Zelt zu einer tüchtigen Zurechtweisung vor. „Was war denn das für eine gewagte Geschichts-Interpretation, meine geile Mirella-Maus?", fragte er reichlich verdattert und tätschelte seinem Star die Wange.

„Realismus war das, das wolltest du doch, nicht war, Rodolfo? Das hast du uns doch immerfort gepredigt", verteidigte sich Mirella. „Man darf die Rolle nicht spielen, man muss sie leben, voll ausleben mit seiner gesamten Physiognomie, so hast du dich doch ausgedrückt. Und das habe ich getan, mich ausgedrückt mit allem Rollenangebot, das sich in meinem jungen Repertoire befand", sagte Mirella entfesselt.

„Das war irgendwie tolldreist und in der Ausdruckskraft an und für sich schon originell bis ins Mark, aber auch sehr gewagt!", sagte der Zirkusdirektor hastig.

„Zu behaupten, du wärst erst die Mätresse von König Ludwig dem Sechzehnten gewesen, dann die Geliebte von Robespierre, dem ersten Diktator Frankreichs, die Favoritin von dieser furchterregenden Bestie, einem Gewaltherrscher und Psychopaten, wie es ihn noch nie zuvor gegeben hat, das war wirklich große Schauspielkunst, aber doch irgendwie auch unangebracht, sehr übertrieben, und extrem unglaubwürdig!", tadelte ihr Chef sie heftig.

„Du warst doch offensichtlich nur betrunken, oder irgendwie aufgeputscht durch Drogen? Und nur durch dieses Hilfsmittel hast du den Saal zum Brodeln gebracht, dass die Gemüter siedeten und aufgepeitscht wurden wie in einem Hexenkessel", schimpfte der Zirkusdirektor immer noch.

„Dadurch hast du erreicht, dass deine lügenhaften Behauptungen beim Publikum wie echt wirkten", klagte der Direktor, „ich habe schon ersten Ärger mit den staatlichen Zensoren bekommen!", sagte er beklommen.

„Wieso denn Lügen? Aber was!", ereiferte sich die schöne Abenteurerin und Amateurschauspielerin empört.

„Es war alles echt, Rodolfo! Ich habe aus dem Leben gespielt, aus meinem Liebesleben rezitiert, alles hatte ich wirklich erlebt", behauptete Mirella steif und fest.

„Was hast du?", fragte Rodolfo entsetzt.

„Realistisches Theater habe ich gespielt, es ist alles so geschehen, wie ich es geschildert habe! Ich war die Mätresse von Ludwig. Und das alles mit der Urin-Uhr hat sich wirklich so zugetragen, wie ich es auf der Bühne aus dem Stegreif deklamiert habe. Und der tugendhafte Robespierre verstieß mich, weil ich zu liebestoll, zu lasterhaft wurde. Da habe ich ihn verlassen."

„Ich glaube, sie meint es ernst mit ihren Behauptungen, unser kleines Luxusweibchen!", sagte Vidocq mit hintergründigem Lächeln.

Rodolfo wurde rot vor Verlegenheit.

„Aber die Zuschauer haben sich doch prächtig amüsiert über meine scheinbar überzogene Darbietung. Sie haben fast alle vor Begeisterung geklatscht, und viele haben mir stehende Ovationen dargebracht", verteidigte sich Mirella süßlich mit Unschuldsengelmiene.

„Also das ist doch wirklich die Höhe! – Ein Glück, dass das Publikum nicht gemerkt hat, dass du nicht geschauspielert hast, du kleine … Alle denken, du habest die Salonkokotte nur gespielt, um sie zu unterhalten, das ist immerhin etwas, aber … Der Marschall Fouché, der gestrenge Sittenwächter von Napoleon Bonaparte hat mich aber nach der Vorstellung im Kontor aufgesucht und mir die Leviten gelesen, denn er befand sich tatsächlich unter den Zuschauern", gestand der Hüne beklommen.

„Auch das noch!"

MdC erbleichte.

„Wir sind Fouché einst aus dem Gewahrsam entwischt, und nun will er sich wohl an mir und Vidocq rächen?", fragte Mirella angstvoll.

„Nein, darum geht es ihm nicht, er lässt euch lediglich ausrichten, er wolle nur seinen Anteil an dem Schatz des Cagliostro haben, wenn wir nach Mailand kommen, falls wir einen finden", referierte der Zirkusdirektor eilfertig. „Und er passt jetzt bei jeder Vorstellung unserer Truppe auf, dass ihr ihm nicht mehr entwischt; er lässt uns von jetzt an immer überwachen", erklärte Rodolfo.

„Auch wenn ihr gerade nicht auf der Bühne seid!"

„Denn Napoleon Bonaparte braucht ja dringend Geld, Gold oder Silber für seine Truppen. Ich habe erfahren, dass unser kleiner Kaporal inzwischen fast schon die ganze Lombardei unter seine französische Herrschaft gebracht hat", sagte er.

„Oh, dann geht es uns also nicht unmittelbar an den Kragen", sagte Mirella mit spürbarer Erleichterung.

„Ja, ich sagte euch ja schon: Solange ihr im Schutzkreis meines Zirkus verweilt, kann euch nichts passieren", sagte Signore Rodolfo beschwichtigend.

„Doch dein ordinäres Gossen-Repertoire auf der Theaterbühne, das du bei deinem Debüt dargeboten hast, hat zukünftig bei weiteren Vorstellungen zu unterbleiben, hat Fouché angeordnet, denn Napoleon hat ihn inzwischen zum neuen Sittenwächter von Frankreich in der Innenpolitik gemacht", erklärte der Zirkusdirektor die neue Situation.

„Denn für Fouché ist dein Spiel auf der Bühne zu sittenlos."

„Ja, diese Peinlichkeiten waren doch wirklich nicht nötig!", tadelte auch ihr Freund Vidocq.

„Schlimm genug, dass du zwei solche Liebhaber gehabt hast, die auf solch unheilvolle Weise Geschichte gemacht haben", meinte der Schmuggler, „aber das dann auch noch als Stoff auf der Theaterbühne zu bringen, das hätte wirklich schlimm ausgehen können, meine kleine Mireille!", sagte Eugène schäkernd und umarmte, küsste seine Schauspielerfreundin.

„Ich habe dir doch gesagt, du sollst mich nicht „Mireille"
nennen!", sagte sie aufbrausend und machte sich
zornesfunkelnd von Vidocqs Umarmungen los.
„Und jetzt hör mir noch einmal gut zu, du sittenlose
Revolutionärin", sagte Rodolfo nun streng zu Mirella und
packte sie am Kragen ihrer Spitzenbluse: „Wehe, du kommst
je auf den unseligen Gedanken, falls wir in ein paar Tagen
Improvisationstheater in Mailand spielen, dann vor dem
italienischen Publikum zu behaupten, du seiest auch schon mal
Napoleons Geliebte gewesen, dann sind wir erledigt und
haben uns jegliche Protektion von Fouché und Napoleon
verscherzt", drohte ein aufgebrachter Rodolfo.
„Treib es also nicht zu weit, kleine verirrte Komödiantin, dann
hört der Spaß für mich auf, verstanden? - Denn ich bin bis
jetzt immer gut mit meinem Theaterzirkus „Die Mogleure"
gefahren, habe mich mit allen Herrschern jeweils gut
arrangiert; und ich habe noch nie jemanden aus meinem
Betrieb rausgeschmissen, aber wenn du einen Skandal mit
Napoleons Namen auf der Bühne provozierst, dann werfe ich
dich raus, kapiert?", fragte der Theaterdirektor nachdrücklich.
„Ich will nämlich nicht, dass du uns alle, die Artisten und die
Schauspieler in Gefahr bringst, klar? Denn es geht nicht nur
um dich. Deinetwegen können wir nämlich alle ganz leicht ins
Gefängnis kommen."

Mirella schaute nun doch wirklich sehr erschrocken drein.
Es war ihr nur allzu klar, dass sie jetzt dringend Abbitte leisten
musste.
„Ja, verzeih mir, Rodolfo, dass ich deine Güte missbraucht
habe", erklärte sie reumütig. „Ich werde in Zukunft von
solchen Nummern absehen; du hast mein heiliges
Versprechen. Ich habe mich tatsächlich unglaublich
rücksichtslos gehen lassen. – Meine Güte, jetzt erst fange ich
an, zu begreifen, was ich angerichtet habe; wie ich deinen
guten Ruf in Misskredit gebracht habe."
Da reute es den gutmütigen Theaterdirektor plötzlich doch,
dass er die zutiefst eingeschüchterte Mirella so hart
rangenommen und vorgeführt hatte als Gefahr für den

Fortbestand seines illustren Zirkus, dass er nahe an sie herantrat und ihr eine freundliche Pranke um den Hals legte. Begütigend sprach er auf sie ein, tätschelte ihre Wange. Sie selbst stand noch unter einer Art mildem Schock, weil sie sich die Worte ihres Beschützers so sehr zu Herzen genommen hatte, verharrte regungslos auf der Stelle wie ein verängstigtes Tier.

„Oh, es tut mir Leid, meine Liebe, dass ich so streng mit dir war: Du bist eine begnadete Fechterin, beinahe eine Artistin, und deine Darbietung war grandios rezitiert und mit Verve und unglaublicher Überzeugungskraft vorgetragen", sagte Signore Rodolfo zärtlich und streichelte Mirella unter dem Kinn.

„Einen guten Ruf habe ich übrigens gar nicht zu verlieren, liebe Mirella. Ehrlich gesagt: Ich habe vor Jahren manchmal noch drastischere Stücke hier in meinem Zirkus aufgeführt, die strotzten vor Unverschämtheiten und sprachlicher Unflat", gestand Signore Rodolfo lächelnd. „Vor einiger Zeit habe ich den Realismus des Theaterteils von meinem Zirkus sogar soweit getrieben, dass ich meine Schauspieler in einer drastischen Milieustudie einmal sogar nackt auftreten ließ. Es ging in dem Stück um ein heruntergekommenes, staatliches Waisenhaus, wo die Mädchen brutal vernachlässigt wurden und von den Erziehern geschlagen. Sie kriegten kaum zu essen und waren ganz verwahrlost, alles das habe ich auf der Bühne gezeigt. Meine Szenen waren so realistisch, dass ich meine Schauspielerinnen dazu sogar nackt auf der Bühne kacken ließ, wie es schon in der Antike Aristophanes getan hatte mit seinen Schauspielerinnen, als von mir gezeigt wurde, wie unwürdig und zynisch die Waisenmädchen nackt ihre Notdurft jeden Morgen in die Seine verrichten mussten, an der das Waisenhaus gebaut wurde. - Kein Zensor hat sich über diese Szenen beschwert, ich wurde sogar wegen meines Realismus und meines Mutes gelobt", erklärte Signore Rodolfo stolz. „Doch augenblicklich ist Napoleons neuer Zensor Fouché überraschenderweise so beinhart unnachgiebig spießig und streng, ich war selbst über seinen sofortigen Besuch überrascht. Er lässt uns keine Freiheit, schnürt unsere Meinungsfreiheit durch seine Gesellschaftskritik derart ein, dass wir uns augenblicklich leider sprachlich zurückhalten müssen. Er ist rigider und brachialer in seiner verklemmten Moral als hundert Ludwigs und sogar Robespierres es hätten sein können, Schatz", erklärte Signore Rodolfo niedergeschlagen.

„Hätten wir diesen verbiesterten Moralapostel Fouché nicht am Hals, dann wäre deine Aufführung überwältigend gewesen! Du hast ja gesehen, wie begeistert das Volk geklatscht hat. Sicher, du bist eine Schaustellerin, die ganz schön polarisiert, viele Zuschauer pfiffen auch ganz laut, aber das gehört halt zum Theaterprogramm", sagte Rodolfo mit breitem Grinsen.

„Ohne diesen Kritikaster hätte ich nicht so einen Radau gemacht, als du deine selbstentblößende Menschenschau abgezogen hast."

Mirellas dankbare Blicke zu ihrem Mentor wurden dennoch überschattet von einer traurigen, melancholischen Gemütsstimmung, die sich durch ihren verschleierten Blick verriet, der aus ihr eine weltentrückte Prinzessin der Unschuld machte. Vidocq merkte es und fuhr ihr mit der Hand vor den Augen hin und her.

„Heh, Mirella, verweilst du noch in unserer Welt, oder schon in einem Schattenreich?", fragte er lustig aufgelegt, aber gleichzeitig schon merklich verunsichert.

Mirella machte derweil wirklich eine psychische Verwandlung durch: Von der ungenierten jugendlichen Lebedame, der fröhlich in den Tag hinein lebenden Kokotte mutierte sie zur ernsthaften jungen Frau, die auch Mitleid mit anderen Menschen zu fühlen begann. Die erste Frische der Jugend war vorbei für sie, das spürte sie selber an sich, und ihre erstaunte Umgebung in Form ihrer Freunde, der Barde, Vidocq und Rodolfo nahmen die innere Wandlung und Reifung der verspielten Degenfechterin ebenfalls wehmütig wahr.

Erste Zeichen von Verantwortlichkeit gegenüber ihren Freunden und Mitmenschen begannen sich in ihren Charakter einzuschleichen.

„Alles an meinem Leben bisher war falsch an mir, der Name Cagliostro, die Haltung, der falsche Prunk, der falsche, eitle Stolz, meine verspielten Einstellungen und eitlen Ziele. Meine unersättliche Gier und unstillbare Lebenslust und mein arbeitsfreies Herumtollen haben aus mir ein unwürdiges Subjekt gemacht, das nur nach der Befriedigung seines Vergnügens strebte, das muss anders werden!", sagte MdC mit Elan und sah Signore Rodolfo entschlossen ins Gesicht.

„OH, meine Mirella möchte eine Edeldame werden", sagte Vidocq voller Bewunderung.

„Bitte, meine Freunde, ich meine es ernst!", piepste die Verängstigte mit Verbitterung. „Ich möchte kein trauriger Vergnügungsreisender werden wie der bedauernswerte Casanova", sprach sie verbittert.

Ihre Kameraden lachten.

„Ich weiß, was du meinst, Schatz", sprach Vidocq mitfühlend. „Auch ich muss noch reifen, und lernen, wem man vertrauen kann, und wem nicht", erklärte er ernst.

Der Barde Clement Thierry Bardou trat dicht an Mirella heran und blickte ihr in die nun etwas trüben Augen. Mit leuchtendem Blick versicherte der humorvolle Musiker der jungen Herumtreiberin: „Wir müssen alle zusammenhalten, wir stützen uns gegenseitig. Ich helfe dir, deine trübe Stimmung zu zerstäuben, Mirella", versprach er ihr scheinbar gütig, doch weder Rodolfo noch Vidocq bemerkten in diesem Augenblick, dass der Barde mit seinen schmachtenden Augen Mirella augenblicklich mit Haut und Haaren verfallen war. Größer konnte überhaupt keine Liebe sein. Doch der listige Musiker kaschierte seine Haltung mit Treueversprechen.

„Sollten wir nicht den Schatz deines Vaters finden, dann werden wir vielleicht bedeutende Musiker, oder berühmte Komödianten, die in ganz Europa Erfolg durch ihre Aufführungen einheimsen", wagte der Musikus eine Prognose für die Zukunft.

Mirella sah ihm nur starr in die Augen, durch ihn hindurch, denn sie bemerkte seine Verliebtheit zu ihr nicht.

„Wir haben alle große Fähigkeiten, die ein ausgewähltes Publikum zum Staunen und Lachen bringen, das hat schon die erste Probeaufführung gezeigt", meinte Bardou heiter und mit großer innerer Zufriedenheit.

„Sangesmäßig und artistisch könnten wir erst recht an Napoleons künftigem Hof auftreten und die Aristokraten bezaubern. Lauter gesellschaftliche Vorteile winken uns dann, und wir werden als berühmte Schauspieltruppe durch alle europäischen Höfe ziehen, wie einstmals Molières Truppe es getan hat", frohlockte der Musiker und lullte die arme, willenlose MdC völlig ein, die nun verklärt zu ihm aufblickte.

„Du hast großes Schauspieltalent, genau wie Eugène", sagte er zu der Degenfechterin, die er langsam mit seinen starken Armen umschloss.

Sowohl Vidocq als auch Rodolfo hielten das lediglich für aufmunternden Zuspruch vom Barden, und sie blickten ihn dankbar an.

„Wir zeigen ganz Europa unser Talent, integrieren uns völlig in Rodolfos Truppe und vermehren ihren Ruhm – unseren Ruhm!", deklamierte Bardou emphatisch.

„Meinst du, das wäre möglich? Das wir so etwas erreichen könnten?", fragte die Cagliostro naiv. Erst jetzt war sie aus ihrer Erstarrung erwacht.

„Natürlich, Clement hat recht, ihr drei seid eine wertvolle Bereicherung für meine „Mogleure", wenn ihr euch ein bisschen im Ausdruck mäßigt", bestätigte der Zirkusdirektor lächelnd.

„Ja, etwas weniger ordinäre Ausdrücke auf der Bühne, würde ich sagen, aber wir bleiben doch beim Volkstheater?", fragte der Schmuggler.

„Natürlich, wir bleiben ja trotzdem in erster Linie ein Zirkus, und dann erst sind wir ja eine Art von Unterhaltungstheater", bekräftigte Rodolfo zustimmend.

„Wir sind ja schließlich nicht die Comédie Francaise!", sagte er.

„Noch nicht. Vielleicht sogar etwas viel Besseres für die Zukunft!", prahlte der Musiker und spielte ein paar Akkorde mit der Mandoline. .

„Na, Kinder, nehmt euch da mal nicht zu viel vor", sagte Signore Rodolfo lachend.

Mirella verließ verlegen und perplex Bardous starke Arme und wand sich stattdessen wieder in die schlaksigen von Vidocq. Enttäuscht blickte der hünenhafte blonde Riese ihr verdattert hinterher. Keiner bemerkte es.

Ein paar Tage später spielten die „Mogleure" bereits in Lyon ihr sogenanntes Improvisationstheater munter fort.. Mirella, Vidocq und der Barde sangen, spielten und tanzten mit den anderen Zirkusartisten und Akrobaten, ließen sich von den Clowns an der Nase herumführen. Alles klappte bestens, die drei Neuankömmlinge wurden in viele Nummern integriert, traten mit Tieren auf, mit Robben und Affen und wurden beklatscht.

Mirella hatte kurioserweise in einer Nummer Bardous Geliebte zu spielen, die dieser ausgiebig mit seiner Gitarrenbegleitung besang, als seine Herzensdame. Wie es Walther von der Vogelweide einst ernsthaft getan hatte, indem er als Fahrender Sänger von Hof zu Hof zog. Der Musikus konnte sein Glück gar nicht fassen, denn nun kam er seiner Geliebten immer näher, die, wenn auch nur schauspielerisch, schmachtend zu ihm aufblickte, wenn er seine ironischen Gitarrenklänge aufklingen ließ.

Noch merkte Vidocq nichts davon, dass es für seine Geliebte Mirella nur ein Spiel war, während Bardou es durchaus ernst mit seiner großen Liebe meinte.

Doch Rodolfo hatte durchaus einen Blick für den Ernst der Lage und machte eines Tages ein finsteres Gesicht, und zwar während der Musikimprovisation von Clement Bardou. So als ahnte er eine Katastrophe heraufziehen.

Das improvisierte Liebesgetändel gelang Mirella und Bardou inzwischen so gut, dass die beiden vom Publikum schon wie hochverdiente Artisten gefeiert wurden.

Begann nämlich im eigentlichen Sinne eine Zirkusvorstellung, dann forderten die Zuschauer sofort lautstark die Liebesnummer ein, die eigentlich erst für den Schluss vorgesehen war.

Also wurde sie von jetzt an an den Anfang gestellt.

Signore Rodolfo war in einem Zwiespalt: Sollte er als verantwortungsvoller Zirkuschef, der er wirklich war, seinen Freund und Mitarbeiter Vidocq auf dessen Rivalen Bardou hinweisen? Oder warten, bis Vidocq den Sachverhalt selber bemerkte? Dass Clement Mirella aufrichtig liebte.

Doch wie würde sich Rodolfos Bericht an Vidocq auf die Moral seines Zirkus auswirken? Wäre das Funktionieren seiner Schauspieltruppe dadurch gefährdet? Wie würde Vidocq auf Mirella reagieren?

Hatte die Degenmeisterin eigentlich schon den Liebeswahn ihres Duettpartners bemerkt?

Und wenn ja: Wie würde sie in Zukunft darauf reagieren? Wäre sie entrüstet, oder würde sie Vidocq aufgeben?

Signore Rodolfo zögerte und zögerte und verfluchte sich innerlich dabei.

Er wusste einfach nicht, was er tun sollte.

Vidocq spielte unterdessen parallel eine Zirkusnummer mit einer jungen Kunstreiterin durch: Dadurch war er erst einmal von seiner Geliebten Mirella abgelenkt.

Und dann war es endlich soweit: Die Schauspieltruppe überschritt eines Tages schließlich ohne Schwierigkeiten die Grenzen Frankreichs! Alle waren sicher im Ausland gelandet – in Italien.

Schon spielten der Zirkus und sein Schauspielensemble dasselbe Repertoire in Mailand.

Bardou und seine Mirella spielten wieder ihr Liebesduett mit neuen, urkomischen Einlagen vor italienischem Publikum. Da

Mirella tatsächlich ausgezeichnet das Italienische beherrschte, ergaben sich keine Schwierigkeiten für sie bei der Übermittlung ihres Textes an das Publikum. Der Barde Bardou haderte noch mit der fremden Sprache, war aber äußerst lernfähig, was seine humoristischen Sangestexte im ungewohnten Italienisch betraf, wie es sich erfreulicherweise erwies.

Seine anfänglichen Sprachfehler baute er nach wenigen Tagen schon absichtlich in seine Lieder und seine Sprechvorträge ein, mit denen er MdC umgarnte und um ihre Liebe warb. Die Zuschauer lachten daher umso inniger über die Doppeldeutigkeiten von Clements Äußerungen. Denn er war ja Ausländer und konnte sich angeblich nicht so gut ausdrücken, was zu allerlei heiteren Missverständnissen zwischen dem Bühnenpaar führte.

Signore Rodolfo war zufrieden mit der Wandlung: Endlich waren sie auf italienischem Boden und würden sich in ihrer Freizeit, außerhalb der Bühnendarbietungen, um den Schatz in der Mailänder Villa kümmern können, so hofften sie.

Francois Eugène Vidocq war weiterhin vollauf mit seiner Nummer im Verbund mit der Kunstreiterin beschäftigt, die ihn voll in Anspruch nahm.

Dies entfremdete ihn zwangsläufig leider immer mehr von Mirella di Cagliostro. Keiner von dem echten Liebespaar schien sich dessen bewusst zu werden.

Joseph Fouché, Napoleons engster Vertrauter, der Marschall von Frankreich, der spätere Polizeiminister, machte gelegentlich auch Abstecher in die von Napoleon neu eroberten Gebiete, und erschien auch einmal unangemeldet in Mailand, versteckt zu einer Vorführung der „Mogleure", und nahm persönlich in Augenschein, dass sich beim Inhalt der Theaterstücke auch alles mit rechten Dingen zutrug. Sittsam und konventionell musste es auf der Bühne zugehen.

Signore Rodolfo achtete peinlich darauf, dass die Wünsche des Marschalls, des grimmigen Sittenwächters, genau berücksichtigt wurden.

Inzwischen war das Jahr 1797 angebrochen, und schon weit fortgeschritten.

Mirella, Vidocq, der Barde Bardou, Rodolfo und ihre Kollegen waren weiterhin eifrig damit beschäftigt, in ihrem Pseudo-Zirkus in Mailand aufzutreten, oder auch tagelang in seinem Schatten zu faulenzen, wenn es nichts zu tun gab. Man blieb monatelang in Mailand und variierte immer wieder die Zirkusnummern.

Keiner der verschworenen Freunde wagte sich bisher auch nur in die Nähe der ominösen Villa in Mailand, geschweige denn, sie nach dem Schatz abzusuchen, denn es fehlte noch der letzte Anstoß ihres Schutzpatrons dazu: Napoleon Bonaparte. Dieser war aber weiterhin eifrig mit seinen zahlreichen Schlachten beschäftigt, und konnte somit noch nicht als Sieger in der Hauptstadt Mailand Einzug halten, bis nicht alle österreichischen Heere besiegt waren.

Napoleon gewann im Laufe des Jahres 1797 in Italien zahlreiche Schlachten gegen die Österreicher und drang schließlich über die Ostalpen in Richtung auf Wien vor. Schließlich schloss Österreich am 17. 10. 1797 mit Napoleon den Frieden von Campoformio, einem Dorf in der italienischen Provinz Udine, gab wie Preußen das linke Rheinufer preis und verzichtete auf die österreichischen Niederlande und die Lombardei, Belgien und Mantua. Als Entschädigung erhielt es das Gebiet der Republik Venedig links der Etsch, Istrien und Dalmatien.

Nach dem grandiosen Sieg zog Napoleon endgültig triumphal in Mailand ein, und nach der Übernahme des Oberbefehls hatte sich der Feldherr in einem Aufruf vor dem Rathaus in Mailand an die Italiener gewandt; denn er wollte ein gutes Verhältnis zu dem eroberten Land herstellen.

Bonaparte war mit seinem Triumphzug durch das jubelnde Volk gefahren, an der Seite seiner treuen Soldatenheere hielt er schon stundenlang Einzug in Mailand.

Als er vor den Regierungsgebäuden angekommen war, blies ihm die italienische Gesandtschaft einen Tusch und ein Willkommensständchen. Napoleon wurde mit allen militärischen Ehren empfangen. Das Volk war erst mal außer sich vor Begeisterung. Sagenhaft wurde der kleine Kaporal tausendfach bejubelt, der endlich die verhasste, österreichische Fremdherrschaft über die Lombardei beendet hatte. Er wurde als der große Befreier gefeiert. Auch die „Mogleure" vom nahegelegenen Zirkus wurden an diesem Tag auf den Trubel der Ehrung aufmerksam, unterbrachen flugs ihre Zirkusvorstellung und eilten die wenigen hundert Meter zum Rathaus, um der feierlichen Zeremonie beizuwohnen.

„Napoleon ist endlich zu uns nach Mailand gekommen, es wurde Zeit!", jubelte Signore Rodolfo und klopfte Vidocq auf die Schulter, als die beiden Freunde und Kollegen am Rathaus ankamen und den siegreichen Feldherren Bonaparte hoch zu Ross erblickten, wie er mit der einen Hand den Dreispitz schwang und auf dem Pferd sitzend, seine Ansprache an das Volk richtete.
„Tatsächlich, es ist wirklich Napoleon, ich erkenne ihn von unserer letzten Geheimsitzung wieder!", sagte Vidocq mit klopfendem Herzen und starrte auf den Feldherren. Fast alle Zirkusartisten waren mitgekommen: Clowns, Akrobaten und Seiltänzer. Auch die junge Kunstreiterin Nicole de Brie war jetzt gerade an Vidocqs Seite, seine Dauerpartnerin von der Pferdedressurnummer der letzten sechs Monate, als Napoleon gerade zu sprechen anfangen wollte, doch der schiere Jubel wollte nicht enden, sodass der Feldherr den Anfang der Rede immer wieder unterbrechen musste.
„Wir haben Glück", schrie sich Nicole zu Vidocq durch, „wir haben noch nichts von Napoleons Ansprache verpasst."
Vidocq blickte sich in dem Radau der Jubelmassen um: Keine Spur von Mirella oder dem Barden; merkwürdig!, dachte er. Der Schmugglerexperte hatte zwar in der Zwischenzeit längst ein Verhältnis mit Nicole de Brie angefangen, doch trotzdem stellte er plötzlich schmerzlich fest, dass ihm Mirella augenblicklich sehr fehlte.
Monatelang hatte er sie nun schon nicht mehr in seinen Armen gehalten, Nicole war ihm inzwischen viel vertrauter und näher

geworden. Das ergab sich zwangsläufig durch die Enge der täglichen Zusammenarbeit.

„Meine Güte, Nicole, wo ist eigentlich Mirella? Und unser Barde?", fragte Vidocq erstaunt. „Siehst du die beiden irgendwo?"
Nicole blickte sich unter der Schauspieltruppe um.
„Nein, sind sie denn nicht hier?", fragte sie, ebenfalls verwundert.
„Ja, wirklich komisch: Dass sie sich so ein einmaliges politisches Spektakel entgehen lassen!", meinte sie selber auch etwas erstaunt.
„Heute früh haben die beiden doch noch ihr Liebesduett in der Morgenvorstellung gesungen", sagte nun Rodolfo, der das Gespräch aufgeschnappt hatte.
„Ja, stimmt, aber danach habe ich Mirella und Clement eigentlich nicht mehr gesehen", erinnerte sich der Schmugglerkönig nachdenklich.
„Na, bestimmt stoßen sie gleich zu uns, als Nachzügler", meinte Nicole gelassen.
„Diesen Lärm und das ungeheure Begeisterungsspektakel kann man doch einfach nicht überhören! Nirgendwo in Mailand, in keinem Winkel ist es seit einer Stunde mehr still."
„Du hast recht, Nicole, mein Schatz", sagte Rodolfo verlegen.
„Hoffentlich können wir mit Napoleon bald persönlich über die Möglichkeit eines gesicherten Zuganges zur Schatzvilla sprechen", meinte Vidocq angespannt.
„JA, genau, aber dazu brauchen wir zumindest auch Mirella, wo ist sie bloß?", fragte der Zirkuschef verdattert.
„Gerade heute könnte es nämlich geschehen, dass Napoleon uns nach seiner Ansprache erblickt und dann eventuell gleich nach MdC fragt", konstatierte er. „Denn vergesst nicht: Napoleon braucht dringend Geld für seine erschöpften Truppen. Und daher hat er seinen möglichen Anteil aus dem Schatz in der Mailänder Villa bestimmt nicht vergessen", brummte Rodolfo.

Vidocq runzelte die Brauen und lachte verächtlich.

„Ach was, der hat doch Wichtigeres zu tun, als uns kleine, armselige Wichte heute überhaupt zu beachten", meinte der Schmugglerkönig realistisch.

„Außerdem wird Mirella ja gleich auftauchen. Wo soll sie denn sonst hingegangen sein? Sie ist ja nur sicher im Schutzkreis deines Zirkus'", meinte er zu Rodolfo.

„Sollte sie aber heute nicht mehr auftauchen, dann ist es trotzdem besser, wenn wir uns von Napoleon nicht unbedingt sehen lassen", meinte der Zirkuschef unbeirrt. „Denn es könnte dennoch passieren, dass Napoleon uns zu sich winkt, wenn er uns bemerkt. Trotz des großen Trubels seines Triumphes. Und wenn wir dann kleinlaut gestehen müssen, Mirella sei leider heute nicht mit uns zu Napoleons Jubelfest gekommen, dann wird der kleine Korse vielleicht zornig. Und behauptet mit einigem Recht, wie schon einmal zuvor wolle sich die falsche Adelige vor der Zahlung drücken, weil sie sich wieder weigern will, Napoleons Anteil an dem Schatz herauszurücken – wie vereinbart! - Daher sei sie heute geflohen, vielleicht sogar außer Landes, wird Bonaparte schlussfolgern. Und dann sind wir erledigt bei Napoleon, das kann ernste Konsequenzen für uns alle haben", meinte Signore Rodolfo.

„Aber vielleicht ist der armen Mirella und ihrem Bardenfreund einfach nur was zugestoßen? Wäre das nicht eine plausible Erklärung für ihr Fernbleiben?", fragte Nicole de Brie mit einer plötzlichen Eingebung panisch in die Runde.

„Wie meinst du das, Nicole?", fragte Vidocq.

„Na, es ist doch immerhin möglich, bei diesem fanatischen Menschenauflauf heute in Mailand, dass Mirella zum Beispiel in einer Gasse von den feierlustigen Horden aus Versehen niedergetrampelt worden ist, als sie sich bis hierher zum Rathaus aufmachen wollte, wie wir alle? Und nun liegt sie eventuell bewusstlos und schwer verletzt irgendwo herum, und keiner hat das bemerkt?", fragte Nicole verängstigt.

„Meine Güte, das wäre eine Möglichkeit, das wäre in der Tat furchtbar! Dass wir daran nicht gedacht haben!", meinte Signore Rodolfo.

„JA, oder sie ist einfach gleich nach Napoleons Einzug hier in Mailand von seiner Geheimpolizei verhaftet worden, weil sie von irgendeinem Spitzel zufälligerweise in der Menge erkannt worden ist?", fragte Vidocq zurück.

„JA, auch das ist richtig, Eugène: In diesem Fall könnte sie jetzt schon irgendwo in Polizeigewahrsam genommen worden sein und in einer Kerkerzelle sitzen", gab Rodolfo mit einem Geistesblitz zurück.

„Ja, in diesem Falle hätte der durchtriebene Bonaparte ein falsches Spiel mit uns getrieben", sagte der Schmugglerkönig versonnen.

„Ist Mirella aber von den strömenden Menschenmassen tatsächlich mitgerissen worden, und genau wie Clement Bardou vielleicht umgerannt worden, dann müssen wir sofort nach unseren Freunden suchen!", sagte Nicole aufgeregt.

„Aber wo?", fragte Rodolfo verzweifelt. „Wir kommen doch nirgendwo mehr durch, bei den dichten Menschentrauben, die sich inzwischen überall um das Rathaus gebildet haben!", schrie er sich durch den Lärm.

„Seht euch doch nur mal um! Wo kann da einer noch zurückweichen?", rief er. „Und wohin? Alle Durchgänge sind längst versperrt!"

Fast alle Zirkusmitglieder waren auf einem Haufen versammelt. „Hat einer von euch Mirella oder Clement gesehen?", fragte Vidocq reihum. Doch vergebens. Keiner hatte die beiden bisher gesehen.

„Mist! Solange Mirella nicht auftaucht, können wir uns bei Napoleon nicht blicken lassen", meinte Vidocq, der jetzt doch von Rodolfos Ansicht überzeugt war. „Daher weichen wir besser noch weiter von der Volksmasse zurück, die sämtlich zu dem Kaiser drängt. Wir verstecken uns lieber in der Menge und lauschen aus sicherer Entfernung Napoleons Ansprache", schlug der Schmugglerkönig vor.

„Ich aber kann eigentlich nicht zurückweichen, denn ich bin ja Napoleons vertrauter Mittelsmann, er erwartet mich jetzt bestimmt an seiner Seite", jammerte der Zirkuschef.

„Denn er weiß ganz genau, dass ich zurzeit in Mailand weile."

„Oh, seht: Dort ist auch Fouché, neben Bonaparte!", sagte Vidocq ganz aufgeregt, der den rigorosen, zukünftigen Polizeiminister soeben neben dem Feldherren erblickt hatte. Alle Zirkusmitglieder schauten augenblicklich auf Joseph Fouché, der aber im Moment nur Augen für das Volk im Allgemeinen hatte, das ihn hochleben ließ wie Bonaparte.

Die ganze Truppe versteckte sich also und überließ dem Volk die vorderen Plätze bei Napoleon.
„Ich hätte die arme Mirella nicht so vernachlässigen sollen, hoffentlich ist ihr nichts passiert; furchtbar, diese Ungewissheit, und wir können nichts tun!", sagte Vidocq traurig, griff seine neue Freundin Nicole fest bei der Hand und umarmte sie.
„Liebst du sie noch, Eugène?", fragte Nicole de Brie mitfühlend und sah Vidocq ins Gesicht.
„Ich … weiß es nicht; - ehrlich, mein Schatz!", sagte der Schmuggler und senkte den Kopf.
Dann sah er verbittert wieder auf Napoleon, der immer noch nicht sprechen konnte, zu groß war der Jubel.
„Ich frage mich: Was für ein Spiel treibt dieser unheimliche Mann dort oben auf seinem Ross? Nicht nur mit uns, sondern mit der ganzen Welt? - Hat er uns schon durchschaut? Hat er uns längst in der Hand, oder wir zurzeit noch ihn - zumindest, was den Schatz betrifft? Das ist die Frage, die mich umtreibt: Ob Mirella schon in seiner Hand ist?"
„Wir werden es bald erfahren", meinte Nicole de Brie abgeklärt.
„Falls Mirella von ihm noch nicht erwischt worden ist, dann wird der große Feldherr früher oder später von selbst zu uns kommen – in unseren Zirkus!", meinte die junge Kunstreiterin sachlich.
„Dann wird er Rechenschaft von uns fordern."

Endlich war der Jubellärm verklungen und der zukünftige Kaiser der Franzosen konnte anfangen zu sprechen:

„Nehmt es mir nicht übel, meine Freunde: Ich kann hier nicht
länger müßig verweilen. Ich muss nach Mirella suchen", sagte
Vidocq eigensinnig und voller Unruhe.
Nicole hielt ihn zurück und zerrte an seiner Hand.
„Ob wir wollen oder nicht: Erst müssen wir die Ansprache des
Kaisers über uns ergehen lassen. Erst dann, wenn er geendet
hat, können wir die erste Bresche in den Menschenmassen
nutzen, die sich in alle Richtungen zerstreuen werden, um uns
durchzuquetschen, und erst dann können wir nach der
eventuell verletzten Mirella Ausschau halten", sagte sie
verbittert.
Widerstrebend gab Vidocq schließlich nach.

Bonaparte hob den Arm, sein Pferd blieb auf der Stelle stehen
und trug ihn wiehernd.
Er war magerer geworden, denn die Anstrengungen der letzten
Feldzüge hatten den Ersten Konsul der Republik Frankreich
sichtlich mitgenommen. Der häufige Schlafentzug hatte
Napoleon zugesetzt. Bleich und abgezehrt sprach er zu seinem
Volk. Doch seine Stimme schallte kraftvoll und selbstsicher
wie eh und je über den Rathausplatz:

„Völker von Italien, das französische Heer kommt, um eure
Fesseln zu sprengen. Das französische Volk ist ein Freund
aller Völker. Habt Vertrauen zu uns; euer Eigentum, eure
Religion, eure Sitten sollen geachtet werden! Wir führen als
großmütige Feinde Krieg und nur gegen die Tyrannen, die
euch unterjochen."

Unbeschreiblicher Jubel und Freudengesang erhob sich wieder
von der italienischen Bevölkerung.
„Es lebe das freie, geeinte Italien! Alle Italiener stehen von
nun an unter dem Schutz ihrer französischen Freunde. Ich
betrachte mich nicht als Herrscher über euch, sondern als euer
Diener. All eure Sorgen und Nöte werden von nun an von mir
persönlich geteilt. Euer Schicksal ist mein Schicksal. Frieden,
Freiheit und immerwährende Freundschaft sollen zwischen
allen europäischen Völkern herrschen."

Doch die Wirklichkeit sah bald ganz anders aus. In den eroberten Gebieten stürzten zwar die Revolutionsheere sofort die Regierungen und errichteten Republiken – in Holland, der Schweiz, in Oberitalien und im Kirchenstaat. Trotzdem mussten die „befreiten" Staaten hohe Tribute entrichten. Diese Gelder waren dem Direktorium bald unentbehrlich. So geriet die Revolutionsregierung völlig in die Abhängigkeit von General Napoleon.

Frankreich hatte nun nach den glänzenden Siegen seiner Revolutionsheere eine Vormachtstellung in Europa gewonnen.

„Diese Dummköpfe! Glauben jedes Märchen, das dieser kurzbeinige Lügner ihnen auftischt! Die werden sich noch wundern", zischte Signore Rodolfo ahnungsvoll seinen Freunden im Schutze der Masse zu.

„Richtig. Ich bin ganz deiner Meinung, mein guter Rodolfo, aber ich halte es doch für besser, wenn wir jetzt erst einmal deutlich sichtbar tüchtig Applaus spenden, denn Napoleon hat seine Spitzel überall, besonders in der versteckten Masse", meinte Vidocq lästernd und flüsternd.

Nicole de Brie lachte und fing an, ein heftiges Hurra-Geschrei auf Napoleon Bonaparte anzustimmen.

Rodolfo und Vidocq taten es ihr gleich.

„So ist es richtig, meine Freunde. Denn man weiß nie genau, von wem man gerade beobachtet wird", meinte Eugène verschmitzt.

„Und wir brauchen Napoleon jetzt dringender denn je. Und dann müssen wir unbedingt Mirella und den Barden wiederfinden."

Nicole wurde nachdenklich.

„Clement und Mirella mögen jetzt zwar allem Anschein nach ein Liebespaar sein, aber ob die beiden so verrückt sind und gerade zusammen unterwegs sind, um auf eigene Faust den Schatz in der Villa zu suchen? Was meint ihr?", fragte sie mit mulmigem Gefühl.

„In diesem Fall hätten uns auch diese beiden verraten", sagte Vidocq traurig.

Am Ende seiner Ansprache hatte Napoleon die drei Freunde in der Masse nicht erblickt. Nach den ausgiebigen Jubelfeiern und Reden zerstreute sich die Menge nach Stunden endlich in alle Richtungen.

Nun konnten Vidocq, Nicole und Rodolfo sich auf die Suche nach Mirella machen; auch das merkwürdige Verschwinden des Barden wollten sie endlich aufklären.

Sie suchten alle Hauptstraßen und schließlich auch alle kleine Gässchen nach den beiden ab, welche die Verschwundenen vom Zirkusstandort bis hierher zum Rathaus genommen haben könnten.

Aber vergebens!

Keine Spur von Mirella oder Clement. Nirgends lagen sie verletzt oder tot am Straßenrand. Keiner hatte sie auf Anfrage gesehen.

„Vielleicht hat sich das junge Liebespaar einfach nicht getraut, möglicherweise wieder vor Napoleons Angesicht treten zu müssen", meinte schließlich Signore Rodolfo erschöpft nach stundenlanger, vergeblicher Suche.

„Und daher sind sie vermutlich einfach nur zu Hause geblieben, im Schutze meiner „Mogleure"", mutmaßte der Zirkuschef.

„Das könnte sein, das müssen wir sofort feststellen, ob es so ist", sagte Nicole de Brie schläfrig.

„Ja, wir kehren jetzt besser sofort zum Zirkus zurück und sehen nach", meinte auch Vidocq.

Doch dort waren die beiden Vermissten auch nicht zu finden. Am nächsten Tag bei der Morgenvorstellung der „Mogleure" fehlten Mirella und ihr Barde auch. Und auch die nächsten Tage tauchten sie nicht mehr auf.

„Also sind die beiden wohl doch von Napoleons Revolutionsgarden gefangen genommen worden!", donnerte der Zirkuschef los.

„Das glaube ich einfach nicht so recht", erwiderte Vidocq.

„Wenn dem so wäre, dann hätte sich doch längst ein Emissär des Korsen hier bei uns gemeldet und uns vor vollendete Tatsachen gestellt", meinte er mit fester Überzeugung.

„Und dann wären auch wir schon lange verhört worden. Außerdem haben wir ja auch schon längst alle offiziellen Gefängnisse abgeklappert: Keine Spur von Mirella und Clement!", rief Vidocq dem Zirkuschef in Erinnerung.

„Mann, Eugène, diese neuen Bonapartisten, wie die Napoleon-Anhänger inzwischen genannt werden, haben doch Geheimgefängnisse, die kein Sterblicher von uns zu Gesicht bekommt!", tadelte Rodolfo kopfschüttelnd.

„Ja, Rodolfo könnte recht haben, das glaube ich auch!", erwiderte Nicole de Brie hitzig.

Die Lage war irgendwie gespenstisch, was den ungeklärten Verbleib von Mirella und Clement Thierry Bardou betraf. Der Zirkusbetrieb nahm ohne die beiden irgendwie eine ganz andere Färbung an, ein Charakter des Mangels und der Unvollkommenheit stellte sich schwelend bei ihren Kameraden ein.

„Die Zuschauer reklamieren ständig die beiden Artisten, das liebestolle Sangesduett fehlt den Leuten so sehr, dass sie sich schon zu wilden Empörungen und Protesten hinreißen lassen!", sagte Nicole de Brie nervös.

Vidocq schlug ärgerlich mit der Hand auf einen Tisch.

„Als ob mir das nicht bekannt wäre! Ich bin ja auch täglich in der Arena und bekomme die ganzen Unmutsäußerungen des Pöbels mit!", blaffte der Schmugglerkönig seine Freundin an.

„Kinder, es hat keinen Zweck, zu streiten, denn die gute Mirella und ihr liebeshungriger Freund Clement sind bestimmt schon auf Hochzeitsreise auf Sardinien oder Korsika!", meinte der Zirkuschef trocken und lachte dunkel.

„Sehen wir doch den Tatsachen ins Auge und seien wir ausnahmsweise mal realistisch", forderte Signor Rodolfo verschmitzt.

„Solch einen Quatsch glaubst du doch wohl selber nicht!", schimpfte Vidocq aufbrausend.

Doch gerade in diesem Augenblick erschien in den Privaträumen des Zirkus eine kleine Gesandtschaft von Napoleon, die sich Einlass in die Gemächer verschafft hatte.

Ihr Anführer war: Der forsche Marschall Joseph Fouché, jetzt offenbar die rechte Hand des neuen Herrschers!

Alle Artisten staunten nicht schlecht und nahmen verblüfft Haltung an.

Der Zirkuschef ergriff beherzt das Wort.

„Sire, wir freuen uns wirklich, Euch zu sehen! Wir waren bei der Kundgebung vom ehrenwerten General Napoleon Bonaparte, haben unserer Freude über seinen glänzenden Sieg über die Österreicher Ausdruck gegeben. Doch trauten wir uns nicht, Euch und seine Exzellenz ungefragt mit unserer Einmischung zu behelligen, weil wir ehe ahnten, dass Ihr Sendboten nach uns ausschicken würdet, um uns an die Verpflichtungen aus unserem Schatzpakt zu erinnern", deklamierte Signore Rodolfo artig und demütig, nahm seinen Zylinder ab und senkte das Haupt.

„Seid uns willkommen und nehmt doch Platz an unserer bescheidenen Tafel!", tat nun auch der Schmugglerkönig eine Äußerung, ohne die Antwort von Fouché abzuwarten.

„Exzellenz!", sagte Nicole de Brie ehrerbietig und machte einen Knicks.

„Aber Mademoiselle, diese Eure Haltung ist gänzlich unangebracht und überdies obsolet. Noch bin ich nicht der König, nur ein einfacher Bürger, der Abgesandte und Mitarbeiter des Ersten Konsuls der Republik Frankreich", sagte der Marschall schmunzelnd.

„Und die Titel „Sire" und „Exzellenz" gibt es auch nicht mehr."

„Ihr wollt euch wohl bei mir einschmeicheln, leidet wohl an einem schlechten Gewissen, was? Nanu, was ist denn in der Zwischenzeit Schlimmes vorgefallen, hier in eurem sündigen Varié té? Hat hier jemand Reue und Abbitte zu leisten?", fragte der Minister forsch und verdrießlich, ohne sein Lachen verbergen zu können über die Ziererei.

Alle schwiegen verlegen.

„Meine Güte, hier herrscht ja eine Geziertheit und Steifheit sondergleichen, dass man meinen könnte, man wäre bei einer Hinrichtung von Regimegegnern, meine guten Wachspuppendarsteller", sagte Fouché mit seinem gefürchteten, bissigen Humor.

„Bin ich hier etwa in Madame Tussauds Wachsfigurenkabinett gelandet?", frotzelte er wenig königlich.

Nicole de Brie lachte entzückt.

„Wenn ihr so auf der Bühne eure Rollen spielt, dann schmeißen die Bürger von Mailand bald mit faulen Eiern – oder nein: Hier in den südlichen Gefilden verwenden sie wohl eher Orangen, oder, wenn ich recht orientiert bin, meine lieben Schmierenkomödianten?", fragte er mit schadenfrohem, ordinären Lachen, war aber trotzdem guter Laune.

„Gute Idee, diesen ausgezeichneten Vorschlag werde ich gleich morgen in meine neue Lachnummer einbauen, Euer Majestät!", versprach Signore Rodolfo mit schwungvoller Lachsalve.

„Das bleibt Ihnen unbenommen, Sie Zirkuskuppler!", sagte Fouché mit bärbeißiger Miene.

Nicole und Vidocq lachten vergnügt.

Doch kurz darauf wurde der Schmuggler blass im Gesicht, als er von seinem Besucher folgende Frage vernahm: „Und jetzt darf ich die Herrschaften wohl um die alles entscheidende Auskunft bitten: Ich sehe, Mademoiselle Mirella di Cagliostro und der fahrende Sänger Bardou sind nicht bei Ihnen hier im Zelt erschienen; wo sind die beiden also? Bitte rufen Sie sie herbei. Ich habe mit ihnen zu sprechen", sagte Marschall Fouché mit forscher Stimme.

Vidocq, der immer noch gehofft hatte, die beiden Verschwundenen wären in Napoleons Gewahrsam, erschrak nun wirklich: „Was denn, Herr Marschall, soll das heißen, sie sind nicht bei Ihnen?"

„Was soll das bedeuten, bei mir?", fragte der Besucher derart glaubwürdig enttäuscht und indigniert, dass der Schmuggler sofort wusste, er bekäme von dem Mann keine Komödie vorgespielt.

„In Napoleons Gefängnissen, meine ich, dachte ich", sagte Vidocq abgehackt.

„Wieso denn das? Wie kommen Sie denn darauf, meine Freunde?", fragte der Marschall ehrlich verdutzt.

„Dann muss den beiden doch etwas passiert sein", sagte Nicole, senkte resigniert den Kopf und seufzte.

„Wieso passiert? Soll das etwa heißen, Mademoiselle und Monsieur arbeiten nicht mehr bei den „Mogleuren"?", fragte der Marschall scharf.

„Nein, das nicht, doch sie sind seit einigen Tagen nicht mehr im Zirkus erschienen, haben also auch ihr beliebtes Gesangsduett aufgegeben und dadurch ein murrendes Publikum zurückgelassen", erklärte Signore Rodolfo hilflos.

„Was sagen Sie? Das ist ja ein tolles Ding!", tobte der Marschall.

„Und wo sind die beiden Tunichtgute hingegangen?", verlangte der aufgebrachte Minister zu erfahren.

„Das wissen wir ja eben nicht!", erklärte Nicole gereizt.

„Wie? Die beiden haben sich also gar nicht mit euch abgesprochen und sind einfach abgehauen?", fragte der Besucher.

„Genau, das ist es ja, was uns solche Sorgen macht!", erklärte Vidocq.

„Moment mal: Seit wann fehlen die beiden Halunken denn genau?", drängte der Marschall nun.

„Seit dem Tag, kurz bevor Napoleon Bonaparte hier in Mailand seine Ansprache an das italienische Volk gehalten hat", präzisierte Signore Rodolfo. „Also vor ein paar Tagen. Vormittags haben Mirella und Clement noch munter ihre Gesangsnummer in der Frühvorstellung hier im Zirkus durchgezogen, danach hat sie niemand mehr gesehen", sagte Nicole de Brie traurig.

„Aha, da haben wir´s! Die beiden Betrüger sind also genau an dem Tag aus der Stadt Mailand entwischt, bevor unser General Napoleon hier triumphal eingezogen ist, das ist ja interessant. Aus irgendeinem Grund wollten sie dem General auf keinen Fall begegnen!", zischte Fouché giftig.

Rodolfo runzelte ärgerlich die Stirn.

„Das ist doch Unsinn, Herr Marschall. Das junge Liebespaar konnte unmöglich wissen, dass Napoleon just an diesem Tag am Nachmittag hier mit seinem Heer in Mailand einziehen würde, das wussten wir ja nicht einmal, unser gesamtes Zirkusensemble, noch der General selber, bis wir kurz vorher erst selber auf den Straßen überall den Jubeltaumel vernommen haben, der Napoleons Triumphankündigung voranging. Das mit dem Verschwinden des Paares war nur ein Zufall; denn als der erste Feierlärm in der Stadt begann, da waren Mirella und Clement schon Stunden fort", verteidigte der Zirkusdirektor seine Freunde.

„Seid ihr so dumm, mir so eine Lüge zu verkaufen? Nein, ich glaube, es ist eher so, dass die beiden Gierhälse sich wohl schnell noch den Schatz in der Villa unter den Nagel reißen wollten, damit sie den General um seinen Anteil behumpsen können!", behauptete der neue Minister giftig.

„Ach was. Wenn die beiden es wirklich so gierig auf den Schatz abgesehen hätten, dann hätten sie doch eher zuschlagen können. Unsere Schauspieltruppe ist schließlich schon seit vielen Wochen in Mailand", sagte Vidocq sachlich. „Da würden Mirella und Clement doch nicht bis zum letzten Augenblick warten, kurz bevor Napoleon irgendwann hier in Mailand als Sieger in der Stadt einziehen würde, was ja für uns alle früher oder später absehbar war, Herr Marschall. Da wären sie gleich in den ersten Tagen ihres Hierseins in Mailand zu der Villa aufgebrochen, um den Schatz zu suchen."

„Eben. Das ganze private Manöver der beiden Turteltauben hat doch überhaupt nichts mit Habgier oder Verrat an Napoleon zu tun!", polterte der Zirkusdirektor Rodolfo nun los.

„Das sind zwei junge Leute, unstet und wankelmütig in ihrem Charakter. Die haben plötzlich ihre Liebe zueinander entdeckt und wollten mal dem Alltag entfliehen und sind ausgerückt zu einem galanten Liebesabenteuer. Und das wollen sie hier irgendwo im schönen Italien erleben, vielleicht sogar in der Lombardei, oder sie sind schon in Rom, der Stadt der Liebe schlechthin. Die scheren sich nicht um Napoleons Kriegspläne, oder Befreiungsfeldzüge! Denen ist mittlerweile auch der Schatz in der Villa völlig schnuppe! Die sind nun durch eine glückliche Fügung in Italien gelandet, dem Land der romantischen Abenteuer. Und das wollen sie nun auskosten. Und nachdem sich das Pärchen genug ausgetobt hat, kommen die beiden in ein paar Wochen bestimmt freiwillig wieder zu uns, zu ihren Freunden zurück, das sage ich euch!", prophezeite Signore Rodolfo emphatisch und voller Sympathien für das junge Paar.

„Ich war als junger Mensch genauso: Als Zirkusjunge habe ich mich in halb Europa herumgetrieben, und erst recht als verliebter Jüngling", erinnerte der Zirkusdirektor sich wehmütig.

„Die stoßen bald wieder zu den „Mogleuren", das sage ich euch!"

„Oder sie türmen inzwischen längst mit dem Schatz nach Frankreich, oder besser noch: Nach England, wo sie Napoleons Zugriff entzogen sind", sagte der Marschall mit Bitterkeit.

„Pah, wenn es Ihnen so sehr auf Ihren Schatzanteil ankommt, bitte sehr: Hier haben sie meine Schatzkarte als Entschädigung", bot sie ihm der großzügige Vidocq an.

„Dazu brauchen Sie überhaupt nicht Mirella di Cagliostro hier persönlich vorzufinden, wenn Sie selber nach dem Schatz suchen wollen", sagte er sachlich.

Der Minister Napoleons nahm den Schatzplan skeptisch entgegen und sagte: „Was kann mir aber dieser Wisch jetzt noch nützen, wenn die beiden verliebten Schatzräuber den Schatz schon abgeräumt haben und vielleicht damit schon im sicheren England sitzen und sich über uns lustig machen?", fragte er gallig bitter.

„Mirella hat sich ja vielleicht wirklich vor Ihnen davongemacht. Sie haben Sie immerhin damals sehr gedemütigt mit der Entkleidungsnummer an der Seine."

Vidocq schaute ihn böse an.

„Erinnern Sie sich?"

„Gut, das war ein hässliches Triumphmanöver von mir, weil dieses leichte Mädchen mich damals ausgetrickst hat", gab Fouché zu. „Ich bin nicht stolz darauf."

„Wenn Sie also als Mirellas Freundin Satisfaktion von mir fordern: Ich bin auf der Stelle bereit, Sie Ihnen zu geben, da werde ich mich nicht drücken, bei meiner Ehre als Offizier, also?", fragte der Marschall unerschrocken und griff schon nach seinem Degen.

„Ich werde es mir überlegen, die Sache hat jetzt keine Eile", sagte Vidocq verschmitzt.

Der Marschall grunzte.

„So? Gut. – Aber ich hätte diese leichtlebige Zigeunerin von einer Mirella di Cagliostro schon längst aus dem Verkehr ziehen sollen. Spätestens nach der Nummer mit der Urinuhr auf der Bühne hätte ich sie einbuchten sollen, wegen Verderbung der guten Sitten; dann wäre sie heute noch greifbar und könnte uns keine Schwierigkeiten machen wie jetzt, wo sie sich vielleicht gerade an dem Schatz vergreift", rief Fouché erregt und fuchtelte nervös mit den Händen hin und her.

„Hach, was war ich doch für ein Narr! Denn diese Mirella ist ein reines Triebwesen, von Gier und Berechnung geleitet", sagte der Minister aufgebracht.

„Sie ist so genusssüchtig, dass ihr jedes Mittel recht ist, um ihren Hedonismus zu befriedigen. Da nimmt sie auf niemanden Rücksicht; Sie sehen doch: Sogar ihren Geliebten und ihre engsten Freunde hat dieses schreckliche Weib verlassen, ohne mit der Wimper zu zucken, weil es gerade etwas abzustauben gibt", sagte er ärgerlich.

„Genug jetzt. Das ist überhaupt noch nicht bewiesen!", rief Nicole de Brie indigniert dazwischen.

„Aber durchgebrannt ist sie mir wahrscheinlich schon; da immerhin hat unser Herr Marschall mit ziemlicher Sicherheit recht!", erwiderte Vidocq mit plötzlich finsterer Miene und schaute trübselig drein.

„Warte, warte, Francois; Mirella kann aber ebenso gut wirklich auf dem Weg zu Napoleons Jubelfeiern zusammen mit Clement umgekommen sein", widersprach Nicole heftig. „Schöner Trost."

„Das alles haben wir ja schon diskutiert, gut, gut ... Aber wir waren ja inzwischen auch in allen Leichenhäusern in Mailand", sagte Vidocq ärgerlich.

„Und nirgends waren die beiden dabei", sagte er scharf.

„Vielleicht ist Mademoiselle Mirella aber auch entführt worden?", fragte Fouché sich auf einmal sehr nachdenklich.

„Von wem denn?", fragte Nicole.

„Von einer anderen politischen Gruppierung zum Beispiel? Was weiß ich? Es gibt ja zurzeit so viele in Frankreich", meinte der Marschall. „Freimaurer? Royalisten? Kommunisten? Rosenkreuzer, Illuminaten ... Alle diese zwielichtigen Cliquen können den Schatz ebenso gut gebrauchen wie wir, jeder von denen kann hinter dem Vermögen her sein, und daher haben sie die kleine Cagliostro entführt", brummte er. „Vielleicht sogar mehrere Cliquen im Verschwörerverbund?"

„Das hört sich eigentlich ganz plausibel an, was meinst du dazu, Liebling?", fragte Nicole aufgeregt ihren Freund und fasste ihn bei der Hand.

Da drehte sich der Schmugglerkönig unwirsch nach der Kunstreiterin um.

„Das käme dir wirklich gut zupass, nicht wahr, wenn Mirella auf diese Weise für immer verschwände, weil die Verschwörer sie vielleicht umbringen. Falls sie nicht an den Schatz kommen. Dann wäre der Weg endgültig frei für dich, weil du dir dann meiner ungeteilten Liebe zu dir sicher sein könntest, denkst du das vielleicht?", fragte Vidocq aufbrausend.

„Aber Francois!!! ... Das glaubst du doch nicht wirklich von mir? Dass ich mir solche hinterlistigen Gedanken mache? - Also, ich bin wirklich schockiert!"

Und Nicole de Brie ließ ihn fahrig los und weinte leise in sich hinein.

Vidocq bereute bereits seine Taktlosigkeit, doch Nicole
wehrte seine Tröstungsversuche heftig ab.

Da beschloss er, seine wahren Gefühle nicht länger zu
verbergen:

„Also gut: Es tut mir leid, Nicole, mein Schatz, aber … Ich
kann es nicht länger leugnen: Meine ganze Zuneigung gehört
weiterhin allein Mirella, ganz gleich, wo sie jetzt sein mag“,
gestand er zerknirscht.

„Oh, Mirella, ich muss weiter nach ihr suchen! Wo bist du?“,
klagte der Schmuggler.

„Ich muss Gewissheit haben, ob sie noch lebt. Könnt Ihr mir
dabei helfen, Marschall Fouché?“, bat er eindringlich den
Minister.

„Wir helfen Euch natürlich auch gerne dabei, festzustellen, ob
der Schatz in der Villa ist, und ob Mirella und Clement gerade
dabei sind, ihn ebenfalls zu suchen“, versprach Vidocq
geknickt.

Seine gesamte Contenance war mit einemmal verschwunden,
der Räuberhauptmann und Mann der tausend Listen war am
Boden zerstört.

Durch die Liebe.

„Natürlich, wir machen uns sofort auf die Suche nach dem
Schatz, die Straßen sind ja jetzt sicher in Mailand, jetzt, wo
die Kriegshandlungen eingestellt sind“, sagte der Minister.

„General Bonaparte kann mich ja sicherlich für ein paar Tage
entbehren; aber er möchte übrigens auch euch beide sprechen,
seine Schatzpartner, Mirella und Vidocq, lässt er euch
ausrichten“, sagte Fouché mit einiger Verspätung. „Ihr seid
alle zu den Siegesfeiern geladen, natürlich auch Signore
Rodolfo“, sagte er mit Blick zum Zirkuschef.

Dann tröstete der Marschall die arme Nicole de Brie. „Und Ihr
findet bestimmt bald einen neuen Verehrer, Mademoiselle de
Camembert“, scherzte er. „Bei diesem Talent, das Ihr habt. Ihr
seid eine ausgezeichnete Kunstreiterin, und General Bonaparte
begehrt heiß und heftig, Eure Reitnummer zu sehen“, sagte er.

„Und Ihr, mein guter Vidocq: Grämt Euch bitte nicht zu sehr;
sollte die abtrünnige Mademoiselle di Cagliostro noch am
Leben sein, und dann noch etwas für Euch empfinden, dann

kommt sie bestimmt auf die eine oder andere Weise zu Euch zurück. Freiwillig oder unfreiwillig. Das Leben bietet manchmal die tollsten Überraschungen, das habt Ihr in Eurem jungen Leben ja auch schon mehrfach erfahren", dozierte Fouché, jetzt ganz ohne Häme, eher wie ein Seelentröster.
„Ich verspreche Euch: Ich setze alle meine Mittel und Leute ein, Mirella und Clement wieder aufzutreiben. Dazu müssen wir uns alle aber endlich mehr vertrauen und zusammenarbeiten, vor allem mit unserem General Bonaparte."
„An mir soll es nicht liegen", sagte Vidocq mit dumpfer Stimme und abgestumpfter Miene.
„Wird er uns denn die vielen Eskapaden und Missgeschicke vergeben?", fragte er zweifelnd.
„Oh ja, durch seinen erneuten großen Sieg in Europa ist der General in Hochstimmung. Und die wird sich noch beträchtlich verstärken, wenn er von Mirellas Schatz etwas abbekommt", versicherte der Marschall zuversichtlich.
„Kommt jetzt mit, Napoleon erwartet uns in seinem behelfsmäßigen Regierungspalais. Nach einer kurzen Visite stellt er uns bestimmt gleich eine Abteilung Soldaten und eine Eskorte für die Schatzsuche zur Verfügung, dann machen wir uns gleich zu der Villa auf", schlug Joseph Fouché munter und voller Tatendrang vor.
„Morgen schon könnten wir dort sein."
Die Freunde sahen sich unschlüssig ins Gesicht.
„Es ist mir eine große Ehre, den General zu seinem Sieg über die Österreicher zu beglückwünschen", sagte Signore Rodolfo unterwürfig und mit großer Freude in den erschöpften Augen.
„Einer herzlichen Erneuerung unserer Freundschaft soll nichts im Wege stehen", sprach er freudestrahlend.
Nicole, die sich wieder etwas gefasst hatte, sagte etwas zuversichtlicher: „Schön, sehen wir mal, was uns als weiteres Schicksal erwartet".
Gerührt sah Vidocq zu ihr hin, doch sie weigerte sich, sich bei ihm unterzuhaken.

„Ich danke Ihnen von ganzem Herzen für Ihre Bemühungen, Herr Minister", sagte der Schmugglerkönig aufrichtig zu Fouché.
Dieser nahm das Lob sachlich und mit mildem Gesichtsausdruck an.

Mit großem Prunkaufzug hielten die drei Freunde wenige Stunden später Einzug in Napoleons Palast.
Der Revolutionsgeneral hatte sich im Justizpalais von Mailand einige private Gemächer herrichten lassen, bis die Friedensverhandlungen abgeschlossen sein würden.
Napoleon Bonaparte empfing Nicole de Brie, Signore Rodolfo und Eugène Vidocq im geräumigen Empfangssaal für ausländische Gäste. Er saß auf einem thronartigen Stuhl in gemächlicher Herrscherpose, den einen Arm auf der Stuhllehne aufgestützt, der andere klammerte sich lässig an eine schöne Haremsdame, die aufrecht stand, verschleiert war und den Kopf senkte und dem General etwas ins Ohr flüsterte. Wahrscheinlich aber war es nur eine Gespielin des Ersten Konsuls von Frankreich, die sich als Odaliske verkleidet hatte, denn unter dem orientalischen Gewand schimmerte eine weiße Haut durch.
Der ehrenwerte Sieger Napoleon war von Dienern und Kandelabern umgeben, die überall vor ihm auf dem schweren Tisch standen und sein Diner erleuchteten.
Fouché bildete die Spitze der kleinen Abendgesellschaft und begrüßte seinen Chef.
„Guten Abend, Bürger Napoleon, ich freue mich, Euch endlich eure Schatzpartner zuführen zu können, auch wenn sie leider nicht vollzählig hier erscheinen können, denn Mademoiselle Mirella di Cagliostro und der Barde Clement Bardou fehlen, wie ich zu meinem großen Bedauern gestehen muss. – Die beiden liebestollen Schatzsucher sind wahrscheinlich ins Ausland geflohen, um dort ein galantes

Abenteuer zu verleben, Sire", meldete der Marschall mit nur halber Freude.

„Bürger, nicht Sire!", schnauzte der General seinen Minister an.

„Merken Sie sich das endlich, mein guter Fouché! Ich bin auch nur ein einfacher Bürger, wenn auch der Erste Bürger Frankreichs, Marschall Futschicato", lästerte Bonaparte schon wieder kokett, am Rande der Arroganz.

„Jawohl, Bürger Napoleon, ich bitte um Verzeihung für meine Zerstreutheit", berichtigte Fouché ernst.

Das verschleierte Mädchen an Napoleons Seite bereitete auf ein Zeichen des Ersten Bürgers im Staate die Hände aus und fing an zu tanzen.

Alle nahmen sie die schöne Haremsdame in Augenschein.

„Aha, aber nun tretet doch näher, meine guten Freunde, denn heute gibt es wirklich reichlich zu feiern, seit meinem Sieg über die Österreicher", sagte der schmächtige General Napoleon, der zuerst seinen Zirkusdirektor von den „Mogleuren" begrüßte, indem er sitzen blieb auf seinem behelfsmäßigen Thron und Signore Rodolfo für sich dienern ließ.

„Aber wenigstens du bist heute vollzählig zu mir gestoßen, mein treuer Rodolfo von den Brettern, die die Welt bedeuten! Wie geht es dir, du alter Nussknacker? Ich weiß gar nicht, was ich ohne deine unbezahlbaren Spitzeldienste anfangen sollte", schwärmte Napoleon ihn an.

„Und vor allem: Unbezahlte Spitzeldienste", sagte Rodolfo lachend.

Napoleon lachte zurück.

„Auch wenn ich mal stark vermute, dass du ebenso gern gleich zu den Österreichern übergelaufen wärst, wenn diese meine Heere besiegt hätten, statt umgekehrt, und dann hättet ihr mich gemeinsam aus dem Land hinaus gejagt", sagte Bonaparte lachend. „Oder schlimmer noch. Dann ständest du heute hier in demselben Raum und machtest jetzt gerade deinen Bückling vor dem österreichischen Kaiser, gib´s zu, habe ich recht?"

„Natürlich Euer Emporkömmling, immer liebend gern, wenn nur der Preis stimmt und das Angebot so verlockend ist, dass man es unmöglich ablehnen kann", sagte Signore Rodolfo mit satirischem Lachen und umarmte seinen Napoleon.

Nicole de Brie lachte verhalten.

„So ist es recht, du alter Filou, ich sehe wirklich mit Freuden: Das ist ganz mein alter Rodolfo, wie er leibt und bald ablebt, wenn er weiterhin solch flapsige Bemerkungen macht!", sagte Napoleon Bonaparte lachend und klopfte dem Zirkuschef auf die Schultern.

„Und nun nimm gefälligst deinen ollen Zylinder ab und lass mich deine Glatze kratzen", befahl Napoleon keckernd, „denn nach einem alten sizilianischen Brauch soll das Glück bringen, vor allem, wenn man als Herrscher gerade ein neues Land erobert, äh … befreit hat", gluckste Napoleon.

„Welch bescheidener Wunsch für solch einen großmütigen Herrscher, äh … Diener seines Staates", sagte Signore Rodolfo lachend, und nahm seinen Zylinder vom breiten Proletenschädel, worauf ihm der Korse mit seinen Fingernägeln tatsächlich über die Glatze fuhr.

Dann beäugte der strahlende Feldherr seine beiden anderen Gäste, Vidocq und Mademoiselle de Brie.

„Mein guter Vidocq, mein lieber Dieb und Räuber und Landstreicher von der wunderhübschen Gestalt, und Mademoiselle de Gruyère, wenn ich nicht irre", deklamierte der Erste Konsul in bester Feierlaune.

„Kommt zu mir, meine Freunde, und nehmt an der Feier teil, denn heute ist jeder hier in bester Feierlaune; dafür habe ich auch meine Leierfaune bestellt, denn Musik gehört nun mal zum Sieg dazu, und vieles mehr", sagte der junge langmähnige Gastgeber aufgeräumt.

Und klatschte in die Hände.

Und augenblicklich erschien in dem Raum eine weitere maskierte Gestalt mit einer Laute, setzte sich vor der Gesellschaft auf einen niedrigen Schemel und begann ein Lied zu intonieren.

Die verschleierte Odaliske bewegte sich jetzt im Kreis tanzend um den Musiker herum.

Vidocq, Nicole und Rodolfo wurden gebeten, am Tische Napoleons Platz zu nehmen und schauten elektrisiert auf das Spektakel.
Sie wurden bewirtet mit Musik, Wein und guten, erlesenen Speisen. Andere Musiker traten hinzu und begleiteten das opulente Mahl der Gäste mit einem ganzen Orchester.
Trotz ihrer humorvollen Beleidigungen kamen Rodolfo und Napoleon glänzend miteinander aus und schnatterten munter miteinander wie die Gänse und lachten unentwegt.
Nicole und Vidocq rückten wieder näher zusammen und aßen hungrig im Kerzenschein von dem kalten Braten und den Früchten, die man ihnen aufgetragen hatte.
Die flirrende Musik und die Ausdünstungen von Speisen und Spirituosen machten die drei Zirkusartisten kirre und schläfrig.
Ein Fest der Mystik schien das hier zu sein: Alles verschwamm vor den Augen der Gäste, die Atmosphäre neigte zum Exotischen und wurde irreal.
Da trat die tanzende Haremsdame wieder dicht zu Vidocq, die ihn jetzt persönlich mit ihrem Tanz und den flatternden Bewegungen ihrer vielen Schleierarten umschmeichelte, die an der Tänzerin wie Fledermausflügel auf und nieder schwangen; derart kunstvoll war ihr geschickter Umgang mit ihrem Stoff.
Vidocq war fasziniert von der schönen unbekannten Barfuß-Tänzerin, die ihn während ihrer Darbietung mehrmals an der Schulter berührte, während sie sich kreiselnd um ihn drehte.
Verzückt starrte der Räuberhauptmann auf die Odaliske.
Nicole starrte eifersüchtig auf die Rivalin und verzog mit saurem Gesicht den Mund.
„Sieht ganz so aus, als würde dir da wie von Zauberhand eine neue Gefährtin zuflattern", zischte die Kunstreiterin ihm böse zu.
„Aber, aber: Wer wird denn gleich die erstbeste Zi-Gaunerin zu seiner Liebsten erwählen?", fragte Vidocq in behaglicher, schläfriger Stimmung.

Seine Gemütsruhe wurde jedoch bald empfindlich aufgestört, als die Tänzerin unerwartet zu einem Degen griff und damit die tollsten Kunststücke vollführte: Sie erinnerte den Räuberhauptmann in ihren Bewegungen unwillkürlich an seine Mirella, und sie war es auch, wie er im nächsten Augenblick mit gewaltiger Verblüffung feststellen musste, denn die falsche Odaliske riss sich den Schleier vom Gesicht und lächelte ihm zu:

„Mirella! Du hier?", fragte er entgeistert und machte Anstalten, sich zu erheben.

Die Amazone tätschelte ihm das Kinn. „Bon jour, mein kleiner Räuberhauptmann, schön, dich wiederzusehen", sagte sie mit behaglicher Stimme, ohne Allüren, so als wäre ihre Anwesenheit in diesem fürstlichen Gemach die natürlichste Sache der Welt.

Auch Marschall Fouché war ungläubig von seinem Sitz gefahren und rief: „Mademoiselle di Cagliostro? Die Haremsdame, die Tänzerin, das war sie? Ich träume wohl?", rief er laut.

„Pssst, nicht so laut, Vize-Majestät; Ihr stört mit Eurem kakophonischen Zwischenruf den Verlauf und den Takt der Lustbarkeiten", rief ihm MdC kokett hinterher.

Dann scharwenzelte Mirella geschmeidig zu Napoleons Thronsessel und kraulte ihm das Kinn.

„Na, wie steht's - bist du zufrieden mit allem, und vor allem mit mir, mein kleiner Revolutionsgeneral, mein liebes, kleines Bönapartchen?", titulierte Mirella neckisch den kleinen Korsen mit der langen Mähne.

„Ausgezeichnet, mein liebes Miezekätzchen mit dem flotten Florett", entgegnete Napoleon schmusekaterig verliebt.

„Ich höre wohl nicht recht? Mein kleines Bönapartchen?", fragte Vidocq entrüstet, als er sah, dass Napoleon seine geliebte Degenfechterin, die Gefährtin so vieler Abenteuer, heftig auf den Mund küsste.

Napoleon lächelte dem Schmugglerkönig zu.

„Und das alles haben Sie gewagt, so schändlicherweise vor mir zu verheimlichen?", fragte Vidocq mit vorwurfsvoller Verachtung den Marschall Fouché.

„Ich? Was? ... Aber ... Ich versichere Ihnen, mein lieber Vidocq, bei meiner Ehre als Soldat: Ich wusste selber nicht das Geringste von Mademoiselle di Cagliostros Anwesenheit hier in diesem Palast, bei meinem Vorgesetzten, dem ehrenwerten General..."

Er vollendete den Satz nicht.

Die Ehrlichkeit seiner Verblüffung war dem Marschall deutlich anzumerken.

„Ich schwöre Ihnen, mein lieber Vidocq: Es ist heute das erste Mal, dass ich Mademoiselle hier sehe."

Auch Signore Rodolfo war die burleske Situation nicht mehr geheuer.

„Was, Mirella ist die Mätresse meines Freundes Bonaparte?", fragte er dumm und unvorsichtig.

Napoleon nickte.

„Was sollte ich machen, Mademoiselle kam ganz freiwillig und über alle Maßen willig von selbst zu mir, am Tag meines Triumphzugs durch Mailand; konnte ich sie da zurückweisen?", fragte der Erste Konsul von Frankreich mit Absicht voller Plumpheit und lachte ordinär.

„Aber das hat sich ja großartig gefügt, so ein schönes Paar habe ich schon lange nicht mehr gesehen, ich wünsche Euch alles Gute für die Zukunft", sagte der Zirkuschef feige und unterwürfig.

„Nicht wahr? Der Meinung bin ich auch", sagte Napoleon derb und noch derber fasste er Mirella an den linken Busen. Sie lachte ungeniert und zwickte ihn in die Backe.

„Na, wirklich großartig fügt sich das Traumpaar in der Tat in den neuen, revolutionären Rahmen ein, und der Rest ist dann auch nicht mehr schwer zu erraten – der Barde kann dann nur noch der gute Clement Thierry Bardou sein", sagte der Schmugglerkönig sarkastisch, hüpfte wie ein Affe zu dem Musikus auf seinem Schemel hin und riss ihm die Tigermaske vom Gesicht.

Und in der Tat kam darunter Clement Bardou zum Vorschein.

„Grüß dich, mein guter Eugène, lass mich dir vorab gestehen: Ich kam lediglich auf ausdrücklichen Wunsch unserer Mirella hier an den „Königshof", mein lieber Freund. Ich hoffe, du nimmst mir das nicht übel? Im Grunde sind wir doch alle Freunde und Verbündete, nicht wahr?", redete er sich traurig heraus.

„Was, auch du, mein Sohn Brutus?", fragte Vidocq sarkastisch.

„Und wir drei einfältigen Figuren dachten schon, ihr beide hättet euch heimlich zur Schatzsuche in der Mailänder Villa aufgemacht – ihr beiden Turteltauben!", sagte Signore Rodolfo unsicher und überlachte seine peinliche Anmerkung.

„Pah, was sollte ich jetzt noch mit dem ordinären Schatz in der Villa anfangen, jetzt, wo ich meinen eigentlichen, wahren Schatz hier gefunden habe!", palaverte Mirella verächtlich und streichelte Napoleon den Kopf.

„Gut gesprochen und gebrüllt, mein Kätzchen!", antwortete Napoleon spontan und zeigte durch zufriedenes Grinsen an, dass er sich in dieser zwischenmenschlichen Pose des verliebten Schmusekaters gefiel.

„Ha, gut gebrüllt, Löwe von Mailand!", trompetete der tumbe Rodolfo los.

„Danke, mein lieber Kuppler von der Zirkusarena", antwortete Napoleon befriedigt.

„Ach, wirklich, was für ein guter, schlagfertiger Witz von Euch vorhin, Edelbürger Bonaparte, die Bemerkung mit dem „Zirkuskuppler"", freute sich Rodolfo über alle Maßen.

„Seid gewiss, dass ich auf immer und ewig Euer treuester „Zirkuskuppler" bleiben werde", versicherte der Zirkusdirektor von den „Mogleuren" aufdringlich und peinlich seinem Chef.

Napoleon nickte wieder dankbar und hob die Hand zu ihm hin.

„Aha, so also steht augenblicklich die Lüge, äh … die Lage der Nation!", versuchte sich der gehörnte Vidocq nun an einer satirischen Randbemerkung à la Räuber und Gendarm.

„Ha, gut pariert den Hieb! Bravo, mein guter Vidocq und Geldeintreiber", antwortete Bonaparte daraufhin mit unentwegter Fabulierlust.

„Ich freue mich wirklich, dass es sich unser guter Revolutionsgeneral mit meiner Mirella die Kalkrosto so gut gehen lässt, bravo, mein lieber Verbündeter, Ihr seid fürwahr kein Kostverächter!", lobte Vidocq schelmisch und scheinheilig den neuen Ersatzkaiser.

„Ich huldige hiermit feierlich dem neuen Besitzer von Mirella di Cagliostro, der Edelsklavin von Napoleon!", erdreistete sich der spitzfindige Vidocq die Bemerkung.

„Danke, bei Frauen bin ich tatsächlich ein bisschen wählerisch, während ich bei der Eroberung von Ländern nicht unbedingt so sehr auf den Namen der gerade erbeuteten Nation schiele", gab sich Napoleon bissig und schlagfertig.

„Doch so ganz ohne Weiteres verzichten auf den Goldschatz in der Mailänder Villa möchte ich dann doch nicht, da könnt Ihr mir durchaus noch zur Seite stehen, mein lieber Schmugglerfreund und Partner", bemerkte Napoleon Bonaparte so ganz beiläufig.

„Was denn? Ist das wirklich alles, was ich für Eure Majestät tun kann?", fragte Vidocq bissig und lachte schräg.

„Nein, natürlich nicht, ich habe demnächst noch größere Aufgaben für Euch, aber davon später", sagte der Korse belustigt.

„Nicole und Francois, und auch du, mein lieber Rodolfo: Ihr könnt alle drei gern ohne Verzug dem Schatz in der Mailänder Villa nachstellen, wenn ich nur bei meinem großen, lebendigen Schatz hier bleiben darf", schäkerte Mirella mit ihrem Napoleon, dem sie sich jetzt auf den Schoß setzte.

„Gut gesprochen, Madame vom flinken Degen", lobte Napoleon anerkennend.

„Aber meine liebe Mirella, was ist denn mit unserer ehemaligen Liebe, wo ist sie geblieben, unsere große Amour fou?", fragte Vidocq kokett mit humorvoller Betonung und breitete theatralisch die Arme nach Mirella aus.

„Fort, verflogen und zerstreut wie die österreichischen Armeen, so ist das nun mal, mein lieber Vidocq: Der Sieger bekommt stets die ganze Beute", näselte Napoleon und hielt seine Neuerwerbung Mirella di Cagliostro fest in seinen Armen.

„Ich bin mir sicher, unsere kleine Nicole de Brie hier wird dir eine treue Ersatzfrau sein, Francois - hahaha", sagte Rodolfo mit ordinärem Gelache und patschte ihr auf die Schulter.

„Na hör mal!", sagte Nicole empört zum Zirkuschef.

„Aber das war doch nur Spaß, mein kleines Kunstpferdchen, du darfst meine derben Scherze nie zu wörtlich nehmen", riet er ihr lachend.

„Mirella – komm zurück zu mir!", bat Vidocq noch einmal. Da schüttelte sie traurig den Kopf, ohne Häme.

„Du weißt doch, ich bin wie ein Vogel im Wind, mein kleiner Eugène, man kann mich nicht halten", sagte MdC treuherzig zum Schmugglerkönig. „Mal setz ich mich auf die eine Stelle, dann wieder lasse ich mich woanders nieder", sagte sie bezeichnend und deutete schlüpfrig auf Napoleons Schoß. Dieser lachte anerkennend.

„Ja, das ist wahr, und diesmal hast du fürwahr einen fetten Wurm im Schnabel", murmelte Vidocq etwas traurig, aber niemals humorlos.

„Nanu, bin ich tatsächlich so dick geworden?", fragte der Revolutionsgeneral lachend und befühlte seinen flachen Bauch.

Auch Rodolfo lachte schamlos, aber Nicole trat ihm rechtzeitig auf den Fuß.

Francois Vidocq hatte sich inzwischen immerhin soweit wieder in der Gewalt, dass er weiterhin das neckische Degradierspiel von Napoleon Bonaparte mitmachen konnte, ohne verbal zu entgleisen.

Er zog seinen Degen, breitete ihn elegant gegen den Korsen aus, ohne ihn aber ernsthaft zu bedrohen: „Das also ist Euer infames Spiel mit mir, mein lieber Verbündeter und Erster Staatsbürger Napoleon Bonaparte", deklamierte er theatralisch, indem er seinen Ingrimm über den Korsen in eine verkleidete Theaterposse überführte: „Sie mögen sich jetzt zwar bescheiden „Erster Staatsbürger Frankreichs" nennen, Sire, aber dennoch sind Sie in erster Linie ein dekadenter Großbürger, gerieren sich als Grandseigneur der Morbidität, ein monstre sacre; Sie sind zärtlich, kalt und grausam gleichzeitig", sagte Vidocq mit wildem Theaterfuror, schwenkte den Degen durch die Luft mit geschickten Kreuzhieben, machte einen Ausfallschritt, blieb aber wohlweislich auf derselben Stelle stehen, um Napoleons Leibwächter nicht zu beunruhigen.

„Mit einem Wort: Ihr seid genau der Typ Mensch geworden, den Ihr in Europa mit eurem Revolutionsheer so sehr bestrebt wart, unter allen Umständen abzuschaffen!", blaffte Vidocq revolutionär.

Napoleon grinste amüsiert.

„Eugène, nicht!", bat die erschrockene Nicole de Brie zaghaft und versuchte, ihren Geliebten zurückzuhalten.

Doch der zog weiterhin munter seine Bühnenaufführung ab.

„Ihr seid ein von den Frauen angehimmelter und destruktiver Magier – mit einem diabolischen Charme, das muss ich schon zugeben, mein guter Schatzpartner und Partnerschatz Bapoleon Nonaparte!", rief der Schmuggler mit fester Bühnenstimme in den Raum hinein, direkt in Napoleons Schlund.

„Ich hoffe, Ihr seid mit dieser Imagebeschreibung einverstanden, Bürger Nonaparte?", fragte Vidocq mit einer sarkastischen Verbeugung zum Korsen.

Dieser grinste in sich hinein.

„Moment mal, mein lieber Freund und Schatzteilhaber: Das kommt ganz darauf an, ob Ihr gerade als Schausteller und Gaukler zu mir gesprochen habt wie in einer Theaterkomödie, oder als echter Ankläger und frustrierter Liebhaber?", fragte Napoleon lachend.

„Touché, Meister!", sagte Vidocq anerkennend und warf seinen Degen weg.

„Ganz ehrlich, ich weiß es nicht, Euer Gnaden", gab er listig zu.

„Sollen wir den unverschämten Schwätzer und schmierigen Revolutionär in den Kerker werfen, Bürger Napoleon?", fragte einer seiner Leibwächter begierig und streckte sein Gewehr zu Vidocq hin.

„Aber nein, jeder Bürger in Europa hat ab heute das Recht auf eine eigene Meinung", wies ihn der Erste Konsul zurecht, „außerdem weiß ich gar nicht, ob sich hier im Justizpalais überhaupt irgendwelche Kerker befinden", fügte er humorvoll hinzu.

Alle Umstehenden lachten.

Mirella lachte besonders aufreizend und warf ihrem ehemaligen Liebhaber einen treuherzigen Blick zu, voller Mitgefühl, aber erkennbar ohne weitere Sehnsucht im Blick.

Der Schmugglerkönig seufzte resignierend, denn er war schließlich auch sehr enttäuscht von dem Verhalten seiner Mirella. Die Frage, die ihn quälte war nun: Meinte sie es ernst mit ihrer Liebe zu Napoleon, oder war alles nur gespielt, um ihn zu foppen? Hielten sie beide, Bonaparte und Mirella, den König der Diebe und Landstreicher nur zum Besten, um ihm eine Lektion zu erteilen?, fragte sich Vidocq zum Trost.

Ja, das wäre doch immerhin denkbar, versuchte er, sich selbst zu belügen.

Er beschloss keck und ungestüm, zügellos das neue, sündige Treiben Napoleons zu hintertreiben und bloßzulegen: „Schön, Mireille, du hast dich also nun entschlossen, deine Nächte mit einem Mann der Geldaristokratie zu verbringen, von dem du dich bezahlen lässt, aber sag mal: Wie schläft es sich denn mit der generalstabsmäßig geplanten Revolutionsverführung?", fragte Vidocq salopp und verärgert.

Napoleon staunte nicht schlecht über diese unmissverständliche Schmähung.

Mirella war nun wirklich höchst entrüstet über ihren ehemaligen Liebhaber, sprang von Napoleons Thron herunter und bohrte einen Zeigefinger in Vidocqs Weste.

„Was fällt dir ein, so vor und von einem Helden unserer Tage zu sprechen, der gerade eigenhändig todesmutig ganz Italien vor der verlotterten österreichischen Misswirtschaft gerettet hat? Unter persönlichem Einsatz seiner ganzen Kriegstechnik als hoch befähigter Kanonier und Artilleriespezialist?", schnauzte ihn die Geschmähte hochfahrend an. „Napoleon Bonaparte hätte sein Leben für Italien gegeben, wenn es notwendig gewesen wäre! Er hat wie ein gemeiner Soldat im offenen Abwehrfeuer der Österreicher im offenen Feld gekämpft! Seinen Körper schutzlos den Kanonenkugeln des österreichischen Feindes preisgegeben! Hättest du das auch getan?", fragte die falsche Adelige hochnäsig und sah Vidocq triumphierend an.

„Und wehe dir, du nennst mich noch einmal im Leben „Mireille", du verspäteter Liebhaber!", trötete sie.

„Bravo, danke meine Liebe, ich erkenne nun mit großer Freude: Du bist meiner Liebe voll und ganz würdig, welch eine Frau!", jubilierte Napoleon Bonaparte.

„Na, da gehört weiß Gott nicht viel Mut dazu! Solch ein schmächtiger Körper, so ein dünnes Fähnchen von General kann doch kaum jemals von einer Kanonenkugel getroffen werden – und wenn man dann noch die zwergenhafte Größe von deinem geliebten Italienbefreier betrachtet!", posaunte Vidocq verächtlich in den prunkvollen Saal hinaus.

„Denn die Kanonen werden doch nicht so dicht am Erdboden abgefeuert: Jede Salve würde also logischerweise über Monsieur Buonapartes Kopf hinweg fegen!", spottete der verschmähte Liebhaber wild drauflos.

„Und weil er so dünn ist, wie durch ein Gespenst durch ihn hindurch gehen!"

Da sprang Napoleon dann doch entrüstet von seinem improvisierten Thron auf und stemmte wütend die Fäuste auf dem schweren Mahagonitisch ab. Über alles konnte man sich bei seiner Person lustig machen, er konnte jede Menge beißender Kritik ertragen, und selbst die schlimmsten Beleidigungen mühelos wegstecken - doch bei der leisesten Spottbemerkung über seine Größe verstand der Revolutionsgeneral keinen Spaß:

„Holla – hütet gefälligst Eure lose Lästerzunge, Ihr Gebirgsschmuggler und Eierdieb!", schnauzte ihn der verleumdete General an. „Ich bin immerhin 1 Meter achtundsechzig groß, merkt Euch das gefälligst! - Ihr könnt gerne nachmessen!"

„Von wegen: 1 Meter 58!", widersprach Vidocq schmunzelnd.

„1 Meter 68!", tobte Napoleon. „Macht mich ja nicht rasend mit unnötigem Widerspruch!"

„1 Meter 68 mit Stiefeln, gut! Aber ohne Stiefel bringt Ihr es nur auf schlappe 1 Meter 58!", zeterte der Schmuggler kindisch und lustvoll. „Gebt es doch endlich zu!"

Mirella brach gegen ihren Willen in Gelächter aus, aber eindeutig gegen ihren ehemaligen Geliebten, denn ihren Napoleon nahm sie liebevoll in Schutz.

„Und wenn schon. Ein kleinerer Mann mit Mut und Intelligenz bringt mir viel mehr als ein kleiner Pinscher von Schmuggler, der mit seinen Briganten höchstens eine Kaschemme erobern kann, während unser aller Napoleon Bonaparte dabei ist, die ganze Welt umzukrempeln und neu zu ordnen. In ganz Europa ist er Tagesgespräch – überall auf der Welt zittern die Menschen vor ihm. Kannst du das alles auch von dir behaupten, mein kleiner Tagedieb Francois Vidocq?", fragte die übermütige Degenfechterin kühn.

„Nein. Aber allerdings will ich auch gar nicht, dass man solche schrecklichen Dinge auf der Welt von mir erzählt. Ich bleibe lieber ein anständiger, kleiner Betrüger, der freundlich zu jedermann ist, der es verdient, und der von allen geliebt und geschätzt wird", sagte der kleine Schmugglerkönig bescheiden und grinste.

„Ich mag es eigentlich überhaupt nicht, wenn alle Welt sich vor mir fürchten würde. Das wäre mir zu ungeheuer. Da wäre ich dann ganz mutlos und des Lebens nicht mehr froh!", trötete Vidocq artig und verspielt.

„Napoleon Bonaparte dagegen ist zum Schrecken der Menschheit geworden. Aus mir, Francois Vidocq, soll nie ein Schrecken der Menschheit werden!", versprach der Tagedieb artig.

Napoleon lachte verächtlich.

„Das wird auch kaum jemals geschehen. Bei dem Kleinkram, den Sie an sich raffen, geschmuggelten Whiskey vielleicht, ich aber raffe ganze Länder an mich. Da ist doch wohl noch ein kolossaler Unterschied dazwischen, zwischen uns beiden, meinen Sie nicht, versehrter Herr Ganoven-Kollege?", fragte Napoleon verächtlich.

Vidocq aber wehrte sich nur mit einem einzigen Wort gegen den übermächtigen Kollegen:

„Giftzwerg!", sagte er tonlos.

Der Barde improvisierte inzwischen ein Lied dazu.

„Usurpator!", dichtete Vidocq einsilbig.

„Emporkömmling!"

Napoleon Bonaparte schnellte hoch von seinem Sitz. Mirella drängte ihn dorthin zurück. „Aber, aber! Mein großer siegreicher General wird sich doch nicht von solch einem Würstchen provozieren lassen, darüber ist er doch erhaben, na, na!", schnarrte Mirella hämisch und sah ihrem neuen Geliebten streng ins Gesicht.

„Ihr habt ja so recht, Madame Pompadour, helft mir wieder auf den Stuhl, bevor ich platze vor Erregung!", befahl der Korse verdruckst.

„Das seid Ihr schon längst!", lästerte Vidocq.

„Und meine Mirella verbleibt ehe nicht lange in Eurem Einzugsbereich, verehrter Herr Bonascharte", sagte der Schmuggler lässig und mit herabsetzender Mimik.

„Solch ein verwöhnter und verschwenderischer Schöngeist wie eine Cagliostro verlangt rasche Abwechslung. Die kommt und geht, wie es ihr passt. Heute krault sie zwar noch Eure lange Fettmähne, Eurer Gnaden, morgen schon macht sie längst selber fette Beute, wenn sie Euch erst den Schatz abjagt", prophezeite Vidocq ungalant und herrisch.

„Ach ja, der Schatz, richtig!", sagte Napoleon leichthin und spottete:

„Der ist längst so unbedeutend, ich hatte ihn schon vergessen", sagte er matt und betont desinteressiert.

„Und ich habe meine Befreiung Italiens von den Österreichern schließlich auch ohne den Schatz der Cagliostros geschafft", sagte er satt und zufrieden.

„Der existiert ja aller Wahrscheinlichkeit gar nicht. Das hier ist der echte Schatz, ich halte ihn gerade in Händen!", sagte er selbstgerecht und zeigte auf Mirella.

„Aber sicher nicht mehr lange, Monsieur 1 Meter 58!", keifte Vidocq unerbittlich.

„1 Meter 68!", giftete Napoleon zurück.

„Unglaublich. Wie die halbwüchsigen Kinder benehmen sich die beiden Angeber", flüsterte Nicole de Brie voller Ekel.

„Je größer der Mann, desto größer auch sein Spieltrieb. Das ist von Psychologen und Ärzten erwiesen", bekräftigte Signore Rodolfo.

„Und Mirella ist Napoleons lebende Puppe", meinte Nicole.

„Oder umgekehrt", lästerte Rodolfo.

Nicole lachte entzückt.

Napoleon auch. Er hatte die Bemerkung mitgekriegt.

„Meine Puppen tanzen aber immer nach meiner Pfeife!", bellte der Eroberer.

„Klar?"

„Aber wie lange?", fragte Vidocq frech.

„Genau, denn Ihre Mirella tanzt auf mehreren Hochzeiten", sagte Nicole de Brie böse.

„Sehen Sie sich also vor, mon general!", warnte sie Napoleon nachdrücklich.

„Na und? Sie kann sich auch den gesamten Schatz gerne aneignen, wenn sie dort bei der Villa antanzen will. Ich schicke sofort eine Abordnung von Soldaten zu der Villa", sagte Napoleon lässig.

„Aber Mirella und Clement bleiben hier, zu meiner Belustigung und zur Feier meines Sieges. Vidocq und Nicole dürfen zusammen mit meinem Faktotum für alles, Rodolfo, auf Schatzsuche", versprach der selbstsichere Herrscher leutselig.

„Ihr könnt aufbrechen, wann ihr wollt", versprach Napoleon.

„Ihr drei kriegt von mir auch noch einen sicheren Geleitzug von Soldaten, die für eure Sicherheit sorgen!"

„Ehrlich? Danke, Sire!", sagte Rodolfo mit leuchtenden Augen.

Nicole und ihr Schmugglerfreund blieben aufmüpfig und desinteressiert.

„Mirella, komm zurück zu mir. Du bist und bleibst mein größter Schatz!", sagte Francois mit mopsiger Miene.

„Danke, Francois, das ist lieb. Aber ich habe nun einmal meine Wahl getroffen, und du übrigens auch", sagte MdC gerührt, aber standfest. Dabei zeigte sie auf Nicole de Brie.

„Ich bleibe hier, bei meinem standhaften General", sagte Mirella lächelnd.

„Viel Glück bei der Schatzsuche, ihr beiden Turteltauben", sagte sie zu Nicole und Francois.

Nicole sah Vidocq wehmütig ins Gesicht.

Zögernd ergriff er ihre Hand.

„Jetzt will ich dir mal was erzählen, meine liebe Salondame! Dein „standhafter General" ist in Wirklichkeit der größte Weiberheld von ganz Europa!", frotzelte der sitzengelassene Liebhaber Vidocq trotzdem noch einmal zu Mirella hinüber.

„Du solltest dich also keiner Illusion hingeben: Selbst Giacomo Casanova persönlich könnte noch etwas von einem Napoleon Bonaparte über Frauen lernen", stichelte er ungeniert.

Napoleon ließ sich nicht aus der Ruhe bringen und lachte amüsiert.

„Köstlich, einfach köstlich, dieses Bonmot, mein Freund Vidocq", lobte der Revolutionsgeneral heiter und lachte aus vollem Halse.

„Ich nehme dieses Kompliment mit Vergnügen entgegen."

„Dein tapferer Korse lässt dich bald wieder sitzen", prophezeite ein ungestümer Vidocq heftig der armen Mirella di Cagliostro.

„Könnte eventuell zutreffen", sagte Napoleon abgeklärt, der sich nie provozieren ließ, außer, wenn man sich über seine Größe lustig machte.

„Vidocq hat recht: Ich lasse noch häufiger sitzen als Casanova", prahlte Napoleon ungeniert.

„Staatsfeinde, Verräter, Rivalen um die Macht?", fragte Vidocq frech.

„Auch. Diese natürlich dann im Kerker", frotzelte Napoleon.

„Aber hauptsächlich Frauen", verkündete der Korse mit unverhohlenem Stolz.

„Bisher war der größte Sitzenlasser der Weltgeschichte in der Tat Giacomo Casanova", sagte Napoleon feixend, „aber ich habe ihn längst übertroffen."

Nicole lachte.

„Na, lässt du dir diese Behandlung gefallen, Mirella?", fragte sie genüsslich.

„Die Frauen hatten Casanova kaum kennengelernt, da hat er sie schon wieder sitzenlassen", sagte Napoleon strahlend.

„Ehe der Schwerenöter sich überhaupt ihre Namen merken konnte."

„Er war es überhaupt auch, der die Vergnügungsreise erfunden hat, der gute alte Casanova", sagte Napoleon mit grinsendem Gesicht. „Er war der größte Vergnügungsreisende aller Zeiten, und nun vegetiert er schon seit 12 Jahren als Bibliothekar des Grafen Waldstein auf Schloss Dux in Böhmen dahin, welch ein Abstieg, nach diesem herrlichen, ruhelosen Wanderleben, das dieser Mann als Hochstapler, Diplomat, Wunderarzt, Spieler, Musiker Philosoph und Frauenheld geführt hat, welch eine Tragödie!", verzagte Napoleon wehmütig.

„Ein richtiger Pantoffelheld und Waschlappen ist dieser Casanova in seinen tristen, letzten Lebensjahren geworden – man sollte es nicht für möglich halten", murmelte Bonaparte kopfschüttelnd.

„So werde ich selber einmal nie und nimmer enden, egal, was noch kommt!", donnerte der Revolutionsgeneral mit seinem Zepter auf den Tisch, dass seinen Zuhörern das Lachen verging.

Die heitere Stimmung im Saale verstummte schlagartig.

Kurz darauf hob sich des Generals Stimmung ebenso schlagartig wieder.

„Ich aber bin gerade dabei, Casanovas epochale Erfindung der Vergnügungsreise leicht zu modernisieren, indem ich sie zur „Vergnüglichen Revolutionsreise" ausbaue"", sprach der Erste Konsul Frankreichs lachend.

„Nanu, wie funktioniert denn die?", fragte Vidocq flapsig.

„Ganz einfach, mein lieber Vidocq", sagte Napoleon forsch. „Ich reise meinen treuen Revolutionssoldaten überall in die Länder nach, in denen sie Republiken errichtet haben. Dann vergnüge ich mich jeweils mit den adeligen Damen der eroberten Länder, indem ich ihre Sitten und Gebräuche und Liebestechniken kennenlerne und sie als Erster an ihnen ausprobiere", sagte Napoleon schlüpfrig.

„Ah, nicht schlecht ausgedacht, mein guter Liebestester-General; ich muss zugeben, diese Art der Reise würde mir auch zusagen", sprach Francois Vidocq belustigt.

„Doch was wird Eure getreue Mirella di Cagliostro dazu sagen?", wandte er hämisch ein.

„Gar nichts, mein werter Vidocq, denn sie weiß genau, dass sie die Einzige ist, die ich wirklich liebe", schnurrte der General mit verliebtem Blick zu Mirella hin.

„Das versprecht Ihr garantiert auch allen Euren anderen Mätressen", sagte Vidocq brutal, und ohne Rücksichtnahme.

„Das ist schon richtig, werter König der Diebe, doch jede meiner Frauen glaubt steif und fest, sie sei die Einzige, die ich wirklich liebe; und das allein zählt doch, das ist alles, worauf es ankommt", sagte Napoleon sachkundig.

Clement Bardou und Mirella lachten.

Dann erklärte der Revolutionsgeneral dieses abendfüllende Gespräch für beendet und wandte sich wieder an die drei Schatzsucher, die er mit allem Nötigen ausstatten wollte: Vidocq, Nicole und Rodolfo:

„Aber falls ihr drei wirklich einen Schatz in dieser Villa finden solltet, dann möchte ich trotzdem meinen Anteil, klar?", fragte Napoleon Bonaparte burschikos.

„Aber selbstverständlich, Herr General, das versteht sich doch von selbst, das war doch auch hinreichend abgemacht", sagte Rodolfo devot und machte einen Bückling.

„Bei Erfolg werde ich genau darauf achten, dass Ihr Euren Anteil bekommt, Herr General", versicherte er emphatisch.

„Und Polizeiminister Fouché natürlich auch", sagte Signore Rodolfo.

„So ist es recht, so habe ich es gern", schnurrte Napoleon unter den Liebkosungen von Mirella wie ein Kätzchen und gewährte den drei Gefährten den Wegtritt.

„Und wenn der Schatz auch nur aus einem Harem von schönen Frauen bestehen sollte", versprach der Schmugglerkönig verspielt und ungehemmt.

Napoleon blickte ihn schräg an.

„Das wäre mir egal, ich nehme alles, was ich nur in meine kleinen, kurzen Wurstfinger kriegen kann", sagte er tonlos.

Nicole lachte.

Vidocq versuchte trotzdem noch ein letztes Mal, Mirella umzustimmen. Er wedelte traurig mit einem Pergament:

„Kleine wankelmütige Mirella! Schau hier: Dies hier ist die Schatzkarte! Komm mit uns, es handelt sich schließlich um dein Eigentum, das wir sicherstellen wollen. Und das kann unter Umständen ein ganz erheblicher Goldschatz sein!", lockte er die untreue MdC.

„Ach, jetzt hör doch bloß endlich mal mit diesem Wisch da auf!", maulte Mirella mit meckernder Stimme und macht eine obszöne Handbewegung.

„Das … das ist dein Wisch! Vergiss das nicht", sagte Vidocq kopfschüttelnd.

Napoleon lachte.

„Jetzt aber ab mit euch!", befahl er dem Trio noch einmal. Die drei gehorchten.

„Hoffentlich wird die Schatzsuche am Ende nicht noch zur reinen Schutzsuche", sagte Nicole de Brie mit finsterer Miene am nächsten Tag zu Vidocq, als die drei mit einem übermächtigen Geleitzug zur Villa aufbrachen.

„Wie meinst du das, Liebling?", fragte der Schmuggler verwundert.

„Na, sieh dir doch nur mal das Heer an, mit dem wir hier losziehen, wie ein Kriegszug ziehen wir hier bewaffnet durch die Lande, als hätten wir in Mailand eine Schlacht zu schlagen. Wir sind schon eine regelrechte Hilfsarmee von Napoleon, könnte man meinen…"

Vidocq lachte.

„Ja, aber die Straßen hier sind wirklich noch unsicher, auch wenn der Krieg gegen die Österreicher gewonnen ist. Es sind noch reichlich Plünderer, Deserteure und Strauchdiebe unterwegs", sagte Vidocq mild.

„Daher die starke Bewachung, Nicolechen."

„Strauchdiebe? Ich habe noch nie jemanden gesehen, der einen Strauch geklaut hätte", sagte Nicole schnippisch. Jetzt lachte Rodolfo.

„Ja, genau, wir müssen uns erst einmal selber schützen, die Bemerkung mit der Schutzsuche war also richtig", stimmte der Zirkusdirektor heiter zu.

„Denn das Gerücht vom Schatz in der Villa hat bestimmt auch viele Gauner und Ganoven angelockt, die uns jetzt heimlich folgen", ergänzte er, plötzlich nicht mehr heiter und gelöst, sondern mit mulmigem Gesichtsausdruck.

„Ja, und einige davon geben uns wahrscheinlich gerade Geleitschutz", lästerte die schöne Kunstreiterin Nicole de Brie bissig.

„Die werden uns den Schatz flugs wegnehmen, falls wir ihn in der Villa von Mirellas Vater finden sollten", flüsterte sie leise zu ihrem Geliebten.

„Nicht so laut", flüsterte ihr Pferdedressurpartner Vidocq lachend zurück und gab ihr einen Klaps auf den Hinterkopf.

„Au – lass gefälligst diesen Blödsinn, du kleiner Dieb! Ich bin kein Pferdchen aus unserer Dressurnummer, merk dir das!", maulte Nicole.

„Gut, aber deswegen brauchst du nicht gleich so laut zu wiehern", meinte Vidocq bissig.

„Seid ihr bald fertig mit eurem Zirkus?", fragte Rodolfo kopfschüttelnd.

„Apropos Zirkus", fragte Nicole verunsichert.

„Was wird eigentlich aus unserem Zirkus „Die Mogleure", wenn wir drei vielleicht für lange Zeit von der Manege abwesend sind?"

„Och, den lassen wir eingehen, falls wir tatsächlich fette Beute mit Mirellas Schatz gemacht haben", antwortete Signore Rodolfo leichtfertig und frivol.

„Was, ist das dein Ernst?", fragte Nicole ungläubig.

„Natürlich – was soll ich mich denn weiter mit einem verrufenen Spionagezirkus herumplagen, wenn ich erst einmal reich geworden bin? Immer auf der Flucht, ständig in Gefahr, enttarnt zu werden!", maulte Rodolfo selbstzufrieden.

„So zufriedenstellend ist das am Ende auch wieder nicht!", schob er nach.

„Aber – ich dachte immer, der Zirkus wäre dein Leben?", fragte Nicole bestürzt.

„Ja schon, aber doch nur, bis sich etwas Besseres findet!", meinte Signore Rodolfo entschlussfreudig.

„Meine Güte, das ist vielleicht eine lasche Auffassung von Gemeinsinn und Pflichtauffassung gegenüber unseren vielen Zirkuskameraden, die auf uns warten, dass wir wiederkommen. Denn sie sind von unseren Nummern und Darbietungen abhängig, mein lieber Rodolfo!", seufzte Nicole mit hörbarer Enttäuschung.

„Ich erkenne dich überhaupt nicht wieder", sprach sie traurig.

„So ist es mir auch viel lieber", säuselte sie der flotte Lebemann kaltschnäuzig an.

Vidocq lächelte nur müde darüber.

„Nein, so was aber auch! – Nun hört euch das nur mal an: Erst verrät die flatterhafte Mirella di Cagliostro dich, mein lieber Francois, dann du mich, und nun stellt Rodolfo auch noch alles in Frage, was wir einstmals mit so viel Liebe und Mühe aufgebaut haben", klagte Nicole de Brie meckernd und unzufrieden.

„Nicht wahr? Da siehst du mal, was selbst so ein imaginärer
Schatz in einer obskuren Villa alles mit den Überzeugungen
der lieben Mit-Menschen anstellen kann, mein Goldschatz",
säuselte der Schmugglerkönig ungerührt über die
Kunstreiterin herab.

„Was wollt ihr komischen Heiligen eigentlich?", fragte da der
Zirkusdirektor genervt in die Runde in der Reisekutsche.
„Willst du wirklich für immer im Kreis herumreiten, mit einer
dusseligen Pferdenummer? In einer stickigen Manege in
einem verrufenen Spionagezirkus, Nicole? Soll so dein ganzes
Leben aussehen?", fragte Signore Rodolfo opportunistisch und
beugte sich zu Nicole de Brie hin.
„Schließlich kannst du ja auch mal verunglücken, vom Pferd
fallen, und dir den hübschen Hals dabei brechen!", bellte
Signore Rodolfo. „Willst du das wirklich weiter riskieren? Die
Nummer ist nämlich wirklich gefährlich!"
Die Kunstreiterin verstummte plötzlich betreten.
Es ruckelte sehr wild in der Kutsche, denn die holperige Fahrt
ging gerade über hartes, unebenes Kopfsteinpflaster.
Napoleon Bonaparte war großzügig gewesen und hatte den
drei Schatzsuchern eine Abteilung von berittenen Dragonern
nebst Wachsoldaten mitgegeben.
Sogar einen eigenen Arzt hatte die kleine Reisegesellschaft
mit sich in der Kutsche sitzen. Und zwei Militär-Beamte und
einen Zöllner, falls es bürokratische Schwierigkeiten beim
Abtransport des eventuellen Schatzes geben sollte. Es war
ungewöhnlich heiß für die Jahreszeit, doch plötzlich schlug
das Wetter um: Tiefe Gewitterwolken hingen dräuend über
dem Tal, das sich jetzt gerade vor der Reisegesellschaft
öffnete. Es fing an zu donnern, und ein leichter Wind kam auf.
„Oh, oh! Schaut mal zum Fenster hinaus, werte Mit-
Schatzsucher", forderte Nicole de Brie ihre Gefährten
süffisant auf. „Das sieht mir ganz nach einem Unwetter aus."
„Pah, Napoleon ist doch jetzt angeblich allmächtig. Warum
hat er dann nicht den Aufmarsch des Unwetters staatlich
verboten?", fragte Signore Rodolfo mit sarkastischem
Gezische.

Alle lachten. Regen fing an, an die Flanken der stabilen Kutsche zu klatschen.

„Wir hätten vielleicht besser daran getan, mit einer Montgolfiere zu reisen, ab in die Lüfte", bemerkte der spätere Geheimdienstchef Vidocq.

„Bah, ein Blitz und ein Funke, und der ganze Ballen steht in Flammen", kritisierte Nicole unwirsch. „Da ist eine Kutsche doch schon viel solider."

Allgemeines Gemurmel der Bejahung setzte ein.

„Meine Güte. Mirella weiß ja gar nicht, worauf sie sich da eingelassen hat, mit diesem undurchsichtigen und umstrittenen Napoleon Bonaparte", grunzte Nicole de Brie ängstlich, um von der Gefahr des Unwetters abzulenken.

„Genau. Sie hat uns alle im Stich gelassen", klagte auch Rodolfo.

„Ja: Was aber passiert mit Signora di Cagliostro, wenn der General plötzlich alle seine weiteren Schlachten verliert?", fragte der Arzt, an alle gerichtet.

„So ist es, die Österreicher können jederzeit wieder den Krieg gegen Napoleon aufnehmen, oder die Italiener werden plötzlich zu Feinden von uns Franzosen … Die Machtverhältnisse können sich bald wieder radikal verkehren", sagte einer der Zöllner.

„Mir dagegen bereitet die Macht des Unwetters, in das wir gerade hineinkutschieren, viel mehr Sorgen", gestand Nicole kleinlaut.

„Stimmt. Die Pferde wiehern schon ganz ängstlich", stimmte Vidocq zu.

„Ja, sie fürchten sich vor dem Donner", sagte einer der Magistrate.

„Wir lassen den Kutscher besser anhalten, was meint ihr?", fragte Signore Rodolfo.

„Ja, das werde ich sofort veranlassen", sprach Vidocq entschlossen. Und im Einvernehmen mit den beiden Magistraten öffnete der spätere Ausbrecherkönig und Schmuggler Vidocq das Fenster und beriet sich mit dem Kutscher.

„Aber wir sind hier auf freiem Feld, meine Herrschaften; lange schon weit außerhalb der Stadt Mailand, hier hätten wir keinerlei Schutz, weil es keinen sicheren Unterstand gibt", gab der Kutscher keuchend zurück.

„Nur die Bäume, aber das ist ja auch keine Lösung, weil in die zuerst der Blitz einschlägt."

„Aber wir sind ja auch bald da bei besagter Villa", meinte der Kutscher tröstend, „sie liegt nahe an der Olona, versteckt in einem Pinienwald".

„Denn nach Ihrer Karte liegt die Villa nicht direkt in der Stadt Mailand, sondern in der Provinz Mailand, in der Einöde".

„Wie weit ist es noch?", fragte Vidocq keuchend, schon mit durchnässtem Kopf. Denn der Regen prasselte auf ihn nieder.

„Ein paar Kilometer nur noch", sagte der Kutscher.

„Schaffen Sie das mit den nervösen Pferden, bis zum Ziel, meine ich?", fragte Vidocq zweifelnd.

„Natürlich, ich kenne hier jeden Stein, denn ich bin aus dieser Gegend", sagte der Kutscher zuversichtlich.

„Aha. Und die Villa haben Sie demnach also auch schon gesehen?", fragte der Schmuggler etwas beruhigter.

„Ja, natürlich, ich war sogar schon mehrmals drin, allerdings habe ich damals noch nicht gewusst, dass das Anwesen dem Grafen Phoenix gehört", sprach der Kutscher lachend.

„Beziehungsweise dem Grafen Cagliostro, wie man´s nimmt", sprach er lachend. „Ich durfte es wahrscheinlich auch gar nicht wissen", meinte er schelmisch. „Daher weiß ich natürlich auch, dass sich das Haus in einem Pinienwald verbirgt, wie ich Ihnen schon eben sagte", wiederholte der Kutscher.

„Mir hatte man damals nur gesagt, ich solle einen hohen Herren kutschieren, als man mich vor mehreren Jahren, mehrmals zu der Villa bestellt hatte", sagte der Kutscher und kämpfte gegen heulenden Wind und peitschenden Regen an.

„Und als ich ankam, präsentierte sich mir nur eine verhüllte Gestalt, ein gedrungener Mann, ja, aber dennoch nicht sehr groß; aber ansonsten kaum erkennbar, nicht nur wegen seines enormen Hutes, den er sich ganz ins Gesicht gezogen hatte", erinnerte sich der Kutscher.

„Der vornehme Herr hatte sich mir stets nur als der „Graf Phoenix" vorgestellt. Erst später, nach seiner Verurteilung, habe ich erfahren, dass es sich um den berüchtigten Abenteurer Giuseppe Balsamo, genannt „Cagliostro", handelte", erklärte der Kutscher.

„Aha. Gut. Dann dürfte das wirklich die richtige Villa sein", meinte Francois Vidocq etwas zuversichtlicher.

Und er lehnte sich ins Wageninnere zurück.

„Keine Bange, wir sind gleich da, ich kenne den Weg genau, bin ihn doch schon so viele Male gefahren", sagte der Kutscher zu den Reisenden.

Doch das Getöse des Donners und der Wind nahmen in den nächsten Augenblicken dermaßen zu, dass die Pferde sich bedrohlich aufbäumten, schnaubten, wieherten und durchzugehen drohten.

„So kommen wir nicht mehr weiter", sagte Nicole ängstlich.

„Stimmt, seht doch mal aus dem Fenster, die Straßen sind auch schon ganz verschlammt, und wir fahren bereits im Wasser, hört ihr es plätschern?", fragte der Kutscher plötzlich.

Jeder lehnte sich abwechselnd aus dem Fenster hinaus, um festzustellen, dass die Feststellung des Kutschers zutraf.

„Das ist Hochwasser", sagte der Kutscher. „Das ist das Wasser aus dem Fluss, denn wir sind schon ganz nahe an der Olona", sagte der Kutscher alarmiert.

Nicole schrie auf.

„Und ich frage mich allmählich, ob uns der gute Napoleon Bonaparte nicht einen netten, neuen kleinen Streich gespielt hat", sagte Vidocq schmunzelnd.

„Wie meinst du das, Francois?", fragte Nicole de Brie verwundert.

„Ganz einfach. Napoleon wusste doch wahrscheinlich ganz genau, dass die Olona um diese Jahreszeit, jetzt im Spätherbst, dieses Jahr besonders viel Hochwasser führt, und dass wir hier vorbei müssen. Und da hat unser tapferer Revolutionsgeneral wohl gedacht, er schickt uns mal kurz an so einem Unwettertag hier vorbei, damit wir alle in den Fluten versinken, dann ist er uns los", meinte Vidocq abgeklärt, ohne das geringste Zeichen der Aufregung.

„Aber wieso denn? Er wollte doch, dass wir den Schatz für ihn in der Villa suchen?", fragte die Kunstreiterin verständnislos.

„Unsinn. Bist du wirklich so naiv?", fragte der Schmugglerkönig kopfschüttelnd zurück.

„Der Schatz interessiert Napoleon doch nur noch ganz am Rande, nach seinem triumphalen Sieg über die Österreicher, Mädchen! Das hat er uns vorhin doch selber gestanden. Viel wichtiger ist ihm wahrscheinlich, dass ich, also sein Rivale um die Liebe von Mirella di Cagliostro, in den Fluten umkomme, und wahrscheinlich auch Rodolfo, weil Napoleon offenbar einen neuen Zirkuschef bei den „Mogleuren" einsetzen will", mutmaßte Vidocq.

„Meinen Sie wirklich?", fragte Signore Rodolfo erschrocken. „Das wäre ja ein Ding!"

„Oder vielleicht will er den Spionagezirkus auch ganz auflösen – was weiß ich!", sagte Vidocq hastig, als das Wasser in die Kutsche einzudringen begann.

„Meine Güte, Leute, seht euch das an: Wir gehen gleich schon baden!", kreischte Nicole de Brie.

„Es könnte doch sein, dass der intrigante Korse sich mit seinen neuen französischen Machthabern in Mailand abgesprochen hat: Vielleicht haben sie ein neues, effektiveres Spionagesystem im Sinn, das installiert werden soll - in ganz Frankreich und Italien!", meinte Vidocq.

„Und bei diesem Ziel bin ich Napoleon auch im Weg, weil er meinen europaweiten Agentenverbindungen misstraut. Vermutlich fürchtet er das länderübergreifende Agentennetz, das ich gerade im Begriff bin, aufzubauen. Ich bin ihm wohl schon zu mächtig geworden, und daher will Napoleon mich ausschalten, und auch Rodolfo, der ja in Wirklichkeit auch ein einflussreicher Spionage-Chef in Europa ist. Und Nicole hat ja ebenso schon mehrere Kurierdienste im Sinne von Rodolfos Agententätigkeit unternommen, sie ist ja nicht nur eine fabelhafte Kunstreiterin", gab Vidocq gequält zu bedenken.

„Und der gute Napoleon traut uns dreien daher nicht mehr. Sicher glaubt er, dass wir uns nicht mehr so leicht und treu ergeben in seinem Sinne, also für ihn persönlich als bonapartistische Agenten anwerben lassen. Daher hat er uns drei für diese angebliche Schatz-Mission ausgewählt, die unser nasses Grab werden soll", sprach Vidocq mit leichtem, lächelnden Unbehagen, als er das eindringende Wasser elegant aus der Kutsche zu schaufeln begann.

„Scheint alles zu stimmen, was Sie uns da eben so detailliert ausgeführt haben, Monsieur Vidocq", sagte einer der Magistrate angeekelt, als auch er das steigende Wasser an seinem Beinkleid zu spüren bekam.
„Igitt!!! – Aber wie hätte Napoleon denn das Unwetter vorausahnen können, das wir jetzt erleben?", fragte Nicole voller Panik. „Und glaubst du wirklich, er fürchtet, du könntest eines Tages zurückkehren und ihm Mirella wieder wegnehmen, Eugène? Das sind doch alles haltlose, wilde Spekulationen!", kreischte die Kunstreiterin mit großem Gezappel und Zittern am ganzen Körper, als die Wasser der Olona in ihren Unterrock stiegen.
„Das alles ist doch jetzt bedeutungslos, schaut lieber mal raus, die Pferde schwimmen schon, wie mir scheint!", rief Signore Rodolfo voller Besorgnis, als er das Fenster aufriss.

„HE, Kutscher! Was sagen denn eigentlich die Soldaten, die Dragoner, die uns begleiten, zu dieser Misere?", fragte Vidocq zum Kutschbock hoch.
Da beugte sich der Kutscher mit sardonischem Lachen zu der zitternden Reisegesellschaft hinunter: „Was denn für Soldaten, mein Guter? Die haben sich schon längst von uns abgesetzt, als das Wasser über unsere Reiseroute strömte! Die sind längst verschwunden, um die eigene Haut zu retten!", rief der listige Mann mit bitterem Lachen.
„Was? - Warum haben Sie sie nicht daran gehindert?", fragte Nicole empört.
„Wie denn?", fragte der Kutscher indigniert.
„Aber warum haben Sie uns davon nicht längst benachrichtigt?", fragte Vidocq noch entrüsteter.

„Sie sind gut! Was hätte das denn genützt? Ich hätte damit die Panik der Passagiere nur noch mehr angefacht. Das war wahrscheinlich doch alles so geplant von Napoleon! Wie es der junge Herr Vidocq schon eben vorhin ausgeführt hatte!", schrie sich der Kutscher zu ihnen durch.

„Meine Güte, solch ein Hochwasser habe ich hier an der Olona noch nie erlebt!", sagte der Kutscher jetzt mit Befremden.

„Ja, meine Freunde, ich glaube, es wird höchste Zeit, auszusteigen", meinte Vidocq schmunzelnd und sachlich.

„Aussteigen? Und wohin dann?", fragte der Arzt in der Kutsche.

„Ein kleines Bad zu nehmen tut uns wahrscheinlich ganz gut", meinte er scherzend.

„Ein Bad in der Olona. Das Wasser ist gar nicht kalt, das ist unser Vorteil. Daher könnten wir es lange in den Fluten aushalten, allerdings nur, wenn sie nicht zu reißend sind. Vielleicht gelingt es uns sogar, schwimmend an ein Ufer zu gelangen", sagte Francois und rüttelte entschlossen die Kutschentür auf.

„Los, versuchen wir es, es bleibt uns letztendlich ja doch keine Wahl, Leute!"

„Warte, Liebling, das ist doch Wahnsinn, was du vorhast!", zeterte Nicole voller Panik und hielt den Schmugglerkönig am Rockschoß zurück.

„Lass los, Liebling, komm, gib mir deine Hand!", schrie Vidocq und packte Nicole am Handgelenk.

„Da hinein ins Wasser willst du? Bist du verrückt?", fragte die Kunstreiterin entsetzt und entzog sich ihm.

„Dann ertrinken wir auf alle Fälle in wenigen Sekunden!!!", schrie sie.

Doch dann zerrte er sie zurück und hielt sie fest.

Der Zöllner und die Magistrate verfluchten Napoleon Bonapartes angebliche Hinterlist.

„O, du lieber Himmel, kann denn das möglich sein, dass unser ehrenwerter Erster Konsul von Frankreich uns so übel mitspielt, uns derart kaltblütig einem hinterlistigen Plan opfern will?", fragte der eine Magistrat, und alle Männer schafften es mit vereinter Kraft, die Kutschentür aufzureißen und ins Wasser zu springen.

Alle außer Vidocq waren gesprungen.

Nur der Räuberhauptmann verblieb noch kurze Zeit in der Kutsche.

„Natürlich, Napoleon geht über Leichen, er ist ein Despot, falls Euer Gnaden das noch nicht bemerkt haben sollten", rief Vidocq dem Magistraten zu.

Dann schnappte er sich Nicole, warf sie beherzt hinaus in die Fluten und sprang ihr sofort nach, als letzter, verbliebener Mann in der Kutsche.

„Verzeihung, ist hier irgendeiner unter uns, der nicht schwimmen kann, wenn ich mal beiläufig fragen dürfte?", rief Vidocq hurtig in die nasse Gesellschaft.

Erleichtert stellten alle bald fest, dass jeder es konnte.

„Ihr hättet drinnen bleiben sollen! - Wenn wir alle die Kutsche verlassen, dann sind wir auch alle verloren, ihr Narren!", rief ihnen der Kutscher zu, der noch wackelig auf seinem Bock saß, und die widerstrebenden Pferde zu zügeln versuchte.

„Dann wird das klapprige Gefährt zu leicht, und dadurch erst recht von den Fluten mitgerissen", schrie der Kutscher aufgebracht.

Doch niemand hörte auf ihn.

„Springen Sie lieber selber ab, bevor es zu spät ist!", riet ihm Vidocq keuchend. Er achtete peinlich genau darauf, dass Nicole sich an seinem Körper festkrallte, denn obwohl sie auch eine ausgezeichnete Kunstschwimmerin im Zirkus war, wollte er kein Risiko eingehen.

„Ja, springen Sie ab, Mann, sehen Sie denn nicht, dass das Wasser steigt und steigt?", fragte auch Rodolfo den Kutscher, doch dieser peitschte weiterhin eigensinnig auf seine Pferde ein.

Da verlor das Gespann auch schon die letzte Bodenhaftung und soff in Sekundenbruchteilen ab.

Schon war die Kutsche unter Wasser verschwunden, mitsamt Kutscher und Pferden.

„Fran … cois!", schrie Nicole heftig und ging kurz unter, denn draußen waren die Fluten reißender, als es drinnen in der Kutsche den Anschein hatte.

Rasch tauchte der Schmuggler nach ihr und zerrte sie wieder an die Wasseroberfläche.

„Na, schmeckt fast so gut wie Heilwasser, nicht wahr, mein Engel?", fragte Vidocq sarkastisch.

„Na, sagen wir mal so: Unter Durst werden wir jedenfalls nicht leiden, auf unserer … legendären Schatzsuche!", sagte die Kunstreiterin hustend und spuckend.

Vidocq lachte gequält.

„Ich bewundere deinen Humor, Nicolechen, mein kleiner Liebling!", sagte der Schmuggler gerührt.

„Los, und jetzt schwimmen wir ans Ufer! Ans Ufer, Leute, so schnell wie möglich!", schrie sich Vidocq zu seinen Leidensgefährten durch.

Beide wurden jetzt allerdings schleunig von den Fluten abgetrieben. Noch schwammen sie aber für einige Zeit lang geordnet nebeneinander her: Flussabwärts, in schnellem Tempo, irgendwohin…

„Wir müssen ans … Ufer gelangen! Warte, Liebling, lass dich treiben, ich schleppe dich ab! Dann verbrauchst du weniger Kraft!!!", rief Vidocq beherzt, und spannte Muskeln und Seele an, um Nicole am ganzen Körper festzuhalten, nicht nur an den Händen.

Entsetzt stellte er aber fest, dass die Strömung offensichtlich doch viel zu stark war, um noch an ein Ufer zu gelangen. Inzwischen fassten sie sich weiterhin mühsam bei den Händen. „Versuche, mich nicht loszulassen, Nicole, denn dann sind wir verloren", schrie Vidocq ihr zu.

„Das sind wir sowieso schon … auf jeden Fall!", sagte Nicole de Brie blubbernd.

„Denn der Sog wird immer stärker. Wir werden dauernd schneller vorwärtsgetrieben!"

„Und nach … unten gezogen, du hast recht!", stöhnte Francois plötzlich.

„Los, komm, wir dürfen uns … auf keinen Fall weiter von der Strömung treiben lassen, denn dann sind wir verloren!", schrie ihr Vidocq zu.

„Dann landen wir nämlich eventuell … auf dem Grund des Flusses, durch eine Unterströmung, und kommen nie wieder hoch! Und ertrinken auf jeden Fall! - Los, Nicole … Wir müssen sofort versuchen, das Ufer zu erreichen! Auch wenn es schwer fällt. Versuche mit mir, das Ufer zu erreichen! Dazu müssen wir die Richtung ändern, etwas seitlich gegen die Strömung anschwimmen! Die uns augenblicklich beständig in die Mitte des Flusses vorwärtstreibt und dort hält!!! Komm, versuch es! Unbedingt!", schärfte er ihr nochmals nachdrücklich ein.

„Wir müssen unbedingt in eine andere Strömung geraten – eine, die uns ans Ufer treibt, statt in die Flussmitte zurück, dann sind wir gerettet!", schrie der Schmuggler keuchend.

„Ich … versuche es ja schon! Aber es lässt sich … nicht machen!", schnaufte Nicole de Brie.

„Das Ufer … kann nicht weit sein!", tröstete er Nicole hustend.

Nicole versuchte an Vidocqs Hand seitlich einen weiteren Ausbruch zum Ufer, aber der gewonnene Vorsprung wurde sofort wieder zunichte gemacht, denn die starke Strömung trieb beide unerbittlich zurück in die Flussmitte.

Und zeitweilig sogar kurz unter Wasser!

Blubbernd und Atem schöpfend tauchten beide Sekunden später wieder auf.

Vidocq warf sich unter Wasser wieder auf Nicole, die etwas von ihm abgetrieben war, als beide wieder auf der Wasseroberfläche auftauchten. Daher schwamm er kurz unter Wasser, damit er schnelle vorankäme, tauchte dicht bei ihr auf und zerrte erst an ihrem Kleid, dann griff er irgendwie mit übermenschlicher Kraft wieder ihre Hand, hielt sie fest.

„Und lass ja nicht mehr meine Hand los, mein Pferdchen!", befahl er ihr prustend.

Denn das wäre bei dem verzweifelten Ausbruchsversuch zum Ufer hin beinahe schon wieder geschehen.

„Es klappt nicht, Liebling, es … geht einfach nicht!", klagte Nicole mit einem langgezogenen Klagelaut.

„Ich kann nicht mehr, ich gehe gleich unter, Liebling!", schrie Nicole und hustete, denn sie hatte offenbar eine Menge Wasser geschluckt.

„Wir hätten … in der Kutsche …bleiben sollen…", röchelte Nicole de Brie verzweifelt.

„Nein, dann wären wir auf jeden Fall ertrunken! Dann wären wir jetzt schon tot!", protestierte Vidocq scharf, so scharf er konnte.

„Denn … Deine Kutsche ist längst untergegangen wie ein Felsblock!", prustete ihr Freund.

Die Lage der beiden Abenteurer schien diesmal wirklich aussichtslos.

Sie sah ihm schwimmend noch ein letztes Mal ins Gesicht: „Auch wenn du mich nicht so sehr liebst wie deine Mirella … Leb wohl, mein Dressurreiterpartner, Adieu, Francois! Mach´s gut!", sagte sie heulend in naher Todesahnung.

„Was redest du denn da, Nicole?", fragte Vidocq entsetzt.

„Ich wäre gerne deine treue Ehefrau geworden! Denn ich liebe dich mehr als Mirella das tut! Adieu, Schmugglerkönig, adieu Schatz in der Villa, adieu Napoleon!", sagte sie prustend und keuchend.

Sie zitterte am ganzen Leib, das spürte Vidocq sehr deutlich, der immer noch mit ihrer zitternden Hand durch seine verbunden war.

„Nicole, gib nicht auf, es gibt noch Rettung, dort drüben sehe ich schon das Ufer!", rief er ihr ermunternd zu. Es blitzte und donnerte weiterhin, aber der Sturzregen hatte fast aufgehört. Etwas kam sogar am Horizont die Sonne hervor.

„Ich kann nicht … Ich habe Krämpfe … am ganzen Körper, Fran …cois!", rief Nicole schicksalhaft nach einer Weile und ließ seine Hand los.

Das heißt, sie musste sie erst mit aller Gewalt abschütteln, um freizukommen von ihrem Geliebten.

„Nicole, was tust du da? Oh, Gott!", schrie Vidocq.

Immer schneller wurden beide, nun voneinander getrennt, von den Fluten der Olona mitgerissen.

„Es hat keinen Sinn mehr, Liebling, ich … schaffe es nicht mehr zum Ufer! Mein Weg ist nun zu Ende, rette dich, Francois, mein Geliebter, hol dir deine Mirella zurück, werde glücklich mit ihr - leb wohl!", belferte sie zum Abschluss und ging unter.

„Nicole!!! Nein!!!", schrie Vidocq jetzt doch in heller Panik. Er schrie sich heiser nach dem Verbleib von Nicole, und auch von Rodolfo, die nicht mehr antworteten und auch nirgends mehr auftauchten.

Er selber schwamm weiterhin geschwind mit dem Strom, aber sobald er versuchte, die Richtung zu ändern und dem nahen Ufer zuzustreben, versagte sich auch ihm weiterhin das reißende Wasser und verbot jede Abweichung von der wild strudelnden Flussmitte.

Da wurde auch Vidocq von einer Unterströmung nach unten gerissen.

„Jetzt ist es auch aus mit mir!", dachte er mit einem leichten Lächeln, mit dem er sich schon, ergeben in sein Schicksal, von dieser Welt verabschieden wollte.

Die Strömung zog ihn unerbittlich nach unten, dem Flussgrund entgegen, es hatte keinen Sinn, dagegen anzukämpfen, so stark war der Sog.

Doch eine Gegenströmung spülte ihn nach kurzer Zeit wieder an die Oberfläche, er hatte Glück gehabt: Denn diese starke Strömung brachte Vidocq in rasendem Tempo exakt an das eine Flussufer, wo er sofort Fuß auf festem Grund fassen konnte.

Ängstlich und höchst besorgt schaute er sich sofort mit einem Rundblick nach seinen verschollenen Kameraden um, vor allem nach Nicole; doch diesmal tauchte keiner mehr auf. Vermutlich waren alle in den Fluten der Olona untergegangen. Durchnässt schüttelte sich der Schmuggler die größten Wassermassen von der Kleidung ab, und rief unablässig nach Nicole.

Resigniert stellte er dann fest: Er hatte nun beide Frauen verloren: Erst Mirella und nun Nicole!

Die damals in die Seine gefallene Mirella war gerettet worden, doch Nicole nicht.

Niemand war da, um sie ans Ufer zu zerren.

„Nicole!!!", brüllte er noch mehrmals in die Landschaft, doch dann gab er es auf.

Es war inzwischen schon viel zu viel Zeit vergangen, um noch auf Rettung für die Verschollenen zu hoffen.

Mirella hatte ihn verraten, Nicole wurde ihm von der grausamen Natur entrissen.

Dieses neuerliche Unglück hatte Francois Vidocq stark mitgenommen. „Oh, Nicole! Nicht auch du!", rief er und seine Augen füllten sich mit Tränen.

Seine einzige Hoffnung war, Nicole möge ebenfalls irgendwo an Land gespült worden sein, an einer weiter entfernten, für ihn uneinsehbaren Flussbiegung. Wohin sein Auge augenblicklich nicht reichte.

Frierend irrte er umher, doch da fanden seine Augen ein Bauernhaus, das vor ihm lag. Dann erblickte er eine kleine Schar von Leuten, die eifrig Sandsäcke vor die Fluten legten, damit sie nicht weiter stiegen.

Er wurde gesehen und allerlei Leute halfen ihm, sich abzutrocknen.

Francois Vidocq bedankte sich bei den Bauern für die Hilfe, denn sie hatten nun mehr Zeit für ihn, als sie bald entdeckten, dass das Wasser nicht weiter stieg. Der Wasserpegel nahm sogar fast ebenso rasch wieder ab, wie er gestiegen war. Es handelte sich nur um einen kurzen Sturzregen, doch der hatte ausgereicht, die Olona für kurze Zeit in ein Hochwasser tragendes Ungeheuer zu verwandeln. Auf den Fluten schwammen Fässer, Holzteile, tote Tiere und einige ertrunkene Menschen trieben auch vorbei.

Jede Leiche untersuchte er, ob auch Nicole dabei wäre.

Vergebens. Bald gab er es auf. Es waren auch zu viele Tote.

Vidocq fasste sich wieder und bat einige Bauern, ihm bei der Suche nach der unglücklichen Nicole de Brie zu helfen. Er wollte sich ein Pferd leihen, bekam auch eines von den gutmütigen Bauern, doch sie waren so sehr damit beschäftigt, eigene Vermisste zu suchen, dass sie ihm den Wunsch nach Hilfe vorerst leider abschlagen mussten.

Das verstand Vidocq auch durchaus. Er bedankte sich für das Pferd und versicherte: „Ich werde es noch heute Abend ganz bestimmt wieder bei Ihnen abliefern."

Vidocq ritt einsam durch die überschwemmte Flusslandschaft und spähte nach seinen Kameraden.

Innerlich verfluchte er nun seine angeberische Leichtigkeit, er verstand einfach nicht, wie er so sorglos mit dem plötzlichen Unwetter umgehen konnte. Doch keiner hätte ja diesen jähen, völlig unerwarteten Umschlag einer friedlichen, spätsommerlichen Natur in ein unberechenbares Wetterchaos erahnen können! Eben noch glaubte die Reisegesellschaft, sie müsse nur eben mal,die Kutsche anhalten, um in einem trockenen Unterstand zu verharren, bis der gröbste Regen vorüber wäre.

Und nun sowas!

Es war einfach nicht zu glauben, wie bitter das Schicksal zuschlagen konnte. Eine Katastrophe, wie man sie so schnell nicht richtig hat einschätzen können.

Vidocq spielte noch einmal alle Einzelheiten der sich anbahnenden Katastrophe in Gedanken durch, die scherzhaften Bemerkungen, die die Gefährten über das Gewitter gemacht hatten. Und dann das finale Absaufen der Kutsche, womit keiner gerechnet hatte.

Wieso hatte niemand von ihnen, wirklich niemand den Ernst der Lage rechtzeitig erkannt?

Warum hatte keiner darauf aufmerksam gemacht?

Aber wie man es auch drehte und wendete. Keiner konnte etwas dafür, es ging einfach alles viel zu schnell, überlegte sich der galoppierende Vidocq, der am Uferstrand seinem Pferd die Sporen gab.

Die Reisegesellschaft war einfach von den fatalen Ereignissen überrollt worden, ohne rechtzeitige Gegenmaßnahmen gegen das Unwetter treffen zu können.

Wirklich?

Und wieso hatte der Kutscher nicht reagiert, als die sie begleitenden Dragoner fluchtartig den Begleitschutz aufgegeben hatten, als die Wege mit Wasser überschwemmt wurden, in Sekunden unpassierbar wurden?

Diese Unverzeihlichkeiten und Merkwürdigkeiten der menschlichen Unzulänglichkeit wollten dem Schmugglerkönig einfach nicht aus dem Kopf, als er nach allen Richtungen ausspähte, um eventuell die Leichen seiner Kameraden doch noch zu entdecken.

Oft ließ er dazu sein Pferd abrupt anhalten, um eine ans Ufer gespülte Leiche zu begutachten, die sich aber dann doch niemals als eine seiner Gefährten entpuppte.

Seine tristen, reuevollen Überlegungen wurden immer wieder von der noch trüberen Wirklichkeit unterbrochen: Oft wusste Francois nicht, wem er sich zuerst zuwenden sollte: Einem kleinen, weinenden Mädchen, das am Ufergestrüpp eine tote Angehörige betrauerte, vermutlich ihre Schwester, oder einem Mann, der gleichzeitig auf ihn zuhastete, und ihn bat, ihm zu helfen, seine verunglückte Ehefrau wiederzubeleben, die von der Flut angeschwemmt worden war.

Dann war Vidocq wieder allein unterwegs, auf seiner sinnlosen, ergebnislosen Suche.

„Wieso nur haben wir uns alle immer noch lustig über das reißende Wasser gemacht, als unsere Kutsche schon halb darin versunken war, und wir gar nicht mehr vorwärtskamen?", fragte er sich wieder mit lauter Stimme.

„Anstatt sofort auszusteigen!"

Einige ängstliche Menschen, manche alten Jungfern schrien schon vor Panik, wenn ihre Kutsche auch nur von einem leichten Windhauch gestreift wurde, und begehrten, sofort anzuhalten, um Schutz vor der wilden Natur zu suchen, dachte er sich schaudernd.

Und wir übermütigen Geister der Vergangenheit?

Wir merkten nichts von der Gefahr und fühlten uns wie die Herren der Welt!

Das haben wir nun davon!

Hochmut kommt vor dem Fall!
Was nützen mir nun meine Unerschrockenheit und mein feiner Humor?

Noch schwimmend in der Flut hat Nicole über das Überangebot an Wasser gescherzt, memorierte der Schmuggler voller Bitterkeit und Sehnsucht nach der Ersatz-Geliebten.
Warum nur?
Ersatz-Geliebte!!!
Das war es!
Natürlich, dachte sich Vidocq in tiefer Trauer.
Nicole wusste genau, dass er sie nicht wirklich liebte. Sie hatte sich damit abgefunden, nur zweite Wahl zu sein! – Nein, sie hatte sich eben nicht damit abgefunden!
Als das Paar Napoleon Bonaparte in den Armen Mirellas verließ, in diesem Augenblick hatte Nicole de Brie mit dem Leben abgeschlossen, denn sie sah, wie sehnsüchtig Vidocq Mirella zurückhaben wollte. In diesem Moment war ihr alles egal.
„Die Katastrophe mit der Kutsche kam Nicole gerade recht, ihrem Leben einen willkommenen Abschluss im reinigenden Wasser zu geben", sagte Francois am Abend am Kamin zu dem Bauern, dem er dankbar das geliehene Pferd zurückgebracht hatte.
Der Bauer nickte verständnisvoll zu ihm hin.

„Ich habe zwei Frauen enttäuscht und unglücklich gemacht", gestand Vidocq zerknirscht unter Tränen.
„Und Napoleon ist der Gewinner. Er wird immer der lachende Dritte sein. Ich habe meine Kräfte und meine Fähigkeiten grotesk überschätzt."
„Es gibt aber noch Hoffnung, junger Herr", versuchte der Bauer, Vidocq zu trösten.
„Und zwar dafür, dass Sie beide Frauen irgendwann zurückgewinnen könnten. Denn Sie selber haben ja gesagt, Sie hätten Mademoiselle Nicole de Brie nirgendwo tot vorgefunden: Also ist es durchaus möglich, dass sie doch noch

von irgendwelchen Helfern gerettet worden ist, die sie vielleicht aus dem Fluss fischen konnten. Und um Mademoiselle di Cagliostro sind die Dinge ja noch weitaus besser bestellt: Sie ist auf jeden Fall noch am Leben, wenn sie auch im Augenblick die Mätresse Napoleons ist. Aber wir beide wissen ja genau, wie schnell der wankelmütige General seine Geliebten bald wieder fallen lässt, sobald er ihrer überdrüssig geworden ist. So wird es auch Mirella di Cagliostro ergehen. Ihr werdet sehen, junger Herr: Bald wird sie wieder frei und zur Besinnung gekommen sein: Dann wird sie sehnsüchtig darauf warten, dass Sie sie wieder heim zu sich holen", prophezeite der Bauer mit blumigen Worten. Dankbar sah Vidocq zu seinem neuen Freund auf.
„Ihr Wort in Gottes Ohr, mögen Sie recht behalten!", flüsterte der erschöpfte Taugenichts dem Bauern zu.
„Sehen Sie: Geben Sie die Hoffnung also nicht auf."
„Wir waren einfach derart verschossen in die eine fatale Gedankenfalle: Alleine dadurch, dass wir einen Auftrag vom großen, göttlichen General Bonaparte zur Schatzsuche erhielten, so dachten wir, wären wir so gut wie unverwundbar in unserem Vorhaben", sagte Vidocq mit traurigem Lächeln.
„Denn alles, was der große Bonaparte anordnet, schien unter einem guten Stern zu stehen", referierte er resignierend.
„Für ihn, fürwahr, aber nur für den General allein. Seinen Handlangern dagegen bringt so manche heikle Mission leicht den Tod, wie wir ja bei der angeblichen Befreiung unseres Landes Italien von den Österreichern gesehen haben", antwortete der schlaue, redegewandte Bauer.
„Sehen Sie: Für meinen Hof zum Beispiel muss ich unseren französischen „Befreiern" zum Dank nun höhere Abgaben und Sondersteuern entrichten, als sie den Österreichern je eingefallen wären", erklärte der Bauer mit verschmitztem Lächeln.

Vidocq horchte auf.
„Ich bin zwar auch ein Franzose, aber dennoch werde ich dir dabei helfen, gegen die Ungerechtigkeit Bonapartes

anzukämpfen, mein Freund", sagte er zu dem Bauern und schüttelte ihm die Hand.

„Denn ich bin ein Kämpfer, schon mein ganzes Leben lang habe ich gegen irgendetwas gekämpft, gegen Menschen, Hunger, Seuchen, Krankheiten, Ungerechtigkeiten und andere Widrigkeiten", bekannte Vidocq redselig. „Denn ich bin gerade dabei, das größte, flächendeckende Spionagenetz von Europa zu knüpfen. Mir zur Seite stehen Spione, Agenten, Räuber, Ausgestoßene, Sekten, abtrünnige Adelige, Priester, ehemalige Zuchthäusler, Prostituierte, Schmuggler, Freimaurer, Juden und andere Gestalten."

„Und ich wette, du bist auch weitaus mehr als nur ein einfacher Bauer, mein lieber Ernesto", sprach der Schmuggler burschikos und wieder voller Zuversicht.

„Das ist wahr, Francois, denn ich gehöre zu den Rosenkreuzern", gestand der Bauer.

Vidocq lächelte erfreut.

„Ich muss ehrlich gestehen, dass ich nie recht verstanden habe, was die eigentlich tun", sagte er lachend.

„Wir tun nichts. Wir verbreiten Angst und Schrecken bei den Mächtigen dieser Welt, einzig und allein dadurch, dass es uns gibt. Und das ist unsere große Stärke. Wir freuen uns diebisch, dass man uns die größten Gemeinheiten andichtet, die man sich vorstellen kann. Dadurch halten wir die Nation in Atem", sagte Ernesto voller Freude.

„Na, das ist ja großartig. Und wie viele Mitglieder habt ihr?", fragte Vidocq belustigt.

„Offiziell gar keine. Wir leugnen, dass es so eine Sekte wie die „Rosenkreuzer" überhaupt gibt, wenn einer von uns gefangen wird. Keiner kennt den anderen, niemand hält Versammlungen ab, und wenn doch mal eine kleine Gruppierung von uns zusammenkommt, dann lachen und diskutieren wir einfach über die drastische Verzweiflung der katholischen Kirche, um uns endlich beizukommen, unser habhaft zu werden durch die ausgeklügelsten Foltermaßnahmen und die drakonischen Strafen, die uns der Papst seit Langem ankündigt", erzählte der Bauer mit der Inbrunst der Belustigung.

„Klingt irgendwie nach den Freimaurern", schnaubte Vidocq patzig.

„Genauso ist es. Die tun auch nichts Weltbewegendes, sobald sich die Türen hinter ihren geheimnisvollen Logensitzungen geschlossen haben", behauptete Ernesto mit einem augenzwinkernden Blick.

„Von wegen, dass sie das humanitäre Ideal nach einem guten, verantwortungsbewusst handelnden Menschen anstreben!", brach es aus Ernesto entrüstet heraus.

„Sobald die sich eingebunkert haben in ihren Sitzungen, lachen die sich tot, saufen, feiern, huren, und machen sich lustig und lachen sich krumm und schief über das Kopfzerbrechen der Kirche, was die Freimaurer wohl in ihren geheimnisvollen Logen tun und gegen die Regierung ausbrüten könnten, die allen Außenstehenden verschlossen bleiben", sagte Ernesto verächtlich.

„Dabei klauen sie in Wirklichkeit, hetzen und raffen durch Betrug und Unterschlagung Vermögen zusammen, die sie in ihren geheimnisvollen Kirchenlogen in Geheimverstecken horten."

„Na, das wird ja auch langsam mal Zeit, dass ich das alles endlich mal erfahre, da freut sich doch mein junges Schmugglerherz wieder mal so richtig nach Herzenslust!", trompete der Schmugglerkönig ironisch.

„Hoffentlich bist du kein Spitzel von Napoleon, dann käme ich wieder vom Regen in die Traufe, aber das ist mir jetzt auch egal!", sagte Vidocq mit heiterer Entschlossenheit, die ihn warmherzig gegenüber dem neuen Freund durchwalkte und durchpulste.

Der kluge Bauer lachte und zuckte mit den Schultern.

Vidocq wusste durch seine Spitzel, dass sich die Rosenkreuzer untereinander mit Geheimcodes zu erkennen gaben. Und neuerdings nur noch durch Palindrome.

Der italienische Zweig natürlich durch italienische Palindrome.

Zumindest die bekannteste, sinnvolle italienische Lautfolge, beziehungsweise Buchstabenreihe, die vorwärts und rückwärts gelesen, den gleichen Sinn ergab, war dem Schmuggler geläufig. Damit konnte er den Bauern testen, ob er wirklich zu den Rosenkreuzern gehörte.

Francois machte sich also bereit und begann unvermittelt zu zitieren: „**I TOPI NON AVEVANO NIPOTI**".

Der Bauer ließ sich nicht beirren und antwortete lächelnd, ohne zu zögern: „ Oh, sehr schön, dass du das kennst, mein guter Francois: „Die Mäuse hatten keine Nachkommen"; aber zurzeit lautet unsere gängige Parole: „**ANGELA LAVA LA LEGNA**"".

Vidocq war beeindruckt, kannte dieses Palindrom zwar nicht, ließ es sich aber sofort von Ernesto wiederholen, und kontrollierte im Geiste nach, bis er feststellte, dass es einen Sinn ergab.

„„Angela wäscht das Brennholz"; nicht übel", sagte Vidocq lachend.

„Wo steckt denn diese fesche Angela? Kannst du mir die nicht mal zum Waschen vorbeischicken?", fragte Vidocq juxend.

„Ich hoffe, die kann mir noch etwas anderes waschen, als nur mein Brennholz?", sagte der Schmuggler voller Heiterkeit.

„Oh, ich weiß, was du meinst, du bist mir vielleicht ein Schürzenjäger, ich werde sehen, was sich machen lässt", antwortete der Bauer voller Spielfreude, „doch leider arbeitet die gute Angela gerade bei der Mafia – „**E LA MAFIA SAI FA MALE**", antwortete der schlagfertige Rosenkreuzer Ernesto mit einem weiteren Palindrom.

Vidocq brauchte wieder einige Zeit, um den Sinn zu begreifen, doch dann prustete er los und wiederholte anerkennend: „Und die Mafia, weißt du, tut Schlechtes" – Er lachte. „Wahnsinn, was man alles mit der italienischen Sprache anstellen kann".

„Nicht wahr?", fragte der Bauer fröhlich.

„Und diese Parole von der Mafia war übrigens vorige Woche unser Erkennungswort", erklärte Ernesto.

„Toll, dass du überhaupt weißt, was ein Palindrom ist. Den meisten Menschen ist das Wort gar nicht geläufig. Das beweist mir, dass du welterfahren und sehr auf Draht bist", sagte der Bauer schmunzelnd.

„Genauso einen Mann wie dich brauchen wir in unserer Organisation".

Und sie begossen die neue Verbundenheit mit reichlich Schnaps.

„Und wir wechseln die Parole so häufig wie möglich", sagte Ernesto vertraulich am Kamin. Am flackernden Feuer taten sich beide jetzt gütlich mit französischem Cognac.

„Und wenn wir nicht sicher sind, ob wir bei einem Unbekannten einen Rosenkreuzer-Bruder vor uns haben, dann sprechen wir ihm einfach die neueste Palindrom-Parole vor, und wenn er ein ratloses Gesicht macht, dann wissen wir, woran wir sind", sagte Ernesto lachend und leicht betrunken.

„JA, ich weiß - das machen die Freimaurer genauso; bloß, die zitieren lateinische Verse, worauf dann ein bestimmter Antwortvers zu folgen hat", sagte Vidocq lallend und sang ein französisches Volkslied, während Ernesto intermittierend ein italienisches anstimmte und abgehackt von Zeit zu Zeit weiter sang, immer dann, wenn sein Kumpan gerade still war.

„JA, genau, und wenn dann keine Antwort erfolgt, dann wissen die Freimaurer, dass sie keinen Logenbruder vor sich haben", sagte der Bauer undeutlich.

„Nenne … mir doch bitte noch ein paar schöne Palin … drome, Ernestino", bat Vidocq albern lachend, voll von feinstem Cognac.

„Ein paar ganz schräge, wenn möglich."

„Gerne, Franco … cois!", lallte der Bauer.

„Paus aff – äh, pauf ass … Pass auf: **„E RAFFAELLO FECE FOLLE AFFARE**".

„Und Rafael machte verrückte Geschäfte!", sehr gut, Ernsusto … „Weiter!"

„E LA MAGA CAGA MALE!".

„Toll. Haha! – UND DIE ZAUBERIN KACKT SCHLECHT".

„Weiter, Ernestochen!"

Immer ausgiebiger betranken sich die beiden neuen Freunde. Vergessen war längst das triste Los der vermutlich ertrunkenen Nicole de Brie.

Nach und nach, bis tief in die Nacht, brachte der Rosenkreuzer-Bauer Ernesto seinem Freund Vidocq auch noch die letzten italienischen Palindrome bei:

„ANNA AMA ALE MA PAMELA AMA ANNA."

„Haha, pfundig. Weiter!"

„ESSA T` EVITA LE RELATIVE TASSE".

„Unvergleichlich. Weiter."

„I TROPICI MAMMA! MI CI PORTI?"

„Kolossal! Weiter!"

„E´ SERBA LA CALABRESE".

„Einmalig, Weiter!"

„IN AMOR IO DIFFIDO I ROMANI".

„Himmlisch. Weiter!"

"ANNA SU! SOPPORTO TROPPO SUSANNA!"

„Immer doller! Weiter!"

„OCCORRE PORTAR ARATRO PER ROCCO"

„Gute Idee, machen wir glatt!"

„ATROCE? E DAI L`ILIADE E` CORTA!"

„Richtig!"

„LA GENESI DELLA VALLE DI SENEGAL"

„Fantastisch!"

Sehr spät erst schliefen die beiden fröhlichen Zecher ein, nach endlosen Palindrom-Wortspielen.

„Aber etwas anderes müsst ihr Rosenkreuzer doch noch tun, außer mit Palindromen zu jonglieren?", fragte Francois Vidocq neugierig einen Tag später.
„Natürlich. Jetzt raffen wir uns auf und suchen nach deiner Nicole de Brie", schlug der Bauer verwegen vor.
„Sinnlos. Sie ist tot."
„Ja, wahrscheinlich schon. Aber deswegen müssen wir dennoch und gerade nach ihr suchen. Mehr noch: Sie finden!", drängte Ernesto gutmütig.
„Ja, du hast ja so recht", stimmte Vidocq ihm zu.
Einen Tag lang suchten beide zu Pferd noch einmal akribisch die Uferlandschaft der Olona ab.
Doch vergebens.
„Meine Nicole ist ein Teil des Flusses geworden, sie ist mit ihm verschmolzen. Beide haben sich vereinigt zu einem neuen Sein", sagte der Schmuggler traurig und philosophisch.
„Sehr gut ausgedrückt. Vielleicht geht es ihr im Augenblick besser als uns jetzt", meinte der Bauer.
„Ja, das ewige Sein hört nie auf", deklamierte Vidocq.
„Schau, Ernesto: Hier an dieser Stelle könnte sie vorbeigeschwommen sein, geistig schon in einer anderen Welt", sagte er poetisch.
Ernesto nickte betrübt.
Der Pegel des Wassers war schon fast wieder normal, die ausufernden Fluten hatten sich gelegt.
Ruhig floss die Olona dahin. So als ob nichts gewesen wäre.
Zumindest an manchen Stellen tat sie das.
„Und meine gute Mirella di Cagliostro ist ein Teil von Napoleon geworden, sie ist mit ihm verschmolzen. Sie hat ein neues, irdisches Sein angenommen", sagte Vidocq nachdenklich.
„Aber Napoleon ist endlich, sterblich; der Fluss und die Natur dagegen sind unendlich", sinnierte Ernesto apodiktisch.

„Aber der Fluss gibt uns Menschen seine Toten dennoch nicht zurück, behält sie für ewige Zeit", wandte der Schmugglerkönig vehement ein.

„Vielleicht. Aber auch Napoleon gibt dir nichts zurück, du musst es ihm schon wegnehmen, wenn du deine Mirella von ihm zurückhaben willst", durchkreuzte der wackere Flusspoet Ernesto Vidocqs Argumentation.

„Du musst sie schon mit Gewalt von ihm trennen, und das ist schwierig", ergänzte er.

„Schwierig, aber nicht unmöglich, Ernesto", argumentierte Vidocq.

„Denn Mirella ist noch am Leben."

„Woher nimmst du diese arrogante Gewissheit, armseliger Mensch?", fragte Ernesto plötzlich aggressiv und sah zu seinem Schmugglerfreund auf.

„Sie kann schon gestern Abend verschieden sein. Sie ist vielleicht gerade gestorben. An einem verdorbenen Stück Fleisch, das ihr von einem Diener auf einem silbernen Tablett serviert worden ist. Obwohl es sich um einen festlich zubereiteten Fasan gehandelt hat. Neben einem goldenen Kerzenleuchter kann Mirella gerade tot zu Boden gesunken sein", sagte der Bauer düster.

„Trotz allem Luxus, den ihr Napoleon bietet, ist Mirella dennoch nicht vor einem plötzlichen Tod gefeit. Während Nicole de Brie gerade jetzt putzmunter bei einem anderen Bauern am Tisch sitzen kann, der sie aus der Olona gerettet hat", argumentierte Ernesto emphatisch.

„Daher ziehen wir jetzt auch von Haus zu Haus, um diese Theorie zu prüfen, Francois. Siehst du, das alles ist das Leben, so spielt sich das Schicksal des Menschen ab. Die einen suchen verzweifelt ihre Lieben, die anderen sehen gleichgültig über sie hinweg, weil sie im Augenblick nicht fehlen und nicht in Gefahr sind", philosophierte der Bauer ernst und mit mildem Tadel.

Vidocq war zutiefst beeindruckt von der Rhetorik des Bauern.

„Meine Güte, mein guter Ernesto: Du bist solch ein gelehrter Mensch, so ein guter Philosoph, dass es mir angst und bange wird", sagte der Schmugglerkönig gerührt.

„Ich glaube eigentlich alles, was du sagst, bloß nicht, dass du ein Bauer bist", sagte er lächelnd.

Ernesto schwieg vielsagend.

„Und was hältst du eigentlich von der Theorie, dass beide Frauen noch am Leben sind, Mirella und Nicole?", fragte der französische Abenteurer seinen italienischen Gefährten nach einer endlosen Weile des Schweigens.

„Sehr gut beobachtet, mein Freund. Der andere Bauer hat unsere schiffbrüchige Nicole also aus den Fluten der Olona gerettet. Und dann ist sie flugs zu Napoleon zurückgegangen. Und nun sitzt sie einträchtig mit Napoleon und Mirella in seinem Palast zusammen! Und alle drei lachen sie sich gerade über unsere sentimentale Suche nach Nicoles totem Körper in der Olona kaputt!", spintisierte der schlauer Bauer.

„JA, oder Nicole ist sogar schon längst Napoleons neue Mätresse? Was hältst du davon, Ernesto?"

„Denn Mirella ist bei dem Revolutionsgeneral plötzlich in Ungnade gefallen", ergänzte Vidocq schräg.

„Nein, beide Frauen liegen wahrscheinlich schon mit Bonaparte im adretten Himmelbett, eine an seiner linken, die andere an seiner rechten Seite?", fragte der Bauer lachend.

Vidocq lachte schallend.

„Meine Güte, Ernesto, deine italienischen Gedankensprünge purzeln ja vom Hundertsten ins Tausendste, wie eine galoppierende Lawine, die immer weitere Gesteinsmassen ins Rollen bringt!", schnalzte der junge Franzose mit Bewunderung.

Dann suchten sie weiterhin ernsthaft die in Ufernähe stehenden Häuser nach einer Spur von Nicole de Brie ab. Aber vergebens, keiner hatte sie gesehen. Sie gingen von Haus zu Haus und fragten nach ihr. In versteckten Winkeln und Wegbiegungen fanden sie dann und wann noch einen Toten, den sie halfen, ins Bewusstsein der Öffentlichkeit zu zerren.

Aber die Olona weigerte sich weiter konstant, ihr düsteres Geheimnis um Nicole de Brie preiszugeben.

„Nein – der Fluss hat mir alles genommen. Es gibt keine Hoffnung mehr", sagte der französische Abenteurer nach einer Weile mit Wehmut.

„Er spendet zwar auch Leben durch seine üppigen Wassermassen, doch mir hat er alles genommen", wiederholte der Schmuggler mechanisch mit Verzweiflung.

„Er könnte dir aber auch etwas zurückgeben, zum Beispiel Mirellas Schatzvilla", sprach Ernesto mit Inbrunst.

„Die soll doch auch in der Nähe des Flusses liegen. Ihr seid mit eurer Kutsche doch beinahe schon dort angekommen, wenn die Fluten nicht gekommen wären. - Zeig mir doch noch einmal den Plan, vielleicht ist sie noch nicht im Wasser versunken?", meinte er. „Und sie könnte doch zufällig in der Nähe liegen?"

„Stimmt. Daran habe ich ja gar nicht mehr gedacht", sagte der Franzose zerstreut.

„In meiner Aufregung um Nicole ist mir die Villa doch tatsächlich ganz aus dem Gedächtnis entfallen."

„Na also! Hast du noch den Plan bei dir?"

Hastig kramte er in seiner Jackentasche und förderte eine Kopie der Schatzkarte und der Villa hervor.

„Vielleicht finden wir ja das durchtriebene Trio Napoleon, Mirella und Nicole dann bereits in der Villa vor, weil alle drei den Schatz vor mir finden wollen?", sagte Vidocq mit schrägem Gelächter.

„Denn Bonapartes infame Gaukelspiele kennen fürwahr keine Grenzen."

„Außerdem wird der Korse ja inzwischen von seinen Dragonern erfahren haben, dass wir alle in den Fluten der Olona abgesoffen sind. Also?", fragte der listige Vidocq.

„Mensch Francois! Das wäre ja ein Ding!", meinte nun Ernesto allen Ernstes, als er den vermeintlichen Geistesblitz des Franzosen rasch durchdachte.

„Komm, das kontrollieren wir sofort nach!", befahl auch der französische Abenteurer barsch, der sich von den begeisterten Gedankengängen seines Kameraden zusätzlich anstecken ließ.
„Gerne. Zumindest Napoleon und seine neue Mätresse Mirella di Cagliostro könnten sich gerade auf Schatzsuche in der Villa befinden", korrigierte der Italiener den Gedankengang seines Freundes.
„Denn die arme Nicole ist ja wohl doch aller Wahrscheinlichkeit nach tot."
„Also los!"

Die vielen verschlammten Ufer der Olona brachten die beiden Freunde schließlich zu der ominösen Villa, die der große Abenteurer Cagliostro einst bewohnt haben sollte.
Die beiden noch unbekannten Abenteurer hielten sich dabei genau an die Marschroute der Karte, die sie tatsächlich schon nach wenigen Minuten zu einem prächtigen Haus führte, das von dem eingezeichneten, dichten Wald eingefasst war.
„Hier ist es. Wir haben es endlich gefunden! Das muss nach dem Plan das Haus sein, Ernesto", sprach Vidocq aufgewühlt.
„Dort auf dem kleinen Hügel steht das Schloss, und ringsherum ist ein kleiner Wald, wie auf der Karte eingezeichnet", ergänzte er.
Der Bauer betrachtete zuerst die Karte, dann verglich er das Schloss mit der Einzeichnung, und nickte irgendwie befremdlich.
„Meine Güte, auch hier ist der Boden um den kleinen Hügel herum völlig verschlammt", sagte Ernesto zu Francois.
„Ja, ich weiß, was du meinst: Das Wasser muss bis hierher hochgestiegen sein, hat vielleicht sogar die Kellergewölbe des Schlosses erreicht", sagte Vidocq atemlos.
„Komm, das müssen wir sofort überprüfen!"

„Sieh nur: Auch die Bäume um das herrschaftliche Anwesen herum sind ganz verschlammt", stellte der Schmugglerkönig überrascht fest.

„Ja aber: So hoch kann der Fluss doch unmöglich gestiegen sein!", krächzte der gute Rosenkreuzer Ernesto kopfschüttelnd.

„Die Olona ist doch dazu eigentlich zu weit entfernt vom Schloss?", zerbrach der Bauer sich den Kopf, und auch Vidocq blickte staunend den Nachwirkungen und klebrigen Spuren des Sturzregens nach.

„Das muss fürwahr ein außergewöhnliches Unwetter gewesen sein, das da getobt hat", meinte er versonnen.

Sie stiegen den flachen Hügel zum Schloss hinauf.

Beide fanden nach kurzer Kraxelei einen noch überfluteten Burggraben vor: Darin schwammen einige tote Wachsoldaten; – offenbar alle ertrunken von der überraschenden Flut! Auch einige tote Pferde lagen verstreut vor dem Schloss herum.

Überall lagen verschlammte Gegenstände und tote Vögel. Gespenstisch!

„Nun schau dir das an, mein Freund, hat man da noch Worte?", fragte Vidocq entgeistert, der als erster die Sprache wiedergefunden hatte.

„Was für ein unbeschreibliches Chaos! Was muss hier Grausiges vorgefallen sein? Ein Gemetzel? Ein Kampf?", fragte Ernesto ratlos.

„Du meinst, weil hier überall Schwerter und Hellebarden kreuz und quer herumliegen? Nein, auch das waren die Wasser der Olona, denn ich vermag an den Toten keine Spuren zu erkennen, die von einem Kampf Mann gegen Mann herrühren würden", bemerkte Francois Vidocq, negativ fasziniert von dem Bild des Jammers.

„Da, einer von unseren Dragonern!", sagte der Schmugglerkönig aufgeregt und zeigte auf den ertrunkenen Reitersmann, der auf dem Wasser des Burggrabens trieb.

„Ja, das Schwert und die Uniform lassen keinen Zweifel: Du hast recht. Das ist einer von unserer Eskorte!", stimmte Ernesto sofort zu.

„Von Napoleons Eskorte! Zu unserer Schatzsuchebegleitung!"
Sie traten näher an den Burggraben heran.

„Und die Flut soll diesen Mann bis hier herauf getragen haben?", fragte der Bauer zweifelnd.

„In solch kurzer Zeit, unmöglich!!!"

„Du siehst es doch, mein Freund. Auf normalem Weg ist er bestimmt nicht bis hierher gelaufen, oder geritten", spottete der französische Räuberhauptmann.

„Immerhin sind sie am rechten Ort angekommen, wenn sie es auch nicht mehr begreifen", sagte Vidocq etwas zynisch, aber mit traurigem Unterton.

Sie banden ihre Pferde an einem Reliefpfeiler des Schlosses fest und wateten durch die abrieselnden Wassermassen und Schlammmassen.

„Hallo, kann uns jemand hören?", rief Vidocq in das gluckernde Geräusch der ständig zur Uferböschung zurückweichenden Wassermassen hinein.

„Ist hier jemand noch am Leben? Dann gebt uns bitte Zeichen!", rief auch Ernesto mit lauter Stimme.

Doch sie fanden nur noch Tote vor.

„Wir müssen ins Schloss hinein, Ernesto. Drinnen haben sich bestimmt noch Leute vor dem Hochwasser in Sicherheit gebracht", meinte der Schmuggler mit Nachdruck.

„Ja, Francois, das ist eine gute Idee", stimmte der Bauer zu. Knietief wateten sie schon eine Zeitlang im Wasser, doch allmählich gelangten sie an die Fundamente der schlossartigen Villa, die im Trockenen lagen.

„Das Wasser ist tatsächlich bis in das Schloss hineingedrungen, schau!", sagte Vidocq mit schrägem Lächeln der Verzweiflung.

„Wo? Ja, doch, jetzt sehe ich es: Überall Schlamm und Feuchtigkeit, Francois", bestätigte sein Gefährte.

„Das Schlossportal ist auch mit Schlamm verschmiert. Na, ich möchte nicht wissen, wie es drinnen aussieht", sagte Ernesto zitternd mit Unbehagen.

Das vom Hügel ablaufende Wasser transportierte reichlich Tote, die mit der abebbenden Flut nach unten trieben.

Dauernd senkte sich der Wasserpegel, und in den sinkenden Fluten erblickte Vidocq auf einmal eine tote Frau: „Oh, mein

Gott, das darf nicht wahr sein?", wimmerte der französische Abenteurer.

Er ließ den Ring vom Schlossportal los und hastete zu der Toten.

„Was ist denn? Wer ist das?", fragte sein Kompagnon, der ihm zu Hilfe eilte.

Es war Nicole de Brie, wie sie da so auf den leichten Wellen des sinkenden Wassers auf und ab schaukelte.

Beide hoben sie die Kunstreiterin aus dem Wasser und brachten sie bis kurz vors Schlossportal auf trockenen Boden. Sie legten sie zunächst vor der Pforte der Villa ab: Selbst im Tod sah Nicole noch blühend schön aus. Ihre zerzausten Haare klebten um ihre Wangen und das Seltsamste dabei war: Die Tote lächelte!

„Sag bloß, das ist deine Partnerin von der Zirkusnummer?", fragte Ernesto fassungslos, obwohl er die Antwort natürlich schon längst wusste.

Vidocq nickte stumm.

„Sie also auch. Auch sie ist bis hierher getragen worden von der Flut; wie zum Hohne meiner Verzweiflung! -Schau mal, wie gelöst und heiter ihre Gesichtszüge sich im Tode entspannt haben, Ernesto. So freundlich und lieblich hat sie mich nie jemals angelächelt, als sie noch am Leben war", sagte der harte Abenteurer weinend. Tränen liefen ihm über die Wangen. Beide knieten um die tote Nicole.

„Wieso denn nicht?", fragte Ernesto.

„Weil Nicole de Brie genau wusste, dass mein ganzes Herz trotz unserer Liebesbeziehung immer noch bei Mirella di Cagliostro weilte", sagte er poetisch.

„Und: Mit ihrem Lächeln im Tode macht sie sich jetzt über mich lustig, kränkt meine Eitelkeit und entweiht meine fortdauernde Liebe zu Mirella", sagte Vidocq beinahe entrüstet durch ihren mokanten Gesichtsausdruck.

„Es ist das grausame Lächeln einer gekränkten Rachegöttin, deren Liebe zu mir ich entweiht habe", sagte Vidocq mit bitterem Schlucken.

„Schau dir das an, Ernesto: Sie will mich von Mirella trennen, diese … Furie der Finsternis!", brüllte Vidocq unsinnig und wahnhaft.

„Sie will mich damit, mit diesem mokanten Lächeln, auch fürderhin für alle Zeiten Mirellas´ Liebe entreißen!", sagte der Schmugglerkönig grausam, hob eine Hand und schickte sich an, die Tote ins Gesicht zu schlagen.

„Jetzt redest du irre, Francois! Lass das! Wie kannst du so etwas behaupten? So eine furchtbare, irre Theorie aufstellen!", fragte er entsetzt, und hielt die Hand des Freundes in seiner festen Faust zurück.

„Wer gibt dir das Recht dazu?", fragte Ernesto kaustisch.

„Reicht es dir etwa noch nicht, dass Nicole mit ihrem Leben gezahlt hat für etwas, was du ihr andichtest, und für das sie gar nichts konnte?", fragte er zornesbebend und sah seinem Freund unerbittlich streng ins Antlitz.

„Dass sie das Pech hatte, dich weitaus mehr zu lieben als Mirella dich jemals im Leben lieben wird? Ist es das, was du ihr vorwirfst?"

Da legte sich schlagartig der berserkerhafte Zorn des Franzosen, als ihm sein italienischer Freund so nachhaltig reinigend ins Gewissen geredet hatte.

Er erkannte die um sich wütenden Pranken des wahnsinnigen Fieberschauers, in dem er kurzzeitig befangen war und schüttelte lächelnd den Kopf.

Vidocq entschuldigte sich bei seinem Freund, dem Bauern und dankte ihm für seine Strafpredigt.

„Kein Mensch hat sie also aus den Fluten gerettet, oder sie aufgefischt – wie wir gehofft hatten", brachte Ernesto mit einem bitteren Würgen in der Kehle hervor.

Vidocq nickte.

„Niemand konnte ihr helfen, unser Wiedersehen ist auf höchst profane Weise dramatisch verlaufen", sagte Vidocq gekränkt von der Grausamkeit des Schicksals.

Dann hoben beide Männer die Ertrunkene vom Boden auf und trugen sie in die Villa.

Dort betteten sie die Verstorbene vorerst auf einem teuren Diwan zur letzten Ruhe.

Sie entdeckten, dass auch der Boden der Villa von den Wassern der Olona verschlammt war.

Stumm beteten sie vor Nicoles Leiche für eine andächtige Weile.

„Bis hierher hat die Ärmste es zwar geschafft; die Schatzvilla war ja unser gemeinsames Ziel. Doch tot nützt Nicole der Schatz natürlich nichts mehr", sagte Vidocq mit verhärmter Miene.

Da sah ihm Ernesto verständnislos ins Gesicht.

„Du willst doch in einem solch tragischen Moment nicht etwa wirklich noch an diesen vermaledeiten Schatz denken, der vermutlich nur ein Märchen ist, Francois?", fragte der Bauer verständnislos.

„Willst du wirklich, dass wir uns jetzt danach auf die Suche machen, in diesem Wrack von Villa? Diesem Totenhaus?"

„Warum nicht, Ernesto? Wir hätten ihn uns verdient, den Schatz des Cagliostro. Nach allem, was Napoleon uns dadurch angetan hat!", sprach der Schmugglerkönig mit steifer Würde.

„Seinetwegen sind fast alle Mitglieder der Schatzsuchexpedition tot."

„Aber die Gewölbe dieses Schlosses stehen alle noch unter Wasser. Wie sollen wir da an den Schatz gelangen?", fragte Ernesto.

„Wer sagt denn, dass der Schatz unbedingt in den unterirdischen Gewölben verborgen sein muss?", fragte der französische Spion gewitzt.

Der Italiener zog die Stirn kraus.

„Du meinst…"

„Ich meine gar nichts, mein Freund. Der Schatzplan gibt nur ein wunderliches Schema okkulter Zeichen und seltsamer Zahlenreihen von sich. Das kann alles und nichts bedeuten. Mirella hat mir die Entschlüsselung zwar erklärt, aber so, dass ich ihren Worten entnahm, sie habe selbst nichts von dem Hokuspokus verstanden. Und sie wollte es ja auch nicht wirklich. Nicht mehr – seit sie ihren eigenen Schatz mit Napoleon gefunden hatte", sagte der Franzose lächelnd.

„Napoleon weist nicht gerade die Quintessenz eines Schatzes auf", meinte der Bauernphilosoph sarkastisch. „Eher ist von ihm als einer Giftnatter zu sprechen."
Vidocq lachte.
Es trat eine Pause ein.

„Also, wo ist er nun, der Schatz – deiner Meinung nach?", fragte Ernesto interesselos. Nur, um das leidige Thema endlich ad acta legen zu können.
Der Schmuggler studierte noch einmal die Karte.
„Frag mich doch bitte mal was Leichteres!", sagte der junge Taugenichts stöhnend, und schmiss die Karte mit Resignation auf den Boden.
Ernesto hob sie mit einem Grinsen wieder auf und reichte sie erneut dem Schmuggler.
„Das einzige auf der Karte, was leicht zu finden war nach der Entschlüsselung durch den toten Logenbruder, den Mirella ins Jenseits befördert hatte, war der Weg zur Schatzvilla, das ist doch immerhin schon etwas", munterte der Bauer seinen neuen Freund auf.
„Vorher hattet ihr nicht mal das gewusst", tröstete Ernesto.
Vidocq sah ihm etwas pikiert ins Gesicht.
„Gut, das ist wirklich schon etwas, aber noch kein Trumpf", sagte er und fasste sich stöhnend an den Kopf.
„Ein richtiger Trumpf wäre es erst, wenn wir auch die Verschlüsselung des genauen Schatzortes in der Villa knacken könnten", wandte er kritisch ein.
Ernesto sah seinem Freund belustigt ins Gesicht.
„Darauf hatte sich euer Logenbruder natürlich schlauerweise nicht eingelassen", entgegnete er.
„Denn zu groß war seine Furcht, ihr könntet nach der zweiten, entscheidenden Entschlüsselung mit seiner Hilfe auf den Gedanken kommen, mit ihm zu brechen und selber nach dem Schatz suchen. Dann wäre der Logenbruder der Freimaurer um seinen Anteil betrogen worden", sagte Ernesto und lachte.
„So dumm wollte er nicht sein. Er wollte erst mal abwarten und schauen, was ihr machen würdet."
„Ja, das ist wahr, mein Freund", gestand Vidocq gleichmütig.

„Aber als er die erste Lösung hatte, wurde der Freimaurer eben zu gierig und wollte alles vom Schatz für sich haben, und das war sein Untergang, denn Mirella di Cagliostro ist eben auch nicht von gestern", rief Vidocq strahlend in Erinnerung.

„Ja, aber du meinst, als der alte Freimaurer die erste Verschlüsselung von Mirellas Pergament geknackt hatte, also wusste, wo die Villa des Cagliostro lag, da wäre er, wenn er es geschafft hätte, Mirella in dem Duell zu töten, selber bis hierher nach Mailand gereist, um die zweite Verschlüsselung des Textes zu bewerkstelligen, um den genauen Standort des Schatzes zu bestimmen?", fragte Ernesto gespannt.

„Das spielt doch jetzt keine Rolle mehr, was der hinterhältige Betrüger wollte, Ernesto", schimpfte Vidocq und schüttelte verärgert den Kopf.

„Der Kerl ist tot und kann uns nicht mehr die zweite Entschlüsselung liefern, also ist alles aus! Wir können es nicht, das schaffen wir nie, den entscheidenden Freimaurer-Code zu knacken, Ernesto", sagte Vidocq entmutigt.

„Das ist doch nicht so schlimm, Francois. Wir können doch immerhin selber nach dem Schatz suchen, jetzt, wo wir wissen: Er muss irgendwo hier in der Villa sein", widersprach Ernesto vehement.

Vidocq sah seinem Freund vorwurfsvoll ins Gesicht.

„Aber wo? Wo, Ernesto? – Die Villa ist riesig, du sagtest es schon, sie hat schlossähnliche Ausmaße, da kann es Monate oder Jahre dauern, bis wir ihn finden. Vielleicht nie", protestierte der Schmugglerkönig und schnaubte.

„Wären wir alle heil hier eingetroffen, unsere Eskorte, Rodolfo und Nicole und die Besatzung der Kutsche, dann hätte die Sache womöglich anders ausgesehen", relativierte Vidocq.

„Dann wären viele kluge Köpfe beisammen gewesen, die über den Schatz hätten nachbrüten können. Einem oder dem anderen wäre dabei vielleicht ein genialer Gedanke gekommen, aber nur wir beide, Ernesto?", fragte er zweifelnd und lächelte resigniert.

„Wir zwei sind zu wenig, um uns aufzuteilen und den Schatz schnell zu finden", sagte der Schmuggler und machte eine wegwerfende Handbewegung.

„Er kann zum Beispiel in einem Geheimgang verborgen sein, den wir nie finden, selbst wenn wir jahrelang danach suchen", moserte er.

„Oder im Boden vergraben sein, und hier gibt es Hunderte von Hektar freies Land, die alle zum Schloss gehören!", bestätigte sein Freund Ernesto mit ahnungsvollem Schauder.

„Na, bitte, du sagst es, da bringst du selber gerade ein anderes, unmögliches Beispiel zur Sprache!", sagte Vidocq aufgekratzt und gestikulierte lebhaft mit den Händen.

„Ja eben, wir haben uns das alle in unserer naiven Ausgelassenheit so einfach vorgestellt, dabei erkennen wir jetzt, dass wir vor enormen Schwierigkeiten stehen", sagte der spätere Geheimdienstchef und seufzte.

„Vor allem, da unsere Schatzsuchermannschaft nunmehr so dezimiert ist", wiederholte Ernesto mit trauriger Miene.

„Wieder einmal vor dem Nichts!", jammerte Vidocq und wollte die Karte zerfetzen.

Sein erschrockener Freund hielt ihn gerade noch rechtzeitig davon ab.

„Mein Gott, Francois!"

„Den Lappen kann man vielleicht doch noch gebrauchen".

„Ja, das ist richtig, man kann sich damit die Illusionen aus den Augen wischen", meinte der Schmuggler versonnen und lachte resignierend.

„Der Schatz könnte von Cagliostro auch auf viele Verstecke aufgeteilt worden sein, die weit auseinander liegen", meinte Vidocq nun.

„Ja, auch das ist möglich, noch eine Schwierigkeit mehr", brummte Ernesto.

Die beiden Freunde saßen nun angelehnt an Nicoles Diwan und hockten auf dem Boden.

„Aber ich wäre schon damit zufrieden, eins der Verstecke zu finden", meinte Vidocq lachend.

Ernesto stimmte ihm mit heiterer Miene zu.

„Weißt du was?", fragte Ernesto plötzlich und patschte seinem Freund auf die Schulter.

„Hast du etwa die Lösung gefunden?", fragte der Schmuggler eifrig.

„Nein, aber ein anderer könnte es", meinte der Bauer und grinste.

„Wer denn?"

„Ein Kind, zum Beispiel, Francois, ein Kind!", meinte der Rosenkreuzer mit Gleichmut und schnaubte abgeklärt.

„Was, ein Kind?", fragte Vidocq ungläubig zurück.

„Wieso ein Kind?" – „Kannst du mir einmal erklären, wie du darauf kommst?", fragte der junge Schmuggler verständnislos.

„Kann ich gern. Kinder, besonders Jungen, träumen für ihr Leben gern von vergrabenen Schätzen", meinte der Bauer.

„Na und?", fragte Vidocq enttäuscht. „Ist das alles?"

„Nein, Francois. Kinder verschlingen Abenteuerbücher über vergrabene Schätze. Die kennen sich damit besser aus als wir Erwachsene. Wenn wir nun einen Jungen fänden und ihn fragten, wo er einen Schatz in einem Schloss verstecken würde? Drinnen oder draußen? Na?", fragte der Rosenkreuzer lockend.

„Verstehst du nun?"

„Was würde der Junge wohl antworten?", fragte Ernesto, selber voller jugendlicher Begeisterung für seine eigene, erwachende Abenteuerlust.

„Was? Sag mal: Hast du jetzt völlig den Verstand verloren?"

„Quatsch", beruhigte ihn sein Freund und fasste den widerborstigen Abenteurer bei der Schulter und drehte ihn zu sich herum.

„Jetzt hör mir doch einmal zu: Wir müssen nur einen Knaben finden, so um die zwölf Jahre alt, der aufgeweckt genug aussieht, dass er uns auf Anhieb ein plausibles Versteck für einen Schatz benennen könnte", sagte Ernesto eindringlich.

„Er soll uns spontan ein Versteck nennen. Ohne erst groß nachzudenken oder zu überlegen. Vielleicht kommt etwas dabei heraus, und wir haben eventuell gleich ein Versteck für den Schatz gefunden; na, was sagst du. Mein lieber Francois?"

Vidocq schüttelte sich wie ein Hund und lachte ungestüm auf.
Eine verständliche Reaktion seiner Jugend.
„Du hast vielleicht versponnene Ideen.“
Doch dann schmunzelte er plötzlich doch.
„Warte mal, das ist eigentlich gar keine so schlechte Idee“,
gestand der spätere Geheimdienstfachmann.
„Doch sie kann nicht umgesetzt werden, denn hier wohnt
leider kein lebendes Wesen mehr in diesem verlassenen
Geisterschloss. Und erst recht kein Knabe“, meinte Vidocq
bedauernd.
„Ach komm, Francois, wir suchen den Jungen doch nicht hier,
sondern gehen zurück zu den umliegenden Bauernhäusern, an
den überschwemmten Ufern der Olona!“, sagte der bäurische
Rosenkreuzer lachend.
„Dort gibt es bestimmt viele aufgeweckte Jungen.“
„Na los, dann gehen wir halt mal vorsorglich los“, schäkerte
Francois, und er und Ernesto erhoben sich. Sie warfen einen
letzten traurigen und trauernden Blick auf die verstorbene
Nicole de Brie, bekreuzigten sich und murmelten
Segensformeln.
„Und was soll mit der entschlafenen Prinzessin geschehen?“,
fragte Ernesto mit mulmigem Gefühl und zeigte auf Nicole,
die weiterhin mit gefalteten Händen auf dem Diwan ruhte.
„Oh, ja, die Zauberfee aus dem Märchenschloss“, sagte
Francois betreten.
„Ich schlage vor, wir lassen sie erstmal hier liegen. Später
kehren wir zurück ins Schloss und versenken sie mitsamt
ihrem prächtigen Sofa in der Olona, ihrem ewigen Grab, das
sie mit so vielen Leidensgenossen teilt“, sagte der
Schmugglerkönig traurig.
„Was? Ist das dein Ernst, Eugène?“, fragte Ernesto verblüfft.
„Willst du deiner toten Freundin nicht lieber eine feierliche
Erdbestattung gönnen?“
„Mit religiöser Zeremonie?“
Vidocq beugte sich elegant mit einem Ruck zu der Toten auf
dem Diwan hinab und legte kurz seine Lippen auf die Nicoles.
Ein letzter Abschiedsgruß.“

„Nein, Ernesto. Ich glaube, das Wasser ist jetzt ihr Element, dort soll sie also auch für immer begraben werden, mitsamt ihrem Thron, meine Königin, mit dem Diwan. Wie ein Matrose auf See soll sie ihre letzte Ruhestätte im Wasser finden", sagte der jugendliche Vidocq mit Tränen der Rührung in den Augen.

„Mach es gut, mein Schatz. Meine kleine Kunstreiterin. Von nun an wird dein Geist auf Ewigkeit nachts auf den dunklen Wellen der Olona reiten. Auf einem silbernen Seepferdchen, Nicole. Adieu."

Und auch Ernesto weinte nun vor Mitgefühl.

„Aber hier liegen lassen können wir sie auch nicht, Francois – unmöglich!", protestierte Ernesto vehement.

„Wieso nicht?"

„Na, stell dir doch mal vor, wir sind dann weg aus dem Schloss, und kurze Zeit später dringen hier Plünderer ein und sehen das Mädchen, was dann?", fragte der Bauer beunruhigt.

Vidocq lachte wehmütig und gleichzeitig schalkhaft auf.

„Meinst du etwa, die Räuber klauen unsere Leiche?"

„Wieso nicht?", fragte Ernesto grimmig zurück.

„Aber wieso sollte einer unsere tote Nicole stehlen?", fragte der Schmuggler kopfschüttelnd.

„Na, es gibt doch immerhin Leichendiebe, die immer wieder nachts auf Friedhöfen Tote zu anatomischen Zwecken stehlen, zum Beispiel für die Seziersäle von Ärzten und für Medizinstudenten", sprach Ernesto erregt und fuchtelte wild mit den Händen.

„Ach du mein Schreck, daran habe ich ja gar nicht gedacht", antwortete der Tagedieb nervös und sah seinem Freund ratlos ins Gesicht.

„Aber das geschieht dann doch auf Friedhöfen, wie du ja eben schon selber richtig sagtest. Wer wird denn solch eine schöne, junge, brauchbare Leiche in unserer schmucken Villa vermuten?", fragte Vidocq verunsichert.

„Was weiß ich?"

Unwillig kratzte sich Vidocq am Kopf.

„Was also schlägst du vor?", fragte er quengelig.

„Wenn sie schon mit dem Fluss eins werden soll, dann schleppen wir Nicole besser gleich mitsamt ihrem Diwan zur Olona und lassen sie mit den nunmehr ruhigeren Wassern ins Jenseits treiben", schlug der kräftige Bauer resolut vor.

„Komm, pack mal mit an, das wird ein Kraftakt", versprach Ernesto beherzt.

„Im Ernst? Was denn? Jetzt gleich?", fragte der Schmugglerkönig erstaunt.

„Ja, auf jeden Fall, denn wer weiß, wann und ob wir überhaupt je wieder in die Schlossvilla zurückkehren können", befahl Ernesto barsch.

„Denn wir wissen ja gar nicht, was wir auf der Suche nach unserem abenteuerlustigen Jungen an den Ufern der Olona alles erleben", sagte der Rosenkreuzer lachend.

Eugène de Vidocq sah den Rosenkreuzer skeptisch an. Dann schließlich fügte er sich.

„Na gut. Ich glaube, du hast recht, mein Guter."

Da luden die beiden Schatzsucher sich den schweren Diwan auf die Schultern und trabten los. Richtung Olona. „Du liebe Zeit. Die Fluten sind ja schon ganz schön abgesackt, mein guter Ernesto", sagte Vidocq beglückt. „Jetzt pass bloß auf, dass wir mit unserem schweren Gepäck nicht in den zurückgelassenen Schlammmassen ausrutschen und mit Nicole auf die Nase fallen", tadelte Ernesto.

„Eben. Denn unser totes Pferdchen soll ja nicht in einem Schlammloch beerdigt werden", bestätigte der Schmuggler und schnaufte beträchtlich, als es gerade eine Strecke mit dem Diwan steil bergab ging.

Nach einer längeren Weile bemerkten die beiden Träger die rauschende Olona.

„Meine Fresse, der Fluss ist ja noch so breit wie ein kleiner See!", meinte Vidocq keuchend. „Ja, weil seine natürlichen Ufer noch überschwemmt sind", bemerkte Ernesto trocken.

„Wo setzen wir deine Prinzessin ab?", fragte er traurig.

„Einfach darein? Und treiben lassen?"

Vidocq seufzte.

„Nein, noch nicht jetzt gleich", sagte er erschöpft und voller Wehmut.

„Wir müssen noch eine tiefere Stelle finden. Wo Nicole gleich auf den Grund des Flusses versinkt, und nicht etwa sofort wieder ans Ufer geschwemmt wird. Dort kann sie die Beute von wilden Hunden oder Wölfen werden", meinte Vidocq sachkundig.

„JA, das ist wahr, vielleicht taucht irgendwo aus den Fluten wieder eine intakte Brücke über die Olona auf. Die können wir besteigen und unsere Kunstreiterin dann in der Mitte des Flusses absetzen", meinte Ernesto behutsam.

„Das ist eine gute Idee, so rasant, wie das Wasser abläuft!", stimmte Vidocq schnaufend zu.

„Doch jetzt müssen wir unseren Diwan erst einmal im halbwegs Trockenen absetzen", sagte er. „Denn ich verspüre ein gewaltiges Stechen in der Schulter", gestand der Tagedieb.

„Ich kann auch nicht mehr weitermachen, also: Was hältst du von da drüben?", fragte der stämmige Bauer und zeigte auf einen von Büschen verborgenen Fleck an der Olona.

„Ja, das ist ein guter Platz ... mein Freund!", sprach Vidocq keuchend und ließ mit seinem Gefährten den kostbaren Diwan zwischen zwei Büschen niedergehen.

Sie setzten sich keuchend in den Sand und betrachteten die tote Reiterin mit Schaudern: Ihre Haare waren durch die ruckartigen und schaukelnden Tragebewegungen in Unordnung geraten und klebten schweißig an ihrer Stirn. Die einst gefalteten Hände waren an den seitlichen Enden des Sofas herabgesunken und schlammbeschmutzt. Nicole de Bries Mund klaffte weit offen und die Augen waren ebenfalls geöffnet und blickten wie vor Schrecken erstarrt in die anbrechende Dunkelheit.

„Gütiger Himmel!", sprach Vidocq ergriffen und wischte sich die Stirn.

„So können wir sie unmöglich lassen", schnaubte der Bauer.

„Stimmt. Ich falte ihr wieder die Hände und du kannst Nicole den Mund und die Augen schließen", schlug der junge Streuner vor.

„Natürlich, gerne!", gab sich der Rosenkreuzer dienstbeflissen und macht sich ans Werk.

„Es fügt sich sehr günstig, dass es immer dunkler wird. Dann können wir die arme Nicole unauffälliger im Fluss bestatten, wenn wir eine intakte Brücke gefunden haben", meinte Vidocq verlegen.

„Bei der sperrigen Dunkelheit wird es aber auch immer schwieriger, eine Brücke auf der Olona auszumachen", wandte Ernesto ein.

„Du bist doch von hier. Kennst du dich in der Gegend nicht aus? Du müsstest doch am besten wissen, wo die nächste Brücke über die Olona liegt", sagte Vidocq und rieb sich die schmerzende Schulter. Ernesto lockerte seine Finger und Arme durch wedeln und strecken auf.

„Also, wenn ich es recht überlege: Ich kann mich nicht erinnern, jemals eine Brücke über den Fluss gesehen zu haben", sagte der Bauer zerknirscht.

„Was? Das ist ja großartig, mein Freund. Und was machen wir jetzt mit Nicole?", fragte er klagend.

Nach einer Weile vernahmen beide Freunde ein verdächtiges Geräusch aus der Ferne, gerade als sie bestrebt waren, sich den Diwan wieder auf die Schultern zu hieven.

„Was war das?", fragte Ernesto hastig.

„Es scheint jemand im Anmarsch zu sein!", mutmaßte Vidocq.

„Los, komm: Wir verstecken uns hinter den Büschen!", flüsterte er.

Kaum waren die beiden notdürftig von dem Buschwerk verdeckt, da galoppierten mehrere Reiter das Ufer der Olona entlang. Aber die Reiterschar war offensichtlich nur eine Patrouille der Regierung, die ausgesandt wurde, um nach Überlebenden der Überschwemmung Ausschau zu halten. Dicht beim Versteck der beiden Abenteurer hielt die Schar an, und zwei Soldaten stiegen ab.

„So eine Pleite. Ausgerechnet hier müssen die anhalten", sagte Ernesto leise fluchend.

„Ob die uns suchen, was meinst du?", fragte Vidocq besorgt.

„Ach was, das sind keine Plünderer oder Freischärler, sondern Regierungssoldaten", sagte Ernesto bestimmt.

„Die kommen, um nach dem Rechten zu sehen nach der Naturkatastrophe. Still jetzt! Einer kommt direkt auf uns zu." Die beiden Freunde duckten sich weg und hielten den Atem an.

„Da drüben, Leute! Da sehe ich, glaube ich, drei Tote am Ufer", sagte der Hauptmann. „Geht da rüber, vielleicht lebt einer noch, oder es sind vielleicht noch andere Überlebende in der Nähe!"

„Jawohl, Herr Hauptmann!", sagte eine undefinierbare Gestalt und salutierte.

„Los, Leute, aufsitzen und Abmarsch!"

„Jawohl, Herr Hauptmann!"

Die kleine Reiterschar setzte sich flugs wieder in Bewegung, ohne die beiden Freunde im Buschwerk erspäht zu haben. Noch entdeckten sie den Diwan mit der Toten.

„Ein Glück, das war um Haaresbreite!", meinte Vidocq flüsternd. „Wir bleiben noch einige Minuten im Versteck, bis die Meute ganz verschwunden ist", schlug er vor.

„Gut", meinte der Bauer schlicht.

Nach einer Weile, nach dem Abtransport der Toten, wagten sich die Freunde wieder aus ihrem Versteck und richteten sich auf.

„Oh je, mein Freund, das war knapp. Ein Glück, dass es schon dunkel genug ist, sonst hätten die uns erwischt!", meinte Ernesto mit schlotternden Knien.

„Keine Zeit verlieren, Ernesto, wir müssen jetzt rasch weiter. Eine Brücke finden. Beeilung!", mahnte der junge Schmuggler zum Aufbruch.

Und schon luden sie sich die Last des Diwans mitsamt Nicole wieder auf ihre Schultern. Sie ächzten und stöhnten um die Wette, die beiden Männer.

„Und was tun wir aber … Falls uns unterwegs jemand mit dieser leblosen Ladung beobachtet hat und uns zur Rede stellt?", fragte der Räuberhauptmann ächzend. „Die denken glatt, wir hätten das Mädchen ermordet, und dann sitzen wir gehörig in der Patsche!", sagte Vidocq fluchend.

„Red nicht soviel und pass lieber auf, dass du nicht in ein Schlammloch trittst, dann hätte Nicole ein unfreiwilliges Grab der makabren Art bekommen!", schnauzte der Rosenkreuzer.

„Aber du hast schon recht, das hätten wir auch bedenken sollen", gab der Bauer kleinlaut zu.

„Aaaaaaach! – Ich hätte mich gar nicht erst auf deinen unsagbaren Blödsinn einlassen sollen, ich verdammter Esel!", schimpfte Vidocq durch die Nacht.

„Die Tote jetzt gleich, so völlig ohne vorherige, akribische Planung und Organisation zur Olona zu schleppen, war ein bescheuerter Plan von dir. Nicole wäre in der Villa sicher aufbewahrt gewesen", tadelte der Schmuggler seinen Freund.

„Wenigstens hätten wir die Tote i m Diwan verstecken sollen, sie ins Innere hineinpacken. Dann wären wir schon einmal um ein ganzes Stück weniger auffällig gewesen", sagte Vidocq gekränkt. „Denn wenn zwei Männer ein Sofa ohne Leiche durch die Gegend schleppen, hätten wir weniger neugierige Augenpaare auf uns gezogen", schnarrte er.

„Still jetzt, Francois!", mahnte der Bauer. „Du hättest … Volksredner werden sollen, statt Revolutionär."

„Das kann ich ja später noch nachholen", juxte der Schmuggler hämisch.

„So ist es. Aber was wir jetzt gleich nachholen können ist Folgendes: Ich möchte eigentlich doch deinen Vorschlag umsetzen, Nicole innerhalb des Diwans umzubetten. Denn er ist wirklich gut; so fallen wir tatsächlich nicht so auf: Jeder denkt dann nur, wir hätten lediglich ein Sofa vor den Fluten der Olona gerettet, oder aus ihren Fluten", meinte der Bauer. „Komm, setz es wieder ab", sagte er sanft.

„Ja, in Ordnung", erklärte sich sein Kompagnon einverstanden. Und sie setzten sanft ihre Bürde ab.

„Vorsicht, nicht in den Schlamm", mahnte Vidocq sanft.

„Achtung, der Fluss ist noch sehr reißend. Nicht, dass er uns jetzt Nicole noch im letzten Augenblick mit sich reißt!", rief der junge Geheimdienstchef besorgt. Sie stellten den mächtigen Diwan an einer trockenen Stelle ab.

„Hoffentlich lässt sich das Sofa überhaupt öffnen", fragte Vidocq jetzt zweifelnd. Sie verrückten Nicole ein wenig und hantierten an dem Diwan herum, um in das Innere zu gelangen.

„Das geht schon irgendwie auf", meinte Ernesto besonnen.

„Ist doch eigentlich merkwürdig, dass das Ding so schwer ist, findest du nicht?", fragte nun Ernesto seinen Gefährten.

„Ist doch klar. Mit Nicole obendrauf", sagte Vidocq.

„Ach ja, natürlich", brummte Ernesto.

„Verflixt – ich kriege die Polster nicht auf", klagte der Räuberhauptmann. „Doch, ich glaube, jetzt tut sich was!", rief er erfreut.

„Achtung! Halt ein, da kommen schon wieder Reiter herangeprescht!", warnte Ernesto seinen Freund im letzten Augenblick.

Rasch reagierte der Geheimdienstchef, indem er den Diwan wieder schloss und Nicole mithilfe des Bauern erneut auf das Sofa hob.

„Du hast recht. Diesmal können wir unser Treiben nicht verbergen, die Burschen haben uns schon gesehen!", sagte der junge Vidocq fluchend und befahl seinem älteren Freund: „Los, hilf mir, den Diwan in das Wasser zu schieben, es bleibt uns leider keine andere Wahl! – Das wird eine schnelle Bestattung, hier ist eine starke Strömung, das dürfte reichen!"

„Was, bist du verrückt geworden?", protestierte Ernesto.

„Es bleibt uns leider keine Wahl, los, hilf mir, das Sofa in die Fluten zu schieben! Verzeihung, mein Schatz", rief Vidocq voller Wehmut, „für eine andächtige Trauerzeremonie ist bedauerlicherweise auch keine Zeit; Adieu, mein Seepferdchen, gehab dich wohl", sagte er und gab dem Diwan einen Tritt.

Ernesto schob mit, und im Nu wurde der Diwan von einer schnellen Welle erfasst und nahm Nicole de Brie mit auf die Reise.

„He, ihr beiden da, sofort aufhören, was habt ihr vor?", brüllte einer der Reiter durch die blühende Landschaft in fortschreitender Dunkelheit.

„Stehenbleiben, rührt euch nicht, halt, oder wir schießen!", rief ein Soldat und die Abteilung machte Halt vor der Olona. Die Offiziere sprangen ab und streckten ihre Waffen vor.

Die Flut spülte den Diwan schnell in die Mitte des Flusses, wo er bald schon versank, Nicole mit ihm. Vermutlich hatte sich ihr Kleid oder eine ihrer Hände in den Schründen der Polster verfangen oder verhakt, sodass sie gottlob nicht herunterfiel und auf dem Wasser trieb.

„Adieu, Nicole!", rief Vidocq noch mal.

„Wir müssen was tun, Francois, die Kerle machen uns sonst kalt!", sprach Ernesto erregt.

„Halt, ihr beiden!", schrie ein Soldat und schon wurde der Bauer von einem Gewehrkolben niedergestreckt. Er war aber offensichtlich nur leicht gestreift worden von dem Stoß, denn der gedrungene Rosenkreuzer sprang sofort wieder auf die Füße und kämpfte mit den Fäusten gegen andere, anstürmende Soldaten.

„Was treibt da im Fluss? Redet, ihr Hunde!", brüllte der Kommandant der Schar.

Vidocq testete erfolgreich seine Boxkünste an zwei Soldaten, die er mit wohl gezielten Kinnhaken niederschlug. „He, ich will die Beute der beiden! Holt mir diese große Kiste zurück!", befahl der Rittmeister seinen Kavalleristen.

„Wie denn, Kommandant?", fragte ein Leutnant.

„Das Vehikel ist schon untergegangen!"

„Francois! Es sind zu viele von diesen Kerlen!", rief Ernesto keuchend.

„Was sollen wir tun, oh, mein kleiner Schmuggler?"

„Los, springen wir Nicole nach! Hinein ins Wasser!", rief Vidocq.

„Was? Aber…"

„Schnell, sonst gibt es kein Entkommen! Die Kerle machen uns sonst alle! Das sind keine regulären Soldaten, sondern

vermutlich Deserteure, die auf Beute aus sind, du hast es ja gehört!"', drohte Francois und schon sprang er als Erster.
„Warte doch! Bist du meschugge?"
Doch dann sprang auch er mit einem Satz in die Olona.
„Halt, hiergeblieben! Ich will wissen, was in der Kiste ist!"', rief der Kommandeur der Reiter und ließ hinter Francois und Ernesto her schießen.
Die beiden Abenteurer tauchten sofort tief unter Wasser und schwammen so schnell wie möglich außer Reichweite der Kugeln. Sofort wurden sie allerdings erneut von der Strömung der Olona abgetrieben, doch diesmal war es nicht so gravierend wie beim ersten Eintauchen in den Fluss: Der Wasserpegel war nach der Überschwemmung inzwischen beträchtlich gesunken. Nun hatten die Abenteurer eine größere Chance, schwimmend ans Ufer zu gelangen.

„Die dachten natürlich … wir hätten Kriegsbeute in dieser „Kiste""', presste Vidocq stöhnend hervor, als er aus den Wellen an der Oberfläche auftauchte. „Keine Diskussionen jetzt, ans Ufer, mein Freund!"', befahl der kräftige Bauer Ernesto, der neben seinem Freund herschwamm.
„Ja, denn die Strömung ist überhaupt nicht stark im Augenblick"', rief Vidocq quietschfidel.
„Genau, du hast recht, mein Bruder"', jauchzte auch voller Freunde Ernesto. Doch er wurde gleich wieder ernst. „Du hättest mir nicht einschärfen sollen, die arme Nicole so überstürzt in den Fluss zu bugsieren. Jetzt sehen wir sie nie wieder. Ich glaube, wir hätten doch erst mit den Soldaten verhandeln sollen."
„Bist du blöd? Die hätten uns umgenietet, Mann!"', sagte der Schmuggler stöhnend.
„Wir wollten Nicole ja sowieso im Fluss versenken. Jetzt ist es eben etwas schmuckloser geschehen"', sagte Vidocq abgeklärt. „Los, ans Ufer!"
Die beiden gelangten kurze Zeit später tatsächlich ans Ufer, wenn auch mit weitaus größerer Mühe als sie dachten.

„Mann, die Strömung ist doch noch ganz schön kräftig, pffffft!", keuchte der Rosenkreuzer. Sie kauerten sich am schlammigen Ufer nieder, und ruhten sich einige Zeit aus.

„Es wäre natürlich schöner und der tristen Situation angemessener gewesen, wenn unser Barde Clement Thierry bei der Beisetzung Nicoles dabei gewesen wäre", krächzte der zukünftige Geheimdienstchef wehmütig. „Er hätte ihr ein elegisches Lied singen können."

„Das kann er ja später immer noch tun. Wir brauchen bloß die Stelle wiederzufinden", meinte der Bauer.

„Bist du eigentlich verletzt worden?", fragte Vidocq.

„Nein, und du offensichtlich auch nicht", sagte der Bauer befriedigt. „Ein Glück, dass die Kerle uns nicht getroffen haben. Du hattest recht, das waren miserable Schützen, also folglich keine regulären Soldaten oder Regierungstruppen", sprach der Rosenkreuzer erleichtert.

„Siehst du, ich habe es dir ja gesagt; mein spontaner Entschluss, durch einen Sprung in den Fluss Rettung zu suchen, war richtig", sprach Vidocq lächelnd und klopfte dem Freund auf die Schulter.

„Ja, genau, du hast mir das Leben gerettet", sprach der Bauer dankbar.

Dann wuschen sie sich mit dem Wasser der Olona den gröbsten Schlamm aus der Kleidung und machten sich auf den Heimweg.

„Komm, wir müssen rasch wieder den Hügel hinauf, zur Villa zurück, denn es wird kalt, und wir sind triefendnass", sagte Vidocq.

„Ja, aber hoffen wir, dass unsere Verfolger da nicht längst Einzug gehalten haben, und uns in Empfang nehmen, wenn wir da wieder auftauchen", meinte der Rosenkreuzer skeptisch.

„Denn du hast ja gesehen: Überall hier in der Gegend treiben sich Plünderer und Deserteure herum. Die werden immer dann aktiv, wenn es eine Naturkatastrophe gegeben hat; wie zum Beispiel ein Erdbeben oder eben eine Überschwemmung", ergänzte Ernesto.

„Na, das sind ja schöne Aussichten", sprach Vidocq mit gequältem Lächeln und wrang sich die nasse Kleidung aus.

Oben bei der Schlossvilla angekommen, pirschten Vidocq und Ernesto erst einmal vorsichtig ums Haus, und betrachteten sich das Innere der Villa. Alles schien ruhig und verlassen.
Das Säulenportal leuchtete gespenstisch im dunklen Licht des Mondes und das Tor war geschlossen, aber nicht abgesperrt.
Sie gingen mit mulmigem Gefühl ins Innere der Villa.
„Alles so, wie wir es verlassen haben", meinte Vidocq.
„Ja, du scheinst recht zu haben: Offensichtlich hat niemand das Schlösschen während unserer Abwesenheit ausgeraubt", entgegnete Ernesto etwas überrascht.
„Ich frage mich ehrlich gesagt auch, warum etwaige Räubersoldaten hier oben in diesem Schloss nicht zuerst alles leer geräumt haben", sagte der Schmuggler nachdenklich.
„Vielleicht traut sich keiner, weil sie die Rache Napoleons fürchten, denn der hat ja jetzt hier in Mailand das Sagen", meinte Ernesto und lachte.
„Das traut sich dann doch keiner, selbst der tollkühnste Plünderer nicht, das napoleonische Cagliostro-Schloss auszurauben", ergänzte der Rosenkreuzer schelmisch.
„Keine üble Idee!", meinte Vidocq und kniff seinen Freund in die Seite.
„Aber wir dürfen hier alles durchsuchen, zumindest uns den Schatz aneignen, denn wir haben dazu die Erlaubnis vom größten Feldherren aller Zeiten!", deklamierte Vidocq fröhlich.
„Ja, da hast du recht. Denn wir sind zwei ehrliche Räuber, zwei lizenzierte Halunken", brach es aus Ernesto schallend heraus.

Die beiden Abenteurer zogen ihre nasse Kleidung aus und suchten sich aus zurückgebliebenen Überresten in intakten Schränken in der Etage darüber etwas Trockenes zum Anziehen.
„Jetzt sollen wir wohl in diesem Spukschloss übernachten?", fragte Ernesto lächelnd.

„Bist du etwa von der Furcht befallen, der tote Geist des Cagliostro könnte dich in der Nacht heimsuchen und sich an uns rächen für den Frevel, den wir ihm antun, weil wir es auf seinen Schatz abgesehen haben, mein Guter?", fragte der Schmuggler und lachte.

„Nein, natürlich nicht, denn Cagliostro ist ja nicht hier in seinem Schloss gestorben, folglich dürfte auch sein Geist nicht in diesen Gemäuern des Nachts sein Unwesen treiben", meinte Ernesto verdrossen.

„Gut gesprochen, mein Freund, aber ich frage mich, zum x-ten Male, ob es hier tatsächlich einen Schatz gibt, und wo ist er dann?", fragte er nörglerisch.

„Wir suchen ihn morgen, wenn du nichts dagegen hast", sagte Ernesto.

Vidocq lächelte. „Doch zunächst müssen wir erst noch zwei intakte Betten in irgendeinem Zimmer auftreiben", sprach der junge Schmuggler und Herumtreiber apodiktisch.

„Glänzende Idee", brummte der Bauer.

Doch es war für sie ein Leichtes, im sicheren oberen Stockwerk ein intaktes Schlafzimmer zu finden, mit Luxusbetten darin.

Behaglich ließen sie sich darin nieder und schlummerten bis zum nächsten Morgen.

Dieser hielt eine deftige Überraschung für die beiden Abenteurer bereit: Als sie im Morgengrauen erwachten, waren ihre zwei Betten von einer Kinderschar umgeben.

Der junge Vidocq rieb sich verstört die Augen und blinzelte ins Zwielicht: „Ja, wie … kommt ihr denn in das Schlösschen hinein, meine Kleinen?", fragte er entzückt und sah einige Jungen und Mädchen in zerrissenen Kleidern und mit schmutzigen Füßen.

Bevor eins der Kinder antworten konnte, rempelte der junge Schmuggler seinen Kompagnon an, der noch schlief, im Bett neben ihm.

„He, Kamerad, sag bloß nicht, das alles sind deine Kinder, die uns gefolgt sind?", fragte er lässig daher.

„He, was, Kinder?", wiederholte der Rosenkreuzer, der sich noch halb im Schlaf befand und rieb sich auch die Augen. Dann sah auch er erschrocken die Kinderschar und fuhr in die Höhe.

„Alles deine Kinderchen?", fragte Vidocq noch einmal lapidar und grinste.

„Nein – nicht alle, äh, ich …meine: Kann schon sein, dass einige von mir dabei sind, wart, ich muss mal geschwind nachzählen und eine Gesichtsschau abhalten", sagte der übermüdete, überstürzt aufgeweckte Bauer schroff und fing an zu zählen.

„Aber das ist ja wirklich possierlich, mein guter Ernesto di festo", lallte der Räuberhauptmann übermütig. „Eigentlich wollten wir doch auf dein Geheiß nur einen Knaben finden, damit er uns verrät, wo er einen Schatz in einem Schloss verstecken würde; doch nun haben wir viele zur Auswahl! Und alle sind sogar freiwillig zu uns gekommen – ein Wink des Schicksals!", trötete der Franzose.

„Still, du Räuber, ich muss erstmal in Erfahrung bringen, wie die kleinen Strolche hier so unbemerkt eindringen konnten", meinte Ernesto murrig. „Denn wir haben doch alle Türen sorgfältig verschlossen, oder nicht, hm?", fragte er einen kleinen Zehnjährigen und streichelte ihm den langen Schopf. „Oder seid ihr durch einen Geheimgang eingedrungen?"

„Genau, Monsieur. Wir alle sind arme Kinder", sagte der kleine Magere, „wir waren immer schon arm, aber jetzt, nach der großen Überschwemmung, sind wir und unsere Familien noch ärmer, deshalb holen wir uns Gegenstände aus dem Schloss, das jetzt unbewohnt ist, und nehmen sie mit nach Hause."

„Ja, richtig", bestätigte ein anderer Junge. „Wir hoffen, das Silber und die Kerzenleuchter gegen Essen einzutauschen."

„Was? Ihr räumt das Schloss aus?", fragte Vidocq belustigt.

„Aber das geht doch nicht", sagte er. „Die Sachen gehören euch doch nicht, das tut man doch nicht, das ist Stehlen. Und wieso kennt ihr überhaupt einen Geheimgang zu diesem Schlösschen, den müsst ihr mir mal zeigen", bestand der Räuber darauf.

„Und habt ihr schon viel mitgenommen?", fragte Ernesto
neugierig.

„Och, es geht. Den ganzen Morgen sind wir schon am
Sammeln", sagte ein kleines Mädchen treuherzig.

„Na, ihr seid mir vielleicht ein paar Herzchen!", trällerte
Vidocq verträumt, und nahm sich das Mädchen auf den Schoß.

„Ob die Blagen schon den Schatz des Cagliostro gefunden
haben, was meinst du, mein lieber Tagedieb und Freund?",
fragte der Rosenkreuzer flüsternd seinen französischen
Freund.

„Warum fragst du die lieben Kinderchen nicht einfach?",
schlug der Rosenkreuzer lapidar vor.

„Gut. – Sagt mal, Kinder: Wenn ihr das genaue Gegenteil von
dem machen wolltet, was ihr jetzt tut, nämlich, kleine Schätze
aus dem Schloss zu tragen; also wenn ihr einen großen Schatz
hättet, und das euer eigenes Schloss wäre: Wo würdet ihr
solch einen Schatz verstecken?", fragte Vidocq etwas
umständlich.

„Ich würde ihn auf dem Dachboden verstecken, in einer alten
Truhe", meinte ein Junge.

„Und du?", fragte er das Mädchen, das auf seinem Schoß saß.

„Das ist zu einfach, das Versteck finden Diebe zu leicht. Ich
würde einen kostbaren, großen Schatz lieber irgendwo im
Garten vergraben", meinte die Kleine.

„Das ist gut. Du hast recht. Deine Erklärung ist sehr gut. So
würde ich es auch machen", sprach der edle Räuber und das
Mädchen hüpfte von seinem Schoß herunter.

„Ich würde den Schatz noch viel schlauer in einem
Geheimgang verstecken", meldete sich ein anderer Junge zu
Wort.

„Ja, das sind sehr gute Vorschläge, Kinder!", sagte Vidocq
enttäuscht. „Aber es war keiner dabei, auf den wir nicht auch
schon gekommen wären", sprach er matt und seufzte.

„Ja, das ist wahr, mein Freund", meinte auch der Bauer
Ernesto. „Wir werden eben die nächsten Wochen und Monate
das ganze Areal durchsuchen müssen, die Hecken und Bäume

ums Schloss, die Villa selber und die ausladenden Wiesen", schlug er müde vor.

„Tja, da wartet jede Menge an Arbeit auf uns. Aber jetzt ziehen wir uns lieber erst einmal an", gab Vidocq lächelnd die Parole des Tages aus.

Nach dem Frühstück mit den Kindern im Schloss fragte ein pickeliger Junge plötzlich: „Was für einen besonderen Schatz sucht ihr beiden denn eigentlich?"
Vidocq schaute konsterniert auf den Jungen und hielt im Kauen seiner Mahlzeit inne.
„Wie kommst du darauf, dass wir ... einen speziellen Schatz suchen?", fragte er unsicher zurück.
„Weil ich glaube, dass ich euren Schatz schon gefunden habe", sagte der Junge mit fester Stimme.
Francois und Ernesto waren wie vom Donner gerührt: „Du hast was?", fragte Vidocq konsterniert und hörte abrupt mit dem Essen auf.
„Unseren Schatz gefunden...", betete Ernesto apathisch nach.
„Was sagst du da, mein kleiner Schelm?", fragte Vidocq nach.
„Wo? Sag mir wo", bat er den Jungen.
„Dort unten in der großen Vorhalle, oder wie man das nennt", sagte der Junge. „Erst habe ich nur ein paar Silbermünzen aus dem Schatz entnommen, ohne es meinen Kameraden zu sagen – und dafür schäme ich mich jetzt auch gehörig, aber meine Familie ist ja so arm", verteidigte sich der Junge stotternd und schlug verschämt die Augen nieder. „Ich habe dafür Brot und Fisch und Butter von einem Straßenhändler bekommen", erklärte der Junge und seine Kameraden machten große Augen und lauschten angespannt seiner Erzählung.
„Was hast du?", fragte Vidocq enthusiastisch und dem guten Schmugglerkönig fehlten einfach die Worte.
Er schnappte direkt nach Luft, wie ein Fisch auf dem Trockenen.
„Und die Goldbarren waren so schwer wegzuschleppen. Trotzdem habe ich einige nach und nach heimlich mitgenommen und bei mir zu Hause in der Scheune meines Vaters versteckt, denn mein Vater ist Bauer, an der Olona

wohnen wir… Doch am nächsten Morgen waren sie weg, die Barren, alle weg!", sagte der blonde Junge klagend. „Irgend jemand muss mich beobachtet haben, als ich ins Schloss eindrang, oder die Barren in der Scheune versteckte, unter dem Heu", ergänzte der Kleine erschrocken.

„Na, das ist ja ein Ding, mein Junge, aber jetzt zeig uns doch bitte erst einmal diesen Schatz, und wo genau du ihn gefunden hast", bat Ernesto den Knaben.

„Deine Kameraden und wir beiden Erwachsenen verzeihen dir deine kleine Gemeinheit mit dem Verschweigen des Schatzes vor deinen Freunden, wenn du uns jetzt das Versteck preisgibst", versprach der hurtige Vidocq, der munter und atemlos vom Esstisch aufgesprungen war und dem Jungen den Blondschopf tätschelte.

„Ja, ich zeige euch gern meinen Fundort des Schatzes, also kommt mit herunter ins Erdgeschoss", bat der Junge einsichtig und rannte dienstbeflissen voraus. Alle Kinder und die beiden Erwachsenen folgten dem Kleinen hastig nach.

„Dort unten steht nämlich ein so großes Sofadings, so eine sperrige Couch. Dort habe ich mal gelegen und gedöst, die ist so herrlich vornehm", sagte der Junge. „Und dann habe ich mal wie durch Zufall tief in die Polster gegriffen und schon hatte ich eine silberne Münze in der Hand", führte der Junge aus.

„Was? Ja - natürlich, das kann das Versteck sein! Eine Couch! Silberne Münzen und Goldbarren, das muss der Schatz des Cagliostro sein, oder ein Teil davon!", rief der Rosenkreuzer enthusiastisch aus, aber im selben Augenblick erbleichte Vidocq.

„Du Trottel! Du Kamel!", tadelte der Schmuggler seinen Freund.

„Wie? Was meinst du? Wieso Trottel?", fragte Ernesto verständnislos.

Schon waren alle an der Stelle angekommen, an der „Nicoles Diwan" stand. Der Junge zeigte mit dem Finger ins Leere.

„Aber sie ist ja nicht mehr da, diese vornehme Couch! Dort, hier an dieser Stelle stand sie! Ich schwöre es!", rief der Junge erstaunt aus.

„Was? In diesem Diwan hast du all dieses ... Geschmeide gefunden?", fragte Ernesto entsetzt, als er begriff.

„Ja, auch Perlenketten und sogar ... funkelnde Diamanten, glaube ich", sagte der Junge entgeistert.

„Ihr wisst also auch, dass dort dieses Sofa stand?", fragte der blonde Junge.

„O ja, das wissen wir!", sagte Vidocq kopfschüttelnd und lachte bitter.

„Aber wo ist dieses Dings denn jetzt hin?", fragte ein anderer Junge.

„Fort, in der Olona, oh, was für eine Farce! Sollte sowas wirklich möglich sein, meine Freunde?", fragte Vidocq verzückt und lachte aus vollem Halse. „Deswegen war der Diwan also auch so verdammt schwer", schnalzte der Räuberhauptmann mit der Zunge.

„Willst du damit etwa andeuten, wir haben Nicole mitsamt dem Schatz in der Olona beigesetzt?", fragte der Rosenkreuzer mit dumpfer Miene.

„Leider will ich dir genau das schonend beibringen, mein Freund", sagte Vidocq schmunzelnd.

„Das war dann aber ein teurer Grabschmuck!", winselte Ernesto.

Vidocq sah seinem Freund betreten ins Gesicht.

„Allerdings. Und was sollen wir jetzt tun?", fragte der Schmuggler.

„Sofort zurückkehren zur Olona, und versuchen zu retten, was zu retten ist", meinte Ernesto verstimmt.

„Gut, gehen wir. Vielleicht finden wir ja doch noch eine Spur von dem restlichen Schatz", sagte Francois mit resignierender Stimme.

„Können wir auch mit euch mitkommen?", bettelte die arme Kinderschar erwartungsvoll.

„Natürlich, ihr könnt uns helfen, die gesamte Olona nach den Resten des Schatzes abzusuchen", sagte Vidocq gallig-bitter und lachte dunkel.

Der junge Räuberhauptmann und Ernesto der Rosenkreuzer hatten bald die Stelle wiedergefunden, an der sie Nicole de Brie den Wassern des Flusses überlassen hatten. Sie erkannten das Buschwerk und einige Felsen wieder.

„Hier ist es", sprach Vidocq lebhaft. „Dort hinten in dem kleinen Strudel da habe ich den Diwan mit Nicole obendrauf in die Tiefe sinken sehen", sprach er traurig. „Doch ich kann nichts mehr entdecken, alles muss auf dem Grund der Olona liegen."

Die Kinder spähten neugierig nach der Stelle und Ernesto verrenkte sich fast den Hals, um bis auf den Grund des Flusses zu spähen. Doch das Wasser war arg verschlammt und ließ keinen Blick auf das Flussbett zu.

Ernesto schüttelte missmutig den Kopf. „Das ist nicht gesagt, Francois. Der Strudel ist sehr stark. Er kann den Diwan und die tote Nicole meilenweit unter Wasser mitgerissen haben. Vielleicht schwimmen beide sogar noch und werden immer weiter weg getrieben", meinte er.

„Egal, suchen wir erst mal das nähere und dann das weitere Ufer ab", schlug der Tagedieb vor und teilte die zahlreichen Jungen und Mädchen in Suchmannschaften ein.

Sie suchten stundenlang, schließlich tagelang, doch sie fanden nicht die geringste Spur eines Schatzes.

„Kein einziger Diamant oder Silbertaler, der an Land gespült worden wäre", sagte Vidocq resignierend.

„Und die Goldbarren sind sowieso rasch versunken. Und der restliche Schatz verteilt sich über die ganze Olona", bemerkte Ernesto mit finsterer Miene.

„Jetzt tut es mir wirklich wahnsinnig Leid um Nicole", brummte Francois finster. „Vor allem, dass wir sie so schnell und planlos in dem Fluss versenken mussten. Damit sie den Briganten nicht in die Hände fallen konnte."

Er seufzte. „Hoffentlich wird wenigstens ihre Leiche irgendwann und irgendwo ans Ufer getrieben, damit wir sie würdiger bestatten können", sagte der Räuberkönig nüchtern und hilflos.

„Also, Leute: Wir müssen weiter unten den Fluss nach Nicole absuchen – vielleicht gibt die Olona sie frei!", sprach Ernesto entschlossen und schlug die starken Fäuste zusammen.

„Jawohl!", riefen die Bettelkinder unisono aus und formierten sich entschlossen wieder zu freiwilligen Suchgruppen.

Doch auch nach weiteren Tagen fanden sie keine Spur mehr von Nicole oder dem Schatz.

Die beiden erwachsenen Abenteurer und die Kinder einigten sich darauf, erst einmal wieder die Villa nach möglichen, weiteren Schätzen abzusuchen.

Überall suchte die Schar nach dem Schatz, im gesamten Schloss, in dem kleinen Wäldchen und an der Uferböschung, doch auch da förderten sie nichts zutage.

Sie suchten mehrere Wochen lang. Vergebens.

„Das beste wäre, die Schatzkarte weiter auszuwerten und zu versuchen, weitere versteckte, verschlüsselte Zeichen darauf von anderen Freimaurern entziffern zu lassen, die sich mit dem obskuren Hokuspokus auskennen", meinte Ernesto eines Tages mit einem Geistesblitz.

„Ja, eine gute Idee, aber wo kriegen wir jetzt wieder auf die Schnelle einen kundigen Freimaurer her? Und einen, der uns nicht wieder hintergeht und betrügt?", fragte Francois Vidocq erwartungsvoll lächelnd.

„Ja, da hast du recht, es gibt einfach keine ehrlichen Leute mehr?", sagte Ernesto und seufzte.

Vidocq saß mit Ernesto an diesem schönen Herbsttag am Ufer der Olona und sinnierte über die Zukunft nach.

Die Kinderschar hatte sich zu ihnen gesellt und lauschte den Erzählungen der Erwachsenen.

„Und? Was machen wir nun, mein guter Geheimniskrämer von den Rosenkreuzern?", fragte der Schmuggler.

„Stiefeln wir zurück zu unserem obersten Chef, dem guten General Napoleon und berichten ihm, dass der Schatz des Cagliostro verloren ist?"

„Das weiß er doch wahrscheinlich längst schon, wie ich unseren ausgekochten General kenne", sagte der Bauer abfällig. „Der hat doch seine Spione überall."

„Meinst du etwa, auch hier unter den Kindern?", fragte Francois Vidocq erschrocken und senkte merklich die Stimme.

„Was? Du hast ja nicht mehr alle Tassen im Schrank – aber: Möglich ist alles", flüsterte der Bauer geschockt.

Missmutig warf der Schmuggler kleine Steine ins Wasser.

„Und Mirella? Soll ich sie ewig in Bonapartes Klauen belassen?", fragte er seinen Freund. „Sollen wir zum kleinen Kaporal zurückkehren und Rechenschaft fordern?"

„Bist du närrisch? Der spannt uns doch dann vor Zorn gleich als Söldner in sein Heer ein, und nimmt uns mit als Soldaten für seinen Ägyptenfeldzug!", rief Ernesto entsetzt.

„Ach ja, der unselige Ägyptenfeldzug", meinte Francois seufzend. „Der kleine kurzbeinige Lügner Bonaparte bringt es glatt fertig, und nimmt Mirella kurzerhand mit auf seinem geplanten Feldzug, führt sie mit in seinem Tross – als Luxusmätresse!", polterte der Schmuggler los.

„Und sollen wir Napoleon deswegen etwa bis nach Ägypten folgen?", fragte Ernesto mit wenig Begeisterung in der Stimme.

„Nein natürlich nicht, Mirella würde ja zu mir zurückkehren, wenn sie des kleinen Korsen eines Tages überdrüssig wäre", sagte Vidocq mit hoffnungsvollem Unterton.

„Sei dir da nicht zu sicher!", warnte sein Freund.

Ein Jahr war inzwischen vergangen.

Im Juli 1798 hatte Napoleon Bonaparte seine Ägyptische Expedition begonnen. Geschickt umging er die englische Flotte und landete auf Malta. Nach der Einnahme Maltas gelang ihm auch die Eroberung von Alexandria und der Sieg bei der Schlacht bei den Pyramiden über das türkisch-mamelukische Reiterheer am 21. Juli 1798 südlich von Gizeh, und die anschließende Besetzung ganz Ägyptens.

Schon glaubte Napoleon, die lebensnotwendige Verbindung zwischen England und Indien durchschnitten zu haben, da erhielt er die Meldung, dass die französische Flotte in einer

Seeschlacht bei Abukir am 1. und 2. August 1798 von den
Engländern unter Horatio Nelson völlig vernichtet worden sei.
Der ägyptische Feldzug war gescheitert.
Napoleon verließ seine Armee und kehrte rasch nach
Frankreich zurück.

Francois und Ernesto blieben weiterhin in Italien, in Mailand
in der Lombardei.
Sie richteten sich dauerhaft in der großen Villa des Cagliostro
ein. Gönnerhaft ließen die beiden unerschütterlichen
Abenteurer es geschehen, dass die armen Kinder von Mailand
die Villa nach und nach leer räumten und all ihrer Wertsachen
erleichterten. Weiterhin suchten die Männer und die Kinder
nach noch möglichen, unentdeckten Schätzen, doch konnten
sie keine Spur davon finden.
„Es ist doch wirklich ein erstaunlicher Umstand, dass keiner
von Napoleons Soldaten die Villa mehr reklamiert, wo wir
doch schon so lange hier hausen", sagte Ernesto eines schönen
Sommertages des Jahres 1798. zu Vidocq. „Ach, die Soldaten
von Bonaparte sind mit ihrem Krieg in Ägypten beschäftigt,
und Plünderer trauen sich nicht in die Nähe des Schlosses,
weil wir jetzt so viele sind, die Kinder, meine ich", sagte
Vidocq lachend. „Oder die Banditen und Wegelagerer glauben
vielleicht, wenn sie die munter hier herumlaufende
Kinderschar bemerken, dass auch deren Eltern hier seien. Und
dann fürchten sie deren Wehrkraft. So gesehen tun wir gut
daran, das Kinder-Lumpenproletariat hier zu behalten", meinte
er versonnen.
„Keine schlechte Idee", rief der Bauer Ernesto freudig aus.

Sie hatten die einst von der Olona überflutete Villa inzwischen
vom Schlamm des Flusses befreit und die Einrichtung
gereinigt. Mithilfe der Kinder. Ernesto kehrte oft tagelang zu
seinem Gehöft an der Olona zurück und besuchte seine
Familie. Dann verschacherten auch die Männer fast jeden Tag
wertvolle Gegenstände aus dem Schlösschen, um Nahrung für
die vielen Kinder zu beschaffen, die auch immer wieder zu

ihren Familien zurückkehrten, um sie mit den notwendigsten Lebensmitteln zu versorgen.

Doch es konnte auf die Dauer nicht ausbleiben, dass eines Tages der gigantische Betrug um die Ausbeutung der Villa entdeckt werden würde, und dann wären die Kinder mit ihren beiden väterlichen Beschützern in großer Gefahr, verhaftet zu werden und ins Gefängnis gesteckt zu werden, die Kinder in Heime für Verwahrloste.

„Wir können uns hier nicht länger halten, Francois, zu gefährlich", sagte der Bauer.

„Ach, komm: Es klappt doch alles vorzüglich, die Kinder und ihre Eltern haben dank unserer lukrativen Tauschgeschäfte zu essen wie nie zuvor. Ihre Kleidung ist neu und nicht zerrissen, und in der Villa haben wir Platz und Betten für alle in Hülle und Fülle", schnarrte der junge Schmuggler verständnislos.

„Und alle konnten sich einen Arztbesuch leisten und sogar Geld sparen."

„Das alles ist ja gut und schön, doch wir tragen ja auch die Verantwortung für die Kinder, die wir ja sträflicherweise in Straftaten verstrickt haben durch unseren illegalen Handel, vergiss das bitte nicht!", sprach Ernesto besorgt.

„Wenn das auffliegt, dann sind wir dran. Wenn unser Napoleon von unserem illegalen Treiben erfährt, dann macht der kurzen Prozess mit uns, denn es war ja keine Rede davon, die Schatzvilla auszubeuten und zu bewohnen", sagte der Rosenkreuzer leicht angesäuert.

„Was schlägst du also vor?", fragte Vidocq missmutig.

„Am besten, wir holen die letzten Spiegel und Kleinodien, wie Zierbecher und Besteck aus der Villa heraus, versetzen das Zeug und verschwinden von hier", meinte Ernesto mit Verve. Beide Männer schwammen während dieser Unterhaltung entspannt im Burggraben nebeneinander her, um sich zu erfrischen.

„Ach komm, jetzt mach hier nicht einen auf Betschwester à la Klosterfrau, ja?", feixte der Schmugglerkönig.

„Ach verflixt, warum nutzt du nicht endlich deine Verbindungen zu deinem Freimaurerverein, um die

Schatzkarte weiter auszulesen, die magischen Zeichen zu deuten? Nur diese Brüder können dies: Damit wir vielleicht doch noch einen anderen Teil des Cagliostro-Schatzes auftreiben können. Denn der Diwan in der Vorhalle kann doch nicht alles gewesen sein!", schnarrte der Bauer mit seiner kräftigen, knarzenden Brummbassstimme und pflügte voller Unmut durch das Wasser.

Vidocq lachte.

„Ich fürchte, doch, mein großer Brummbär!", sagte der Schmuggler verschmitzt.

„Und der Burggraben? Den haben wir doch noch nicht abgesucht", sprach Ernesto aufgeregt. „Wenn nun ein Teil des Schatzes dort unten versenkt worden wäre? In einer wasserdichten, großen Kassette? - Daran haben wir ja noch gar nicht gedacht! Ich tauche mal eben unter und sehe sofort nach!", sprach der mysteriengläubige Rosenkreuzer, holte tief Luft und tauchte.

„Sei nicht albern, so etwas gibt es nur in Märchen und Abenteuerromanen!", rief ihm der französische Abenteurer noch nach, doch da war sein Freund schon abgetaucht.

„Komm wieder hoch!", schrie Vidocq laut. „In diesem trüben Gewässer vermag man nichts zu erkennen, das Wasser ist vermoost und verschmutzt vom Schlamm der Olona!", brüllte Francois nach unten.

„Dann lohnt es sich eher schon, in der Olona nach dem Schatz zu tauchen, wo wir ihn versenkt haben! Hörst du, Ernesto?", schrie sich Vidocq nach unten in die Tiefe.

Nach einer Weile tauchte sein Gefährte prustend wieder auf.

„Na, gibt es von da unten was Nennenswertes zu vermelden, Meister Rübezahl?", fragte Francois Vidocq raunzend.

„Nein, nichts zu sehen, da unten – alles zappenduster und verschlammt!", brachte der Hüne keuchend hervor. „Da unten ist es noch schwärzer als im Arschloch eines Rappen!", dröhnte der triefende Rosenkreuzer.

„Na, sag ich doch, du Rappelkopf!", stichelte Francois Vidocq genüsslich.

„Lass uns lieber noch einmal die Olona abtauchen, das kann dann doch noch ergiebiger sein."

„Ja, du hast ja recht. Irgendwo da unten, an der Stelle, wo wir den Diwan versenkt haben, muss der Schatz ja noch liegen. Das schwere Zeug kann doch nicht alles von der Strömung abgetrieben worden sein; die Diamanten vielleicht schon, nicht aber die Goldbarren und die silbernen Kerzenleuchter!", sagte Ernesto erregt und schwamm schnell noch ein paar Züge durch den Burggraben.

„Na eben. Und jetzt zu dieser Jahreszeit, wo wir heuer seit ein paar Tagen einen sehr warmen Sommer haben, eine Hitze wie schon lange nicht mehr, da ist die Olona ja bereits ganz schön ausgetrocknet, der Wasserstand ist niedrig wie noch nie: Also alles Bedingungen, die ideal sind für eine Schatzsuche; komm, trink also noch geschwind einen Schluck von deinem Mineralwasser, dann gehen wir auf Schatzsuche", schlug der wackere Schmugglerkönig aus Frankreich vor.

„Aber am richtigen Ort, mein Freund – in der Olona!"

Da hielt der gedrungene Ernesto im Schwimmen abrupt inne und starrte seinen Kompagnon an.

„Genial. Aber warum hast du mich nicht schon früher auf diese fantastische Idee gebracht? Daran habe ich ja noch gar nicht gedacht!"

„Sie ist mir eben erst eingefallen", sprach Francois versonnen. Die beiden stiegen aus dem Wasser des Burggrabens und trockneten sich ab. Dann gingen sie in ihrer Unterwäsche zurück in die Villa und zogen sich an.

Der Kinderschar teilten sie ihren Plan mit, die wasserarme Olona noch einmal nach dem verlorenen Schatz abzusuchen. Begeistert stimmten die Kinder zu, ihnen zu helfen und machten sich auf den Weg.

„Die Möglichkeit besteht allerdings, dass der Diwan mit dem Schatz schon von den Bauern gefunden worden ist, die direkt an der Olona leben", meinte Vidocq auf dem Weg zum Fluss.

„Ja, dann wird es schwierig werden, die wertvollen Gegenstände wieder zurückzubekommen", antwortete der Bauer verlegen.

Die skeptische Schar der Schatzsucher war bald an der Stelle angekommen, welche die Männer extra mit einem besonderen

Zeichen markiert hatten, um sie auf jeden Fall jederzeit rechtzeitig wiederzuerkennen.

„Meine Güte, ist der Wasserstand niedrig!", rief Ernesto entzückt aus und lief in das träge fließende Wasser. Alle waren vom Schweiß überströmt.

„Ja, und hier, genau an dieser Stelle haben wir den Diwan mit Nicole abtreiben lassen", sagte der Schmuggler Vidocq aufgeregt und lief auch in das Wasser. Es war wirklich nicht mehr sehr tief an dieser Stelle.

„Der ganze Krempel müsste also demnach hier, in der Mitte des Flusses abgesoffen sein, und sich jetzt in geringer Tiefe befinden", sagte Ernesto erregt. „Natürlich nur das Zeug, das von der Olona nicht flussabwärts fortgeführt worden ist", ergänzte der mystische Bauer.

„Und keiner von unseren Leuten ist je wieder gefunden worden, ich meine diejenigen, die bei dem verhängnisvollen Gewitter in der Olona abgetrieben worden sind", meinte Vidocq traurig.

„Weder Nicole noch Rodolfo, der Zirkusdirektor, noch die anderen, die alle in der Kutsche saßen. Von niemandem gibt es bis heute ein Lebenszeichen", sagte der Schmuggler wehmütig.

„Ja, das Hochwasser hat vermutlich alle ertrinken lassen", stimmte der Bauer nachdenklich zu.

„Wir müssen an dieser Stelle dort drüben mal nach unten tauchen", schlug Vidocq beherzt vor, der auf einen Wasserwirbel zeigte. „Ich weiß, es ist etwas gefährlich, aber von hier aus können wir nichts erkennen, was dort unten eventuell auf Grund liegt", sagte er.

„Das ist richtig, der Grund ist schlammig und das Wasser undurchsichtig. Es fließt auch immer noch zu schnell, um uns Durchsicht auf Grund zu gewähren", meinte Ernesto.

„Ich kann auch gut tauchen, ich mach´ das, wenn ihr wollt!", schlug ein sportlicher Junge vor, der sich freudig meldete. „Ich bin schon oft in der Olona untergetaucht und habe schöne Sachen von unten hochgebracht", sagte er stolz.

„Nein, das kommt gar nicht in Frage, das ist zwar sehr nett von dir gemeint, doch dieser Strudel dort hinten, der vermutlich den Diwan mit Nicole verschlungen hat, - mit dem ist nicht zu spaßen!", griff Francois energisch ein. „Du bist bisher sicherlich nur in seichten, harmlosen Stellen der Olona getaucht, nicht wahr, Giuglio?", fragte der Schmuggler und klopfte dem mutigen Jungen auf die Schulter.

„Ja, das ist wahr, aber ich bin auch schon mal in einen Strudel bei einem meiner Tauchgänge geraten. Es war schwer, gegen die Strömung zu kämpfen, doch mit Mühe und Not bin ich dann doch wieder an die Oberfläche gelangt", erinnerte sich der Junge schaudernd.

„Eben, siehst du?", fragte Ernesto streng. „Und eben dies wollen wir verhindern, dass dir sowas nicht noch mal widerfährt, verstehst du? – Trotzdem danke für das Angebot, Giuglio!"

Vidocq nickte bestätigend.

„Das Wasser ist jetzt zwar historisch auf einem Tiefststand, doch wir wollen trotzdem kein Risiko eingehen, ein Strudel ist immer tückisch, gerade vermeintlich kleine", sagte der Schmugglerkönig.

Ernesto bestätigte dies.

„Und weil das so ist, werden wir Erwachsenen uns jetzt mal ganz sachte und vorsichtig ins Wasser begeben und uns vortasten zu diesem Strudel und testen, ob wir gefahrlos darin herumwaten können. Ist das der Fall, dann versuchen wir, nach unten zu tauchen", sagte Ernesto vehement.

Francois nickte und zog sich die Kleidung aus.

„Wenn wir nicht mehr hochkommen sollten, dann versprecht mir, Kinder, dass keiner von euch uns folgt, um uns zu helfen, habt ihr verstanden?", fragte er und tätschelte zwei kleinen, strammen Jungs die Blondköpfe.

„Schreit höchstens um Hilfe nach Erwachsenen, klar?", schärfte Ernesto dem Kinderpulk ein.

„Ja, versprochen!", riefen sie im Chor.

Da wurde Vidocq von dem Jungen, der den Tauchgang selber wagen wollte, plötzlich am Arm gepackt.

„Tun Sie´s nicht, Monsieur, Sie und Ihr Freund waren so gut zu uns, Sie haben uns nicht verraten, unsere Räuberei in der Villa geheim gehalten; und Sie haben uns geholfen, das Silber zu Geld zu machen. Wir haben Angst um Sie!", bettelte der Junge lebhaft.

Der Schmuggler lächelte.

„Nur keine Sorge, wir passen schon auf!", sagte der Schmuggler, streichelte dem Bauernjungen den Kopf und stand schon in Unterwäsche da.

Doch Ernesto wurde es auf einmal mulmig zumute.

„Ich frage mich nun doch, mein lieber Räuberfreund: Sollen wir das wirklich wagen? – Die Kinder haben nämlich recht: Der Strudel sieht ganz schön fies aus. Wenn der uns nun für immer hinabzieht ins nasse Grab?", fragte der Rosenkreuzer skeptisch und sah Francois herausfordernd ins Gesicht.

„Nun fang du nicht auch noch an mit deiner Miesmacherei. So eine Chance bekommen wir nie wieder, der Wasserstand wird so schnell nicht wieder so niedrig sein", fauchte Vidocq entnervt.

„Es wird jeden Tag immer noch heißer, Francois. Warten wir halt noch ein paar Tage, dann ist die Olona vielleicht völlig ausgetrocknet, dann gehen wir überhaupt kein Risiko mehr ein; na, ist das ein Vorschlag, mein Guter?", fragte der Bauer und hielt seinen Freund zurück, der schon ins Wasser gewatet war.

„Meine Güte, ist das heiß!", sagte der mutige Junge, indem er das Stichwort Hitze aufgriff. „Ich gehe jetzt an einer anderen Stelle schwimmen, um mich zu erfrischen, dort hinten, wo es flach ist", sagte er zu den Erwachsenen.

„Das wirst du schön bleiben lassen, Giuglio", sagte Vidocq verstimmt und lief zu dem Jungen zurück.

„Keiner von euch schwimmt mir vorerst mehr in der Olona, klar? Nur unter unserer Aufsicht, an seichten Stellen, dann, wenn wir fertig sind mit dem Tauchen!"

„Das einstige Unwetter hat bestimmt viele neue Strudel und andere, tückische Strömungen geschaffen, die vor einem Jahr noch nicht da waren. Und die müsst ihr meiden, weil ihr sie nicht kennt", schärfte Ernesto den Kindern ein.

Die Kinder versprachen, mit dem Schwimmen zu warten, bis die Erwachsenen nach dem Schatz gesucht hätten.

„Nein, das machen wir so: Du bleibst bei den Kindern, Ernesto, ich versuche, alleine auf den Grund zu tauchen", schlug der beherzte Räuberhauptmann jetzt vor.

„Gut, aber dann binde ich dir wenigstens ein Seil um die Hüfte, und ziehe dich mithilfe der Kinder wieder rauf, falls du durch eine tückische Strömung in Schwierigkeiten gerätst", bat sich der Bauer aus.

„Ich habe eins mit in meinem Versorgungsbeutel."

Er ging es holen und Vidocq sagte: „Sehr gute Idee. Her damit." Und er ließ es sich umbinden. Ernesto hielt das lange Seil straff in seinen Händen und prüfte seine Zugkraft.

„Sitzt. Gut, du kannst tauchen gehen, Francois."

Zusätzlich machte der Bauer das Seil noch an einem Felsblock fest, der am Ufer stand.

Frisch bestärkt durch die umfangreichen Vorsichtsmaßnahmen und daher frohen Mutes machte sich der Schmugglerkönig in das Wasser auf. Erst lief alles gut, als Vidocq im flachen Wasser watete, doch sobald er auch nur in die Nähe des Strudels geriet, wurde er sofort heftig unter Wasser gezogen, sodass Ernesto ihn sofort wieder an die Oberfläche zog.

Vidocq keuchte und prustete, als er auftauchte und schüttelte sich.

„Nein, es hat keinen Zweck, der Strudel ist zu stark", sagte er.

Die Kinder jubilierten, als Francois wieder heil an der Oberfläche auftauchte.

Gerade, als die Schar so in Gedanken versunken war, tauchte eine Gruppe von Pilgern an der Olona auf. Sie bemerkten die Seilschaft und sprachen mit den beiden Erwachsenen, Francois und Ernesto.

„Sucht ihr immer noch nach Vermissten, nach der verhängnisvollen Sturmflut?", fragte der eine Mann.

Ernesto drehte sich nach ihm um. „Ja, aber unsere vermisste Person war schon tot. Und dann suchen wir noch nach Wertgegenständen, die wir irrtümlich in die Olona geworfen haben", sagte der Rosenkreuzer wahrheitsgemäß, wie unter Zwang, in leicht verzerrter Darstellungsweise.

Francois trocknete sich geschwind ab und zog sich an.

„Ich weiß: Das, was mein Kompagnon hier von sich gibt, klingt leicht verrückt, aber es ist tatsächlich so, wie er gesagt hat", brabbelte der junge Berufsschmuggler. „Wir ahnungslosen Idioten haben tatsächlich eine Riesendummheit gemacht, als wir vor Monaten hier an dieser Stelle im Fluss einen Goldschatz versenkten, der sich in einem Diwan befand. Wir wussten nichts von dem Schatz, sondern wollten lediglich eine ertrunkene Bekannte auf dem kostbaren Diwan im Fluss beisetzen, ihren Körper dem ewigen Wasser übergeben. Erst später erfuhren wir, dass sich im Inneren des Sofas Gold und Silber befanden", rückte auch der Schmuggler Vidocq redselig mit der Wahrheit heraus. Denn der alte Mann, der ihm zuhörte, sah vertrauenswürdig aus und hatte den Status eines ehrwürdigen Mannes.

„Ich bin Priester, vom Orden der Franziskanermönche", präzisierte der Mann auch sogleich. „Wir beten für die Ertrunkenen in der Olona, die bei dem Hochwasser und der Sturmflut ums Leben gekommen sind, und es waren derer viele, seid dessen gewiss, mein Freund", sagte der Priester und senkte den Kopf. „Wir unternehmen eine Pilgerreise, die uns ein Jahr lang entlang der Olona führt, um der Toten zu gedenken", erklärte er den Erwachsenen und den staunenden Kindern seine Anwesenheit.

„Aha, ich verstehe", murmelte Francois Vidocq ergriffen.

„Und Ihr sagtet, es gab so viele Opfer? Wie viele denn genau, Ehrwürdiger Bruder?", versuchte Francois zu erfahren.

„Hunderte, wenn nicht gar Tausende, keiner vermag die Opfer zu zählen, mein junger Freund, wir finden täglich immer noch die Körper von Ertrunkenen, die angeschwemmt werden", präzisierte der alte Franziskaner.

„Großer Gott!", sagten Francois und Ernesto fast gleichzeitig und bekreuzigten sich.

„Ja, die Flut gibt uns teilweise ihre Toten wieder frei", erzählte ein anderer Geistlicher.

„Und lasst mich euch sagen: Eure Geschichte mit der Toten auf dem Diwan klingt keineswegs so abwegig, wie ihr vielleicht glauben mögt", sprach der Priester überraschenderweise.

Ernesto und Vidocq horchten auf und spitzten die Ohren.

„Solch ein Diwan mit einer jungen, toten Frau darauf ist nämlich tatsächlich vor längerer Zeit, eines Tages aus heiterem Himmel aus der Olona aufgetaucht. Es war in der Nähe unseres Klosters. Unser Bruder Francesco hier, hat das Phänomen entdeckt, als er einen spirituellen Spaziergang in aller Herrgottsfrüh an der Olona machte, um eine innere Andacht für die vielen Opfer zu halten – dabei wurde ihm die Tote mitsamt dem Diwan direkt vor die Füße gespült", erklärte der Geistliche ergriffen.

„Der Diwan mitsamt der verhakten Toten obenauf blieb abrupt im Uferschlamm der Olona stecken."

„Was sagt Ihr da, Ehrwürdiger Bruder?", fragte Francois Vidocq in Tränen aufgelöst.

„Bruder Francesco holte geschwind die anderen Mönche aus der Abtei zur Hilfe herbei, und gemeinsam bargen sie die junge tote Frau und bahrten sie in unserer Kapelle auf. Dort liegt sie heut noch, vielleicht handelt es sich um ein Wunder, das Gott uns geschickt hat – wir verehren das Mädchen wie eine Heilige", sagte der Priester.

„Wieso das?", fragte Vidocq mit großer Verblüffung.

„Denn das Merkwürdige bei dieser geheimnisvollen Frau ist: Sie verwest nicht, zeigt keinerlei Spuren von körperlichem Verfall – auch nach einem Jahr nicht; Gott will uns etwas damit sagen", meinte der Geistliche, und seine Glaubensgemeinschaft fiel in inbrünstiges Beten ein.

„Es täte mir außerordentlich leid, sollte es sich bei dem jungen Flutopfer um Eure Gefährtin handeln, mein junger Freund", sagte der Franziskaner nach einer Weile.

„Das muss Nicole sein, Nicole de Brie!", sagte Vidocq ergriffen.

„Und sie verwest nicht, sagtet Ihr?", fragte Ernesto noch einmal ungläubig.

„Genauso ist es. Sie sieht jugendfrisch aus wie eh und je, und scheint mit jedem Tag sogar noch weiter zu erblühen in ihrer makellosen Schönheit", sagte der Pater ergriffen.

„Unglaublich!", rief der Schmugglerkönig lakonisch aus.

„Es ist ein wahres Wunder!", jubilierte jetzt auch ein anderer, junger Franziskanernovize und bekreuzigte sich.

„Nicole de Brie heißt sie also?", fragte das Oberhaupt der Franziskaner-Kongregation zurück.

„Der angebliche Ketzer Cagliostro hat schon einmal solch ein Wunder bewirkt, als er einst eine junge, plötzlich verstorbene Gräfin so verzauberte mit seinen Salben und Tinkturen, dass sie nicht verweste; als hätte er sie einbalsamiert", sprach der Novize der Glaubenskongregation jetzt ganz aufgeregt zu Francois Vidocq.

„Still, mein junger Bruder, wage es fortan ja nicht mehr, diesen ketzerischen Namen zu erwähnen!", gemahnte das Oberhaupt der Franziskanermönche dem jungen Novizen.

Bei der Erwähnung des Namens „Cagliostro" zuckte Francois Vidocq zusammen. Er hatte dadurch schlagartig wieder Mirella im Sinn, ihr Bild erschien vor seinem geistigen Auge. Noch eine weitere, wehmütige Erinnerung hatte er nun augenblicklich zu erdulden.

„Cagliostro war ein Scharlatan, Dieb und Betrüger! Seinen Namen in den Mund zu nehmen ist eine Todsünde, verstanden, junger Bruder?", schärfte der Franziskaner-Prediger dem jungen Novizen ein. Dieser duckte sich schamhaft zu noch kleinerer Gestalt zusammen, als er von Natur aus ohnehin schon aufzuweisen hatte.

„Verzeihung, Ehrwürdiger Bruder, ich dachte nur…"

„Denk nicht soviel, sondern überleg lieber, du junger Narr", tadelte der Franziskanermönch. „Cagliostro war kein Wunderheiler, er hat das Wunder an der verstorbenen Gräfin mitnichten bewirkt, nur Gott kann Wunder tun, was du in deinem Alter längst wissen solltest. Es handelte sich bei der Masche des falschen Grafen Cagliostro um einen Vertauschungstrick, indem er die verstorbene, junge Tote verschwinden ließ und dann ein Jahr später durch eine billig gekaufte Leiche einer gerade gestorbenen, jungen Wäscherin ersetzte, die er den Wundergläubigen unterschob", führte der Prior aus.

„Und all die törichten Betschwestern und die barmherzigen Brüder ließen sich von dem billigen Frevel dieses Giuseppe Balsamo täuschen, weil die Wäscherin der Gräfin so ähnlich sah, das war das ganze Geheimnis", sagte der Prior mit zorniger Stimme.

„Aber ist dieses jugendliche Mädchen, das Ihr da in Eurem Reliquienschrein aufgebahrt habt, wirklich noch die echte Nicole de Brie, oder eventuell auch ein Vertauschungsopfer?", fragte jetzt auch Vidocq zweifelnd, indem er dem Franziskanermönch scharf in die Augen sah.

„Aber natürlich! Zweifelt Ihr etwa an meinen Worten?", fragte der alte, ehrwürdige Prediger indigniert.

Francois, der König der Briganten und Schmuggler, ließ diese Frage unbeantwortet.

„Kann ich die Tote sehen?", fragte er stattdessen mit gepresster Stimme.

„Aber natürlich, jederzeit, mein Sohn!", antwortete der Franziskaner spontan, so, als habe er tatsächlich nichts zu verbergen.

„Und im Inneren dieses Diwans befanden sich tatsächlich Teile eines kostbaren Schatzes", sprudelte es aus dem jungen Novizen heraus, der wieder Mut gefasst hatte.

Der Prior nickte.

„Kerzenleuchter, Diamanten und Diademe waren darunter. Auch Goldstücke und einige Silbertaler. All diese Fundstücke haben wir um die tote Nicole de Brie herum in unserer Kapelle aufgebahrt. Als Zeugnisse ihrer nie verwesenden Körperlichkeit, ihrer jungfräulichen Reinheit, sie ist die Wiedergeburt von Maria, der Gottesmutter", führte der Priester fromm und betend aus.

„Es war ein Wunder von Gott, das uns allen geschenkt ward. Ihr Reich währet ewiglich, in Ewigkeit, Amen."

Der Franziskanerpater bekreuzigte sich und senkte das Haupt.

„Aber es handelt sich um keine Jungfrau, Pater, solltet Ihr wirklich von Nicole de Brie sprechen!", wandte sich Francois Vidocq vehement an den Pater. „Ihr begeht einen Sakrileg, frönt einem heidnischen Kult, wenn Ihr ein gewöhnliches Mädchen, dazu noch eine Abenteurerin und Zirkusartistin einfach so in den Status einer Heiligen erhebt!", protestierte der Räuberhauptmann aufgebracht.

Der Franziskaner sah ihn unbeeindruckt an.

„Was sie in ihrem früheren Leben auf Erden getrieben hat, ist ohne Bedeutung. Gott hat sie zur Einsicht gebracht, die junge Sünderin, und als Buße ihr junges Leben auf Erden gefordert, um sie später in der Unsterblichkeit in Gottes Reich aufgehen zu lassen, die junge Nicole de Brie!", deklamierte der Geistliche feierlich und alle seine Brüder fielen in inbrünstiges Beten ein.

Ein Horror, unsere Beute in die Hände der frommen, verblendeten Brüder fallen zu sehen, dachte Vidocq erschüttert. Und wenn der Oberpriester erst erführe, dass der Schatz von Cagliostro veruntreut worden ist, dann wäre es noch schwerer für Ernesto und Francois, das Geschmeide zurückzubekommen!

Mirella di Cagliostro ließ er besser unerwähnt vor dem Groll dieser frommen Bruderschaft, deren Hass ihr toter Vater sich schon zugezogen hatte. Wenn die eventuelle Betrügerin Mirella überhaupt die Tochter von Cagliostro war!, dachte der Räuberhauptmann grimmig unter zusammengekniffenen Lippen.

In diesem Lichte gesehen war die verwöhnte Luxuskokotte von Napoleon und so vielen anderen politischen Größen tatsächlich ein gesellschaftliches Ärgernis, und extremer Tadel gebührte ihr in unendlicher Folge in Form von nimmer endenden Vorwürfen, die an sie zu richten waren!

Trotzdem gönnte Francois dieser doppelzüngigen Bruderschaft den Schatz des Cagliostro am wenigsten.

„Man spricht schon allerorten vom „Göttlichen Wunder an der Olona", meine Freunde", sagte der Prior.

„Aber es handelt sich doch um kein Wunder!", insistierte Vidocq.

Die armen Kinder der Bauern an und um die Olona herum verfolgten neugierig den religiösen Disput.

„So bringt mich und meinen Freund Ernesto denn bitte endlich an den Ort von Nicoles ewiger Ruhestätte, verehrter Bruder von den ehrwürdigen Franziskanern, damit ich die Tote in Augenschein nehmen kann", bat der Tagedieb und Schmuggler Vidocq zum zweiten Male, der sehr wohl wusste, dass er selber eine zwielichtige Gestalt war, die keinen Anspruch auf das Diebesgut des falschen Grafen Cagliostro hatte, wie er selber sehr wohl wusste und fühlte.

Der Prior erneuerte seine Bereitschaft, die beiden Männer, mitsamt den frommen Kindern von der Olona, sofort zur Weihstätte von Nicole de Bries außerweltlichem, seligen Wirken für die Nachkommen der jetzigen Generation zu führen.

„Das Mädchen war aber kein Kind von Traurigkeit, wie ich Euch schon dargelegt habe", bekräftigte Vidocq noch einmal seinen Anspruch, seine Hand für Nicole de Brie auf keinen Fall, unter keinen Umständen, ins Feuer zu legen.

„Für alle Zeiten unverwest wird das reuige Sünderkind sein und uns als Beispiel für die Reinheit in der Ewigkeit Gottes dienen", konterte der Franziskanerpater stur.

„Wir werden sehen", konterte der junge Räuberhauptmann mit mokantem Lächeln.

„Ob es sich überhaupt um die richtige Tote handelt."

„Eine reuige Sünderin ist für Gott, unseren Herrn, willkommener im Himmel, als hundert Gerechte", konterte der Pater eisern.

„Auch ich kenne die Bibel, Hochwürden", konterte der spätere Chef der französischen Geheimpolizei provokatorisch.

„Aber Nicole de Brie war nicht reuig".

Während die Prozession los schritt, in Richtung von Nicoles überirdischer Begräbnisstätte, würdigte der Prior den aufmüpfigen Räuberhauptmann keines nennenswerten Blickes mehr.

Schließlich erreichte die durch die mächtige Hitze erschöpfte Schar die kleine Kapelle der Franziskaner, die sich in einem winzigen schattigen Wäldchen in der Nähe der Hauptabtei befand.

Der Prior führte die Kinderschar mitsamt Anhang sofort zur Toten. In einem griechischen Rundtempel lag sie aufgebahrt und hatte die Hände gefaltet. Zwei Wachen mit Hellebarden bewachten Tag und Nacht ihren ewigen Schlaf.

Francois und Ernesto knieten vor der Toten und bekreuzigten sich.

Der Räuberhauptmann gewahrte sofort, dass der Prior die Wahrheit gesagt hatte: Es handelte sich tatsächlich um Nicole de Brie! Bleiches Unwohlsein breitete sich überall in seinem Körper aus.

„Da liegt das schlafende Kind der wiedergewonnenen Tugend", flüsterte der Franziskanerpater leise. „Nun sagt mir: Handelt es sich also wirklich um die richtige Tote, wie Ihr das auszudrücken beliebt?", fragte der Geistliche streng.

Vidocq hob kniend den Kopf zu ihm: „Ja, Pater, es ist eindeutig Nicole de Brie, und sie liegt da in strahlender Frische, jung wie eh und je, wie Ihr gesagt habt; – aber ich gestehe, ich begreife es nicht. Dieses Phänomen ist wirklich wie ein Wunder, ein Zeichen vom Himmel, völlig unerklärlich für mich", gestand der zerknirschte Räuberhauptmann und Polizeiagent, der in seinem jungen Leben schon viele merkwürdige Dinge gesehen hatte, aber er erklärte dem Franziskanerpater gerade heraus, dass ihn diese Naturerscheinung überforderte.

„Hier waren zweifellos höhere Mächte am Wirken, aber welche und wodurch?", fragte Vidocq innerlich aufgewühlt.

„Wenn es nicht gar schwarze Künste waren, Teufelsmächte, die Nicole de Brie vor dem Verfall bewahrt haben!", murmelte Ernesto, der Rosenkreuzer, unruhig.

Auch er konnte seinen Blick nicht lösen von der Toten, die er ungläubig und fasziniert zugleich beäugte.

„Fang Ihr schon wieder an, an Gottes Güte zu zweifeln?", fragte der Franziskaner entrüstet.

„Beschuldigt Ihr mich oder meine Kongregation irgendwelcher Manipulationen?", hakte er indigniert nach.
„Nein, denn noch kann ich Euch keine nachweisen, aber was nicht ist, kann ja noch kommen", sagte der Schmugglerboss mit ätzender Provokation.
Der Franziskanerpater lachte darüber jedoch nur geringschätzig.
„Und es sollte mich wundern, solltet Ihr mir tatsächlich Derartiges nachweisen können!", sagte er glucksend wie ein kleiner Bach.
„Aber ich dachte, Ihr glaubt an Wunder, Pater, oder nicht?", konterte Francois Vidocq.
„Ja, und ist dies etwa keins?", fragte der oberste Geistliche forsch und zeigte mit mürrischem Unterton auf die Tote.
„Ach, das angebliche Wunder ist doch nur ein geschicktes Ablenkungsmanöver", schnarrte der französische Tagedieb ungehalten und lachte schäbig. „In Wirklichkeit ging es Euch und Eurer verschworenen Kongregation doch nur darum, dass Ihr euch auch das Silber, die Kerzenleuchter und die restlichen Diamanten, Diademe und Goldtaler aneignen konntet, die fette Beute, die Ihr in dem Diwan gefunden habt", sagte Vidocq mit scharfem Tadel in der Stimme, der derart scharf gewürzt war, dass man damit locker drei Kessel Suppe hätte kochen können.
Und der Räuberhauptmann wies auf die um Nicole herum gruppierten Kleinodien.
„Irrtum, mein junger Freund und Schatzsucher: Wir haben uns den unverhofften Schatz nicht angeeignet, sondern stellen ihn öffentlich für alle Gläubigen aus", konterte der hochgewachsene Franziskanermönch. „Als Reliquienschrein und Zeichen von Gottes Wundertätigkeit, der Schatz und Jungfrau unserer Abtei zugeführt hat."
„Ja, bloß: Wie lange dauert es noch, bis ihr euch den Schatz unter den Nagel reißt, ihn raubt und heimlich unter euch aufteilt?", fragte der listige Räuberhauptmann den Prior unverfroren.
Ein indigniertes Murmeln lief durch die gesamte Kongregation, als sie diese ketzerischen Worte vernahm.

„Der Schatz ist für ewig unantastbar, er wird auch morgen noch hier liegen und in einer Woche und in einem Jahr, ich gebe Euch mein Wort darauf", versicherte der Franziskaner mit steifer Würde.

„Ihr könnt Euch ja davon überzeugen, indem Ihr jeden Tag hierher zurückkehrt und Euch mit eigenen Augen überzeugt", schlug er Vidocq mit ehrlicher Attitüde vor

„Das werde ich auch tun, mein Guter", antwortete Francois schnippisch.

Da sah sich Ernesto die Tote noch einmal genau an.

„Wirklich, wenn man dieses Wesen betrachtet, kommen einem die Zweifel, dass Cagliostro im päpstlichen Kerker gestorben sein soll", sagte er murmelnd zu seinem Freund Francois.

„Und du bist dir wirklich absolut sicher, dass dies deine Nicole de Brie ist?", fragte er noch einmal in nervöser Unruhe.

„Absolut. Oder sie müsste schon eine Zwillingsschwester haben", sagte der junge Schmuggler zerstreut.

Da kam er auf einen abwegigen Gedanken, der natürlich auch sofort dem wackeren Rosenkreuzer Ernesto durch den Kopf spukte.

Der Franziskaner runzelte sofort streng die Brauen und schnaubte verächtlich, als er die schwarzen Gedanken des Räuberhauptmannes vernahm.

„Jetzt sagt bloß noch, Ihr glaubt an Doppelgänger, Wiedergänger und all den anderen, spiritistischen Unsinn! Das sind gefährliche Ketzereien und Obskurantismus pur, die schon dem verblichenen Alessandro di Cagliostro vor Jahren zum Verhängnis geworden sind", mahnte der Geistliche aufgebracht.

„Immer wenn irgendetwas nicht rationell erklärt werden kann, dann sind gleich die Geister am Werk, oder die Doppelgänger einer Person, und was weiß ich, was noch für krude Theorien."

„Passt also auf, dass Ihr nicht wie Cagliostro endet, junger Freund", sagte der Prior scharf.

„Bohrt besser nicht weiter in dieser Richtung, wenn Ihr keinen Ärger mit der Heiligen Inquisition haben wollt!", riet der

gestrenge Mann mit dröhnender Stimme, die durch Mark und
Bein ging.
„Wir haben ihn ja schon gerade mit ihr - jetzt und hier!", sagte
der übermütige Vidocq schmunzelnd zum Franziskanerpater. .
„Was? Also, das ist doch der Gipfel der Unverschämtheit, ihr
jungen Heiden – und Wilden!", rief der Franziskaner erzürnt.
Auch Ernesto lachte.
„Ich dachte immer, die Franziskaner hätten Sinn für Humor!",
sagte Vidocq lachend.
„Offensichtlich habe ich mich getäuscht."
„Schon gut, heiliger Vater- ich habe es nicht so gemeint!",
beschwichtigte der Schmuggler lästernd den Prior.

„Und sie liegt hier wirklich schon seit Monaten, ist das auch
die Wahrheit?", fragte Vidocq noch einmal den Prior.
Inzwischen war der Schmuggler mit seiner Aufsässigkeit sehr
zurückgefahren.
„So wahr ich hier stehe", deklamierte der Franziskanerpater.
„So kommt halt morgen und in den nächsten Wochen zurück
zu unserer Kapelle, wenn Ihr mir nicht glaubt."
„Dann könnt Ihr mit eigenen Augen sehen, dass Nicole de
Brie nicht verwest. Dann glaubt Ihr mir vielleicht endlich, dass
hier ein Wunder am Wirken ist".
„Ich nehme Euch beim Wort", sagte Vidocq lakonisch.
Er bedankte sich bei den Franziskanern für ihre Aufrichtigkeit
und Hilfsbereitschaft und nahm Abschied. Ernesto, Vidocq
und die Kinderschar marschierten wieder zur Villa des
Cagliostro zurück.

„Wir müssen wohl doch die krause Magie und Zahlenmystik
der Freimaurer in Anspruch nehmen, wenn wir das Dokument
von Mirellas Logenbruder deuten wollen, um festzustellen, ob
sich noch woanders ein Teil vom Schatz des Cagliostro
befindet", meinte Francois am nächsten Morgen beim
Frühstück in der verschlammten Villa. Immer noch nicht war
sie vollständig von den Kindern gereinigt worden.

„Ja, aber diese schrägen Freimaurer-Brüder werden uns doch sofort an den Kragen wollen, wenn sie spitzkriegen, dass Mirella den Logenmeister umgelegt hat, als er das Dokument für seine Sekte behalten wollte", gab Ernesto zu bedenken.

„Wir dürfen eben nichts von Mirella erwähren, müssen den Freimaurern das Dokument zum Beispiel unbemerkt und anonym in die Hände spielen. Und sie dann durch einen Spitzel belauschen lassen, wenn sie das Rätsel geknackt haben", meinte Vidocq.

„Außerdem hat unsere falsche Adelige den Logenbruder nicht umgelegt, es war ein Unfall!", korrigierte der Räuberhauptmann.

„Schon, aber wie willst du das anstellen? Einen Spitzel bei den Freimaurern einschleusen? – Das sind doch Hirngespinste, Francois", platzte es aus Ernesto heraus. „Das kann nie und nimmer gelingen, du weißt doch, wie misstrauisch und anspruchsvoll die Freimauer in ihren Aufnahmekriterien bei einem neuen Bewerber sind, der in die Gemeinschaft eintreten will."

Seufzend ließ da Francois Vidocq den Kopf hängen.

„Ach je, ich fürchte, du hast wieder mal recht, mein Freund", gestand der Franzose lächelnd. „Und die Villa wirft auch nicht mehr viel Gewinn ab, da längst alle Wertgegenstände von den Kindern und uns herausgeschleppt worden sind, oder schon vorher von Plünderern."

„Ja, so ist es, Francois. Und lange können wir uns hier in dieser offenen Festung ohnehin nicht mehr halten", meinte Ernesto schmatzend. „Denn bestimmt kontrolliert demnächst einer von der französischen Besatzungsmacht bei uns in der Schlossvilla mal nach, was hier so vor sich geht. Das ist ja immerhin der Wohnsitz von einem berühmten Mann, dem Grafen Cagliostro. Ich staune übrigens, dass Napoleon Bonaparte noch keine Patrouille vorbeigeschickt hat, um zu testen, ob wir den Schatz des Cagliostro schon gefunden haben", sagte der Bauer.

„Ach was, mein Arbeitgeber Napoleon weiß wahrscheinlich längst, dass sich die Franziskaner den Restschatz unter den Nagel gerissen haben", meinte Vidocq abgeklärt.

„Aber der kleine Korse ist viel zu sehr mit seinen weiteren Eroberungen beschäftigt, um sich um uns arme Wichte zu kümmern."

„Mag sein, aber wir sind hier in diesem verfallenden Schloss auch nicht sicher", sagte Ernesto mit Inbrunst. „Und denk an unsere Verantwortung für die Kinder. Wenn denen was zustößt, dann geht es uns schlecht. Deine rudimentäre Geheimpolizei kann uns dann auch nicht schützen."

„Richtig. Du sprichst es aus – ich muss mich wieder um mein Spionagenetz kümmern, ich kann nicht länger bei euch bleiben", deklamierte der Räuberhauptmann mit Verve. „Ich muss meine Gefolgsleute und Spitzel neu gruppieren. Dazu muss ich Kontakt mit den Franzosen aufnehmen, meinen Landsleuten, die euch Italiener leider so massiv unterdrücken, Ernesto. Und so viele Tribute von euch fordern. Auch das muss ich ändern. Dazu muss ich ein völlig neues Kontaktnetz aufbauen – willst du mir dabei helfen?"

„Was? Gegen deine eigenen Leute willst du arbeiten?", fragte Ernesto erstaunt. „Gegen die Franzosen?"

„Nur gegen die Willkürherrschaft von Napoleon will ich angehen. Und ich möchte herausfinden, was aus Mirella geworden ist. Ob sie inzwischen wieder in Paris ist? Oder ist sie vielleicht mit Napoleon an ihrer Seite mit nach Ägypten gezogen?"

„Immer den Schlachtorten ihres Geliebten hinterher hecheln? Du glaubst, dass dies ihre Devise ist?", fragte Ernesto lachend.

„Das eben müssen wir herausfinden. Also wie steht es um deine Gesinnung? Willst du mir helfen?", fragte Vidocq hitzig. „Oder ziehst du es vor, lieber ein abhängiger, tributtreuer Bürger von Italien zu bleiben, ein Sklave und Vasall Napoleons?"

Ernesto lachte.

„Solange ich hier ungestört die restlichen Schätze der Schlossvilla plündern kann und von dem Erlös in diesem

Prachtbau wie ein Fürst leben kann, ist mir diese Lösung eigentlich lieber, Francois", gestand der Bauer frei heraus.

„Nanu, irre ich mich, oder warst du es nicht, der vorhin eben noch gesagt hat, hier in diesem Schloss wären wir auch nicht sicher, wegen der Franzosen, oder weil wir die Verantwortung für die armen Kinder der Olona trügen?", fragte jetzt Vidocq verwundert seinen Freund.

„Nun ja, aber hier ist es dennoch wesentlich behaglicher. Selbst wenn wir von den Franzosen aus dem Schloss gejagt werden und einige Monate Gefängnis wegen Diebstahls und Schlossbesetzung aufgebrummt bekommen, dann ist das noch harmlos gegen deinen Vorschlag, als Geheimagent ein europaweites Spionagenetz aufzuziehen, und gegen Napoleon zu arbeiten. Da sind wir jeden Tag in Lebensgefahr und können jederzeit als Saboteure erschossen werden", meinte Ernesto mit überlegener Kennermiene.

„Glaub das ja nicht, Ernesto. Auch hier können wir bei Entdeckung als Plünderer erschossen werden, denn wir haben immerhin enorme Wertgegenstände aus dem Schloss entfernt und verkauft. Und viele unschuldige Kinder zur Hehlerei angestiftet. Im engeren Sinne des Gesetzes haben wir die Kleinen damit zu Verbrechern gemacht. Darauf steht nicht weniger als der Galgen, mein Freund!", rief Vidocq seinen Kumpan aus allen hochfliegenden Träumen wach.

„Was, so schlimm steht es um uns?", stotterte der Rosenkreuzer mit brüchiger Stimme und hörte auf zu essen.

„Du kennst dich ja verdammt gut aus mit den Gesetzen." Vidocq lächelte.

„Eben darum, weil ich auch ein Gesetzloser bin. Da muss ich mich wohl oder übel gut in den Gesetzen auskennen." Ernesto wirkte wie erschlagen, ließ die wuchtigen Arme kraftlos auf der prächtigen Schlosstafel ausgestreckt.

„Und wie wäre es, wenn wir die Kinder von der Olona mit einbeziehen in die Neugründung des „Zirkus der Mogleure"? Wir könnten sie zu Artisten ausbilden, mit dem Geld, das wir hier noch aus dem Schloss herausholen", sagte er mit einem Geistesblitz. „Dann hätten die armen Kinder eine Zukunft, und wenn alles gefestigt ist, machen wir mit deiner Hilfe aus dem Zirkus wieder eine Geheimorganisation, oder einen Spionagezirkus – was hältst du davon?"

„Das wäre immerhin ein wichtiger Schritt zur Festigung meines Agentennetzes. Ein genialer Einfall, Ernesto, bravo!", lobte Vidocq.

„Doch dazu müssen wir erst die Zustimmung der Kinder einholen, beziehungsweise der Eltern."

„Und zum Schein arbeiten wir dazu mit Napoleon zusammen", schlug Ernesto vor.

Vidocq lächelte gequält.

„Napoleon lässt sich nicht so einfach manipulieren", sagte er tadelnd.

„Ja, wenn du nun aber nach Frankreich zurückgehst, dann kann ich natürlich niemals die Kinder alleine zu Zirkusartisten ausbilden", klagte Ernesto vorwurfsvoll.

„Ich bräuchte dazu deine Fechtkunst, denn ich kann ja nicht mit dem Degen umgehen", sagte der Rosenkreuzer trübsinnig.

„Das stimmt. Aber mach dir keine Sorgen: Ich schicke dir ein paar meiner Gefolgsleute vorbei, die können den Kindern alles beibringen. Es sind Artisten darunter, Messerwerfer und ausgezeichnete Fechter. Die können euch aushelfen, während ich in Paris unabkömmlich bin", schlug Vidocq leichthin vor.

Da verfinsterte sich Ernestos Miene.

„Gefolgsleute beliebst du diese Männer zu nennen? Galgenvögel sind das doch wohl eher, Strauchdiebe, Schmuggler, Räuber und Herumtreiber, also Leute deines Schlages, Francois; sei mir daher jetzt bitte nicht böse, wenn ich nun so harsch über deine Gefährten urteile!", bat der Bauer seinen französischen Freund.

„Denn ich denke dabei lediglich an das Wohl der Kinder."

Vidocq lachte amüsiert.

„Und wenn nun diese Sorte Mensch sich hier bei uns im Schloss einfindet, dann haben wir bald noch größere Probleme mit dem Militär, der Sittenpolizei und der Justiz. Denn deine Männer werden doch bestimmt alle europaweit gesucht, und dann rückt uns auch das Gesetz auf die Pelle! Wie soll ich dann die Kinder von der Olona noch schützen? Wir werden dann jeden Tag Besuch von Inspektoren und Beamten bekommen, Francois – und was dann? – Das ist einfach Wahnsinn, was du da vorschlägst!", beschwerte sich Ernesto vehement.

„Da fliegt unsere dilettantische Geheimorganisation doch sofort auf!"

„Du hast recht, so können wir nicht vorgehen", gab der Schmugglerkönig lapidar zu.

„Also bitte keine geächteten Ausbilder aus Robin Hoods Bande bei mir im Schloss, wenn du weg bist", wiederholte Ernesto.

„Aber eigentlich ist es überhaupt nicht nötig, dass du uns verlässt, du Tagedieb", referierte der Rosenkreuzer vehement.

„Wozu musst du nach Paris zurück? Nach Frankreich, über die gefährliche Grenze? Hier in Italien befinden sich genug von deinen französischen Landsleuten, die Besatzer, unter denen du neue Leute rekrutieren kannst für die Knüpfung deines Spionagenetzes. Und deine Mirella befindet sich vielleicht gar nicht in Paris, bei Napoleon Bonaparte. Vielleicht ist sie gar nicht zusammen mit ihrem geliebten kleinen Korsen dahin abgereist? Bestimmt hockt sie noch gemütlich hier im Regierungspalast in Mailand, und ist längst die Geliebte von diesem Barden geworden, von Clement Thierry Bardou, hm?", suggerierte der Rosenkreuzer.

„Kann schon sein, aber dann muss ich auch das endlich feststellen, mein Freund", meinte Vidocq gedankenverloren.

„Aber ich glaube doch eher, dass Mirella mit ihrem Korsen nach Ägypten abgedampft ist, und jetzt hilft sie ihm, das Land neu zu ordnen", meinte der Schmugglerhauptmann entschieden. „Und daher muss ich zuerst nach Ägypten."

„Denn ich glaube nicht, dass Mirella hier im Mailänder Regierungspalais zurückgeblieben ist. Dort wäre sie schutzlos einer möglichen Rache der italienischen Bevölkerung ausgeliefert, trotz der zahlreichen Wachen", argumentierte Francois Vidocq.

Da umringten die Kinder von der Olona den Esstisch von Francois Vidocq und Ernesto.

„Musst du wirklich weggehen, willst du uns so einfach verlassen?", fragte ein kleines Mädchen.

Der Schmuggler streichelte ihren strohblonden Kopf.

„Ja, es muss leider sein, denn ich muss mir Mirella zurückholen. Sie ist die Frau meines Lebens, und nicht Nicole de Brie – sie war es niemals!", erklärte Francois Vidocq ohne Umschweife. „Es tut mir Leid um Nicoles tragischen Tod, aber Mirella lebt irgendwo, vielleicht gegen ihren Willen. Es ist meine Aufgabe, mich auf die Suche nach ihr zu machen, das bin ich ihr schuldig", sagte Vidocq zu den Kindern.

„Und euch dürfen wir auch nicht mehr vom rechten Weg abführen, ihr müsst zu euren Eltern zurückkehren, den Bauern von der Olona, bevor ihr erwachsen werdet. Dann können euch die Behörden und die Polizei nämlich für die Diebstähle verantwortlich machen, zu denen wir euch leichtsinnigerweise verleitet haben. Dann kommt ihr ins Gefängnis, und das ist nicht lustig", erklärte der Schmuggler aus Frankreich unumwunden.

„Bis jetzt ist alles noch glimpflich abgegangen, weil uns Fouchés Polizei noch nicht entdeckt hat, aber das kann sich jeden Augenblick ändern, wenn wir hierbleiben in dieser Schlossruine", erklärte er zum Abschluss.

„Francois hat recht", stimmte ihm nun auch Ernesto zu.

„Och, wir möchten aber viel lieber von euch zu Zirkusartisten ausgebildet werden, das stelle ich mir spannend vor", drängte ein Junge.

„Das glaube ich gerne, aber vielleicht machen wir das noch später, wenn Francois von seiner Mission wieder zurück ist, so in einem Jahr!", sagte Ernesto gutmütig und streichelte dem Jungen den Kopf.

„Daher sammelt jetzt euer letztes Hab und Gut auf, das ihr noch aus dem Schloss mitnehmen wollt, und füllt eure Handkarren damit voll, und dann geht es ab nach Hause, zu euren Eltern, endgültig!", sagte der Franzose Vidocq entschlossen zu den Kindern. Murrend gehorchten sie.

„Leider müssen sich hier unsere Wege trennen, Freunde; wir lösen unsere Partnerschaft der freien, fröhlichen Vagabunden auf", bekräftigte auch Ernesto, der ansonsten ein Unheil heranrücken sah.

„Lasst euch nicht noch im letzten Augenblick mit etwas Wertvollem von der Polizei erwischen", rief Francois Vidocq den ersten Kindern hinterher, die schon mit ihren vollen Handkarren abrückten.

„Seid sparsam mit dem Geld und den Wertsachen, spart etwas für Notzeiten auf", ermahnte Vidocq noch leidenschaftlich die Kinder von der Olona.

Sie versprachen es unter heiligen Schwüren.

Alle umarmten sich herzlich und nahmen unter Tränen Abschied.

„Auch unsere Wege trennen sich jetzt wohl hier an Ort und Stelle, vielleicht sogar für immer!", sagte auch der Rosenkreuzer Ernesto mit Wehmut in der Stimme zu seinem Gefährten aus Frankreich und umarmte ihn herzlich.

„Das will ich nicht hoffen, aber man weiß ja nie, da hast du recht", stimmte ihm der junge Schmuggler und Polizeiagent zu.

„Aber wenn ich Mirella eines Tages gefunden habe und ihr Herz zurückerobert, dann komme ich dich in deinem Haus an der Olona besuchen, versprochen!", sagte Vidocq zu seinem Reisegefährten aus guten alten Tagen und umarmte ihn noch einmal.

„Zusammen mit Mirella."

„Und was wirst du nun tun?", fragte der Polizeiagent seinen Freund Ernesto.

„Oh, ich gedenke noch einige Zeit in unserer Villa allein zu verbringen, um nach weiteren Teilen des Schatzes von Cagliostro zu suchen", sagte Ernesto hartnäckig.

„Du gibst wohl nie auf, was?", fragte Vidocq lächelnd.

„So ist es, da hast du recht. Und wenn du mich dann eines Tages in meinem Bauernhaus an der Olona besuchen kommst, und ich inzwischen den restlichen Schatz gefunden haben sollte, dann kannst du dir deinen Anteil abholen", schlug

Ernesto wehmütig vor. „Ich hoffe, dass du dann auch wirklich deine Mirella dazu mitbringen kannst. Und dann bekommt auch sie ihren Anteil, es ist ja schließlich der Schatz ihres Vaters."

„Vielen Dank, mein Freund, aber lass dich beim Herumkramen in der Villa ja nicht erwischen", sagte Francois noch einmal eindringlich. „Wenn du von Weitem Polizei und Militär anrücken hörst, dann nimm schleunigst Reißaus, hörst du?"

Ernesto versprach es.

„Ich halte mein Pferd immer gesattelt bereit. Für alle Fälle."

„Das ist gut. Damit dir die Suche nach dem Schatz des Cagliostro leichter fällt, gebe ich dir die letzte, mir verbliebene Kopie des Schatzplans, - hier, mein treuer Freund!", sagte der Schmuggler und überreichte Ernesto das Dokument. Dieser nahm es gerührt entgegen. „Ich selber behalte das Original", sagte Vidocq.

„Vielleicht wird dir die Einsamkeit der Villa dabei helfen, endlich schlau aus der chiffrierten Botschaft des Pergaments zu werden", hoffte der Schmugglerkönig für seinen Freund.

„Danke sehr, Francois. Ich werde das Dokument gut aufbewahren", versprach der Rosenkreuzer.

Dann packte auch Vidocq seine Siebensachen zusammen und nahm Abschied von Ernesto und der Schlossvilla.

Er sah sich noch einmal nach seinem Freund um und winkte ihm nach.

Zu Pferd ritt er von dannen und war schon bald um die nächste Biegung verschwunden.

Auf zu neuen Abenteuern, um vordringlich sein neues Kontaktnetz zu knüpfen.

Sicherheitshalber machte sich der König der Diebe und Spitzel aber doch zuerst noch einmal zum Regierungspalais von Mailand auf, wo er einst zusammen mit Nicole de Brie von Napoleon Bonaparte empfangen worden war. Doch von seiner Mirella fand er keine Spur mehr vor! Auf Anfrage wurde ihm mehrfach versichert, eine Mirella di Cagliostro habe es nie in

diesem Palast gegeben. Jeder, den er traf, leugnete schlichtweg die Existenz einer solchen Person. Graf Alessandro di Cagliostro hätte nie eine Tochter dieses Namens gehabt; das war die gängige, entrüstete Versicherung von jedermann.
Na ja, vielleicht stimmte diese Behauptung ja sogar…
Von den meisten Menschen wurde der von der Inquisition verurteilte Ketzer Giuseppe Balsamo sowieso totgeschwiegen. Er war eine Unperson, dessen Namen man nicht mehr in der Öffentlichkeit erwähnen sollte, wenn man nicht selber von der Justiz verfolgt werden wollte.
Auch vom Verbleib des Barden, Clement Thierry Bardou, erfuhr er nichts.
Auch er war aus dem Regierungspalais verschwunden.
Niemand erinnerte sich an ihn.
Oder niemand wollte sich an ihn erinnern.

Francois Eugène Vidocq blieb nichts anderes übrig, als wieder abzureisen.
Heimlich reiste er bald darauf inkognito, auf gewohnten Schleichpfaden, wie eine Katze auf Samtpfötchen in sein Heimatland Frankreich ein.
Schon bald traf er die alten Freunde und Kameraden aus vergangenen Schmugglertagen wieder, und gemeinsam machte man sich daran, das alte Spionagenetz wieder neu zu knüpfen. Bald verfügte der gute Vidocq über eine stattliche Anzahl von Männern und Frauen, die er vortrefflich zu Boten und Agenten für die vielfältigsten Tätigkeiten ausgebildet hatte. Sein Organisationsgeschick kam dem jungen Mann dabei sehr zupass.
Den Polizeitruppen der Regierung entging er geschickt.
Dadurch war er aber ein Getriebener wie nie zuvor und ständig auf der Flucht vor der Polizei und dem Militär.
In nicht weniger als sechs europäische Länder führte Vidocq im Verlaufe eines Jahres sein erzwungenes, unstetes Wanderleben. Seine Getreuen folgten ihm dabei stets auf dem Fuße.

Zahlreiche Liebschaften ergaben sich dadurch für den ruhelosen Abenteuerkönig, von denen keine von Dauer war, geschweige denn, von bleibender Bedeutung.

Einzig und allein Napoleon Bonaparte ließ sich bei dem jungen Mann danach immer noch nicht blicken. Doch dieser war andauernd mit seinen unaufhörlichen Feldzügen beschäftigt, die ihm keinen Augenblick der Muße ließen, und den kleinen Korporal unabkömmlich auf den Schlachtfeldern Europas machten.

Ernesto suchte tatsächlich noch einige Tage lang die große Villa an der Olona methodisch nach möglichen Schatzresten ab, doch ohne Erfolg. Er schaffte es auch nicht, die Schatzkarte zu entschlüsseln. Schließlich sah er ein, dass es besser wäre, die Segel zu streichen.
Er verließ die Villa eines nachts gemächlich, nur wenige Stunden vor dem Eintreffen einer französischen Patrouille, die das Schloss umstellte und einnahm. Aber das bekam er gar nicht mehr mit. So erfuhr er nicht, dass er wahrscheinlich bald in Lebensgefahr gewesen wäre, wäre er hiergeblieben.
So aber kehrte er wieder zu seiner Familie als der zurück, als der er gekommen war: Als einfacher Bauer.
Seine Rückkehr wurde von seiner Frau und seinen Kindern groß gefeiert.

Ab und an besuchte Ernesto noch die tatsächlich nie verwesende Nicole de Brie in ihrer kleinen Kapelle bei den Franziskanern. Er konnte sich das Phänomen nicht erklären und war bald gewillt, an ein Wunder zu glauben. Das größte Wunder, das wir Menschen kennen, ist aber immer noch die Liebe zu einer Frau und immerwährende Freundschaft zwischen den Menschen, dachte Ernesto manchen Abend in seinem Haus an der Olona am Kamin, als er zärtlich zu seiner

Frau aufsah und sich eine baldige Wiederkehr von Francois
Vidocq herbeisehnte.

„Gott schütze dich und deine Kameraden, mein guter
Francois!"

ENDE